LÅT DEN RÄTTE KOMMA IN
by John Ajvide Lindqvist

Copyright ⓒ John Ajvide Lindqvist, 2004
Korean Translation Copyright ⓒ MUNHAKDONGNE Publishing Corp., 2009

This Korean edition is published by arrangement
with Ordfronts Förlag AB c/o Leonhardt&Høier Literary Agency
through Duran Kim Agency.
All rights reserved.

이 도서의 국립중앙도서관 출판예정도서목록(CIP)은
서지정보유통지원시스템 홈페이지(http://seoji.nl.go.kr)와
국가자료공동목록시스템(http://www.nl.go.kr/kolisnet)에서 이용하실 수 있습니다.
(CIP제어번호: CIP2009002015)

렛미인 LET THE RIGHT ONE IN 2

욘 A. 린드크비스트 | 최세희 옮김

문학동네

차례

11월 7일 토요일(저녁)

오스카르가 식탁을 치우고 아빠가 설거지를 했다. 두말할 것 없이 솜털오리고기는 맛있었다. 총알도 없었다. 접시를 깨끗이 비워 설거지할 것도 없었다. 오리고기를 거의 다 해치우고 감자도 남김 없이 먹은 다음, 부자는 남은 것을 흰 빵에 적셔 먹었다. 식사의 절정이었다. 그레이비소스를 접시에 붓고, 구멍이 숭숭 뚫린 흰 빵에 소스를 빨아들여 흐물흐물해진 빵조각을 입 안에서 녹여먹는 것.

아빠는 결코 요리를 잘한다고는 할 수 없었지만 퓌티판나*, 청어 구이, 바다새 구이, 이 세 가지만큼은 워낙 자주 해먹어서 수준급이었다. 내일 부자는 남은 음식으로 퓌티판나를 해먹기로 했다.

저녁을 먹기 전 몇 시간 동안 오스카르는 자기 방에서 시간을 보냈다. 아빠의 집에도 그의 방이 있었다. 도시에 있는 방과 비교할 순 없

---

* 감자, 양파, 소시지, 쇠고기, 비트, 오이 등을 잘게 썰어 볶은 스웨덴의 전통 음식.

었지만, 그래도 그는 그 방이 좋았다. 도시의 방은 포스터와 그림과 그 밖의 잡동사니로 가득했고, 늘 바뀌었다.

반면 이 방은 언제나 한결같았고, 바로 그 때문에 오스카르는 이 방이 좋았다.

지금도 일곱 살 때하고 하나도 달라지지 않았다.

방에 들어서자 익숙한 냄새가 났다. 아들이 온다고 아빠가 급하게 난방을 올리고 나면 나는 눅눅한 냄새였다. 마치 아무 일도 일어나지 않은 것만 같았다. 오래도록……

이 방에는 오래전 여름철마다 사모은 도널드 덕과 밤세* 만화책이 아직도 있었다. 도시 집에 있을 때는 읽지 않는 책들이었지만 여기 오면 읽게 되었다. 이미 외울 정도로 내용을 훤히 알고 있는데도 읽고 또 읽었다.

부엌에서 흘러들어오는 냄새를 맡으며 오스카르는 침대에 누워 도널드 덕이 나오는 옛날 만화잡지를 꺼내 읽었다. 도널드와 그의 조카들과 스크루지 삼촌이 먼 나라를 여행중이었는데, 그곳에는 돈이란 게 아예 없어서 스크루지 삼촌의 진정제 병뚜껑들이 화폐가 되었다.

만화책을 다 읽은 다음에는 아빠가 준 낡은 반짇고리 안에 보관해둔 미끼와 추를 정리하느라 분주했다. 낚싯줄이 풀린 낚싯바늘에 새 낚싯줄을 묶어주고, 그중 다섯 개에는 여름철 청어 낚시에 대비해 가짜 미끼를 달았다.

그런 후에 부자는 저녁을 먹었고, 아빠가 설거지를 끝낸 다음에는 함께 루파르샥** 게임을 했다.

---

* 스웨덴의 만화가 루네 안드레아손이 1960년대에 탄생시킨 인기 만화. 세상에서 가장 센 곰 밤세가 주인공으로 나온다.

오스카르는 아빠하고 그렇게 앉아 있는 게 좋았다. 얇은 식탁에 펼쳐놓은 모눈종이 위로 머리를 맞대고 앉아 있는 것. 벽난로에선 불이 타닥타닥 소리를 냈다.

언제나처럼 오스카르가 ×였고, 아빠가 ○였다. 아빠는 일부러 아들에게 져주는 법이 없었고, 최근 몇 년 전까지는 이따금 오스카르에게 운이 따르긴 했어도 손쉽게 이기는 쪽은 아빠였다. 하지만 요새는 전보다 비길 때가 많아졌다. 루빅스 큐브로 열심히 연습한 덕분인지도 몰랐다.

게임은 반 페이지를 넘게 채우고도 끝나지 않을 때도 있었는데, 그건 오스카르가 유리하다는 뜻이었다. 아빠가 공격하는 척 방어한다든지 이런저런 수를 쓸 때, 오스카르는 채울 수 있는 빈칸들을 놓치지 않고 잘 기억해두었다.

오늘 밤의 승자는 오스카르였다.

내리 세 판을 끝낸 종이 중앙에는 오스카르가 이겼다는 표시가 되어 있었다. 오스카르가 딴생각을 하는 바람에 금방 끝나버린 게임에만 아빠가 이겼다는 표시가 있었다. 오스카르는 ×표 하나를 채워넣어 막히지 않은 네 개짜리 두 줄을 만들었고, 그 결과 아빠는 한 줄밖에 막을 수 없게 되었다. 아빠는 한숨을 쉬더니 고개를 절레절레 흔들었다.

"야, 오스카르. 내가 임자를 만난 것 같은데?"

"그런 것 같죠?"

어디까지나 게임을 포기하지 않겠다는 뜻으로 아빠가 그중 한 줄을 막자, 오스카르는 다른 줄을 채웠다. 아빠가 다시 다른 네 개짜리를 막

** 오목과 같은 원리의 2인용 보드게임. 바둑판처럼 생긴 판에 각각 ○와 ×를 써서 같은 글자를 가로, 세로 혹은 대각선상에 연속으로 놓이도록 하는 놀이.

자 오스카르는 역시 그 줄의 다른 끝에 다섯번째 ×를 채워넣고는 전체를 빙 둘러 원을 그려준 다음 멋진 솜씨로 자신이 이겼다는 표시를 했다. 아빠가 턱에 난 수염을 긁더니 종이를 새로 꺼냈다. 그리고 펜을 들었다.

"이번에는 절대……"

"꿈이야 자유죠. 아빠 먼저 하세요."

✳

게임이 ×표 네 개, ○표 세 개까지 진행되었을 때, 현관문 두드리는 소리가 났다. 곧바로 문이 열리더니, 누군가 눈을 털어내려고 발을 쿵쿵 구르는 소리가 들렸다.

"계세요? 있어?"

아빠는 종이에서 눈을 들더니, 의자 등받이에 기대고 현관을 내다보았다. 오스카르는 뾰로통하니 입술을 깨물었다.

안 돼.

아빠는 새로운 방문객에게 고개를 끄덕여 보였다. "들어와."

"고마워."

털양말을 신은 발로 현관을 통해 터벅터벅 걸어들어오는 소리가 들렸다. 잠시 후 얀네가 부엌으로 들어왔다. "아, 그렇구나. 부자가 아주 느긋한 밤을 보내고 있다 이거지?"

아빠가 오스카르를 가리켰다. "우리 아들 전에 봤지?"

"그럼!" 얀네가 말했다. "안녕, 오스카르. 잘 지냈니?"

"네."

여기까지다. 가라.

얀네는 쿵쿵거리며 식탁 쪽으로 다가왔다. 반쯤 벗겨진 털양말이 발가락 앞에서 기형 물갈퀴처럼 덜렁거리고 있었다. 그는 의자를 빼내고 앉았다.

"루파르샥 하고 있었구나."

"그래, 근데 얘가 나보다 몇 수 위야. 이젠 못 이기겠어."

"어림없지. 저쪽 집에서 연습 좀 했나보지? 그렇담 어디 나랑 한번 해볼 테야, 오스카르?"

오스카르는 고개를 저었다. 얀네 아저씨라면 꼴도 보기 싫었다. 안 봐도 뻔했다. 언제나 눈물이 어려 있는 눈, 양처럼 이를 드러내고 웃는 입매. 그랬다. 그는 늙은 양처럼 생겼다. 금발 곱슬머리 때문에 더욱 그래 보였다. 아빠에게는 '친구'였고, 오스카르에게는 적이었다.

얀네가 두 손을 비비자 사포 문지르는 소리가 났고, 현관에서 비치는 역광 아래 바닥으로 떨어지는 각질 부스러기들이 보였다. 그는 여름만 되면 피부가 달아오르는 일종의 병을 앓고 있어서 얼굴이 꼭 썩어빠진 붉은 오렌지처럼 보였다.

"아, 정말. 여긴 진짜 아늑하다니깐."

넌 허구한 날 그렇게 말하지. 그 토할 것 같은 상판대기랑 구닥다리 같은 말투랑 다 함께 사라져주시지.

"아빠, 계속 게임 안 해요?"

"그럼, 그런데 지금은 손님이 오셨잖니……"

"그냥들 해."

얀네는 세상의 모든 시간을 다 차지한 사람처럼 의자에 기대앉아 있었다. 오스카르는 자기가 졌음을 깨달았다. 끝이었다. 결국 예전과 다를 것 하나 없을 터였다.

아빠가 식료품저장실에서 술병과 작은 유리잔 두 개를 가져와 식탁에 올려놓자, 오스카르는 무작정 소리를 지르고 싶어졌고 무언가를, 누구보다도 안네 아저씨를 박살내고 싶어졌다. 안네가 두 손을 비비자 각질 부스러기들이 허공에서 춤을 추었다.

"야, 이런, 이게 다 뭐야······"

오스카르는 아직 끝나지 않은 게임을 내려다보았다.

저기 ×표를 채워넣을 참이었다.

하지만 오늘 밤에는 더 채울 일이 없을 것이다. ○표를 채워넣는 일도. 아무것도.

아빠가 잔에 술을 따르자 꼴꼴꼴꼴 하는 소리가 났다. 뒤집힌 원뿔형의 야리야리한 술잔에 투명한 술이 채워졌다. 아빠의 손 안에서 술잔은 터무니없이 작고 금방이라도 부서질 것처럼 보였다. 거의 보이지도 않을 정도였다.

그리고 그것은 어김없이 모든 것을 망쳐놓았다. 모든 것을.

오스카르는 게임이 끝나지 않은 종이를 구겨서 장작난로에 처넣었다. 아빠는 말리지 않았다. 아빠와 안네는 다리가 부러진 지인 이야기를 하기 시작했다. 그리고 뒤이어 자신들이 경험했거나 들은 적이 있는 다양한 골절 상태에 대해 얘기하면서 잔을 다시 채웠다.

오스카르는 난로 뚜껑을 연 채 그 앞에 서서 모눈종이가 새까만 재로 변하는 것을 지켜보았다. 그런 다음 다른 게임 종이도 난로 속에 집어넣었다.

아빠와 안네는 잔과 술병을 들고 거실로 자리를 옮겼다. 아빠는 오스카르에게 "와서 같이 이야기 좀 하지 그러냐" 비슷한 말을 했고, 오

스카르는 "나중에, 봐서요"라고 대답했다. 그는 난로 앞에 앉아 뚫어
져라 불을 바라보았다. 열기가 그의 얼굴을 핥아댔다. 그는 일어나 부
엌 식탁으로 가 모눈종이 공책을 가져와 아무것도 적혀 있지 않은 백
지를 한 장 한 장 찢어서 불 속에 집어넣었다. 표지고 뭐고, 묶음 전부
가 새까만 재가 되자 그는 연필들마저 불 속에 던져넣어버렸다.

✳

　밤의 이 시간 즈음이면 병원은 어딘가 모르게 으스스했다. 모드 칼
베리는 접수처에 앉아 텅 비다시피 한 입구 로비를 바라보았다. 카페
테리아와 매점은 문을 닫았고, 이따금씩 드높은 천장 아래 유령 같은
사람이 지나가는 게 전부였다.
　이렇게 늦은 밤이면 모드는 자신이 단데뤼드 병원이라는 이 거대한
건물을 지키는 장본인이자 유일한 사람이라는 상상에 빠져들었다. 물
론 사실이 아니었다. 어떤 일이 일어나건 그녀가 할 일은 버튼을 누르
는 게 전부였고, 그러면 삼 분 안에 야간 경비원이 나타났다.
　이렇게 늦은 밤을 버틸 때면 즐겨 하는 그녀만의 놀이가 있었다.
　그녀는 직업, 사는 곳, 어떤 사람을 이루는 배경의 기본적인 윤곽,
이를테면 질병 따위를 하나씩 상상했다. 그런 다음 접수처를 찾는 사
람에게 이 모든 사항을 대입하는 것이다. 그러면 종종…… 재미난 결
과가 나왔다.
　예를 들면, 예트가탄에 살고 출장을 갈 때마다 자신의 개 두 마리를
이웃에게 맡기는 파일럿을 상상해볼 수 있었다. 이웃은 그 파일럿을
짝사랑하고 있다. 파일럿의 성별은 아직 정하지 않았다. 어쨌든 파일

럿이 가진 가장 큰 고민은 비행을 할 때마다 구름 사이를 휘젓고 다니는 빨간 모자의 초록색 인간을 본다는 것이다.

됐다. 그러고 나면 기다리기만 하면 된다.

조만간 핍진한 얼굴의 한 여자가 나타날지도 모른다. 여자 파일럿이다. 기내에서 제공되는 새끼손가락만 한 술병의 술을 몰래 홀짝대다 만취 상태에서 초록 인간을 보았고, 해고를 당했다. 이제 그녀는 개들과 함께 하루 종일 집에 있다. 이웃은 여전히 그녀를 사랑한다.

모드의 상상은 그런 식으로 계속됐다.

그 놀이 때문에 사람들에 대해 진지하게 생각할 수 없게 된 나머지 가끔 자기 자신을 꾸짖기도 했다. 그래도 그만둘 수가 없었다. 이번에 그녀는 고급 스포츠카에 열광하고, 전도를 할 셈으로 히치하이커를 태워주는 것을 좋아하는 목사가 나타나길 기다리고 있었다.

남자일까, 여자일까? 노인일까, 젊은이일까? 어떻게 생겼을까?

모드는 두 손으로 턱을 괴고 정문 쪽을 바라보았다. 오늘 밤은 사람들이 많지 않았다. 면회시간은 지났고, 대개는 술 때문에 벌어지는 이런저런 일로 이른바 '토요일 야간부상'을 입고 오는 새 환자들도 전부 응급실로 보냈다.

회전문이 돌아가기 시작했다. 스포츠카 목사인가보군.

웬걸, 이번에도 그녀는 패배를 인정해야 할 모양이었다. 어린애였다. 집도 없이 전전하는, 열두어 살 정도밖에 안 돼 보이는…… 여자아이. 모드는 그 아이가 커서라도 목사가 되도록 일련의 사건들을 상상해 갖다붙이기 시작하다 이내 그만둬버렸다. 소녀가 슬퍼 보여서였다.

아이는 병원 안 이런저런 장소로 가는 경로를 색깔별로 표시해놓은 거대한 안내도가 걸려 있는 쪽으로 걸어갔다. 어른들도 제대로 읽지 못하는 안내도를 저 아이가 어떻게 알아볼까?

모드는 몸을 앞으로 내밀며 나지막한 목소리로 물었다.

"어디 가려고 그러니?"

소녀는 뒤돌아 그녀를 보고 수줍게 미소를 짓더니 접수처로 다가왔다. 소녀의 머리는 젖어 있었고, 까만 머리 위로 듬성듬성 채 녹지 않은 눈송이가 하얗게 도드라져 보였다. 낯선 곳에 온 애들이라면 바닥만 뚫어져라 내려다보기 십상인데, 소녀는 그렇지 않았다. 소녀는 그 까맣고 서글픈 눈망울로 모드의 눈을 똑바로 쳐다보며 접수처 쪽으로 걸어왔다. 순간 한 가지 생각이, 너무나 선명해 귀에 들릴 것 같은 생각이 모드의 뇌리를 스치고 지나갔다.

네게 뭘 좀 줘야겠구나. 그런데 뭘 주지?

어리석게도 그녀는 머릿속으로만 책상 서랍을 뒤져댔다. 펜? 풍선?

아이는 카운터를 마주하고 섰다. 카운터 위로 아이의 목과 머리만 간신히 보였다.

"실례합니다…… 아빠를 보러 왔거든요."

"그렇구나. 아버지가 여기 입원해 계시니?"

"네. 근데, 확실히는 몰라요……"

모드는 아이 너머에 있는 문들과 로비를 재빨리 훑어본 다음, 다시 자기 앞에 서 있는 여자아이를 보았다. 아이는 재킷조차 걸치지 않았고, 유일하게 입고 있는 검정 터틀넥 스웨터에 맺힌 물방울과 눈송이들이 접수처의 조명을 받아 반짝였다.

"이런, 너 혼자 왔니? 이 시간에?"

"네, 전 그냥…… 아빠가 여기 있는지 알고 싶어요."

"그럼 어디 한번 찾아볼까. 아버지 성함이 어떻게 되지?"

"몰라요."

"모른다고?"

소녀는 바닥에서 무언가를 찾기라도 하는 양 고개를 숙였다. 다시 고개를 들었을 때, 커다란 검은 눈에는 눈물이 가득 고이고 아랫입술은 떨리고 있었다.

"몰라요. 아빠는…… 하지만 여기 있어요."

"그런데 애, 어쩌니……"

모드는 가슴이 뻐근하게 아파오는 것이 쑥스러워져서 괜히 몸을 움직였다. 그녀는 몸을 수그려 책상 맨 밑 서랍에서 종이타월 한 두루마리를 꺼내 한 장을 뜯어 소녀에게 건네주었다. 휴지 한 장일망정 그래도 무언가를 주긴 준 것이다.

소녀는 다분히…… 어른 같은 동작으로 코를 풀고 눈가를 훔쳤다.

"감사합니다."

"그런데 이걸 어쩌니…… 아버지가 어디가 편찮으신데?"

"그게…… 경찰이 아빠를 끌고 갔어요."

"그렇다면 경찰서로 가보는 게 낫지 않겠니?"

"네. 그런데 경찰에선 아빠를 여기로 데려왔어요. 너무 아파서."

"그래, 아버지가 무슨 병에 걸리신 건데?"

"그건…… 잘 모르고, 경찰이 아빠는 이리로 데리고 왔다는 것만 알아요. 우리 아빠는 어디 계실까요?"

"아마 맨 위층일 텐데, 사전에 면회 신청을 하지 않으면…… 거긴 못 들어가는데."

"그냥 아빠가 있는 방 창문이 어딘지 알고 싶거든요. 그렇게라도…… 아니, 모르겠어요."

소녀는 다시 울기 시작했다. 모드는 목이 메어 아플 지경이었다. 이 소녀는 눈 내리는 병원 밖에서라도 제 아버지가 있는 방 창문을 보겠다는 마음으로…… 알려달라는 것이었다. 모드는 마른침을 삼켰다.

"내가 경찰서에 전화해줄까? 그럼 분명히 알 수 있을—"

"아뇨, 됐어요. 이제 알겠어요. 이제 제가…… 감사합니다, 정말 감사합니다."

소녀는 몸을 돌려 다시 회전문 쪽으로 걸어갔다.

풍비박산 난 가족들은 다 어쩔까.

소녀가 문 밖으로 사라진 후에도 모드는 그애가 서 있던 자리를 물끄러미 바라보았다.

무언가 이상했다.

모드는 소녀의 생김새를, 아이의 움직임을 되새겨보았다. 어딘지 앞뒤가 맞지 않았다. 뭔가…… 삼십 초가 지나서야 모드는 그게 무언지 깨달았다. 소녀는 신발을 신고 있지 않았다.

모드는 벌떡 일어나 문 쪽으로 달려갔다. 아주 특별한 경우를 제외하곤 접수처를 떠나지 못하게 되어 있었다. 그녀는 지금이 그런 특별한 경우라고 믿었다. 그녀는 다급한 심정으로 빨리 빨리 빨리를 중얼거리며 잰걸음으로 회전문을 밀고 나가 주차장으로 갔다. 어디에도 소녀는 보이지 않았다. 어떡하지? 복지과 사람들을 불러야 할 것 같았다. 아무도 소녀를 돌봐줄 사람이 있는지 확인하지 않은 게 틀림없었다. 그러지 않고야 이런 상황이 벌어질 리가 없었다. 근데 애 아빠는 누구래?

모드는 주차장을 둘러보았지만 소녀는 보이지 않았다. 그녀는 병원 건물 한 옆을 따라 지하철 역 쪽으로 뛰었다. 소녀는 없었다. 접수처로 돌아오면서 그녀는 누구에게 전화를 걸지, 뭘 해야 할지 고민했다.

＊

오스카르는 침대에 누워 늑대인간이 나타나기를 기다렸다. 가슴속
들끓는 분노와 절망 때문에 괴로웠다. 거실에서 아빠와 얀네가 크게
떠들어대는 소리 사이사이로 카세트플레이어에서 흘러나오는 음악 소
리가 뒤섞여 들려왔다. '브뢰데나 유프'의 노래였다. 오스카르는 무슨
뜻인지도 모르면서 그 노래의 가사를 다 외우고 있었다.

우린 시골에 사네, 우린 곧 알게 됐네
우리가 천상 촌놈이라는 걸,
그러니 헛간에서 키울 것들이 있어야겠다는 생각이 들었어
우린 도자기를 내다팔았어
멋지고 섬세한 도자기를 팔아 집채만 한 돼지를 샀네……

이 부분에서 밴드 멤버들 모두가 여러 동물 울음소리를 흉내냈다.
평소엔 브뢰데나 유프가 재미있다고 생각했다. 하지만 지금은 그들이
미웠다. 한마디로 불난 집에 부채질하는 격이었다. 거나하게 취한 아
빠와 얀네 아저씨에게 머저리 같은 노래나 불러주고 있으니까.
앞으로 무슨 일이 일어날지 손바닥을 들여다보듯 훤했다.
한 시간쯤 지나 술이 동나면 얀네 아저씨는 집으로 돌아갈 것이다.
그러면 아빠는 한동안 부엌을 왔다갔다하다가, 마침내 오스카르와 이
야기를 해야겠다고 결심하겠지.
하지만 오스카르의 방에 들어온 사람에게서 아빠의 모습은 찾아볼
수 없을 것이다. 술냄새를 풀풀 풍기고, 몸도 제대로 못 가누고, 칭얼

거리며 넋두리를 해대는 주정뱅이. 오스카르더러 침대에서 일어나면 안 되겠냐고 할 것이다. 잠깐 이야기 좀 해야겠다고 하겠지. 이 아빠는 엄마를 무지 사랑한단다, 너를 무지 사랑한단다, 그런데 넌 사랑으로 보답했니? 같은 이야기들. 살면서 재수 없었던 일들을 죄다 끄집어내 알아듣기 힘든 말투로 주절대다가, 최악의 경우에는 제풀에 흥분해 화를 낼 것이다.

행여 폭력적으로 군다거나 그 비슷한 행동을 한 적은 단 한 번도 없었다. 그러나 그럴 때 아빠의 눈에는 이제껏 한 번도 본 적 없는 섬뜩하고 소름끼치는 기운이 서려 있었다. 평상시 아빠의 모습은 자취도 없이 사라져버렸다. 어쩌다 아빠의 몸속으로 기어들어가 마음대로 조종하는 괴물이 있을 뿐이었다.

술에 취했을 때의 아빠라는 인간과 술을 마시지 않았을 때의 아빠 사이는 조금도 닮은 점이 없었다. 그러니 아빠가 늑대인간이 되었다고 생각하는 게 속편했다. 아빠의 몸속에 완전히 다른 인간이 들어앉은 것이라고. 달이 늑대인간 안에 숨어 있는 짐승을 불러내듯, 술이 아빠의 몸에서 그 자식을 불러내는 것이다.

오스카르는 밤새 만화책을 집어들고 읽어보려 했지만 집중할 수가 없었다. 꼭…… 버림받은 기분이었다. 한 시간쯤 지나면 괴물과 단둘이 있게 될 것이다. 그런데도 할 수 있는 일은 기다리는 것뿐이었다.

그는 밤새 만화책을 벽에 내동댕이치고 침대에서 일어나 지갑을 가지러 갔다. 교통쿠폰 한 장과 엘리의 쪽지 두 장. 그는 침대 위에 엘리의 쪽지들을 나란히 펼쳐놓았다.

그렇다면 창문이여, 하루를 들여보내고 생명을 내보내려무나.

하트.

오늘 밤에 보자. 엘리.

두번째 쪽지.

나는 떠나야만 살 수 있고, 머무르면 죽으리. 너의 벗, 엘리.

뱀파이어 따윈 없어.

밤은 창문에 드리워진 검은 장막이었다. 오스카르는 눈을 감고 집과 농장과 들판을 쏜살같이 지나 스톡홀름으로 가는 길을 떠올렸다. 블라케베리의 단지 마당으로 날아들어 엘리의 방 창문으로 들어가자, 그녀가 있었다.

그는 눈을 뜨고 까만 직사각형의 창문을 응시했다. 그 너머 먼 곳을.

바퀴 터진 자전거에 대한 브뢰데나 유프의 노래가 시작되었다. 아빠와 안네는 뭐가 그리 웃기는지 목청이 터져라 웃어댔다. 무언가 넘어지는 소리도 들렸다.

두 괴물 중에서 어느 쪽을 고를래?

오스카르는 엘리의 쪽지를 지갑에 도로 집어넣고 옷을 입었다. 살금살금 현관으로 나가 신발을 신고 외투와 모자를 걸쳤다. 그러고는 잠시 가만히 서서 거실에서 나는 소리에 귀를 기울였다.

돌아서 나가려다가, 그는 무언가를 보고 멈춰 섰다.

신발 선반 위에 그가 네다섯 살 때 신었던 낡은 고무장화가 놓여 있었다. 신을 사람이 없는데도, 그 장화는 기억이 아득한 시절부터 줄곧 거기에 놓여 있었다. 바로 옆에 한쪽 굽에 자전거바퀴를 고칠 때 쓰는 고무를 덧댄 아빠의 거대한 트레툰* 장화가 놓여 있었다.

아빠는 왜 이런 걸 다 보관하고 있는 거지?

---

* 스웨덴의 스포츠웨어 상표.

오스카르는 이유를 알고 있었다. 장화 속에서 두 사람이 쑤욱 자라났다. 오스카르의 눈에는 그들의 뒷모습만 보였다. 아빠의 널찍한 등과 바로 옆에 선 오스카르의 좁다란 등. 오스카르는 한껏 팔을 뻗쳐 아빠의 손을 잡고 있었다. 산딸기를 따러 가는 건지 그들은 장화를 신고 자갈길을 따라 걸어갔다.

목구멍으로 치받쳐오르는 설움과 눈물을 오스카르는 억눌렀다. 손을 뻗어 작은 고무장화를 더듬었다. 거실에서 왁자하니 웃음보가 터졌다. 얀네 아저씨의 작위적인 목소리. 누군가를 흉내내는 모양이었다. 그의 장기였다.

오스카르는 손가락을 모아 장화 목을 집었다. 그랬다. 이유는 알 수 없었지만, 왠지 그래야 할 것 같았다. 그가 조심스럽게 현관문을 열고 나간 뒤로 문이 닫혔다. 밤은 얼어붙을 듯 차가웠고, 눈가루는 달빛을 받아 작은 다이아몬드 알갱이들의 바다를 이루었다.

그는 장화를 손에 꼭 쥐고 대로 쪽으로 걸어가기 시작했다.

＊

감시를 맡은 경찰은 잠이 들었다. 종일 호칸을 감시할 수는 없다고 병원 스태프가 항의한 후에 배치된 젊은 경찰이었다. 문은 비밀번호를 입력해야 하는 잠금장치로 철통같이 잠겨 있었다. 경찰은 그것만 믿고 잘 생각까지 한 모양이었다.

야간등만 켜져 있었고, 호칸은 건장한 사내가 풀밭에 드러누워 하늘을 쳐다보듯 천장의 흐릿한 그림자를 유심히 바라보았다. 그는 그림자에서 어떤 모양들을, 형상들을 찾고 있었다. 거기서 무언가를 읽어낼 수 있을지는 미지수였지만, 그러기를 바라는 마음이 간절했다.

엘리가 떠나자, 그의 과거를 지배했던 모든 것이 되돌아오고 있었다. 장기복역을 하게 될 테니 그 세월을 아직까지 읽지 못한 책들과, 다시 읽자고 마음먹었던 책들까지 전부 읽는 데 바칠 작정이었다.

셀마 라겔뢰프*의 전 작품을 하나하나 되새겨보고 있는데, 무언가를 긁어대는 소리가 상념을 방해했다. 귀를 기울였다. 긁는 소리는 점점 커지고 있었다. 창문에서 나는 소리였다.

그는 돌릴 수 있는 만큼 한껏 고개를 돌려 소리가 나는 쪽을 쳐다보았다. 어두운 하늘을 등지고 야간등의 불빛을 받아 어슴푸레하게 빛나는 타원형이 둥실 떠올라 있었다. 그 타원형 옆으로 희끄무레하고 둥그스름한 작은 덩어리가 앞뒤로 왔다갔다했다. 손. 손을 흔들고 있었다. 그 손이 창문을 잡아당기자 아까처럼 벅벅 긁는 소리, 끽끽대는 소리가 났다.

엘리.

심장이 그물에 걸린 새처럼 요동치자, 호칸은 심전도계에 연결되어 있지 않은 것이 천만다행이라는 마음이 들었다. 심장이 가슴을 뚫고 나와 바닥을 굴러 창문으로 가는 광경이 상상될 정도였다.

들어오렴, 내 사랑, 들어와.

그러나 창문은 잠겨 있었고, 설사 열려 있었다 해도 그의 입은 엘리가 병실 안으로 들어와도 된다는 말을 할 수 없을 것이다. 같은 의미의 몸짓이라도 할 수 있겠지만, 그런 건 어떻게 하는지 몰랐다.

할 수 있을까?

---

* 스웨덴의 소설가. 대표작은 『닐스의 모험』으로, 노벨문학상을 수상한 최초의 여성작가이다. 현재 스웨덴 20크로나 화폐의 인물이기도 하다.

그는 시험 삼아 한쪽 다리를 들어 침대 아래로 내리고 이어서 다른 다리도 내렸다. 두 발로 바닥을 디디고 일어서보았다. 열흘 동안 누워만 있다 일어나려니 두 다리로 몸을 지탱하기가 버거웠다. 침대 난간에 몸을 기대보았지만 금방이라도 한쪽으로 쓰러질 것 같았다.

정맥주사 튜브가 팽팽해지면서 주사바늘이 꽂혀 있는 피부가 당겼다. 경보장치라도 붙인 건지, 가느다란 전선이 튜브를 따라 길게 연결되어 있었다. 튜브 한쪽 끝만 잡아당겨도 경보장치가 울릴 터였다. 그는 정맥주사 스탠드 방향으로 팔을 움직였고, 줄이 아까보다 느슨해지자 창문 쪽으로 몸을 돌렸다.

해야 돼.

정맥주사 스탠드엔 바퀴가 달려 있었고, 경보장치 배터리는 수액봉지 아래쪽에 나사로 연결되어 있었다. 그는 손을 뻗어 스탠드를 붙잡았다. 스탠드를 지팡이 삼아 천천히, 천천히 일어섰다. 시험 삼아 한 발짝 떼었는데 남은 한쪽 눈 앞에서 방 안이 출렁거리며 물결쳤다. 그는 멈춰 서서 귀를 기울였다. 잠든 경찰의 숨소리는 변함없이 조용하고 규칙적이었다.

호칸은 발을 질질 끌며 달팽이처럼 느릿느릿 방을 가로질러갔다. 바퀴 하나에서 끽 하는 소리가 들리기가 무섭게 멈춰 서서 귀를 기울였다. 이것이 엘리를 보는 마지막이라는 예감에 기대어 그는 결심했으니……

……실패하면 안 돼.

창문까지 완주하고 나니 온몸이 물에 젖은 솜처럼 무거웠다. 창문에 눈을 바싹 대자, 얼굴을 덮고 있던 젤라틴 같은 막이 창유리에 들러붙어 피부가 다시 화끈거리기 시작했다.

몇 센티미터밖에 되지 않는 이중창을 사이에 두고 그는 사랑하는 이를 보았다. 창문 너머에서 엘리가 그의 일그러진 얼굴을 어루만지듯 손을 움직였다. 호칸은 가능한 한 가까이 자신의 눈을 엘리의 눈에 고정시켰다. 시야는 여전히 왜곡되어 있어 그의 눈에 비친 엘리의 검은 눈은 물에 풀어진 듯 흐릿하게 보였다.

다른 모든 것과 함께 눈물샘도 타 없어진 줄 알았는데, 아니었다. 눈물이 고여 앞이 보이지 않았다. 임시 눈꺼풀은 눈물을 떨어낼 수가 없었기 때문에 그는 소리없는 흐느낌으로 몸을 떨면서 성한 손으로 조심스럽게 눈가를 훔쳤다.

그는 더듬더듬 창문의 걸쇠를 찾아 옆으로 돌렸다. 창문을 열자, 예전에 코였던 구멍에서 콧물이 흘러나와 창문턱으로 뚝뚝 떨어졌다.

차가운 바람이 방 안으로 들이닥쳤다. 경찰이 깨어나는 건 시간문제였다. 호칸은 팔을 들어 성한 손을 창문 너머의 엘리를 향해 뻗었다. 엘리는 창턱 위로 올라타더니, 두 손으로 그의 손을 잡고는 입을 맞추었다. 속삭였다.

"안녕, 내 친구."

호칸은 그녀의 말을 들을 수 있다는 뜻으로 천천히 고개를 끄덕였다. 엘리의 손아귀에서 손을 빼 그녀의 뺨을 어루만졌다. 얼어붙은 비단결 같은 그녀의 피부를.

모든 것이 제자리로 돌아왔다.

그는 감방에서 썩지 않을 작정이었다. 무의미한 책들에 둘러싸인 채, 그들의 기준으로 가장 추악한 범죄를 저질렀다며 괴롭혀댈 다른 죄수들에게 둘러싸인 채. 그는 엘리와 함께할 것이었다. 그는……

엘리는 창턱에 옹크리고 앉은 채 그에게 가까이 기대왔다.

"내가 어떻게 해줬으면 좋겠어?"

호칸은 그녀의 뺨에 대고 있던 손을 움직여 자신의 목을 가리켰다.

엘리는 고개를 저었다.

"그럼 당신을 죽여야 되잖아……"

호칸은 다시 손을 목에서 엘리의 뺨으로 가져다댔다. 손가락을 들어 그녀의 입술에 가져다댔다. 그러고는 손을 거두었다.

다시 한번, 자신의 목을 가리켰다.

*

입김이 새하얀 구름처럼 뿜어져나왔지만 춥지 않았다. 십 분 후 오스카르는 가게에 도착했다. 달이 아빠 집부터 그를 줄곧 따라오더니 가문비나무 꼭대기에서 숨바꼭질을 했다. 오스카르는 시간을 확인했다. 열시 십분. 홀에 걸린 버스노선표를 보니 열두시 반경에 노텔리에에서 막차가 출발할 예정이었다.

그는 주유기 불빛으로 환한 가게 앞 공터를 가로질러 카펠셰슈베겐 방향으로 걸어갔다. 히치하이크는 한 번도 해본 적이 없었고, 엄마가 알면 난리를 칠 것이다. 생면부지인 사람의 차에 올라탄다는 건……

그는 좀더 빠른 걸음으로 불 켜진 집 몇 채를 지나쳤다. 집 안에 있는 사람들은 즐거운 시간을 보내고 있었다. 아이들은 부모가 방에 들어와 잠을 깨우고 말도 안 되는 소리를 지껄일 거란 걱정 없이 침대에 누워 자고 있었다.

이건 아빠 잘못이야. 난 잘못 없어.

그는 여전히 손에 들고 있는 고무장화를 내려보다가 그대로 도랑에 던져버리고는, 멈춰 섰다. 고무장화는 달빛 아래 새하얀 눈과 대비를 이루는 거무튀튀한 두 개의 얼룩이 되어 그곳에 잠들게 되었다.

엄마는 다시 여기 못 오게 하겠지.

대략…… 한 시간 정도 지나면 아빠는 그가 사라져버린 걸 알게 될지도 몰랐다. 그러면 밖으로 나와 그의 이름을 소리쳐 부르며 찾아다닐 것이다. 그러고는 엄마에게 전화를 할 것이다. 과연 그럴까? 그럴 거다. 오스카르가 엄마한테 전화했는지 확인하려고. 엄마는 오스카르가 없어졌다는 말을 듣다가 아빠가 취했다는 걸 알아차릴 것이고, 그러면……

잠깐. 이건 어떨까.

노텔리에 도착하면 공중전화로 아빠에게 전화를 걸어 스톡홀름으로 와버렸다고, 그날 밤은 친구 집에서 자고 다음 날 아침에 엄마한테 가되 아무 얘기도 하지 않겠다고 말하는 거다.

그럼 아빠는 대참사는 간신히 면하면서 교훈을 얻게 될 것이다.

좋아. 그런 다음엔……

오스카르는 도랑으로 내려가 고무장화를 집어 주머니에 억지로 쑤셔넣고 길을 따라 계속 걸었다. 이젠 모든 게 만족스러웠다. 오스카르는 어디로 갈지 스스로 결정했고, 달빛은 다정하게 그를 비추며 그의 앞길을 환하게 밝혀주고 있었다. 그는 인사의 표시로 한 손을 올리고 노래를 부르기 시작했다.

"프리쇼프 안데숀 나가신다, 그의 모자 위로 눈이 내린다……"*

가사를 기억하는 건 거기까지라 나머지는 허밍으로 불렀다.

몇 백 미터쯤 갔을 때 차 한 대가 다가왔다. 그는 차가 멀리서 오다

---

* 스웨덴 음유시인 에베트 토베의 〈프리쇼프 안데숀〉의 가사.

가 속력을 늦추는 소리를 듣고 엄지손가락을 들어올렸다. 차는 그를 지나쳤다가 멈추더니 후진을 했다. 조수석 문이 열렸다. 차 안에는 여자가 있었다. 엄마보다 조금 젊어 보이는 여자였다. 조금도 겁낼 것 없었다.

"애, 너 어디까지 가니?"

"스톡홀름이요. 어, 노텔리에요."

"나도 노텔리에로 가는 길이거든, 그러니까……"

오스카르는 차 안으로 몸을 수그렸다.

"어머나, 너희 엄마랑 아빠는 네가 여기 있는 걸 아니?"

"네, 그런데 아빠 차가 고장나서, 그래서……"

여자는 그를 보며 뭔가 무슨 생각을 하는 눈치였다.

"알았다, 어서 타렴."

"감사합니다."

오스카르는 미끄러지듯 좌석에 올라탄 다음 문을 닫았다. 차가 출발했다.

"버스 정거장에서 세워줄까?"

"네, 그래주세요."

오스카르는 의자에 등을 기대고 온몸, 특히 등을 타고 올라오는 온기를 만끽했다. 열선 시트인가 뭔가 하는 게 분명해. 그런 것쯤은 쉽게 생각해냈다. 불 켜진 집들이 휙휙 지나갔다.

집에들 가만있으세요.

노래를 부르며, 놀이도 하면서 우리는 스페인으로, 또다른 곳으로…… 간다네.*

"스톡홀름에 사니?"

"네. 블라케베리요."

"블라케베리…… 그게 서쪽 부근에 있는 거 맞지?"

"그럴걸요. 서부교외라고 부르니까 맞지 않을까요?"

"그래. 집에 뭐 중요한 일이 있나보네?"

"네."

"이렇게 차를 얻어타고라도 가야 하는 거면 엄청나게 특별한 일인가보구나."

"네, 맞아요."

✳

방 안은 추웠다. 불편한 자세로 한참 잤더니 관절이 뻣뻣했다. 경찰은 기지개를 켰다. 관절에서 우두둑 소리가 났다. 침대를 본 그의 눈이 별안간 휘둥그레졌다.

없어졌다…… 춥다…… 망했다!

그는 엉거주춤 일어나 주위를 둘러보았다. 하느님 감사합니다. 남자는 도망가지 않았다. 그런데 도대체 어떻게 창가까지 간 거지? 그리고……

저건 뭐야?

창틀에 몸을 기대고 있는 살인자의 한쪽 어깨에 검은 덩어리가 붙어 있었다. 그가 입고 있는 병원 가운 밑으로 벌거벗은 등이 보였다. 경찰은 창가 쪽으로 한 발짝 다가가, 숨을 죽이고 그 자리에 멈춰 섰다.

＊〈프리쇼프 안데숀〉의 가사.

덩어리는 머리였다. 그는 한 쌍의 검은 눈동자와 눈이 마주쳤다.

경찰은 손을 더듬어 무기를 찾다가, 하나도 가져오지 않았음을 깨달았다. 보안상의 이유였다. 가장 가까이 있는 무기는 복도 금고 안에 있었다. 그런데다 이제 막 본 것이지만, 겨우 어린애 하나일 뿐이었다.

"거기 너! 털끝 하나 움직이지 마!"

그가 창문 쪽으로 세 발걸음 뛰었을 때 아이가 남자의 목에서 고개를 들었다.

경찰이 막 다가선 순간, 아이는 창틀에서 훌쩍 뛰어 위쪽으로 사라져버렸다. 한순간이었지만, 사라지기 전에 아이의 두 발이 허공을 휘저었다.

맨발이다.

경찰은 창밖으로 고개를 내밀었다. 지붕 위를 질러가는 몸뚱이가 시야에 포착됐다 곧 사라져버렸다. 옆에 있는 남자는 씨근씨근 힘겹게 숨을 쉬고 있었다.

말도 안 돼. 난 이제 죽었다.

희미한 불빛 아래 남자의 어깨와 등에 묻어 있는 거무스름한 얼룩이 눈에 띄었다. 남자의 머리가 점점 아래로 수그러들면서 목에 새로 생긴 상처가 드러났다. 지붕 위에서 가볍게 발을 구르며 양철판을 가로지르는 소리가 들려왔다. 경찰은 온몸이 뻣뻣이 굳은 채 서 있었다.

우선순위…… 우선순위가 뭐였더라?

기억이 나지 않았다. 인명부터 구하라. 그래, 하지만 다른 사람들이 행여…… 그는 문 쪽으로 달려가 잠금장치에 번호를 입력한 다음, 복도 밖으로 미끄러지듯 질주하며 소리쳤다.

"간호사! 간호사! 여기! 응급상황이에요!"

비상계단을 향해 달려가는데, 야간근무를 서는 간호사가 간호사실에서 나와 막 그가 나온 병실 쪽으로 터벅터벅 걸어오고 있었다. 그들이 막 스쳐 지나가는 순간 간호사가 물었다. "무슨 일이에요?"

"응급이에요. 응급…… 상황. 사람들 불러요. 사고가…… 살인사건이에요."

말이 제대로 나오지 않았다. 이런 일은 난생처음이었다. 그는 경험이 없다는 이유로 이 지루한 감시업무를 맡게 되었다. 말하자면 땜빵이었다. 계단 쪽으로 달려가면서 그는 무전기를 꺼내 서에 알리고, 지원을 요청했다.

✻

간호사는 최악의 상황이라 짐작하고 각오했다. 피바다가 된 바닥에 누워 있는 시체, 온수 파이프에 시트로 목을 맨 시체. 둘 다 본 적이 있었다.

병실에 들어섰을 때 그녀의 눈에 들어온 건 텅 빈 침대뿐이었다. 그런데 창문 옆에 무언가 있었다. 처음에는 창턱에 걸쳐 있는 옷가지 더미인 줄 알았다. 그런데 그것이 움직였다.

그녀는 그를 말리려고 창가로 달려갔지만 남자 쪽이 훨씬 빨랐다. 그녀가 달리기 시작했을 때 이미 그는 창턱에 올라서서 창밖으로 몸을 반쯤 내민 상태였다. 팔에서 정맥주사가 뽑혀나가며 그의 몸이 창턱 너머로 굴러떨어지는 찰나, 여자는 용케 환자복 자락을 붙잡았다. 그리고 천 찢어지는 소리가 나더니, 그 자리에 선 그녀의 손에는 파란 천 조각만이 들려 있었다. 몇 초 후 몸뚱이가 바닥에 떨어지는 둔중한 소리가 멀리서 들려왔다. 그 순간, 정맥주사 스탠드에서 고음의 경보음이 울렸다.

※

택시기사는 응급실 입구 앞쪽에 차를 세웠다. 야콥스베리부터 여기까지 오는 긴 시간 내내 뒷좌석에 앉아 심장질환 병력에 대한 이야기로 기사를 즐겁게 해주던 노인은 차문을 열고 자리에 그대로 앉은 채 기다렸다.

아, 네, 알았습니다.

기사는 차문을 열고 나와 빙 돌아 걸어가서는 노인을 부축하려고 한 팔을 내밀었다. 내리는 눈송이가 그의 재킷 깃 안으로 들어갔다. 노인은 기사의 팔을 잡으려다 말고 하늘의 한 지점에 시선이 못 박힌 채, 그대로 얼어붙었다.

"자, 제게 기대세요."

노인은 위를 가리켰다.

"저게 뭐지?"

기사는 노인이 가리키는 곳을 보았다.

병원 지붕 위에 사람이 서 있었다. 체구가 작은 사람. 벌거벗은 가슴에, 두 팔은 옆구리에 찰싹 붙이고 있었다.

사람을 불러야 돼.

응당 무전기로 경보 신호를 보내야 했지만 그는 옴짝달싹 못 한 채 그 자리에 서 있었다. 움직였다가 행여 이 긴장된 공기의 흐름을 깨기라도 한다면 저 작은 사람이 떨어질 것 같았다.

손이 아파서 보니 노인의 갈고리 같은 손가락이 그의 손을 움켜잡고 있었다. 노인의 손톱이 손바닥을 깊숙이 파고들었다. 그런데도 그는 움직일 수가 없었다.

눈송이가 눈으로 들어가 그는 눈꺼풀을 깜박였다. 지붕 위의, 여자인지 남자인지 알 수 없는 사람이 두 팔을 활짝 펴더니 머리 위로 쳐들었다. 팔과 몸 사이에 물갈퀴 같은…… 얇은 막이 달려 있었다. 노인은 기사의 손을 잡아당기더니 차 밖으로 몸을 일으켜 그의 옆에 섰다.

노인의 어깨가 기사의 어깨에 닿는 바로 그 순간, 그 자그마한 사람…… 아이는…… 추락했다. 그는 다시금 손바닥을 파고드는 노인의 손가락을 느꼈다. 아이는 그들 위로 곧장 뛰어내렸다.

본능적으로 그들은 고개를 숙였고, 두 팔을 모아 머리를 가렸다.

잠잠했다.

그들이 다시 고개를 들었을 때 아이는 사라지고 없었다. 기사는 주위를 둘러봤지만 보이는 것이라곤 가로등 불빛 속에서 흩날리는 눈발뿐이었다. 노인이 거친 숨을 들이마셨다.

"죽음의 천사였어. 죽음의 천사. 살아서 여길 나오긴 다 틀렸구먼."

11월 7일 토요일(밤)

"하바 하바 줏줏!"*

회토리엣 역에서 탑승한 청소년 패거리들이 부르는 노랫소리였다. 톰미 또래 같았다. 취해 있었다. 남자애들은 이따금씩 목청을 길게 뽑으며 여자애들 무릎 위로 쓰러졌고, 여자애들은 그런 그들을 때리며 웃어댔다. 또다시 노래가 이어졌다. 똑같은 노래가 자꾸만 되풀이되었다. 오스카르는 그런 그들을 훔쳐보았다.

절대 저렇게는 되지 말아야지.

웬걸. 그는 그렇게 되고 싶었다. 재미있을 것 같았다. 그러나 오스카르의 깜냥으로는 어떻게 해도 그 남자애들처럼 행동하지는 못할 것이다. 한 남자애가 자리에서 일어나 큰 소리로 노래했다. "아 홀레바 홀레바, 아하 홀레바……"

---

* 1980년대 스웨덴에서 큰 인기를 누린 팝그룹 '카렘바'의 히트곡.

차량 한쪽 끝 장애인석에 앉아 꾸벅꾸벅 졸던 노인이 버럭 소리를 질렀다. "거기, 조용히 안 해! 잠 좀 자잔 말이다!"

여자애들 중 하나가 노인에게 가운뎃손가락을 세워 보였다.

"잠은 집에 가서 주무셔."

모두가 왁자하게 웃더니 같은 노래를 다시 부르기 시작했다. 그들에게서 몇 좌석 떨어진 곳에서 한 남자가 책을 읽고 있었다. 오스카르는 목을 빼고 책 제목을 보려고 했지만 작가 이름만 겨우 보였다. 예란 툰스트럼*. 한 번도 들어본 적 없는 이름이었다.

두 개의 좌석이 마주 보게 되어 있는 구역 중 가장 가까운 곳에 한 노부인이 무릎에 핸드백을 올려놓고 앉아 있었다. 그녀는 있지도 않은 상대에게 손짓을 해가며 낮은 소리로 혼잣말을 하고 있었다.

이렇게 늦은 시간에 지하철을 타기는 처음이었다. 이들은 낮 시간에 말없이 앉아 앞만 보거나 신문을 읽는 사람들과 같은 사람들일까? 아니면 밤에만 나타나는 특이한 부류인 걸까?

책을 읽던 남자가 책장을 넘겼다. 책을 한 권도 가져오지 않다니 오스카르에게는 좀처럼 없는 일이었다. 아쉬웠다. 그도 그 남자처럼 행동하고 싶었다. 주변은 아랑곳하지 않고, 책을 읽고 싶었다. 하지만 워크맨과 루빅스 큐브밖에 없었다. 톰미한테서 산 '키스' 테이프를 들을 계획이었지만, 버스에서 몇 곡 듣고는 금방 질려버렸다.

오스카르는 가방에서 큐브를 꺼냈다. 세 면은 완성했다. 네번째 면은 몇 조각만 맞추면 끝났다. 어느 날 밤엔가 엘리와 큐브를 맞추며 완성하는 방법에 대해 이야기를 나눈 후 그의 실력은 부쩍 늘었다. 그는

---

* 스웨덴의 소설가. 내밀한 문체의 자전적 작품들로 유명하다. 대표작 『크리스마스 오라토리오』는 영화화되기도 했다.

큐브를 요모조모 뜯어보며 방법을 생각하려고 애썼지만, 자꾸만 엘리의 얼굴이 떠올랐다.

그앤 어떤 모습일까?

겁이 나지 않았다. 그는 지금 뭐랄까…… 이런 것…… 그가 이런 시간에 이런 곳에 있는 건 있을 수 없는 일이었고, 지금 하는 행동 역시 그라면 할 리가 없었다. 이건 실재 상황이 아니었다. 그가 아니었다.

난 존재하지 않으니까 아무도 나한테 어떻게 할 수 없어.

노텔리에서 전화했을 때 아빠는 전화기에 대고 울었다. 다른 사람을 시켜 그를 데리러 오겠다고 했다. 아빠가 우는 걸 들은 건 이번이 두번째였다. 그 순간 오스카르는 아빠 말대로 할까 고민했다. 그러나 아빠가 흥분해서 자긴 자신만의 삶을 찾아나설 수밖에 없었고, 그래서 이렇게 버젓한 자기 집에서 심사 '꼴리는 대로' 살 수 있게 된 거라며 고래고래 소리 지르기 시작하자 오스카르는 전화를 끊어버렸다.

바로 그때부터였다. 자신이 정말로 존재하는 게 아니라는 느낌이 들기 시작한 건.

노래 패거리는 엥뷔플란 역에서 내렸다. 남자애 하나가 뒤를 돌더니 지하철 안을 향해 소리쳤다.

"좋은 꿈꾸세요, 나의…… 나의……"

더는 생각나지 않는 듯 말을 잇지 못하는 그를 여자애 하나가 끌고 갔다. 문이 닫히기 직전 남자애는 뿌리치고 다시 뛰어오더니, 한쪽 문짝을 닫히지 않게 잡고 소리쳤다.

"……승객 친구 분들! 좋은 꿈 꿔요. 우리 승객 친구 분들!"

그가 문을 잡은 손을 놓자 지하철이 움직이기 시작했다. 책을 읽던 남자가 책을 내려놓고 플랫폼에 있는 젊은이들을 보았다. 그러고는 오스카르 쪽으로 고개를 돌리더니 그의 눈을 보고 미소 지었다. 오스카르도 짧은 미소로 답한 후, 다시 큐브에 정신이 팔린 척했다.

어떤 심사에…… 합격한 것 같은 느낌이 가슴속을 통과했다. 남자는 아까 그를 보며 마음속으로 괜찮아, 넌 잘하고 있는 거야라는 생각을 전달한 것이었다.

오스카르는 다시 남자를 바라볼 용기가 나지 않았다. 남자가 다 알고 있는 것만 같았다. 오스카르는 큐브를 짤깍 돌렸다가 다시 제자리로 돌려놓았다.

✳

블라케베리 역에서 오스카르 말고 두 사람이 다른 량에서 내렸다. 그가 모르는 노인 한 명과 폭주족 차림새에 코가 비뚤어지게 취한 듯한 사내 한 명. 폭주족 사내가 노인 쪽으로 오며 소리쳤다.

"어이, 아저씨, 남는 담배 한 대 있어요?"

"미안하이. 담배를 안 피워서."

폭주족 사내는 못 들은 건지 호주머니에서 10크로나 지폐를 꺼내어 이리저리 흔들어 보였다. "십 크로나 줄게! 딱 한 마리만 주면 된다고, 아저씨."

노인은 고개를 절레절레 저으며 가버렸다. 폭주족 사내는 멍하니 서서 흔들흔들 몸을 놀리다가, 마침 오스카르가 지나가자 고개를 번쩍 들고는 말했다. "너!" 하지만 실눈을 뜨고 오스카르를 유심히 보더니 고개를 저었다. "아니다. 아무것도 아니야. 무사히 가시오, 형제."

오스카르는 계단을 올라 역사로 향했다. 폭주족 사내가 전류가 흐르는 차선에 오줌을 누려는 건 아닐까 궁금했다. 노인은 출구 문을 열고 나갔다. 창구 안의 검표원 말고 역에는 오스카르뿐이었다.

밤에는 그렇게 모든 것이 달라 보였다. 역 안의 사진관, 꽃가게, 옷가게 모두 어두컴컴했다. 검표원은 카운터에 발을 올려놓고 앉아 책을 읽고 있었다. 쥐죽은 듯 고요했다. 벽에 걸린 시계를 보니 새벽 두시가 조금 넘었다. 보통 때 같으면 침대에 있을 시간이었다. 한창 자고 있을 때였다. 졸리기라도 해야 정상이었다. 하지만 웬걸. 너무 피곤해 몸이 텅 빈 기분이었지만, 빈 곳을 전류가 꽉 채우고 있는 것 같았다. 졸린 거하고는 달랐다.

저 아래 플랫폼 쪽에서 문 하나가 벌컥 열리더니 아까 그 폭주족 사내의 목소리가 들려왔다. "그러니 고개를 숙이시오, 여러분, 헬멧을 쓰고 곤봉을 든 경관 여러분……"

그가 아까부터 부르던 노래였다. 오스카르는 킬킬 웃으며 달리기 시작했다. 문 밖으로 달려나가 언덕을 내려가 학교로, 학교를 지나 주차장으로. 다시 눈이 내리기 시작했고, 큼지막한 눈송이들이 그의 따뜻한 얼굴에 닿기 무섭게 사라졌다. 그는 달리면서 하늘을 올려다보았다. 달은 여전히 거기서, 집들 사이에서 훔쳐보고 있었다.

단지 마당에 이르러 오스카르는 멈춰 서서 숨을 죽였다. 대부분의 창문들은 불이 꺼져 있었다. 그런데 엘리네 집 블라인드 너머로 희미한 불빛이 새어나오는 것이 아닌가?

그앤 어떤 모습일까?

오스카르는 경사진 마당을 올라가며, 불 꺼진 자기 집 창문을 힐긋 보았다. 평소라면 방에서 자고 있었을 것이다. 엘리를 알기 전의 …… 오스카르. 바지 안에 오줌공을 넣고 다니던 아이. 이제는 필요가 없어져 치워버린 오줌공을.

오스카르는 자기 집 건물 문을 열고 지하 복도를 통해 엘리의 집 쪽으로 걸어가면서 그날의 핏자국이 남았는지 살펴보았다. 하지만 걸음은 멈추지 않았다. 그냥 지나쳐버렸다. 자국은 없었다. 지금 오스카르에게는 엄마도 아빠도 없었고, 이전의 삶이란 것도 없었다. 그는 단순히, 존재할 뿐이었다…… 이곳에. 그는 문을 지나 계단을 올라갔다.

층계참에 다다른 그는 거기 서서 낡은 나무문을, 텅 빈 문패를 바라보았다. 문 너머에 있는 곳을.

날듯이 계단을 뛰어올라와 몸을 던져 초인종을 누르는 자신의 모습을 상상했더랬다. 하지만 그는 그러지 않고, 문 바로 옆의 맨 아래 계단 옆에 앉았다.

만약 그애가 못 들어오게 하면 어떡하지?

어쨌거나 그녀 쪽에서 먼저 도망쳤으니까. 그에게 가버리라고, 혼자 있고 싶다고 말할지도 몰랐다. 그녀가……

지하실 창고. 톰미 형 패거리.

거기 소파에서 자도 되겠다. 설마 밤에도 거기 있는 건 아니겠지? 그리고 내일 밤에는 엘리를 만날 수 있을 것이다. 예전처럼.

하지만 예전처럼은 안 될 거야.

오스카르는 초인종을 바라보았다. 아무 일 없었던 것처럼 예전으로 돌아가진 못할 것이다. 뭔가 큰일을 저질러야 했다. 가령 도망치거나, 히치하이크를 하거나, 한밤중에 집으로 돌아온다거나…… 그래야 심각한 일이라는 걸 알려줄 수 있을 터였다. 그가 겁내는 건 그애가 다른 사람의 피를 빨아먹으며 사는 존재일지 모른다는 사실이 아니었다. 아니었다— 그보다는 그를 멀리하지 않을까가 두려웠다.

오스카르는 초인종을 눌렀다.

아파트 안에서 날카로운 소리가 울려퍼지다 그가 손을 떼자 급작스레 멈췄다. 그는 그곳에 서서 기다렸다. 다시, 이번엔 좀더 길게 눌렀다. 아무도 나오지 않았다. 기척조차 없었다.

집에 없구나.

오스카르는 계단에 동그마니 앉아 가슴속에서 돌덩이처럼 가라앉는 낭패감을 느꼈다. 갑자기 극심한 피곤이, 걷잡을 수 없는 피곤이 몰려왔다. 그는 느릿느릿 일어나 계단을 걸어내려갔다. 반쯤 내려갔을 때 문득 묘안이 떠올랐다. 바보 같지만 뭐 어때? 다시 엘리네 집 문 앞으로 간 그는 초인종을 벽 삼아 모스부호로 그녀의 이름을 한 자 한 자 눌렀다.

짧게. 잠시 쉬었다가. 짧게. 길게. 짧게. 짧게. 잠시 쉬었다가. 짧게, 짧게. 에…… 엘…… 리……

기다렸다. 안에선 아무 소리도 들리지 않았다. 돌아서 가려는데, 그녀의 목소리가 들렸다.

"오스카르? 너니?"

결국 이렇게 될 거였다. 가슴속에서 환희가 로켓처럼 발사되더니 굉음과 함께 그의 입 밖으로 터져나왔다.

"응!"

❋

뭐든 일은 해야겠다는 생각으로 모드 칼베리는 리셉션데스크 뒤의 방에서 커피 한 잔을 내려와 어두운 카운터에 앉았다. 교대근무는 한 시간 전에 끝났지만 경찰이 기다리라고 했다.

옷차림이 경찰처럼 보이지 않는 남자 몇 명이 아까 그 꼬마 소녀가 맨발로 걸어다녔던 바닥에 가루를 묻혀 솔질하고 있었다.

소녀가 무슨 말을 했고, 어떤 행동을 했고, 어떻게 생겼는지를 물어본 경찰은 친절하지 않았다. 사정청취 내내 모드는 경찰이 그녀가 무슨 잘못이라도 저질렀다는 투로 얘기한다는 인상을 받았다. 하지만 그녀라고 무슨 수로 알아차릴 수 있었겠는가?

그녀와 근무시간대가 자주 겹치는 경찰 헨릭이 리셉션데스크로 와 그녀의 커피 잔을 가리켰다.

"나 줄 거야?"

"그러셔."

헨릭은 잔을 들고 한 모금 마시더니 로비를 바라보았다. 발자국을 채취하려고 바닥을 솔질하는 남자들로부터 조금 떨어진 곳에서 제복경찰 하나가 택시기사와 이야기를 나누고 있었다.

"오늘 밤엔 사람이 많네."

"뭐가 뭔지 하나도 모르겠어. 그 아인 거기까지 어떻게 올라갔대?"

"아무도 몰라. 그러니까 알아내려고 하는 거잖아. 보아하니 벽을 타고 올라간 것 같던데."

"그게 도대체 가능하긴 한 거냐고?"

"어림도 없지."

헨릭은 호주머니에서 감초젤리 한 봉지를 꺼내더니 모드에게 내밀었다. 그녀가 고개를 젓자 그는 젤리 세 개를 꺼내 입에 털어넣고 변명하듯 어깨를 으쓱했다.

"담배를 끊었거든. 이 주 만에 사 킬로그램이 불었어." 그는 얼굴을 찌푸렸다. "거참, 당신도 그 남자 봤어야 하는데."

"그 남자…… 살인자?"

"응. 벽이란 벽은 할 것 없이…… 피 칠갑을 해놨더라고. 그리고 얼
굴은…… 개판이야. 난 자살할 거면 약을 먹을 거야. 부검하는 친구들
입장 좀 생각해보라고. 싫어도—"

"헨릭."

"응?"

"그만해."

✳

엘리는 문간에 서 있었다. 오스카르는 계단에 앉아 있었다. 그는 언
제든 바로 가버릴 것처럼 한 손으로 가방끈을 꼭 감아쥐고 있었다. 엘
리가 귀 뒤로 머리칼을 넘겼다. 더없이 건강해 보였다. 자신이 없어 보
이는, 어린 소녀. 그녀는 고개를 숙이고 자기 손을 내려다보다 가라앉
은 목소리로 말했다.

"들어올래?"

"응."

엘리는 거의 알아차릴 수 없을 만큼 살짝 고개를 끄덕이고는 손가락
들을 꼼지락거렸다. 오스카르는 여전히 계단 위에 앉아 있었다.

"나…… 들어가도 돼?"

"응."

그 순간, 악마가 오스카르의 안으로 덮쳐들었다.

"들어가도 된다고 말해줘."

엘리는 고개를 들더니 무슨 말을 하려다가 그만두었다. 문을 조금 닫기 시작하다가, 멈췄다. 맨발로 서 있던 그녀는 다른 쪽 발에 체중을 옮겨싣고는 말했다.

"들어와도 돼."

엘리는 돌아서서 집 안으로 들어갔다. 오스카르도 따라들어가 등 뒤로 문을 닫았다. 그리고 가방을 내려놓고 재킷을 벗어 작은 못들이 박혀 있는 모자걸이에 걸었다. 모자걸이가 텅 비어 있는 것이 눈에 들어왔다.

엘리는 두 팔을 늘어뜨린 채 거실 쪽 문간에 서 있었다. 그녀는 팬티 위로 '아이언 메이든'이라는 밴드 이름과 앨범 재킷의 해골 괴물이 프린트된 빨간 티셔츠를 입고 있었다. 오스카르는 그 옷을 본 기억이 났다. 얼마 전 폐품처리장에서였다. 그 티셔츠일까?

엘리는 자신의 더러운 발을 골똘히 내려다보고 있었다.

"그 말은 왜 했어?"

"네가 했잖아."

"그래. 오스카르……"

그녀는 머뭇거렸다. 오스카르는 방금 모자걸이에 건 재킷에 손을 올려놓은 채 그 자리에서 움직이지 않았다. 그리고 재킷에 시선을 고정한 채 물었다.

"너 뱀파이어니?"

그녀는 두 팔로 제 몸을 감싸고는 천천히 고개를 저었다.

"나…… 피를 먹고 살긴 하지만…… 그건 아니야."

"무슨 차이가 있는데?"

그녀는 그의 눈을 똑바로 보면서 다소 힘주어 말했다.

"굉장히 큰 차이가 있어."

오스카르는 엘리가 발가락에 힘을 줬다 풀었다 다시 힘주는 것을 보았다. 그녀의 맨다리는 앙상했고, 티셔츠 밑으로 흰 팬티의 끝자락이 보였다. 그는 그녀를 손으로 가렸다.

"그렇다면 너…… 죽은 사람 같은 거야?"

엘리는 그가 온 후로 처음으로 미소를 지었다.

"아니. 네 눈엔 그렇게 보여?"

"아니, 그게…… 내 말뜻은…… 전에…… 한 번 죽은 거냐고, 아주 오래전에 말야."

"아니, 근데 정말 오래 살긴 했어."

"나이가 많아?"

"아니, 열두 살이야. 열두 살로 오래 산 거야."

"그러니까, 속으론 나이를 많이 먹은 거잖아. 머리로는 말야."

"아니, 안 그래. 아직까지도 내가 이상하다고 생각하는 딱 하나가 그거야. 나도 이해가 안 가. 왜…… 어떻게 해도…… 열두 살 이상…… 자라지 않는 건지."

오스카르는 재킷 위로 팔을 쓰다듬으면서 그 말에 대해 생각해보았다.

"그냥 거기까지인가보다, 그치?"

"무슨 소리야?"

"그러니까…… 열두 살에서 멈춘 게 이해가 안 가는 게, 열두 살이라서 그렇다는 거지."

엘리의 표정이 일그러졌다. "내가 바보라는 거야?"

"아니, 그냥 약간 더딘 거라고. 어린애들이 그렇잖아."

"알았어. 그래서 넌, 큐브는 잘하고 있어?"

오스카르는 코웃음을 웃고는 엘리의 시선을 마주하다 문득 그녀의 동공에 대한 기억을 떠올렸다. 지금은 정상으로 보였지만 그전에 봤을 땐 정말이지 이상했다. 정말 그랬다. 지금 생각해봐도…… 감당이 안 됐다. 믿기지가 않았다.

"엘리, 이거 다 네가 꾸며낸 거지, 그렇지?"

해골 괴물이 그려진 배 부분을 쓰다듬던 엘리의 손이 괴물의 쩍 벌린 입 바로 위에서 멈추었다.

"아직도 피의 서약을 맺고 싶어?"

오스카르는 반걸음 물러섰다.

"아니."

그녀는 고개를 들어 그를 바라보았다. 슬픈, 비난에 가까운 표정.

"그런 게 아니라니깐. 정말 모르겠니? 내가……"

그녀는 말을 다 맺지 못했다. 오스카르가 대신해 그녀가 하려던 말을 맺어주었다.

"날 죽일 생각이었다면 오래전에 죽였겠지."

엘리는 고개를 끄덕였다. 오스카르는 또 반걸음 물러섰다. 문 밖까지 얼마나 빨리 도망칠 수 있을까? 가방은 두고 가야 하나? 엘리는 그가 두려워한다는 것을, 도망치고 싶어한다는 걸 알아채지 못한 것 같았다. 오스카르는 몸이 뻣뻣하니 굳은 채 그대로 서 있었다.

"그럼 나…… 전염되는 거야?"

여전히 고개를 떨구고 티셔츠의 괴물만 내려다보면서 엘리는 고개를 저었다.

"어느 누구도 전염시키고 싶지 않아. 특히나 너는."

"그럼 우리가 맺은 이 동맹은 뭔데?"

엘리는 오스카르의 얼굴이 있을 거라고 생각되는 곳을 향해 고개를 들었지만, 오스카르는 그 자리에 없었다. 그녀는 망설였다. 그리고 오스카르에게 다가가 두 손으로 그의 머리를 감쌌다. 오스카르는 가만히 있었다. 엘리의 시선은…… 텅 비어 있었다. 아득했다. 그러나 지하실에서 봤던 그 표정과는 전혀 달랐다. 그녀의 손가락이 그의 귀를 살짝 스쳤다. 마음이 고요하게 가라앉으면서 몸의 긴장도 풀렸다.

될 대로 되라지.

어떻게 되든 상관없었다.

오스카르의 얼굴에서 20센티미터 떨어진 곳에 엘리의 얼굴이 있었다. 그녀의 숨결에서 이상한 냄새가 났다. 아빠가 고철이나 부품 따위를 보관하는 창고에서 나는 것 같은 냄새였다. 그래, 녹슨 쇠붙이에서 나는 냄새야. 그녀는 손끝으로 그의 귀를 쓰다듬었다. 그녀가 속삭였다.

"난 완전히 혼자야. 난 아는 사람이 하나도 없어. 너, 나와 하고 싶니?"

"응."

엘리는 재빨리 오스카르에게 얼굴을 들이대더니 그의 윗입술을 자신의 입술로 봉인하고는, 가볍게 누른 채 그대로 있었다. 그녀의 입술은 따뜻하고 메말라 있었다. 오스카르는 입에 침이 고이기 시작했고, 그녀의 아랫입술 언저리에 닿은 그의 입술을 꼭 다물자 그녀의 입술도 촉촉해지면서 부드러워졌다. 그들은 서로의 입술을 조심스레 탐했다. 두 입술이 서로 미끄러지고 포개지면서 오스카르는 따뜻한 어둠 속으로 사라지는가 싶더니 다시 주변이 밝아지면서 커다란 방이, 성 안의 커다란 방이 되었고, 방 안 한가운데 자리잡은 식탁 위에는 음식이 놓여 있었고, 오스카르는……

……산해진미가 차려진 그곳으로 달려가 접시의 음식을 움켜쥐고 먹기 시작한다. 그의 주위에는 다른 아이들, 크고 작은 아이들이 있다. 그들 모두가 식탁 위의 음식을 먹는다. 식탁의 맨 끝에는…… 남자인가……? 여자인 것 같기도 한……

그 사람은 딱 봐도 티가 나는 가발을 썼다. 그 사람의 머리는 어마어마하게 숱이 많은 머리채에 뒤덮여 있다. 그 사람은 검붉은 액체가 담긴 유리잔을 들고 의자에 편안히 기대앉아 잔에 든 술을 홀짝이면서 오스카르를 보며 어서 먹으라는 듯 고개를 끄덕인다.

그들은 먹고 또 먹는다. 멀찍이 떨어져 벽에 기대선 오스카르는 누추한 차림새의 사람들이 안달복달하며 만찬 행사를 따르는 모습을 바라본다. 머리에 갈색 숄을 뒤집어쓰고 두 손을 배 위에 악착같이 붙이고 있는 여자를 보고 오스카르는 '엄마'를 생각한다.

이윽고 유리잔을 땡땡 치는 소리가 들리자 모두의 시선이 식탁 저 끝에 있는 남자에게 쏠린다. 그가 일어선다. 오스카르는 그가 두렵다. 그의 입술은 작고, 얇고, 이상하다 싶을 만큼 새빨갛다. 얼굴은 분필처럼 새하얗다. 오스카르는 양 입가로 침이 새어나오는 것을 느낀다. 뺨 안쪽을 누르고 있던 작은 살덩어리가 느슨해지자, 그는 혀로 그 위를 핥는다.

남자는 가죽 자루를 들고 있다. 우아한 동작으로 자루를 쥐고 있던 손을 펴자 커다란 흰색 주사위 두 개가 굴러떨어져나온다. 두 개의 주사위가 구르는 소리가 커다란 방 안에 울려퍼지고, 이윽고 주사위는 멈춘다. 남자는 주사위를 집어 오스카르와 다른 아이들에게 내민다.

남자가 입을 열어 무슨 말을 하려는데, 그 순간 아까 그 작은 살덩어리가 오스카르의 입 밖으로 뚝 떨어지더니……

＊

엘리는 입술을 떼더니 오스카르의 머리를 감싸고 있던 손을 거두고 한 걸음 뒤로 물러섰다. 오스카르는 겁에 질린 가운데 성 안에 있던 방의 영상을 놓치지 않으려 애썼지만, 그것은 이내 사라져버렸다. 엘리는 그의 얼굴을 유심히 바라보았다. 오스카르는 눈을 비비며 고개를 끄덕였다.

"진짜 일어난 일이지, 그렇지?"

"그래."

그들은 말없이 한동안 그렇게 서 있었다. 이윽고 엘리가 말했다.

"들어오고 싶니?"

오스카르는 대답하지 않았다. 엘리는 티셔츠를 잡아당기면서 두 손을 들어올렸다가, 그대로 뚝 떨어뜨렸다.

"너는 절대 해치지 않을게."

"알아."

"무슨 생각해?"

"그 티셔츠. 그거 폐품처리장에서 가져온 거야?"

"……응."

"빨았어?"

엘리는 대답하지 않았다.

"너 좀 지저분한 거 알아?"

"갈아입을게, 네가 그러라면."

"그래. 그래줘."

＊

그는 지금 시트에 덮인 채 이동식 들것 위에 누워 있는 남자에 대해 읽은 적이 있었다. '제의적 살인자'.

벵케 에드바츠는 이 복도를 통해 냉장실까지 옮겨보지 않은 게 없었다. 체격별로, 남녀노소 할 것 없었다. 어린이를 위한 들것이라고 따로 있지는 않았다. 아이의 시체를 옮기는 동안 들것 위에 남는 넓은 공간을 보는 것만큼 그의 마음 불편하게 하는 일도 없었다. 흰 시트에 덮여 헤드보드에 바짝 밀어붙여진 채 놓인 작은 몸뚱이. 아래쪽 반은 텅 비어 밋밋했다. 밋밋한 시트는 곧 죽음을 의미했다.

그러나 지금 그는 성인 남자를, 그것도 유명인을 옮기고 있었다.

벵케는 들것을 밀며 고요한 복도를 지나갔다. 고무바퀴와 리놀륨 바닥이 마찰하며 나는 끽끽 소리 말고는 쥐죽은 듯 조용했다. 이곳 바닥에는 방향을 지시하는 색깔 표시가 되어 있지 않았다. 방문객 따위는 없었지만, 만에 하나 있어도 늘 병원 직원이 따라붙었다.

경찰들이 시신의 사진을 찍을 동안 벵케는 병원 밖에서 대기하고 있었다. 카메라를 든 기자 몇 명이 제한구역 바깥에서 서성거리면서 무적의 플래시를 터뜨리며 병원 건물을 찍고 있었다. 내일이면 남자의 추락 동선動線이 실선으로 표시된 그 사진들이 신문에 게재될 터였다.

유명인.

시트 아래의 뭉텅이는 도무지 그렇게 보이지 않았다. 다른 사람의 살덩이와 하등 다를 바 없었다. 남자의 얼굴이 괴물이나 다름없고 몸뚱이는 추락시 물풍선처럼 터졌다는 사실을 알고 있는 터라 벵케는 새삼 시트의 존재에 감사했다. 시트를 덮으면 우린 다 똑같았다.

그럼에도 많은 사람들이 이젠 이승의 존재가 아닌 이 특별하신 살덩뭉이가 들것에 실려 차가운 시체안치소로 운반되어왔다가 부검이 끝나면 소각장으로 보내질 것에 감사할 터였다. 경찰 측 사진사는 시체의 목에 난 상처에 각별한 관심을 보이며 사진을 찍었다.

그런데 그게 중요한 건가?

뱅케는 나름 스스로를 철학자라고 생각했다. 이쪽 일을 하다보니 그렇게 된 것 같았다. 그는 사람들의 본모습을 너무 많이 봐왔고, 그런 일들에 진중하게 파고든 결과, 상대적으로 완결성은 좀 떨어지긴 했지만 하나의 이론을 발전시키기에 이르렀다.

"모든 건 뇌의 문제야."

시체안치실 문 앞에서 들것을 멈춰 세우고 암호를 입력해 문을 열었을 때, 그의 혼잣말은 텅 빈 복도에 울려퍼졌다.

그렇다. 모든 건 뇌의 문제다. 처음부터 그렇다. 몸이란 지속적 생존을 위해 어쩔 수 없이 뇌가 떠맡은 조력장치에 불과하다. 처음부터 모든 건 뇌 안에 있다. 그러니 시트 아래의 이 남자처럼 누군가를 탈바꿈시키려면 뇌수술을 하는 수밖에 없다.

아니면 뇌의 스위치를 꺼버리거나.

암호를 입력하면 십 초간 문이 열려 있도록 프로그램 된 잠금장치는 여전히 수리 전이었다. 하는 수 없이 뱅케는 한 손으론 문이 닫히지 않게 붙잡고, 남은 손으로는 들것을 끌어당겼다. 침상이 문턱에 걸려 덜컹거리자 그는 욕지거리를 내뱉었다.

수술실이었어봐, 대번에 고쳐주고도 남지.

그때 뭔가 이상한 것이 그의 주의를 끌었다.

남자의 얼굴 쪽, 봉긋하게 올라와 있는 곳에서 약간 왼쪽으로 내려간 부분의 시트에 갈색 얼룩이 져 있었다. 벵케가 좀더 자세히 보려고 몸을 수그리는데 뒤에서 문이 닫혔다. 얼룩은 서서히 커지고 있었다.

피가 나잖아.

벵케는 좀처럼 동요하는 사람이 아니었다. 가끔 이런 일이 일어난다고 들은 적이 있었다. 들것이 문턱에 걸려 흔들렸을 때의 충격으로 두개골 안에 고인 혈액이 새어나오기 시작한 것 같았다.

시트의 얼룩은 점점 넓어졌다.

벵케는 구급캐비닛에 가서 외과용 테이프와 거즈를 꺼내왔다. 이런 곳에 그런 물품이 있다니 웃기다고 생각했지만, 어디까지나 산 사람이 들것을 옮기다 손이 꼈다든가 하는 등의 응급상황을 위한 것들이었다.

얼룩이 묻은 시트로 손을 가져가면서 벵케는 마음을 단단히 먹었다. 시체 따위는 무섭지 않았지만, 아까 보니 이번 경우는 꽤나 괴롭게 생긴 시체 같았다. 그런데 지금 그는 이런 몸뚱이에 거즈를 대야 할 판이었다. 피가 새어나와 바닥이 지저분해지기라도 하면 벵케만 골치 아픈 일이었다.

그래서 그는 마른침을 삼키고 시트를 걷어내렸다.

남자의 얼굴은 이루 표현할 수 없을 정도였다. 어떻게 이런 얼굴로 일주일이나 버텼는지 상상조차 할 수 없었다. 인간과 같은 종種이라 볼 수도 없을 지경이었는데, 예외라면 그나마 한쪽 귀와 한쪽…… 눈이……

저 눈 좀 어떻게…… 테이프라도 붙여 감겨주면 안 될까?

한쪽 눈이 부릅떠져 있었다. 당연했다. 눈을 덮어줄 눈꺼풀이 거의 남아 있지 않았으니까. 눈 자체도 심하게 손상돼 안구 위에 흉터조직이 형성된 것처럼 보였다.

벵케는 죽은 사내의 시선을 가까스로 외면하고 당장의 임무에 집중했다. 얼룩의 출처는 남자의 목에 난 상처인 것 같았다.

낮게 툭툭 물 듣는 소리가 들려 그는 재빨리 주위를 둘러보았다. 망할. 신경이 좀 곤두선 모양이었다. 또 한 방울. 그의 발치에서 나는 소리였다. 그는 아래를 보았다. 물 한 방울이 이동식 들것에서 떨어져 그의 신발 위로 떨어졌다. 툭.

물인가?

그는 남자의 목에 난 상처를 꼼꼼히 살펴보았다. 액체가 흘러 목 아래쪽에 작은 웅덩이를 이루었고, 급기야 들것의 금속 골조 밖으로 흘러넘치기 시작했다.

툭.

그는 발을 치웠다. 타일바닥 위로 또 한 방울이 떨어졌다.

뚝.

벵케는 집게손가락으로 괴어 있는 액체를 휘젓고는 엄지손가락과 마주 비벼보았다. 물은 아니었다. 미끈거리는 투명한 액체였다. 냄새를 맡아보았다. 아무 냄새도 나지 않았다.

하얀 바닥을 내려다본 그는 진짜 웅덩이가 고인 것을 발견했다. 하지만 액체는 무색 투명하지 않았다. 분홍빛이 돌았다. 그걸 보니 수혈 팩안에서 분리되는 혈액이 생각났다. 적혈구가 바닥에 가라앉고 남는 것.

혈장이잖아.

남자에게서 혈장이 새어나오고 있었다.

그게 어떻게 가능한지는 내일이나 오늘 늦게라도 전문가들이 와서 규명할 문제였다. 벵케는 다만 지저분해지지 않게 뭐든 덧대기만 하면 됐다. 당장 집에 가고 싶었다. 잠든 아내 옆으로 기어들어가 『세플레의 인간 말종』*이나 읽었으면.

벵케는 거즈를 접어 두툼한 습포를 만들어 상처에 대고 눌렀다. 머리는 장식으로 달았나, 어떻게 테이프로 수습할 수 있겠다고 생각한 거야? 목의 나머지 부분도 심하게 찢겨 있어서 테이프를 붙여도 될 만큼 성한 곳은 거의 없었다. 하지만 그렇다 한들 신경쓸 필요가 있나? 벵케는 당장 집에 가고 싶을 뿐이었다. 그는 접착테이프를 길게 끊어 목에 덕지덕지 붙였다. 나중에 엉망으로 처리했다는 소리를 들을 게 뻔했지만, 뭔 상관이랴.

난 관리인이지 의사가 아니라고.

습포를 제대로 댄 후, 들것 위를 닦고 바닥에도 걸레질을 했다. 그런 다음 시체를 4번 칸에 밀어넣고 두 손을 마주 비볐다. 임무 완료. 마무리도 잘했고, 훗날 써먹을 이야깃거리도 챙겼다. 마지막으로 확인하고 불을 끄면서 그는 벌써부터 머릿속에 그려보고 있었다.

거 왜 옥상에서 떨어진 살인자 있잖아? 나중에 내가 그 사내를 담당했거든. 들것에 싣고 시체안치실로 쭉 내려가는데 뭔가 께름칙한 거야……

벵케는 엘리베이터를 타고 사무실로 올라가 손을 꼼꼼히 씻은 다음 옷을 갈아입었고, 나가면서 세탁실에 가운을 던져넣었다. 주차장으로 걸어가 차에 올라탄 그는 시동을 걸기 전에 담배 한 대를 피워물었다. 그러고는 당장 비우지 않으면 안 될 정도로 가득 찬 재떨이에 꽁초를 비벼끈 후 열쇠를 돌려 시동을 걸었다.

---

* 스웨덴의 작가 부부 마이 시에발과 페르 발뢰가 공동 집필한 범죄소설 시리즈 열 권중 일곱번째 작품으로 경찰의 소홀함으로 아내를 잃은 남자의 복수 이야기다. 〈엘바라 마디간〉 〈아름다운 청춘〉으로 국내에도 알려진 스웨덴 감독 보 비데르베리에 의해 〈지붕 위의 남자〉로 영화화되었다.

춥거나 습할 때면 으레 그랬듯 이번에도 말을 안 들었다. 그래도 막판엔 늘 시동이 걸렸다. 포기만 안 하면 됐다. 세번째 시도에서 끼리리릭 끼리리릭거리기만 하던 엔진이 포효하는 순간, 그는 불현듯 깨달았다.

굳질 않을 거 아니야.

그렇다. 습포로 막아놨으니 시체의 목에서 스며나오는 액체는 응고될 수 없을 것이다. 습포를 다 적시고도 모자라 바닥까지 흘러내릴 것이고…… 몇 시간이 지나 사람들이 와서 문을 열면……

망할!

벵케는 시동열쇠구멍에서 열쇠를 뽑아 신경질적으로 호주머니에 쑤셔넣고 차에서 내려 병원으로 되돌아갔다.

＊

거실은 현관이나 부엌만큼 휑하지는 않았다. 소파와 안락의자가 각각 하나, 잡동사니를 잔뜩 쌓아둔 커다란 탁자가 보였다. 딱 하나 있는 전기스탠드에서 은은한 노란 불빛이 흘러나왔다. 그러나 그게 전부였다. 카펫도, 그림도, 텔레비전도 없었다. 창문마다 두꺼운 담요가 걸려 있었다.

감방 같아. 커다란 감방.

오스카르는 휘파람을 불어보았다. 과연. 소리가 울렸다. 과하진 않았는데, 담요 때문인 것 같았다. 그는 안락의자 옆에 가방을 내려놓았다. 가방 밑이 딱딱한 코르크 바닥에 닿자, 딸각 하는 소리가 몇 배는 크고 쓸쓸하게 들렸다.

엘리가 옆방에서 나와 저번에 입은 터무니없이 큰 체크무늬 셔츠를 입는 동안, 그는 테이블 위에 쌓인 물건들을 구경하기 시작했다. 오스카르는 팔을 들어 이곳저곳을 가리켰다.

"두 식구가 이사 가는 거야?"

"아니. 왜?"

"그냥 그런 거 같아서."

두 식구?

왜 전에는 생각하지 못했을까? 오스카르의 시선이 탁자에 놓인 잡동사니들을 훑었다. 모조리 장난감들 같았다. 오래된 장난감들.

"전에 여기 살던 그 나이든 아저씨. 그 아저씨 너희 아빠 아니지, 그렇지?"

"그래."

"그렇담 그 아저씨도……?"

"아냐."

오스카르는 고개를 끄덕였다. 다시 방을 둘러보았다. 이런 데서 사람이 살 수 있다는 것을 상상할 수가 없었다. 예외가 있다면……

"그러면 너…… 가난해?"

엘리는 탁자 쪽으로 오더니 까만색 달걀같이 생긴 물건을 집어 오스카르에게 건넸다. 그는 자세히 보려고 스탠드 아래로 물건을 가져가 몸을 수그렸다.

달걀 표면은 거칠었고, 자세히 들여다보니 황금 수실을 꼬아 만든 수백 가닥의 섬세한 끈들에 뒤덮여 있었다. 달걀은 속까지 금속으로 들어찼는지 묵직했다. 오스카르는 그것을 이리저리 돌려 표면에 박힌 황금 수실들을 보았다. 엘리가 옆에 왔고, 그러자 그 냄새가…… 다시 그 녹슨 쇠붙이 냄새가 났다.

"이거 얼마나 할 것 같아?"

"몰라. 비싸?"

"전세계에 딱 두 개뿐이야. 만약 네가 그 두 개를 다 갖고 있다면, 그것들을 다 팔면 뭘 살 수 있을까…… 핵발전소 하나 정도?"

"진짜로오오……?"

"뭐, 잘은 몰라. 핵발전소가 얼마나 해? 오천만?"

"내 생각에는…… 몇 십억 정도?"

"진짜야? 그렇다면 그 정도까지는 못 사겠다."

"핵발전소를 갖고 뭘 하게?"

엘리는 웃었다.

"두 손으로 잡아봐. 이렇게. 위아래로 감싸쥐라고. 그리고 앞뒤로 굴려봐."

오스카르는 엘리의 말대로 했다. 동그랗게 감싸쥔 손 사이에서 달걀을 가만가만 앞뒤로 굴리자 달걀이…… 깨지더니, 그의 손바닥 위에서 바스라졌다. 그는 숨이 턱 막혔고, 위에 있는 손을 치웠다. 달걀은 이제 수백 개…… 수천 개의 깨알 같은 조각들의 더미가 되어 있었다.

"어떡하지, 미안. 조심한다고 했는데, 내가—"

"쉬잇. 원래 그렇게 되는 거야. 단 한 조각도 떨어뜨려선 안 돼. 여기다 쏟아봐."

엘리는 탁자 위에 있는 하얀 종이를 가리켰다. 오스카르가 숨을 죽이고 손바닥을 가만히 기울이자 반짝거리는 조각들이 쏟아졌다. 조각 하나하나는 물방울보다도 작아서 오스카르는 다른 손으로 손바닥을 꼼꼼히 훑어 마지막 한 조각까지 털어내야 했다.

"그래도 깨졌잖아."

"자. 봐봐."

엘리는 탁자 가까이 스탠드를 끌어당겨 금속 조각 더미 위로 침침한 불빛을 비췄다. 오스카르는 몸을 숙이고 보았다. 진드기보다도 크지 않을 것 같은 조각 하나가 다른 조각들의 더미에서 좀 떨어진 곳에 뒹굴고 있었다. 바싹 대고 들여다보니 여러 면에 톱니 혹은 U자처럼 생긴 홈들이 패어 있었고, 그 반대쪽 면에는 깨알만 하게 알전구 모양의 돌기들이 튀어나와 있었다. 그는 깨달았다.

"이거 퍼즐이구나."

"그래."

"그런데 이걸…… 다 맞출 수 있어?"

"그럴걸."

"평생 맞춰야겠다."

"그러게."

오스카르는 더미 옆에 흩어져 있는 또다른 조각들을 보았다. 아까 그 조각과 똑같아 보였는데, 좀더 자세히 들여다보니 미묘하게 다른 게 있었다. U자 모양의 홈들도 똑같은 곳에 나 있지 않았고, 돌기들도 다른 각도로 튀어나와 있었다. 머리카락 굵기 정도인 황금색 테두리를 빼면 요철 없이 매끈한 조각도 있었다…… 껍데기 부분을 이루는 조각이었다.

그는 안락의자에 엎드리다시피 몸을 숙이고 앉았다.

"계속 보고 있다간 미치겠다."

"이걸 만든 사람을 생각해봐."

엘리는 눈알을 굴리며 혀를 쏙 내밀었다. 그 모습이 꼭 난쟁이 도피*

같아서 오스카르는 웃음을 터뜨렸다. 하하. 웃음을 그쳤는데도 그 여운이 벽마다 감돌았다. 쓸쓸함. 엘리는 소파에 다리를 꼬고 앉아 그를 바라보며…… 기대에 찬 표정을 짓고 있었다. 그는 먼 곳을 보았다가 탁자를, 그리고 그 위에 쌓인 폐허 같은 장난감 더미를 보았다.

쓸쓸해.

다시 한번 피곤이 엄습해왔다. 그녀는 '그의 여자친구'가 아니었고, 그렇게 될 수도 없을 것이다. 그녀는…… 뭔가 다른 존재였다. 둘 사이에는 어떻게 해도 좁힐 수 없는 어마어마한 거리가…… 그 거리는 너무도 멀었고 그건 어떻게 해봐도…… 오스카르는 눈을 감고 안락의자에 등을 기댔다. 눈꺼풀 뒤의 암흑은 그와 그녀를 가르는 공간이었다.

그는 까무룩 졸다가 잠깐 꿈을 꾸었다.

그들 사이의 공간에 흉측하고 끈끈한 벌레들이 가득 들어차더니 그에게 달려들었다. 가까이서 보니 이빨이 있었다. 그는 손을 휘휘 내저어 쫓다가 잠에서 깨어났다. 엘리가 소파에 앉아 그를 지켜보고 있었다.

"오스카르. 난 너하고 똑같은 사람이야. 다만…… 아주 이상한 병을 앓고 있는 거야."

오스카르는 고개를 끄덕였다.

어떤 생각이 자꾸만 비어져나오려고 했다. 뭐라고 단정 짓기 힘든 것. 어떤 맥락. 이거다 하고 확실하게 잡을 수 없는 생각. 놔버렸다. 그러나 이내 다른 생각이, 무시무시하고 무서운 생각이 비어져나왔다. 엘리는 그냥 연극을 하고 있는 거야. 그애 안에는 모든 것을 아는 태곳적 인간이 존재하고 있어 나를 지켜보고 있고, 나를 보고 몰래 웃고 있

---

* 『백설공주』에 나오는 일곱 난쟁이 중 하나.

는 거야.

하지만 그게 말이나 돼?

가만있기가 뭐해 그는 가방 속을 뒤져 워크맨을 찾아 그 안에 든 테이프만 꺼내 제목을 읽었다. '키스: 언매스크드.' 뒤집어보았다. '키스: 디스트로이어.' 도로 워크맨에 꽂아넣었다.

집에 가야겠어.

엘리는 앞으로 몸을 쑥 내밀었다.

"그게 뭐야?"

"이거? 워크맨."

"그거…… 음악 듣는 거야?"

"응."

얘는 진짜 아무것도 모르는 거야. 초능력자처럼 똑똑한데 아는 건 하나도 없는 거야. 하루 종일 뭘 하고 보낼까? 뻔해, 잠을 자겠지. 관은 어디 뒀을까? 그래, 내 방에 왔을 때는 한숨도 안 잤던 거야. 내 침대에 누워서 해가 뜰 때까지 마냥 기다린 거야. 가야 돼……

"한번 봐도 돼?"

오스카르는 그녀에게 워크맨을 건네주었다. 그녀는 뭘 어떻게 하는지 전혀 모르겠다는 듯 받아들더니, 헤드폰을 쓰고 이게 뭐야 하는 표정으로 그를 보았다. 오스카르는 버튼이 있는 쪽을 가리켰다.

"'재생'이라 씌어진 버튼을 눌러봐."

엘리는 버튼 위를 읽고 '재생'을 눌렀다. 오스카르는 마음이 진정되는 것을 느꼈다. 별다를 것 없었다. 친구에게 음악을 들려주는 거니까. 그는 엘리가 '키스'를 좋아할지 궁금해졌다.

그녀가 버튼을 누르자 오스카르가 앉아 있는 안락의자까지 지글거리며 징징 울리는 기타와 드럼과 노래 소리가 속삭이듯 희미하게 들려왔다. 전에 더 센 음악을 들려주었을 땐 못 듣겠다고 도중에 포기했는데.

엘리는 눈이 갑자기 휘둥그레지더니 고통의 비명을 질렀다. 오스카르는 너무 놀란 나머지 안락의자에 앉은 채로 거칠게 뒤로 물러나는 바람에, 의자가 뒤로 기우뚱하면서 자빠질 뻔했다. 엘리는 전선이 떨어져나갈 정도로 우악스럽게 헤드폰을 잡아뜯어 던졌고, 두 손으로 귀를 막고 훌쩍훌쩍 울었다.

오스카르는 입을 멍하니 벌리고 벽에 부딪쳤다 떨어진 헤드폰을 보았다. 그러고는 일어나서 그것을 주워들었다. 완전히 망가졌다. 전선 두 가닥 모두 이어피스에서 떨어져나갔다. 그는 그것을 탁자에 올려놓고 다시 안락의자에 몸을 깊숙이 묻었다.

엘리는 귀에서 두 손을 내렸다.

"미안해, 귀가…… 너무 아파서."

"괜찮아."

"비싼 거야?"

"아니야."

엘리는 가장 위에 놓인 종이상자를 집어 내리더니 손을 집어넣고 뒤적여 지폐 몇 장을 꺼내 내밀었다.

"자."

오스카르는 지폐를 받아들고 세어보았다. 1천 크로나 지폐 세 장하고도 1백 크로나 두 장이었다. 그는 두려움에 가까운 감정에 사로잡혀 돈이 들어 있던 커다란 상자를 봤다, 엘리를 봤다, 다시 돈을 보았다.

"그, 그건 오십 크로나밖에 안 하는데."

"그냥 가져."

"아니, 그래도, 그게…… 그냥 헤드폰이 망가진 것뿐이잖아. 그리고 그건……"

"그냥 주는 거야, 받아줘."

오스카르는 망설이다 바지 주머니에 지폐를 구겨넣으면서 전단지 배달을 얼마나 해야 그만큼 벌 수 있는지 계산해보았다. 토요일마다 빼먹지 않고 꼬박 일 년을…… 2만 5천 장 정도는 배달해야 할 거다. 백오십 시간. 아니, 더 해야겠구나. 땡 잡았다. 주머니 속 지폐다발이 영 생경스럽게 버스럭거렸다.

"고마워."

엘리는 고개를 끄덕이고 탁자에 놓인 상자에서 매듭을 지은 전선 뭉치를 꺼냈다. 일종의 퍼즐 같았다. 오스카르는 매듭을 푸는 그녀를 바라보았다. 그녀의 숙인 목덜미와, 전선 위를 오가는 길고 가느다란 손가락. 그는 그녀가 전에 한 말들을 하나하나 곱씹어보았다. 그녀의 아빠, 시내에 산다는 그녀의 고모, 그녀가 다닌다는 학교. 거짓말이었다, 무엇 하나 빼놓을 것 없이 전부.

그리고 저 돈은 다 어디서 난 거지? 훔친 걸까?

이런 기분은 영 생경해서 처음엔 뭐가 뭔지 종잡을 수가 없었다. 그 기분은 머릿속을 따끔따끔 들쑤시더니 몸으로 퍼져나갔고, 곧 날카롭고 싸늘한 전류 같은 것이 배 속에서 머리까지 쑥 타고 올라갔다. 그는…… 화가 났다. 절망을 느끼거나 겁이 나는 게 아니었다. 화가 났다.

그에게 거짓말을 했으니까, 게다가…… 저 돈은 도대체 누구한테서 훔친 것이란 말인가? 그녀가 죽인 사람한테서……? 그는 배 위로 팔짱을 끼고 등을 뒤로 기댔다.

"너 사람도 죽이지."

"오스카르……"

"이게 진짜라면 사람을 죽이지 않고는 불가능한 일이잖아. 돈을 뺏어야 하니까."

"그 돈은 지금까지 쭉 받은 거야."

"거짓말하고 있네. 지금까지 한 말 모두 거짓말이지."

"사실이야."

"어느 부분이 사실이야? 네가 거짓말했다는 게?"

엘리는 꼬인 전선을 내려놓고 상처받은 눈으로 그를 쳐다보며 두 팔을 내던졌다.

"나더러 어쩌라는 거야?"

"증명해봐."

"뭘 증명해?"

"네가…… 너 자신이 말한 바로 그런 사람이라는 거."

그녀는 한참 그를 바라보았다. 그러더니 고개를 설레설레 저었다.

"그러고 싶지 않아."

"왜 싫은데?"

"맞춰봐."

오스카르는 안락의자에 몸을 더 깊숙이 묻었다. 주머니 안에 든 자그마한 돈뭉치의 감촉이 느껴졌다. 그날 아침에 도착한 전단지 묶음들이 눈앞에 아른거렸다. 화요일 전까지는 다 배달해야 하는데. 몸속엔 흐리멍덩한 피로감이. 머릿속엔 눈물이. 분노가. "맞춰봐." 게임을 더 하자고? 거짓말을 더 하겠다고? 그곳을 떠나고 싶었다. 자고 싶었다.

돈. 돈을 받았으니까 있어야 해.

오스카르는 안락의자에서 몸을 일으켜 주머니에서 꼬깃꼬깃해진 지폐뭉치를 꺼내 1백 크로나 지폐만 빼고 나머지를 전부 탁자 위에 올려놓았다. 1백 크로나 지폐는 도로 주머니에 집어넣었다.

"집에 갈래."

그녀는 몸을 수그려 그의 손목을 움켜잡았다.

"가지 마. 있어줘."

"왜? 순전히 거짓말만 하는 주제에."

손을 뿌리치려 하자, 엘리는 그의 손목을 잡은 손에 더욱 힘을 주었다.

"이거 놔!"

"내가 무슨 서커스단의 괴물인 줄 아니?"

오스카르는 이를 악다물고 가라앉은 목소리로 말했다.

"놔."

엘리는 손을 놓지 않았다. 싸늘한 분노의 호弧가 오스카르의 가슴에서 부르르 떨며 노래하기 시작했고, 그는 그녀에게 와락 몸을 던졌다. 그녀 위로 뛰어내려 소파로 그녀의 등을 밀어붙였다. 그녀는 공기처럼 가벼웠고, 그는 그녀를 소파 팔걸이에 대고 찍어누른 다음 그대로 가슴팍에 말 타듯 올라앉았다. 그러는 동안 분노의 호는 휘면서 마구 흔들렸고, 그가 팔을 들어 있는 힘껏 그녀의 얼굴을 후려치자 눈앞에 검은 반점들을 찍어댔다.

매섭게 철썩철썩 때리는 소리가 사방 벽에 부딪쳐 울렸다. 그녀의 머리가 한쪽으로 홱 돌아가면서 입에서 침방울이 흘러나왔고, 그의 손이 화끈거렸다. 호가 깨져 산산조각 나자, 그의 화도 눈 녹듯 사라졌다.

오스카르는 엘리의 가슴팍에 앉은 채 그녀의 작은 머리를, 검은 가죽소파 위에 놓여 있는 옆얼굴을 황망하게 내려다보았다. 그가 때린

빰은 피가 맺혀 새빨개져 있었다. 엘리는 두 눈을 커다랗게 뜬 채 꼼짝도 않고 누워 있었다. 오스카르는 두 손을 자기 얼굴에 문질러댔다.

"미안. 미안해. 난……"

갑자기 엘리가 몸을 돌리는 바람에 그는 그녀의 가슴팍에서 떨어졌고, 그녀는 그를 소파 등받이로 힘껏 밀쳤다. 엘리의 양 어깨를 잡으려다 놓친 오스카르는 그만 그녀의 엉덩이를 움켜쥐었고, 그녀는 그의 얼굴 위로 배를 깔고 눌렀다. 그는 그녀를 떨쳐버리고 몸을 비틀었고, 둘은 서로를 붙잡으려고 악다구니를 쓰기 시작했다.

그들은 소파 위에서 엎치락뒤치락 레슬링을 했다. 긴장한 근육과 도저한 집중력으로. 그러나 상대를 다치게 하지 않으려고 조심조심하면서. 그들은 서로를 뱀처럼 휘감은 채 탁자를 들이박았다.

양철지붕을 때리는 폭우 같은 소리를 내며 검은 달걀 조각들이 바닥으로 쏟아졌다.

✳

가운을 가지러 사무실로 가는 그의 발걸음은 거침이 없었다. 교대근무는 끝났으니까.

내 근무시간은 끝났다고. 그러니까 지금 난 이 순수한 '기쁨'을 즐기는 거라고.

시체안치실이 정말로…… 엉망진창이 됐다면 병리학자의 여벌 가운을 실컷 입어볼 수 있을 것이다. 엘리베이터가 도착하자 그는 들어가 지하 2층 버튼을 눌렀다. 그런 상황이라면 어떻게 할까? 응급실에 전화를 걸어 시체의 상처를 봉합할 사람을 보내달라고 하나? 이런 상황에 대한 정해진 내규는 없었다.

그 출혈인지 뭔지는 이미 멈췄을지도 모르지만 그로서는 확인할 필요가 있었다. 그렇지 않으면 잠을 이루지 못할 것 같았다. 자리에 누워도 그 똑똑 하고 떨어지는 소리가 들릴 것 같았다.

그는 엘리베이터에서 내리면서 슬며시 미소를 지었다. 제정신인 사람 중에 이런 일을 눈 하나 깜짝하지 않고 해낼 사람이 몇이나 될까? 많지 않을 거다. 그런 자신이…… 제 할 일을 해내는 자신이 꽤나 대견스러웠다. 책임을 진다는 것.

나도 완전히 제정신이라고는 할 수 없지.

그 자신도 부인하지 못하는 것이 있었으니, 내심…… 출혈이 멈추지 않아 응급실에 전화를 걸어 한바탕 난리가 났으면 하고 바란다는 것이었다. 어서 집으로 가 잠을 자고픈 마음이 굴뚝같았는데도 그랬다. 그래야 더 멋진 스토리를 만들어낼 수 있으니까, 그런 이유에서였다.

과연, 그는 완전히 제정신이라고 할 수 없었다. 시체라면 그에겐 아무런 문제가 되지 않았다. 시체란 전원이 나간 뇌가 장착된 유기적인 기계일 뿐이었다. 정작 그에게 소소한 편집증을 불러일으키는 것은 이 복도들이었다.

지하 10미터에 이런 터널이 그물처럼 연결되어 있다는 생각만으로도, 지옥의 행정부서라 할 만한 커다란 방들과 사무실들에 대한 생각만으로도 그랬다. 너무나 컸다. 너무나 조용했다. 너무나 공허했다.

그에 비하면 시체들은 건강 그 자체지.

암호를 입력하고 무의식적으로 열림장치에 손가락을 올려놓았지만, 역시나 아무 짝에도 소용없는 짤깍 소리만 났다. 수동으로 문을 열고 시체안치실로 들어간 그는 고무장갑을 꼈다.

이게 뭐야?

시트에 덮여 있던 남자의 몸뚱이가 완전히 드러나 있었다. 성기는 발기해 한쪽으로 꼿꼿이 서 있었다. 시트는 바닥에 떨어져 있었다. 벵케는 숨을 헐떡였고, 담배연기에 손상된 그의 기도에서 껵껵 소리가 났다.

남자는 죽지 않았다. 아니. 죽었을 리가 없었다…… 움직였으니 말이다.

천천히, 꿈인지 생시인지 알 수 없는 가운데 남자가 침상 위에서 몸을 뒤집었다. 그의 두 손이 뭔가를 찾는 듯 더듬거렸고, 손이라고도 말하기도 참혹한 손 하나가 눈앞에 휙 하고 내던져진 순간 벵케는 본능적으로 한 걸음 물러섰다. 남자는 일어나려다 도로 철제 들것 위로 쓰러졌다. 하나 남은 눈은 깜빡이지도 않고 뚫어져라 앞만 보고 있었다.

소리. 남자는 소리를 내고 있었다.

"에에에에에이……"

벵케는 얼굴을 문질렀다. 살갗의 느낌이 이상했다. 살갗이…… 그는 제 손을 보았다. 고무장갑.

손 너머로 남자가 다시 한번 일어나려는 게 보였다.

나 지금 뭐 하고 자빠진 거야?

또다시 남자는 철썩하는 커다란 소리와 함께 들것 위로 쓰러졌다. 체액 몇 방울이 벵케의 얼굴로 튀었다. 그는 고무장갑을 낀 손으로 닦아내보았지만 도리어 넓게 문질러버린 꼴이 되었다.

그는 셔츠 자락을 들어올려 닦아냈다.

10층. 10층에서 떨어진 작자라고.

좋아, 좋아, 어쨌거나 사고가 터진 거야. 처리하자.

남자는 죽은 게 아니라고 해도 죽어가고 있는 것이 틀림없었다. 보살핌이 필요했다.

"에에에에에에······"

"여기 있어요. 제가 도와드릴게요. 응급실로 데려다드릴게요. 움직이지 말고 누워보세요. 제가······"

벵케는 다가가 몸부림치는 남자를 잡았다. 남자는 성한 팔을 홱 뻗더니 벵케의 손목을 움켜쥐었다. 망할, 힘이 장사였다. 벵케는 두 손을 써서 남자의 손아귀에서 벗어났다.

근처에 남자의 몸을 감싸서 덥힐 만한 거라곤 표준규격의 시체안치실 시트가 전부였다. 벵케는 시트 세 장을 펼쳐서 갈고리에 몸이 꿰인 벌레처럼 몸부림치며 여전히 소리를 내뱉는 남자에게 씌웠다. 그는 남자 위로 몸을 수그렸다. 시트를 씌운 덕에 남자는 조용해졌다.

"자, 이제 제가 응급실로 데려다드릴게요, 알았죠? 가만히 누워 계세요."

벵케는 이동식 들것을 문까지 끌고 갔고, 그 와중에도 열림장치가 말을 듣지 않는다는 것을 용케 기억해냈다. 그는 들것의 머리맡 쪽으로 걸어가서 문을 연 다음 남자의 머리를 내려다보았다. 곧바로 그러지 말걸 하는 후회가 밀려왔다.

입이, 아니 입이라고 할 수 없는 그것이 쩍 벌어지고 있었다.

온전히 아물지 않은 살점이 생선껍질 벗기는 소리를 내며 찢어졌다. 가늘고 긴 끈 같은 선홍빛 살점은 얼굴 아래쪽 절반에 뚫인 그 구멍이 점점 벌어지는데도 좀처럼 끊어지지 않으며 늘어나기만 했다.

"아아아아아아아!"

괴성이 텅 빈 복도에 울려퍼졌고, 벵케의 심장은 더욱 빨리 뛰었다.

가만히 있어! 조용히 해!

그 순간 그가 망치라도 들고 있었다면, 희번덕거리는 외눈을 달고 부르르 떨고 있는 그 역겨운 덩어리를, 입 구멍 위에서 무리하게 잡아당긴 고무줄처럼 끊어지고 있는 그 살점들을 그대로 짓이겨버렸을 것이다. 불그스름한 갈색 체액으로 뒤덮인 남자의 얼굴 속에서 하얗게 빛나는 이가 보였다.

뱅케는 다시 반대쪽 끝으로 가 들것을 밀면서 복도를 지나 엘리베이터로 갔다. 남자가 너무 심하게 몸부림치는 바람에 떨어지는 건 아닐까 두려워 반은 뛰다시피 했다.

그의 앞에 악몽 같은 복도가 끝없이 펼쳐져 있었다. 그래. 악몽 같았다. '근사한 스토리'에 대한 생각 따위는 사라져버렸다. 그는 다른 사람들, 들것 위에서 괴성을 지르고 있는 이 괴물한테서 자신을 구해줄 살아 있는 사람들이 있는 지상으로 올라가고 싶었다.

뱅케는 엘리베이터까지 가서 올라감 버튼을 눌렀고, 응급실로 가는 경로를 머릿속으로 그렸다. 이 분만 있으면 그는 현실의 삶으로 복귀할 것이다.

빨리 내려와, 어서!

남자의 성한 손이 느실거렸다.

뱅케는 그 모습을 보고 눈을 감았다 다시 떴다. 남자는 뭐라고, 가물가물한 목소리로 말하려 하고 있었다. 뱅케에게 가까이 오라는 시늉을 하고 있었다. 남자의 의식은 완전히 돌아와 있었다.

뱅케는 들것 바로 옆까지 가서 남자 위로 상체를 수그렸다.

"네, 왜 그러세요?"

별안간 손이 그의 목덜미를 꽉 움켜쥐더니 머리통을 끌어내렸다. 뱅케는 균형을 잃고 남자 위로 엎어졌다. 그의 목을 잡아 아래로, 그……
입 구멍 쪽으로 내리누르는 손은 무쇠처럼 막강했다.

뱅케는 들것 끝의 금속봉을 잡으려고 했지만, 목이 한쪽으로 꺾여
있는 탓에 남자 목의 습포에서 고작 몇 센티미터 위까지밖에 보이지
않았다.

"뇨, 이런……"

손가락 하나가 그의 귓구멍 속으로 밀고 들어왔고, 귓구멍의 뼈가
우두둑거리며 무지막지하게 쑤시고 들어오는 손가락에 길을 내주는
소리가 들렸다. 그는 발길질을 했고, 정강이가 들것 아래 철봉에 부딪
히자 결국 비명을 질렀다.

그의 뺨에 죔쇠처럼 이가 박혔고, 귓구멍으로 파고든 손가락이 무언
가의 가동을 정지시켰고, 가동이 정지되자…… 그도 체념했다.

그가 마지막으로 본 것은, 남자가 그의 얼굴을 질겅거릴 때 눈앞에
서 분홍빛으로 물들어가던 습포였다.

그가 마지막으로 들은 것은

땡,

하고 엘리베이터가 도착하는 소리였다.

❋

그들은 소파에 나란히 누워 땀을 흘리며 숨을 몰아쉬었다. 오스카르
는 이곳저곳 쓰라리지 않은 곳이 없었고, 손가락 하나 까딱할 힘도 없
었다. 그는 턱에서 소리가 날 만큼 커다랗게 입을 벌려 하품했다. 엘리
도 하품을 했다. 오스카르는 그녀 쪽으로 고개를 돌렸다.

"그만하시지."

"뭐라고?"

"진짜 졸린 것도 아니잖아?"

"응."

오스카르는 자꾸 감기는 눈을 억지로 뜨면서, 입술은 거의 움직이지 않고 말했다. 엘리의 얼굴이 가물가물 꿈속에서처럼 보였다.

"어떻게 하는 거야, 피를 얻으려면?"

엘리가 그를 보았다. 한참을 보았다. 그러더니 뭔가 결심을 굳힌 듯했다. 그녀가 안에서 혓바닥을 이리저리 굴리는지 뺨과 입술 위로 무언가 움직이는 게 보였다. 이윽고 그녀는 입술을 떼고 커다랗게 벌렸다.

그리고 그는 그녀의 이빨을 보았다. 그녀는 다시 입을 닫았다.

오스카르는 고개를 돌려 천장을 바라보았다. 한 번도 켜지 않은 것 같은 천장 조명 아래로 먼지 낀 거미줄이 늘어져 있었다. 더 놀랄 기운도 남아 있지 않았다. 아. 얘는 뱀파이어였구나. 그러나 이미 알고 있던 것이었다.

"너 말고도 많아?"

"무슨 소리야?"

"무슨 말이겠어?"

"몰라, 못 알아들었어."

오스카르의 시선은 더 많은 거미줄을 찾아 천장을 헤매고 있었다. 두 개가 더 있었다. 그중 하나로 거미 한 마리가 기어올라가는 걸 본 것 같았다. 그는 눈을 깜빡였다. 눈에 온통 모래가 낀 것 같았다. 거미는 없었다.

"그럼 널 어떻게 불러야 돼? 지금의 너라는 걸 말야."

"엘리."

"그게 네 진짜 이름이야?"

"그런 셈이야."

"진짜 이름이 뭐야?"

침묵. 엘리는 그에게서 떨어지더니 소파 등받이 쪽으로 몸을 돌렸다.

"엘리아스."

"근데…… 그건 남자 이름이잖아."

"그래."

오스카르는 눈을 감았다. 더는 견딜 수가 없었다. 눈꺼풀이 눈알에 찰싹 붙어버렸다. 블랙홀이 점점 커지더니 온몸을 감쌌다. 머리 바로 뒤 어딘지 알 수 없는 아득히 먼 곳에서부터 그가 무슨 말이든 해야 한다는, 뭐든 해야 한다는 희미한 느낌이 전해져왔다. 그러나 그에겐 그럴 여력이 없었다.

블랙홀이 슬로모션으로 폭발했다. 그는 앞으로, 안으로 빨려들어갔고, 우주 안에서 천천히 공중제비를 돌다 잠에 빠져들었다.

저 먼 곳에서 그는 누군가가 뺨을 어루만져주는 것을 느꼈다. 분명히 오스카르 자신의 뺨이었다. 그렇게 생각하려고 해서가 아니라, 그렇게 느껴졌다. 그런데 다른 곳, 멀고도 먼 어느 행성에서 누군가가 다른 누군가의 뺨을 다정하게 어루만졌다.

그리고 그것은 아늑했다.

이윽고 별들만 남았다.

4부

우리는 트롤 동지들!

우리는 트롤 동지들,
한 놈도 놔주지 않을 테다!
루네 안드레아손, 『마법 숲속의 밤세』

11월 8일 일요일

트라네베리 다리. 1934년 처음 베일을 벗었을 때 사람들은 국가의 소소한 자랑거리라며 환호했다. 주요 경간이 세계에서 가장 긴 콘크리트 다리. 쿵스홀멘과, 당시 브롬마와 에펠비켄 같은 작은 전원지역들로 구성되어 있던 서쪽 근교 사이에 치솟은 웅대한 아치. 엥뷔는 단독주택운동의 소산인 조립식주택의 원형들로 이루어진 지역이었다.

그러나 이미 현대화가 진행중이었다. 3층 아파트들로 이루어진 최초의 지정한 교외지구가 트라네베리와 아브라함스베리에 완공되었고, 정부는 서쪽 먼 곳까지 넓은 땅을 매입해 벨링뷔, 헤셀뷔, 블라케베리가 될 곳들을 건설하기 시작했다.

트라네베리 다리는 이 모든 곳의 연결고리였다. 서쪽 근교로 놀러가거나 그곳에서 다른 곳으로 이동하려면 거의 예외 없이 그 다리를 거쳐야 했다.

이미 1960년대부터 다리가 그간 지탱해온 교통량의 하중 때문에 서서히 약해지고 있다는 보고가 나오기 시작했다. 간간이 보수강화공사가 이루어졌지만, 대대적인 개조와 신축에 관한 논의는 여전히 답보 상태였다.

1981년 11월 8일 아침에도 다리는 지쳐 보였다. 하늘은 더 맑고 구름은 더 하얗던 시절을, 주요 경간이 세계에서 가장 긴 콘크리트 다리였던 시절을 청승맞게 곱씹고 있는 풍상에 찌든 노인 같은 모습이었다.

아침이 가까워오자 눈이 녹기 시작했고, 눈 녹은 물은 다리의 균열 사이사이로 흘러들어갔다. 오래된 다리가 더 부식될까봐 시당국에서는 제설제를 뿌릴 엄두도 내지 못했다.

교통량이 많지 않은 시간대였다. 일요일이라 특히나 더 그랬다. 밤에는 지하철이 운행되지 않았고, 이따금 지나가는 차량 운전자들은 침대 생각이 간절하거나 침대를 향해 가고 있는 중이었다.

벤니 멜린은 예외였다. 물론 그 역시 집에 있는 침대 생각이 간절했지만, 너무 행복해서 도저히 잠이 오지 않을 것 같았다.

짝찾기 광고로 이런저런 여자들을 만난 게 그때까지 여덟 번이었지만, 토요일 저녁에 만나기로 했었던 베티란 여자는 제대로 낚았다 싶은 최초의 상대였다.

이번엔 좀 되겠는걸. 둘 다 그렇게 느꼈다.

'벤니와 베티'라니, 어감 한번 웃기다면서 그들은 배를 잡고 웃었다. 개그 듀오 같지 않은가, 그렇다고 뭘 어쩐진 못하겠지만. 그 둘이 자식이라도 낳으면 이름은 어떻게 지을까? 렌니와 네티?

그랬다. 둘은 오붓한 시간을 보냈다. 그들은 쿵스홀멘에 있는 여자의 집에 앉아 각자의 세계에 대해 이야기하며 서로가 가진 퍼즐조각들을 하나로 맞추려고 애썼고, 꽤 괜찮은 결과를 만끽할 수 있었다. 아침이 다가오자 이제 어떻게 해야 할지를 놓고 둘 중 하나를 고르는 일만 남았다.

그래서 벤니는 힘들긴 하겠지만 옳다고 생각하는 쪽을 골랐다. 그는 잘 있으라는 인사와 일요일 밤에 다시 보자는 약속을 하고 차에 올랐고, 〈당신에게 대책 없이 빠져버렸어Can't Help Falling In Love With You〉를 부르며 브롬마에 있는 집을 향해 차를 몰았다.

그런 벤니였으니 그 일요일 아침 트라네베리 다리의 처참한 상태에 대해 불평할 만큼의 여력 따윈 없었고, 사실 눈치조차 채지 못했다. 그에게는 그저 낙원으로 가는, 사랑을 향해 가는 다리였다.

벤니가 트라네베리 쪽 다리 끝에 막 도착해 열 번은 족히 불렀을 노래의 후렴구를 부르기 시작했을 때, 헤드라이트 빛을 받아 푸른색으로 보이는 형체가 도로 한복판에 나타났다.

급브레이크를 밟으면 안 돼! 그 짧은 순간에도 그는 생각했다. 그가 액셀러레이터에서 발을 떼고 핸들을 왼쪽으로 홱 꺾은 것은 차와 그 사람 사이의 거리가 불과 5미터 정도밖에 남지 않았을 때였다. 차의 한쪽 모서리가 도로 사이의 콘크리트 방벽을 들이박은 순간, 그에 눈에 얼핏 파란 코트와 하얀 두 다리가 들어왔다.

방벽을 들이받은 차가 벽면을 긁으며 나아갈 때 나는 쇳소리가 너무 커서 귀가 먹먹했다. 사이드미러는 통째로 뜯어져 휙 날아가버렸고, 운전석 차문이 안으로 우그러들며 그의 엉덩이에 닿는 순간 차는 다시 도로 한복판으로 내팽개쳐졌다.

그가 방향을 제대로 잡으려고 했는데도 차는 반대편으로 미끄러져 보행자 통행로의 난간을 들이받았다. 나머지 사이드미러도 떨어져나가더니, 다리의 조명을 하늘로 반사하며 다리 난간 너머로 날아가버렸다. 신중하게 브레이크를 밟은 덕에 이번에는 그나마 덜 미끄러져서, 차가 콘크리트 벽을 슬쩍 들이받은 정도로 그쳤다.

1백 미터쯤 더 나아간 후 그는 어찌어찌 차를 세웠다. 엔진이 돌아가는 가운데 그는 숨을 몰아쉬었고, 두 손을 무릎에 얹은 채 옴짝달싹 않고 앉아 있었다. 입 안에서 피 맛이 도는 걸 보니 입술을 깨물었던 모양이었다.

뭐 저런 미친놈이 다 있지?

룸미러를 들여다본 벤니는 가로등의 누르스름한 불빛 아래 아무 일도 없었다는 듯 찻길 한복판을 비틀거리며 걸어가는 그 사람을 보았다. 화가 치밀어올랐다. 또라이, 아무렴. 하지만 미치는 것도 정도가 있지, 니미럴.

차문을 열려고 했지만 열리질 않았다. 잠금장치 쪽이 찌그러진 게 틀림없었다. 그는 안전벨트를 풀고 조수석 쪽으로 기어나갔다. 차 밖으로 몸을 움직여 빠져나오기 전에 비상등을 켰다. 그는 차 바로 옆에 서서 팔짱을 끼고 기다렸다.

다리를 가로질러 걷는 그 사람은 병원 가운 같은 것만 걸쳤을 뿐, 아무것도 입지 않은 채였다. 맨발, 맨 다리. 그 남자에게 뭔가 먹힐 말이 있을지는 모르지만 확인은 해봐야 할 것 같았다.

남자 맞아?

형체가 다가오고 있었다. 눈이 녹은 흙탕물이 맨발 주변으로 사정없이 튀었다. 그는 마치 가슴에 끈이라도 달려 있어 누군가에 의해 마구잡이로 휘둘리는 것처럼 걷고 있었다. 벤니는 그에게 몇 발짝 다가서다 멈춰 서고 말았다. 그 사람이 10미터 정도까지 다가오자 벤니는 그의…… 얼굴을 똑똑히 볼 수 있었다.

벤니는 가쁜 숨을 몰아쉬며 차에 몸을 바짝 가져다 댔다. 그런 다음 재빨리 몸을 틀어 조수석을 통해 차 안으로 기어들어갔고, 1단 기어를 넣고 차를 출발시켰다. 급발진을 하는 바람에 차 뒷바퀴가 사방으로 흙탕물을 튀겼고, 모르긴 몰라도 도로에 있던 그…… 것을 친 것 같았다.

아파트로 돌아온 그는 위스키 대짜 병을 꺼내 족히 반은 될 법한 양을 목구멍에 들이부었다. 그런 후에야 경찰에 신고했다. 본 것을, 일어난 일을 말했다. 남은 위스키를 마저 다 마시고 드러누워 잠을 청할 즈음, 경찰은 총출동 중이었다.

✻

그들은 유다른 숲을 이 잡듯 뒤지고 있었다. 경찰견 다섯 마리에 경찰 스무 명. 이런 경우 치고는 이례적으로 헬리콥터까지 한 대 동원되었다.

부상을 당한데다 의식 상태도 불분명한 남자 하나. 경찰견을 동원한 수색대 한 팀이면 얼마든지 찾아낼 수 있을 것이었다.

그러나 일면 긴장감을 고조시킨 것은, 사건에 대한 매체의 관심이 원체 높은데다(지하철 오케스호브 역 옆 베이불 식물원 근방으로 몰려든 기자들을 통제하는 데만 경찰 두 명이 동원됐다) 경찰이 일요일 아침인데도 최선을 다하고 있음을 시위하고 싶어서이기도 했다.

그리고 또다른 이유가 있었으니, 벵케 에드바츠가 발견됐기 때문이었다.

그러니까, 구닐라라는 이름이 새겨진 결혼반지를 발견했다는 이유로 경찰은 그 사람이 벵케 에드바츠라고 추정하게 된 것이었다.

그의 동료들은 구닐라가 벵케의 아내라는 것을 알고 있었다. 그러나 아무도 그녀에게 전화를 하겠다고 나서지 않았다. 남편이 죽었다고 말하라니, 게다가 아직 벵케라고 확신할 수도 없는 상황이었다. 아내에게 남편에게 이렇다 할 신체적 특징이 있냐고 물어본다고? 그것도…… 하체 쪽에?

아침 일곱시에 제의적 살인자의 시체를 조사하러 온 병리학자는 새로운 사실을 발견했다. 일체의 사전정보 없이 벵케 에드바츠의 잔해를 조사했다면, 시체가 혹한의 야외에서 하루나 이틀쯤 방치되었고 그러는 동안 쥐나 여우, 어쩌면 울버린이나 곰한테 사지가 '절단'난 거라고 짐작했을 것이다. '절단'이란 말은 동물한테나 적절한 표현인지도 모르겠지만. 아무튼 덩치 큰 육식동물 정도는 돼야 이런 식으로 살점을 뜯어먹을 수 있을 것이고, 코, 귀, 손가락처럼 돌출된 부위의 손상은 설치류의 소행처럼 보이기도 했다.

병리학자의 섣부른 사전평가는 경찰에겐 또 한번의 대대적인 동원 구실이 되었다. 범인은 공식 용어를 빌리자면 극단적 폭력성향의 소유자로 단정지어졌다.

바꿔 말하면, 터럭 끝부터 발톱 끝까지 맛이 간 새끼였다.

그런 남자가 아직까지 살아 있다는 것은 기적이나 다름없었다. 바티칸이 향을 피우고 싶어하는 종류의 기적은 아니었지만, 어쨌든 기적은 기적이었다. 10층에서 뛰어내리기 전까지는 식물인간이었던 자가 이제 일어나 걸어다니는데다 더 사악해졌으니 말이다.

그렇지만 그의 상태는 엄밀히 말해 아주 좋다고는 할 수 없었다. 물론 날이 좀더 풀리긴 했지만 영상을 간신히 넘기는 정도였고, 남자는 병원 가운만 걸치고 있었다. 경찰이 아는 한 공범자도 없으니, 숲속에 숨어 몇 시간 이상 버틴다는 건 절대 불가능했다.

벤니 멜린이 전화를 한 건 트라네베리 다리에서 남자를 본 지 근 한 시간이 지난 뒤였다. 그러나 그로부터 몇 분도 채 지나지 않아 한 노부인에게서 또 한 건의 제보가 들어왔다.

노부인은 개를 데리고 아침산책을 나왔다가, 겨울철 동안 국왕의 양떼가 지내는 오케스호브의 외양간 근방에서 병원 가운만 걸치고 있는 남자를 발견했다. 양떼가 위험에 처했다는 생각에 그녀는 그 즉시 집으로 돌아가 경찰에 신고했다.

십 분 후에 첫 순찰차가 출동했고, 경찰들이 가장 먼저 한 일은 총을 뽑아들고 태세를 갖춘 후 잔뜩 긴장해 외양간을 수색하는 것이었다.

양떼는 우왕좌왕했고, 경찰들이 수색을 끝내기도 전에 온 외양간은 불안에 떠는 털 짐승들과, 그것들이 귀 따갑게 울어대는 소리와, 더 많은 경찰들을 그러모으는 인간의 것이 아닌 비명으로 부글부글 끓어오르고 있었다.

수색중에 양 몇 마리가 우리를 탈출해 중앙통로로 나가버렸고, 귀가 먹먹해진 경찰들이 마침내 아무 문제 없다고 판단하고 외양간을 떠나려는 순간, 숫양 한 마리가 기어코 앞문으로 빠져나가버렸다. 일가의 농부들과 함께 있던 고참 경찰이 몸을 날려 숫양의 뿔을 잡았고, 놈을 다시 우리에 집어넣었다.

경찰은 놈을 얼러 다시 우리로 집어넣고 나서야 아까 자신이 민첩하게 대응하는 동안 번쩍거리던 것이 카메라 플래시였음을 깨달았다. 사안이 워낙 심각했기에 기자들도 차마 그런 사진은 쓰지 못할 거라고 생각했지만, 오산이었다. 그 일이 있은 후 곧바로 기자들은 수색 지역 근처에 취재본부를 마련했다.

일곱시 반이었고, 물이 뚝뚝 듣는 나무들 아래로 스멀스멀 여명이 밝아오고 있었다. 외톨이 광인을 찾는 수색작업은 빈틈없이 조직되어 한창 진행중이었다. 경찰들은 점심시간 전에 해결할 거라고 확신했다.

헬리콥터의 적외선카메라와 경찰견의 귀신같은 후각까지 동원했지만 아무 소득 없이 다시 몇 시간이 흐를 것이었다. 그런 후에야 남자가 더는 살아 있을 수 없다는 생각이 들기 시작할 것이었다. 그러니 그들은 시체를 찾아 헤매고 있다고 말이다.

✸

최초의 창백한 여명이 블라인드의 칼날 같은 틈새로 들어와 뜨겁게 달궈진 알전구처럼 비르기니아의 손바닥을 지졌다. 그 순간 그녀가 바란 것은 오직 하나였다. 죽음. 그럼에도 그녀는 본능적으로 손을 거두고 거실 안쪽 더 깊은 곳으로 기어들어갔다.

그녀의 살갗에는 서른 군데도 넘게 자상刺傷이 나 있었다. 아파트 안은 사방이 피범벅이었다.

그날 밤만 해도 몇 번이나 피를 마실 셈으로 동맥을 끊었지만, 솟구쳐나오는 피는 남김없이 빨거나 핥을 새도 없이 바닥으로, 테이블로, 의자로 튀었다. 거실의 널찍한 깔개는 누가 그 위에서 사슴이라도 도살한 것처럼 보였다.

새로 상처를 낼 때마다, 순식간에 가늘어지는 핏줄기를 입 안 가득 빨아마실 때마다 만족과 안도의 수위는 점점 낮아졌다. 아침이 밝아오는 가운데 그녀는 금욕과 고뇌로 훌쩍훌쩍 우는 덩어리가 되었다. 목숨을 부지하기 위해 어쩔 수 없이 해야 하는 일을 스스로가 알고 있다는 고뇌.

서서히 그녀는 자각하기 시작했고, 이는 확신으로 굳어졌다. 다른 사람의 피를 마시면 그녀는…… 건강해질 것이다. 스스로 목숨을 끊을 수도 없었다. 어쩌면 아예 불가능한지도 몰랐다. 제 손으로 과도를 잡아 찌른 상처는 괴이쩍으리만큼 금방 아물었다. 아무리 세게, 깊이 찔러봐도 피는 일 분을 채 못 넘기고 멈췄다. 한 시간이 지나면 벌써 아물어 흉터가 생겼다.

그건 그렇다 쳐도……

그녀는 뭔가 다른 걸 감지했다.

아침이 가까워올 무렵, 비르기니아가 부엌 의자에 앉아 구부린 팔 안쪽의 같은 부위에 두번째로 칼집을 내 피를 빨아먹고 있을 때였다. 홀연히 제 몸 깊은 곳까지 빨려들어간 그녀는 그곳에서 보았다.

전염체.

물론 진짜 두 눈으로 확인한 건 아니었지만 하루가 다르게 발달하는 지각력으로 알 수 있었다. 임신 후 초음파 검사를 받을 때, 화면으로 자신의 배 속을 확인하는 것과 비슷했다. 다만 이건 태아가 아니라 몸부림치는 커다란 뱀이었다. 내 몸에 이런 걸 품고 있다니.

바로 그 순간 그녀는 그 전염체가 완전히 독립적인 존재로서 자기고유의 생명, 자기 고유의 힘을 가졌음을 깨달았다. 설령 그녀가 죽더라도 전염체는 계속 살아나갈 것이다. 어미가 될 사람은 초음파 검사 중에 쇼크사할 수도 있지만, 뱀이 대신 몸을 관장하게 될 테니 아무도 눈치채지 못할 터였다.

자살한다고 달라질 건 하나도 없었다.

전염체가 유일하게 두려워하는 건 햇빛인 듯했다. 은은한 빛이 손에

와 닿았을 뿐인데도 칼을 제일 깊숙이 찔렀을 때보다 아팠다.

오래도록 거실 구석에 쭈그리고 앉아 그녀는 블라인드 살 사이로 들어온 새벽빛이 더러워진 깔개 위에 줄무늬를 그리는 모습을 지켜보았다. 손자 테드 생각이 났다. 한낮의 햇빛이 내리쬐는 바닥으로 앙금앙금 기어가서는 엄지손가락을 빨며 햇살 웅덩이에 몸을 담근 채 잠이 들던 손자 녀석의 모습.

발가벗은 보드라운 살결, 매끄러운 그 살을 별다른 수고 없이 바로……

무슨 생각을 하고 있는 거야!

비르기니아는 화들짝 놀라 멍하니 허공을 응시했다. 눈앞에 테드가 보였고, 이내 상상하길 자기가……

안 돼!

그녀는 제 머리를 때렸다. 그 상상이 부서져버릴 때까지 때리고 또 때렸다. 다시는 손자를 못 볼 것 같았다. 사랑하는 이는 그 누구도 다시 만날 수 없을 것 같았다.

이제 사랑하는 사람들을 두 번 다시 보지 못할 거야.

비르기니아는 억지로 허리를 펴고 쇠살대 같은 햇빛이 비추고 있는 곳을 향해 천천히 기어갔다. 전염체가 저항하며 그녀를 뒤로 끌어당기려 했지만 그녀가 더 강했고, 아직 자신의 몸을 통제하고 있었다. 빛이 그녀의 눈을 찔러댔다. 쇠살대 모양의 빛줄기가 시뻘겋게 달군 철사처럼 각막을 지저댔다.

타버려! 활활 타버려!

그녀의 오른팔은 칼에 벤 흉터와 피딱지로 뒤덮여 있었다. 그녀는 팔을 햇빛 아래로 뻗었다.

상상도 못 하던 일이 일어났다.

토요일 그녀에게 내리쬐던 햇빛은 차라리 애무였다. 지금 그녀의 살에 대고 용접용 버너가 불을 뿜고 있었다. 일 초가 지나자 피부는 분필처럼 하애졌다. 이 초가 지나자 연기가 나기 시작했다. 삼 초가 지나자 수포가 생기더니 까맣게 타다 치이익 하는 소리와 함께 터졌다. 사 초가 지났을 때 그녀는 팔을 거두고 흐느껴 울며 침대로 기어들어갔다.

불에 탄 살에서 나는 악취가 온 집 안에 진동했다. 침대로 미끄러져 들어가면서도 그녀는 제 팔을 들여다볼 엄두가 나지 않았다.

좀 쉬자.

하지만 침대는……

블라인드를 내렸는데도 침실은 너무 밝았다. 이불을 머리끝까지 뒤집어썼는데도 온몸을 드러낸 기분이었다. 아침이면 들려오는 집 안의 소음이 아주 작은 것 하나 빠지지 않고 들렸다. 모든 소리가 잠재적인 위협이었다. 누군가 그녀 머리 위 바닥을 걸어가고 있었다. 그녀는 흠칫해서 소리가 들리는 쪽으로 고개를 돌리고 귀를 기울였다. 서랍을 잡아빼더니, 금속이 바닥에 부딪쳐 쨍그랑하는 소리가 났다.

커피스푼 세트.

가냘픈 소리로 미루어보건대…… 아마 커피스푼 같았다. 눈앞으로 벨벳을 씌운 상자에 든 은제 커피스푼 세트가 떠올랐다. 할머니가 물려주신 물건으로, 어머니가 양로원으로 가기 전에 그녀에게 준 것이었다. 상자를 열어 스푼들을 보고는, 한 번도 쓴 적이 없는 새것임을 깨달았던 기억.

비르기니아는 그런 생각을 하며, 천천히 침대에서 빠져나와 이불을 걷어들고 쌍여닫이 옷장으로 기어가 문을 열었다. 옷장 바닥에는 여분의 깃털이불과 담요 몇 장이 놓여 있었다.

그때 그녀는 스푼을 보고 약간 애상적이 되었었다. 자기를 선택해 집어들고 써주는 사람 하나 없이 족히 육십 년은 될 세월 동안 상자 안에 드러누워 있는 스푼들.

생명을 얻은 건물은 그녀 주위에 더 많은 소리를 쏟아냈다. 깃털이불과 담요들을 꺼내 몸에 둘둘 말고 옷장 안으로 들어가 문을 닫자 더는 들리지 않았다. 옷장 안은 완전한 어둠이었다. 그녀는 깃털이불과 담요들을 머리까지 뒤집어쓰고 쌍고치 속의 애벌레처럼 몸을 동그랗게 웅크렸다.

결코, 두 번 다시는.

고것들은 벨벳 침대 위에 군대식으로 정열해 차려 자세로 누워 기다리고 있었다. 금방이라도 부러질 것처럼 앙증맞은 은제 커피스푼들. 그녀는 담요를 얼굴 위로 단단히 여미고 돌아누웠다.

이제 누구한테 주지?

그녀의 딸. 그래. 레나가 가지면 되겠다. 레나는 그 스푼들로 테드에게 음식을 떠먹여줄 것이다. 그럼 스푼들도 행복해질 것이다. 테드는 스푼에 담긴 으깬 감자를 먹겠지. 그럼 되겠다.

돌멩이처럼 꼼짝 않고 누워 있으니, 몸이 차분히 진정되어갔다. 잠에 빠져들기 직전에 마지막으로 한 가지 생각이 떠올랐다. 왜 덥지 않은 걸까?

담요를 몇 겹이나 두르고 두꺼운 옷을 입고 있으니 당연히 머리 주변이 후텁지근하고 땀이 나야 정상일 터였다. 크고 컴컴한 방 안에서 그 의문은 아스라이 둥둥 떠다니다가 마침내 지극히 간단한 답과 함께 내려앉았다.

몇 분 동안이나 숨을 안 쉬고 있으니 그렇지.

그런 사실을 의식하게 된 지금도 그녀는 전혀 숨쉴 필요를 느끼지 못했다. 숨이 막히지도 않았고 산소가 모자라지도 않았다. 더는 숨을 쉴 필요가 없었다. 그뿐이었다.

✳

예배는 열한시에 시작되지만 톰미와 그의 엄마 이본은 열시 십오분부터 블라케베리 역에 나가 지하철을 기다리고 있었다.

성가단원인 스타판이 이본에게 오늘 예배의 주제를 미리 알려줬다. 이본은 아들에게 그 이야기를 하며 같이 가겠냐고 조심스레 물었고, 톰미가 그러겠다고 하자 깜짝 놀랐다.

주제는 오늘날의 젊은이들이었다.

목사들은 (스타판의 도움을 받아) 구약에서 이스라엘 민족이 이집트를 탈출하는 대목을 출발점으로 삼아 길잡이별들이라는 주제에 부합하는 일련의 성경 구절들이 들어간 설교문을 준비했다. 말하자면 오늘날의 젊은이가 늘 가까이 두어야 할 것이요, 사막 같은 세상을 방랑하는 데 필요한 지침서 같은 것이라고나 할까.

톰미는 성경에서 그 이야기를 읽은 적이 있었고, 그래서 참례하게 되어 기쁘다고 말했다.

그런 이유로 이슬란스토리엣에서 달려오는 열차가 일진풍一陣風을 앞세우고 우레와 같은 소리를 내며 터널을 빠져나와 머리칼을 마구 헝클어뜨렸을 때, 이본은 더없이 행복했다.

이본은 두 손을 재킷 주머니 깊이 찔러넣고 옆에 서 있는 아들을 바라보았다.

다 잘될 거야.

그래. 아들이 함께 교회에 가겠다고 말한 것만으로도 일대 사건이었다. 이는 아들이 스타판을 받아들이기로 했다는 뜻이기도 했다. 그렇지 않은가?

열차에 오른 모자는 한 노인 옆에 마주 보고 앉았다. 전철을 타기 전그들은 오늘 아침 라디오에서 들은 뉴스 이야기를 하고 있던 중이었다. 바로 유다른 숲에서 벌어지고 있는, 제의적 살인자 수색전에 관한뉴스였다. 이본은 아들 쪽으로 몸을 기울였다.

"경찰들이 잡을 거라고 보니?"

톰미는 어깨를 으쓱했다.

"그렇지 않을까? 근데 숲이 워낙 넓은데다…… 스타판 아저씨한테물어봐야 되지 않겠어?"

"어쩜 그렇게 하나부터 열까지 무시무시한 사건인지. 살인자가 여기 나타나면 어떡하니?"

"여기 와서 뭘 하게? 하긴, 그러지 말란 법은 없지. 유다른 숲에선뭘 하겠어? 차라리 여기 오는 게 낫겠네."

"어이쿠."

노인이 어깨에 들러붙은 걸 떨어내는 것처럼 기지개를 켜고는 말했다. "그딴 게 사람은 맞는 건지부터 생각해봐야죠."

톰미는 고개를 들어 노인을 보았다. 이본이 흐음 하는 소리와 함께미소를 보내자, 노인은 계속 하라는 뜻으로 받아들이고는 말했다.

"안 그래요……? 그 무시무시한…… 짓거리부터, 그다음엔……그 상태로 그 정도 높이에서 떨어졌는데도. 아니, 정말이지 장담하는

데, 사람일 리가 없다니까. 경찰들이 눈에 걸리는 즉시 쐐죽였으면 좋겠구먼."

톰미는 고개를 끄덕이며 동의하는 척했다.

"제일 처음 눈에 걸리는 나무에 목을 매달아버리는 거죠."

노인은 점점 더 열을 올렸다.

"바로 그거지. 안 그래도 내가 늘 그렇게 얘기했거든. 그딴 놈은 병원에 있었을 때 진즉에 독극물이라도 주사했어야 한다고. 왜 미친개들도 그렇게 처리하잖아. 그랬으면 지금 이렇게 허구한 날 덜덜 떨며 앉아 있을 일도 없을 거고, 국민들 세금을 쏟아붓고 이렇게 똥줄 타게 펼치는 수색전을 구경할 일도 없을 거고. 헬리콥터. 맞다, 지하철을 타고 오케스호브 바로 옆을 지나는데, 헬리콥터까지 대령시켜놨더구먼. 아, 경찰 능력이 그 정도야 되겠지. 하지만 한평생 사회에 몸 바쳐 일하고 나서, 나중에 먹고살 만큼의 연금을 지급하라고 하면 그건 또 싫다고 할걸. 그런데도 헬리콥터나 띄워서 괜히 하늘이나 맴돌게 하고, 그 바람에 엄한 동물들만 혼비백산하고……"

노인의 독백은 모자가 내리는 벨링뷔까지 이어졌다. 열차는 벨링뷔에서 다시 반대 방향으로 운행되는데도 그는 자리를 지키고 앉아 있었다. 어쩌면 온 길을 거꾸로 되돌아가며 문제의 헬리콥터도 다시 보고, 잘하면 새로운 관객들 앞에서 좀전의 그 독백을 계속할지도 모를 일이었다.

스타판은 벽돌더미 같은 성 토마스 교회 밖에서 그들을 기다리고 있었다.

그는 정장 차림에 은은한 노란 줄무늬 넥타이를 매고 있었다. 그 모습을 본 톰미는 '스웨덴 호랑이'*를 떠올렸다. 인사하려고 다가오는 모자를 보자 스타판의 얼굴이 환해졌다. 그는 이본을 끌어안으며 한 손을 톰미에게 뻗었고, 톰미는 그 손을 잡아 흔들었다.

"둘 다 이렇게 와주니 기분 너무 좋다. 특히 톰미, 잘 왔다. 어떻게 올 생각을 다 했니?"

"그냥 어떤 건지 보고 싶어서요."

"음. 그렇다면 네 마음에 들어야 할 텐데. 그래야 다음번에도 여기서 볼 수 있을 테니 말이다."

이본은 아들의 어깨를 쓰다듬었다.

"톰미가 성경에서 그 부분을 읽은 적이 있대…… 당신이 앞에 나가서 이야기할 구절 말이야."

"그랬어, 정말? 야, 진짜 대단한데. 그건 그렇고, 톰미, 그 트로피 아직도 못 찾았다. 하지만…… 그냥 없던 일로 하는 게 좋을 것 같구나. 네 생각은 어떠니?"

"으음."

스타판은 톰미가 무슨 말이든 하기를 기다리다가 아무 말이 없자, 다시 이본을 돌아보았다.

"원래라면 지금 당장 오케스호브로 가야 하는데…… 그래도 이번 예배는 놓치고 싶지 않아서. 그래서 끝나자마자 가야 해, 그러니까 아무래도……"

톰미는 예배당 안으로 걸어들어갔다.

신자석에 등을 돌리고 앉은 노인 몇 명이 전부였다. 그들이 쓰고 있는 모자로 보건대, 전부 할머니들이었다.

---

* 2차 세계대전 당시 국방 및 방첩의식 고취 대국민 홍보의 의미로 스웨덴 정부에서 발행한 포스터로, 스웨덴 국기의 색깔인 파란색과 노란색 줄무늬 호랑이 그림이 그려져 있다.

한쪽 벽을 따라 쭉 매달린 램프들의 노란 불빛이 예배당 안을 밝히고 있었다. 신자석 사이의 통로부터 꽃으로 장식한 돌 벤치 모양의 제대까지 기하학적인 무늬의 붉은 카펫이 쫙 깔려 있었다. 그 모든 것들의 위에 거대한 나무 십자가와 모던 스타일의 예수가 매달려 있었다. 얼핏 보면 예수는 야유의 미소를 짓고 있는 것 같았다.

예배당 뒤쪽, 톰미가 서 있는 입구 바로 옆에 주보를 올려놓은 스탠드와 헌금함, 세례반洗禮盤이 있었다. 톰미는 세례반 쪽으로 걸어가 안을 들여다보았다.

완벽해.

처음 봤을 땐 너무 그럴 듯해서 믿기지가 않았다. 으레 물이 담겨 있으려니 했는데 그렇지 않았던 것이다. 세례반은 커다란 돌덩어리를 통째로 파서 만든 것으로, 톰미의 허리 높이였다. 물이 담기는 부분은 짙은 회색에 표면이 거칠었고, 물 한 방울 없이 바싹 말라 있었다.

좋았어, 해보자.

톰미는 재킷 주머니에서 흰색 가루가 들어 있는 2리터들이 비닐봉지를 꺼냈다. 주위를 둘러보았다. 그가 있는 쪽을 보는 사람은 아무도 없었다. 그는 손가락으로 봉지에 구멍을 뚫은 다음 내용물을 세례반에 부었다.

잠시 후 재킷 주머니에 빈 봉지를 쑤셔넣고 돌아가면서 그는 예배 동안 엄마 옆에 앉지 않고 훨씬 뒤쪽인 세례반 옆 자리에 앉기 위해 둘러댈 그럴듯한 핑계거리를 생각했다.

예배가 너무 지겨우면 다른 사람을 방해하지 않고 밖으로 나가기 위해서라고 하면 되겠다. 그거 괜찮다. 그거 정말……

완벽하다.

✳

오스카르는 눈을 떴다. 그의 마음은 근심으로 가득했다. 어디에 와 있는지 알 수 없었다. 조명이 너무 약한 탓에 아무것도 걸려 있지 않은 벽도 잘 보이지 않았다.

그는 냄새나는 담요를 덮고 소파에 누워 있었다.

눈앞에서 벽들이 둥둥 떠다녔다. 자신이 알아볼 수 있는 방으로 만들려고 그것들을 제자리에 놓고 정돈해보려 하는데도 소용이 없었다. 그는 포기해버렸다.

그는 담요를 코밑까지 끌어올렸다. 곰팡내가 콧구멍을 가득 채웠다. 그는 방을 정리하는 대신 기억해보려고 애썼다.

그래, 그제야 기억이 났다.

아빠. 얀네 아저씨. 히치하이킹. 엘리. 소파. 거미집.

그는 천장을 쳐다보았다. 먼지가 앉은 거미집은 여전히 천장에 매달려 있었지만, 희미한 불빛 때문에 알아보기 힘들었다. 그는 엘리와 함께 나란히 소파에서 잠들었다. 얼마나 오래전 일이지? 아침이었나?

창문은 담요로 가려져 있었지만, 구석마다 엷은 회색빛 테두리가 빛나고 있었다. 그는 담요를 걷고 일어나 발코니로 통하는 창문으로 가서 담요 끝자락을 들어올렸다. 블라인드가 쳐져 있었다. 각도를 조절해 열어보니, 그랬다, 밖은 아침이었다.

머리가 아팠고, 햇빛 때문에 눈이 욱신욱신했다. 그는 헉 하고 급작스레 숨을 들이마시며 담요를 떨어뜨리고는, 두 손으로 자신의 목을 만져보았다. 아니다. 물론 그럴 리가 없다. 엘리 말이 어떤 일이 있어도 나는……

그런데 그애는 어디 있지?

주위를 둘러보던 그의 눈에 엘리가 윗도리를 갈아입던 방의 닫힌 문이 들어왔다. 오스카르는 문 쪽으로 몇 발짝 다가가다 멈춰 섰다. 문은 어둠 속에 잠겨 있었다. 그는 한 손을 동그랗게 말아쥐고 튀어나온 손마디를 입으로 빨았다.

만약 진짜로…… 진짜로 관에서 자고 있으면 어떡하지?

바보. 뭣 하러 그러겠어? 근데 뱀파이어들은 왜 거기서 자는 거지? 죽었으니까 그렇지. 근데 엘리는 자기가 죽은 게……

그래도 만에 하나……

그는 손마디 위로 혀를 굴리며 핥았다. 그녀의 키스. 음식이 차려져 있던 식탁. 오스카르에게 그런 걸 보여줄 능력이 있다는 사실만으로도. 그리고…… 그녀의 이빨도. 육식동물의 이빨.

이렇게 어둡지만 않아도 좋을 텐데.

천장 조명의 전원 스위치는 문 바로 옆에 있었다. 그는 스위치를 올리면서도 불이 들어오지 않을 거라고 생각했지만, 웬걸, 정말로 켜졌다. 강렬한 불빛에 잠시 마비된 눈이 적응할 때까지 기다린 후, 그는 문 쪽으로 돌아서서 문고리에 손을 얹었다.

불을 켜도 아무 소용이 없었다. 문이 지극히 평범하게 생겼다는 사실에 되레 공포스러워졌다. 그의 집 방문과 다를 게 없었다. 완전히 똑같았다. 손잡이를 잡는 느낌도 똑같았다. 엘리가 저 안에 누워 있으면 어쩌지? 양팔을 가슴 위에 십자가 모양으로 가지런히 포개고 있을지도 모른다.

봐야겠어.

오스카르는 손잡이를 잡고 내려보았다. 살짝 걸리는 느낌만 있었다.

문이 잠겨 있지 않은 게 확실했다. 그렇다면 그냥 밀기만 하면 될 것 같았다. 그가 손잡이를 완전히 아래로 내리자 문이 열렸고, 점차로 열린 틈새가 넓어졌다. 방 안은 어두웠다.

잠깐!

문을 열었다가 빛이 들어가면 엘리가 다치는 거 아니야?

아니지, 어제도 거실에서 조명 바로 옆에 앉아 있었는데 아무렇지도 않은 것 같았다. 그래도 천장 조명의 불빛은 더 세고, 또 어쩌면 뭔가…… 특별한 종류의 전구, 그러니까…… 뱀파이어들도 견딜 수 있는 특별한 종류의 전구가 있는지도 몰랐다.

웃기잖아. '뱀파이어 전용 상품 판매점'.

하지만 천장 조명이…… 안 좋다면, 그애가 그냥 뒀을 리가 없잖아?

그래도 조심조심 문을 열자, 빛이 원뿔 모양으로 천천히 넓어지며 방 안으로 퍼져들어갔다. 그곳도 거실과 마찬가지로 가구 하나 없어 휑했다. 침대 하나와 쌓여 있는 옷가지를 빼면 아무것도 없었다. 침대에는 시트 위에 베개 하나만 덜렁 놓여 있었다. 소파에서 잘 때 덮었던 담요도 그 침대에서 가져온 것이었다. 침대 바로 옆 벽에 종이 한 장이 붙어 있었다.

모스 부호.

그렇다면 엘리는 그동안 여기 누워서……

오스카르는 심호흡을 했다. 애써 잊고 있던 사실이었다.

이 벽 바로 뒤가 내 방이야.

그랬다. 지금 오스카르는 자기 방 침대에서, 정상적인 삶에서 2미터 떨어진 곳에 있었다.

그는 침대에 누워 벽을 두드려 메시지를 보내고 싶어졌다. 오스카르에게. 벽 너머에 있는. 뭐라고 말할까?

너.어.디.에.있.는.거.야.

그는 또다시 손마디를 빨았다. 그는 여기에 있었다. 가버린 건 엘리였다.

어지럽고, 혼란스러웠다. 머리를 처박다시피 베개에 묻었다가, 얼굴을 돌려 방을 둘러보았다. 베개에서 이상한 냄새가 났다. 담요 냄새랑 비슷했지만 더 지독했다. 퀴퀴하고 역한 냄새. 그는 침대 근처에 쌓여 있는 옷가지들을 보았다.

토할 거 같아.

더는 그곳에 있고 싶지 않았다. 아파트 안은 쥐죽은 듯 고요하고 쓸쓸한데다, 모든 게 정말이지…… 비정상적이었다. 그는 옷가지를 이리저리 훑어보았고, 맞은편 벽 모서리에서 문까지 벽면 전체를 차지하고 있는 옷장들을 보고 멈칫했다. 쌍여닫이문이 달린 옷장 두 개와 여닫이문이 달린 옷장 한 개.

저거다.

그는 두 다리를 배에 닿도록 바짝 끌어모으고, 닫힌 옷장 문을 뚫어져라 보았다. 거기 있고 싶지 않았다. 배가 아팠다. 아래쪽 배가 따끔따끔 찌르는 것처럼 아팠다.

오줌 눠야겠다.

그는 침대에서 일어나 시선을 옷장 문에 고정시킨 채 문 쪽으로 걸어갔다. 그의 방에도 똑같은 옷장이 있어서 엘리 정도면 쉽게 들어갈 수 있다는 걸 알고 있었다. 그녀가 거기 있었지만, 그는 이제 보고 싶지가 않았다.

현관의 불도 작동이 됐다. 그는 불을 켜고 짧은 복도를 따라 욕실로 갔다. 욕실 문은 잠겨 있었다. 손잡이 위에 줄 모양의 표시기는 안에 사람이 있다는 표시로 빨간색이었다. 오스카르는 문을 두드렸다.

"엘리?"

아무 소리도 들리지 않았다. 그는 다시 두드렸다.

"엘리? 안에 있어?"

아무 소리도 들리지 않았다. 그러나 엘리의 이름을 크게 외쳐 부르고야 그는 잘못했음을 깨달았다. 함께 소파에 누워 있을 때 엘리가 마지막으로 한 말이 그것이었다. 그녀의 진짜 이름은…… 엘리아스라고. 엘리아스. 남자 이름. 엘리가 남자였나? 둘은…… 키스도 하고 한 침대에서 자고 또……

오스카르는 욕실 문에 양손을 얹고 그 위에 이마를 가져다 댔다. 생각을 하려고 했다. 어떻게든. 그래도 이해할 수가 없었다. 그녀가 뱀파이어라는 건 납득할 수 있는 문제였지만, 남자일지 모른다는 건, 그건…… 더 믿기 힘들었다.

그런 사람을 두고 뭐라고 하는지 오스카르는 알고 있었다. 호모. 병신 같은 호모새끼. 욘니가 한 말. 게이가 되는 건 끔찍한 일이었다. 그럴 바엔 차라리……

그는 다시 문을 두드렸다.

"엘리아스?"

그 이름을 입 밖으로 꺼내자 배 속이 이상해졌다. 안 되겠어. 그 말이 입에 붙을 것 같지 않았다. 그녀의…… 그의 이름은 엘리였다. 하지만 그건 너무했다. 엘리의 정체는 둘째 치더라도, 너무한 일이었다. 그는 도저히 그렇게 부를 수가 없었다. 그녀는 무엇 하나 정상이 아니었다.

그는 두 손을 누르고 있던 이마를 들었고, 온 힘을 다해 오줌을 참았다.

바깥 계단통에서 발소리가 들리더니 이내 우편함 구멍이 열리고 툭 하는 소리가 들렸다. 그는 걸어나가서 뭐가 온 건지 확인했다. 전단지.

다진 쇠고기. 킬로그램 당 14크로나 90외레.

화려한 빨간 글자와 숫자. 오스카르는 전단지를 집어들고야 상황을 파악할 수 있었다. 계단통으로 발소리가 울리는 가운데, 그는 열쇠구멍에 눈을 가져다 댔다. 또다른 우편함 구멍들이 열렸다 닫히는 탕탕 소리가 났다.

삼십 초 정도 지난 후, 엄마가 앞을 지나 내려가는 것이 보였다. 머리칼과 코트 깃만 언뜻 본 게 다였지만, 그는 엄마라는 걸 알았다. 달리 누가 있겠는가?

엄마가 그를 대신해 전단지를 돌리는 중이었다.

전단지를 손에 움켜쥐고, 오스카르는 현관문 옆에 다리를 모으고 쭈그리고 앉아 이마를 무릎에 얹었다. 울지 않았다. 오줌이 마렵다 못해 사타구니에 개미집이 들어앉은 것처럼 따끔따끔한 게 도리어 울음을 참는 데 도움이 된 것 같았다.

그러나 머릿속에서는 계속 그 생각이 맴돌았다.

난 존재하지 않아. 난 존재하지 않아.

✳

라케는 그날 밤 내내 근심에 휩싸여 있었다. 비르기니아의 집에 다녀온 후로 줄곧 시름이 갉작갉작 배 속을 좀먹어들더니 결국 구멍까지 뚫은 것 같았다. 토요일 밤 중국식당에 한 시간 정도 있으면서 단골들에게 고민 상담을 해보려 했지만 아무도 관심을 갖지 않았다. 라케는 사태가 주체할 수 없을 정도로 악화되면 열 받을 일만 일어날 것 같아 식당을 나와버렸다.

발톱의 때만도 못한 것들.

왜 아니겠는가. 그에겐 새로울 것도 없는 사실이었지만, 그가 생각했던 건…… 가만있자, 도대체 뭔 생각을 했더라?

우리도 당할 수 있었어.

적어도 한 사람 정도는 그와 마찬가지로 뭔가 미치도록 섬뜩한 일이 계속되고 있다고 느끼고 있었다. 하지만 이러쿵저러쿵 떠들어대고 호언장담이 난무하기만 할 뿐(특히 모르간이 심했다), 정작 본론으로 들어가자 행동으로 보여주겠다며 손가락이라도 하나 까딱하는 사람은 없었다.

라케도 속수무책이긴 마찬가지였지만, 그래도 그는 그 문제에 대해 최소한 걱정하기라도 했다. 그런다고 무슨 소용이 있는지는 모르지만. 그는 뜬눈으로 밤을 새다시피 했고, 도스토옙스키의 『악령』을 몇 페이지라도 읽어보려고 했지만 앞에 나온 내용을 자꾸 까먹는 바람에 포기해버렸다.

그래도 그렇게 뜬눈으로 밤을 샌 덕분에 그는 한 가지 결단에 도달하게 되었다.

일요일 아침, 라케는 비르기니아의 집에 가서 문을 두드렸다. 아무런 인기척이 없었다. 그녀가 병원에 간 게 틀림없다는 생각을…… 아니, 그러길 바랐다. 집으로 돌아오면서 그는 지나가던 두 여자의 이야기를 엿들었는데, 경찰이 유다른 숲에서 살인자를 수색중이라는 것이었다.

요샌 무슨 숲마다 살인자가 있으니, 말세야. 신문들이야 씹어댈 게 하나 더 생긴 셈이겠군.

벨링뷔의 살인자를 체포한 지 열흘 정도 지나자 언론은 살인자의 신원과 그럴듯한 동기를 파헤치는 데도 싫증이 났다.

살인자를 언급하는 기사엔…… 병적이라 할 만큼 즐기는 태가 역력했다. 지극정성으로 살인자의 현재 상태를 묘사하면서, 육 개월 동안 그가 병원 침대에서 꿈쩍도 못할 게 틀림없다고 떠들어댔다. 별도의 정보창 기사까지 동원해 염산이 몸에 닿으면 어떻게 되는지 설명한 덕에, 그 통증이 얼마나 극심한지 실감나게 만끽할 수 있었다.

아니, 라케는 그런 건 조금도 즐겁지 않았다. 한 사람을 '그저 후식거리'로 만드는 데 세상 사람들이 하나같이 열광한다는 게 섬뜩하기만 했다. 그는 사형제도에는 철저하게 반대하는 입장이었다. 정의에 대한 '근대화된' 의식의 소유자여서가 아니었다. 그럴 리가. 오히려 그는 전근대적인 사람에 가까웠다.

말하자면 그의 논리는 다음과 같았다. 어느 누가 내 자식을 죽였다면, 나도 그를 죽일 것이다. 도스토옙스키는 용서와 자비에 대해 많은 말을 남겼다. 아무렴. 사회적 관점에서 보면 구구절절 옳은 말이었다. 그러나 아이의 부모로서 내 아이의 삶에 종지부를 찍은 인간의 삶에도 종지부를 찍는 것은 나의 도덕적 권한이다. 그 때문에 사회가 나에게 팔 년의 징역형 따위를 선고하는 건 별개의 문제이다.

그것은 도스토옙스키의 뜻과는 거리가 멀었다. 물론 라케도 알고 있었다. 다만 그런 측면에서 그와 표도르*가 합일점을 찾지 못하는 것뿐

---

* 도스토옙스키의 이름.

이었다.

라케는 그런 생각을 하며 입센가탄에 있는 집으로 돌아왔다. 집에 도착하자 새삼 허기가 밀려와 즉석 마카로니 요리 1인분을 조리해 후라이팬에 담은 채로 케첩을 뿌리고 스푼으로 떠먹었다. 나중에 쉽게 설거지할 셈으로 후라이팬을 불리려고 물에 담그는데, 우편함 구멍으로 뭔가 떨어지는 소리가 들렸다.

광고전단지. 그런 것에 신경이 쓰일 턱이 없었다. 어차피 돈도 없었다.

아니, 그게 있지.

그는 행주로 식탁을 닦은 후, 부친에게서 물려받아 죽을 고생을 하고 블라케베리까지 끌고 온 주방용 서랍장에서 부친의 우표 수집앨범을 꺼내어 식탁에 놓고 펼쳤다.

그래 여기 있다.

소인이 찍히지 않은, 노르웨이 역사 최초로 발행된 견본우표 네 장. 그는 가까이 몸을 굽히고 가느다랗게 뜬 눈으로 밝은 파란색 배경 안에서 뒷다리를 치켜든 사자를 보았다.

끝내주는데.

1855년 처음 발행됐을 때 이 우표의 가격은 4실링이었다. 지금은 그보다는…… 더 나갈 것이었다. 우표는 두 쌍으로, 떨어지지 않고 이어져 있어서 값어치가 더 나가는 물건이었다.

어젯밤 라케가 담배연기에 찌든 이불 속에서 뒤척이며 마침내 결정한 것도 이것이었다. 때가 됐다. 비르기니아와 더불어 이것은 마지막 지푸라기 같은 것이었다. 거기에 상황에 대한 친구 놈들의 몰이해까지 더해지자 그는 어떤 깨달음에 이르게 되었다. 그것들은 같이 어울릴 가치조차 없어.

그는 이곳을 떠날 생각이었고, 비르기니아도 데려갈 생각이었다.

시장 침체고 뭐고 이 우표로 3십만 크로나 정도를 구하고, 거기에 아파트를 팔아 2십만 크로나를 더 구할 작정이었다. 그럼 둘이서 시골에 집 한 채를 살 수 있을 것이다. 아, 아니지. 좋다, 두 채. 작은 농장 하나. 그 정도의 돈은 충분하니까 안 되란 법 없다. 비르기니아가 낫는 즉시 그는 자기 뜻을 말할 것이고, 그의 생각에…… 그녀도 동의할 것 같았다. 사실 기뻐할 거라고 거의 확신했다.

결국은 이렇게 될 거였어.

이제 라케는 마음이 차분히 가라앉았다. 모든 게 확실하게 정리가 되었다. 오늘 뭘 할 건지, 앞으로 뭘 할 건지. 모든 일이 잘 풀릴 것이다.

기분이 좋아진 그는 집 안을 서성거리다 침실로 들어가 침대에 누워 오 분 쉰다는 것이 그대로 잠이 들어버렸다.

❋

"우린 길거리에, 광장에 있는 그들을 봅니다. 그들 앞에 서서 어쩔 줄 몰라하며, 속으로 이렇게 말합니다. '우리가 뭘 할 수 있을까?'"

톰미는 이렇게 지루한 적은 난생처음이었다. 설교가 시작된 지 삼십 분밖에 지나지 않았는데도 차라리 벽을 보고 앉아 있는 쪽이 더 재미있을 거라는 생각이 들었다.

'은총이 함께하기를'이니, '할렐루야!'니 '주님의 기쁨'이니 하면서, 왜 이 사람들은 죄다 불가리아 대 루마니아 국가대표 예선경기라도 보는 것처럼 앞만 보고 앉아 있는 거야? 그들이 읽는 것도, 부르는 노래의 내용도 그들에겐 아무 의미가 없었다. 저 성직자한테도 의미 없기는 매한가지일 것이다. 밥벌이 때문에 하지 않으면 안 되는 것에 불과했다.

그나마 지금에야 설교 내용은 진전을 보이기 시작했다.

톰미는 자신이 읽은 적이 있는 성경 구절을 목사가 언급하면, 그때 저지를 작정이었다. 그렇지 않으면 안 할 것이다.

저 아저씨에게 달려 있는 거야.

톰미는 재킷 주머니 안을 살펴보았다. 모든 준비가 끝났고, 세례반은 그가 앉아 있는 줄에서 불과 3미터 거리에 있었다. 엄마는 맨 앞줄에 앉아 있었다. 스타판이 두 손을 경찰 표 고환 앞에 느슨하게 모아잡고 그 자신에게도 의미 없는 노래를 부를 때 두 눈을 반짝이며 신호를 보내려는 게 틀림없었다.

톰미는 이를 악다물었다. 목사가 어서 그 구절을 말하길 바랐다.

"그들의 눈에서 우리는 길 잃은 자의 표정을, 정처 없이 헤매다니 이젠 집으로 돌아갈 수마저 없게 된 이를 발견합니다. 그런 젊은이들을 볼 때마다 저는 언제나 출애굽기를 떠올리게 됩니다."

톰미는 바짝 긴장했다. 하지만 목사는 정확한 구절은 말하지 않을 모양이었다. 홍해 이야기를 할지도 모르겠다. 그래도 어쨌든 톰미는 재킷 주머니에서 라이터와 작은 부싯돌을 꺼냈다. 손이 떨리고 있었다.

"때로 우리를 혼란에 빠뜨리는 이 젊은이들을 우리는 이렇게 봐주어야만 합니다. 그들은 답을 구하지 못한 질문과 앞이 잘 보이지 않는 미래라는 사막을 헤매고 있다고 말입니다. 그러나 이스라엘 민족과 오늘날의 젊은 친구들 사이엔 큰 차이가 있으니……"

어서, 그 말을 해……

"이스라엘 민족에겐 그들을 이끌어줄 분이 있었습니다. 신자 여러분은 성서의 그 구절을 잘 알고 있을 겁니다. '여호와께서 그들 앞에 행하사 낮에는 구름기둥으로 그들의 길을 인도하시고 밤에는 불기둥으로 그들 앞에 비춰사 주야로 진행하게 하시니.' 오늘날의 젊은이들에게 필요한 것이 바로 이 구름과, 이 불인 것입니다. 그리고……"

목사는 고개를 숙여 미리 써온 설교문을 보았다.

톰미는 이미 불을 붙인 부싯돌을 엄지와 검지 사이에 쥐고 있었다. 부싯돌 끝의 새파란 불꽃이 손가락 쪽으로 타들어가고 있었다. 톰미는 목사가 고개를 숙여 종이를 본 순간을 놓치지 않았다.

그는 몸을 낮추고 큰 보폭으로 한 걸음 떼어 좌석을 빠져나가, 팔을 한껏 뻗어 부싯돌을 세례반 안으로 던지고는 재빨리 제자리로 돌아와 앉았다. 본 사람은 아무도 없었다.

목사가 다시 고개를 들었다.

"……그리고 젊은이들에게 이 구름기둥, 길잡이별이 되어주는 것은 우리의 어른 된 도리입니다. 우리가 아니면 그들이 다른 누구를 찾을 수 있겠습니까? 또한 우리는 주님의 역사役事에서 이를 위한 힘을 찾아낼 수 있는 겁니다."

하얀 연기가 세례반에서 피어올랐다. 이미 톰미는 익숙한 그 달콤한 냄새를 맡은 터였다.

질산칼륨과 설탕을 태우는 짓이라면 한두 번 해본 게 아니었다. 하지만 이 정도 양은 거의 처음이었고, 더군다나 실내에서는 생전 처음이었다. 바람이 없어 연기가 흩어질 일도 없다고 생각하니 기분이 짜릿했다. 그는 깍지를 낀 두 손을 단단히 모아쥐었다.

벨링뷔 교구에 임시로 부임해온 목사 브루르 아델리우스가 가장 먼저 알아보았다. 그는 눈에 보이는 그대로 믿었다. 세례반에서 연기가 나다니. 한평생 하느님의 계시를 기다려온 그는 첫번째 연기기둥을 보고 한순간 의심할 여지 없이 바로 그 순간이 온 거라고 생각했다.

오, 주님이시여. 마침내.

하지만 그 생각은 오래가지 않았다. 기적을 보았다는 기분은 순식간에 사라져버려, 오히려 기적도 계시도 존재하지 않는다는 증거로 여겨질 정도였다. 저것은 그냥 세례반에서 피어오르는 연기에 지나지 않았다. 하지만 왜?

그와 각별히 잘 지내는 사이라고는 할 수 없는 관리인은 실없는 농담거리로 여겼다. 세례반의 물이…… 끓기 시작하는구먼.

문제는 한창 설교 중에 이런 생각만 줄곧 하고 있을 수는 없다는 것이었다. 그래서 브루르 아델리우스는 그런 상황에 처한 사람들이 으레 하는 행동을 취했다. 아무 일도 없는 것처럼 시치미를 떼고 문제가 저절로 해결되길 바라는 것. 그는 헛기침을 하고 방금 한 말을 떠올리려고 했다.

주님의 역사. 주님의 역사 속에서 힘을 찾고자 하는 것. 한 가지 예.

그는 종이를 힐끗 내려다보았다. '맨발'이라고 씌어 있었다.

맨발? 왜 이런 말을 써놓았지? 이스라엘 민족이 맨발로 걸었나? 아니면 예수님이…… 오랫동안 헤매고 다니셔서……

목사는 고개를 들었고, 세례반부터 천장까지 피어오르는 더욱 굵어진 연기기둥을 보았다. 방금 내가 무슨 말을 했지? 아, 그래. 그는 그제야 기억해냈다. 그 말은 여전히 허공을 떠돌고 있었다.

"또한 우리는 주님의 역사에서 이를 위한 힘을 찾아낼 수 있습니다."

맺는말로 그럭저럭 나쁘지 않았다. 멋지지도 않고 계획한 것도 아니었지만, 그럭저럭 괜찮았다. 그는 좌중을 향해 민망한 미소를 짓고는 성가단장인 비르깃에게 고갯짓으로 신호를 했다.

성가단원 여덟 명이 일제히 일어서더니 제단으로 걸어나왔다. 신자들 쪽으로 돌아선 성가단원들의 표정을 보고 목사는 그들 역시 연기를 보았음을 알 수 있었다. 주님의 이름으로 은총 있으라. 주님, 저에게만 보이는 줄 알았습니다.

비르깃이 지시를 내려달라는 표시로 목사를 쳐다보자, 그는 응답했다. 어서, 시작하시오.

성가단의 노래가 시작되었다.

저를 인도해주소서, 주여, 저를 정의로 이끄소서.
저의 눈으로 당신의 길을 따르도록……

아버지 웨슬리*의 아름다운 작품이었다. 브루르 아델리우스 목사는 그 노래의 아름다움을 음미하고 싶었지만, 점점 구름기둥에 마음이 쓰이기 시작했다. 자욱한 흰 연기가 세례반 위로 넘실거렸고, 수반 안에서는 무언가가 연기를 피우고 탁탁 터지는 소리를 내며 희푸른 불꽃으로 타오르고 있었다. 달콤한 냄새가 그의 코끝까지 미쳤고, 신도들

---

* 영국의 작곡가이자 오르간 연주자로 후기 그레고리안 시대의 모차르트라 불린 새뮤얼 웨슬리를 말한다. 성가 작곡자로 유명한 웨슬리 가문의 한 사람으로 아들 새뮤얼 시베스천 웨슬리 역시 작곡자이자 오르간 연주자였다.

은 이 바스락바스락 소리가 어디서 나는지 궁금해 고개를 돌리기 시작했다.

오직 당신만이, 주님
제 영혼에 평화와 안식을 주시니……

성가단의 여자 한 명이 기침을 하기 시작했다. 신도들은 연기가 피어오르는 세례반을 보다 고개를 돌려 목사를 바라보았는데, 어떻게 해야 하냐고, 이것도 설교의 일부냐고 묻는 것 같았다.

점점 더 많은 사람들이 손수건이나, 그마저 없으면 소매로 입과 코를 막고 기침을 해댔다. 예배당 안에는 연무가 깔리기 시작했고, 브루르 아델리우스 목사는 연무 속에서 맨 끝줄에 앉은 사람 하나가 일어나 문 밖으로 뛰쳐나가는 것을 보았다.

그래, 결국 저러는 수밖엔 달리 도리가 없지.

그는 마이크 쪽으로 몸을 굽혔다.

"네, 아, 경미한…… 사고가 있어서 아무래도 저희가 건물 내부를…… 청소해야 할 것 같습니다."

'사고'란 말이 떨어지기가 무섭게 스타판이 제단에서 내려가더니 빠르고 침착한 발걸음으로 출구를 향해 걸어가기 시작했다. 그는 눈치챘다. 이런 짓을 저지른 건 이본의 대책이 안 서는 비행청소년 아들이었다. 제단에서 내려와 걸어가고 있는 지금 이 순간, 그는 감정을 추스르려고 애썼다. 톰미를 잡으면 흠씬 두들겨팰 것 같아서였다.

매야말로 머리에 피도 안 마른 그 양아치 자식한테 필요한 것이자, 녀석이 받아야 할 훈육 그 자체였다.

구름기둥이 날 도울 거야. 그런 새끼한테는 눈물이 쏙 빠지게 귀싸대기를 날리는 게 약이야.

그러나 지금 같은 상황이라면 이본부터 허락하지 않을 것이었다. 결혼을 하고 나면 달라질 것이다. 그때가 되면 그는, 하느님의 이끄심을 받아 톰미를 훈육하는 사명을 맡을 것이다. 그러나 지금 당장은 녀석을 붙잡고 싶은 마음뿐이었다. 하다못해 그를 붙잡고 조금이라도 흔들어대고 싶었다.

스타판은 멀리 가지도 못했다. 목사가 허락만 하면 지체 없이 예배당 밖으로 우르르 뛰쳐나갈 태세였던 신도들에게 과연 그의 말 한마디는 출발신호의 총성이나 다름없었다. 통로를 반 정도 지났을 때, 스타판은 준열하고도 결연한 태세로 출구 쪽으로 바삐 치닫는 오종종한 할머니들 사이에 껴 있는 자신을 발견했다.

황급히 오른손을 엉덩이에 가져가려다 말고 그는 이를 악다물었다. 곤봉이 있어도 지금 쓰는 건 하등 도움이 되지 않을 터였다.

세례반에서 내뿜던 연기는 서서히 잦아들었지만 예배당은 이미 사탕과 화학약품 냄새를 피우는 뿌연 연기로 가득했다. 출구의 쌍여닫이 문이 활짝 열리자 연기 너머로 직사각형의 강렬한 아침햇살이 보였다.

신자들은 콜록거리며 밝은 곳으로 나아갔다.

✳

부엌에는 목재의자 하나가 놓여 있을 뿐, 아무것도 없었다. 오스카르는 의자를 밀어 싱크대 앞에 가져놓고는, 그 위에 올라서서 수돗물을 틀어놓은 채 배수구에 대고 오줌을 누었다. 다 누고 나서 의자를 아까 있던 자리에 도로 갖다놓았다. 텅 빈 부엌에 놓인 의자는 이상해 보였다. 박물관의 전시품 같았다.

의자는 뭣 때문에 계속 두는 거지?

오스카르는 주위를 둘러보았다. 냉장고 위로, 의자를 놓고 올라서야 열 수 있는 찬장들이 한 줄로 정렬해 있었다. 그는 의자에 올라서서 한 손을 냉장고 손잡이 위에 얹고 몸의 균형을 잡았다. 배 속에서 꼬르륵거리는 소리가 들렸다. 배가 고팠다.

더 생각할 것도 없이 냉장고 문을 열고 뭐가 있나 보았다. 별로 많지 않았다. 개봉한 팩 우유, 반쯤 남은 빵 봉지. 버터와 치즈. 오스카르는 우유에 손을 뻗었다.

하지만…… 엘리는……

그는 우유팩을 들고 서서 눈을 깜빡였다. 이해가 되지 않았다. 그애도 정말 음식을 먹었을까? 그럼. 틀림없이 그럴 것이다. 그는 우유팩을 조리대 위에 올려놓았다. 조리대 위 찬장엔 이렇다 할 것이 없었다. 접시 두 장, 유리 잔 두 개. 그는 잔을 꺼내 우유를 따랐다.

그러다 퍼뜩 거기까지 생각이 미쳤다. 찬 우유가 든 잔을 들고 서 있는 오스카르에게 그 사실은 저돌적으로 육박해왔다.

그애는 피를 마시잖아.

어젯밤, 졸음기와 세상에서 동떨어진 느낌이 뒤섞인 가운데 어둠 속에 있을 땐 안 될 게 뭐가 있겠냐는 생각이 들었다. 그러나 창문에 담요를 치지 않은 부엌에서, 블라인드 틈새로 새어들어오는 미약한 아침 햇살 속에 우유 한 잔을 들고 있는 지금은 모든 게 정말이지…… 그가 이해할 수 있는 건 하나도 없는 것 같았다.

이런 거지. 냉장고에 우유랑 빵이 있으니까 틀림없이 인간인 거야.

그는 입 안 가득 우유를 들이켰다가 곧바로 뱉어버렸다. 시큼털털했다. 잔에 남은 우유의 냄새를 맡아보았다. 그래, 상한 게 분명했다. 그는 우유를 싱크대에 쏟아버리고 잔을 물에 헹군 다음 입 안에 남은 맛을 헹궈내려고 물을 좀 마셨다. 우유팩의 유통기한 표시를 보았다.

10월 28일.

열흘이나 더 지난 우유였다. 오스카르는 문득 깨달았다.

그 아저씨의 우유구나.

냉장고 문은 아직도 열려 있었다. 아저씨의 음식.

구역질 나. 정말 구역질 나.

오스카르는 냉장고 문을 세게 닫았다. 도대체 그 아저씨는 왜 여기 살았던 거지? 엘리랑 뭘 했기에…… 오스카르는 몸서리를 쳤다.

그애가 아저씨를 죽인 거야.

그랬다. 엘리는 언제든지 그의…… 피를 마실 수 있게 그와 함께 산 것이었다. 살아 있는 혈액은행으로 그를 이용해먹은 것이었다. 그게 그애가 저지른 짓이었다. 그렇다 해도 그는 왜 그런 걸 허락해준 걸까? 만약에 그녀가 그를 죽였다면 시체는 어디 있는 거지?

오스카르는 높은 곳의 부엌 찬장을 흘끗 보았다. 갑자기 더는 부엌에 있고 싶지 않아졌다. 도저히 이 집 안에 있고 싶은 마음이 들지 않았다. 그는 부엌 밖으로 걸어나가 현관을 지났다. 닫혀 있는 욕실 문.

그애는 저기 있어.

그는 서둘러 거실로 들어가 가방을 싸기 시작했다. 테이블 위의 워크맨. 헤드폰만 새로 사면 됐다. 그러면 끝이었다. 워크맨을 가방에 집어넣는데 쪽지가 눈에 들어왔다. 쪽지는 잠들어 있던 그의 머리와 같은 높이의 탁자에 놓여 있었다.

안녕,

푹 잤기를 바라. 나도 이제 자러 가. 난 욕실에 있어. 부탁이니 들어오지는 말아줘. 널 믿어. 뭐라고 써야 할지 모르겠구나. 내 정체를 안다고 해도 날 좋아해주면 좋겠어. 난 네가 좋거든. 많이. 지금 넌 여기 소파에 누워 코를 골고 있네. 부탁이야. 날 무섭다고 생각하지 말아줘.

제발, 제발, 제발. 날 무서워하지 말아줘.

오늘 밤 만나지 않을래? 그럴 생각이 있으면 이 쪽지에 답을 남겨줘.

싫어, 라고 쓰면 오늘 밤에 떠날게. 그렇지 않아도 곧 떠나야 할 것 같긴 해. 하지만 그래, 라고 하면 한동안 더 여기 있을게. 뭘 써야 할지 모르겠다. 난 외로워. 네가 상상할 수 있는 것보다 더할 거야. 아니, 너도 상상할 수 있을진 모르겠구나.

네 음악기계를 부숴서 미안해. 괜찮으면 그 돈 가져. 나 돈 많아. 날 무서워하지 마. 그럴 필요 전혀 없어. 너도 알지 모르지만. 그러길 바라. 네가 정말 좋아.

너의 친구 엘리가

추신. 얼마든지 여기 있어도 좋아. 나갈 땐 꼭 문을 잠가야 한다는 거 명심하고.

오스카르는 쪽지를 몇 번이고 되풀이해 읽었다. 그리고 옆에 놓여 있는 펜을 집어들었다. 그는 텅 빈 방을, 엘리의 삶을 둘러보았다. 그에게 주려고 했던 지폐다발은 마구 구겨진 채 여전히 테이블 위에 놓여 있었다. 그는 1천 크로나 지폐 한 장을 집어 호주머니에 넣었다.

오스카르는 엘리의 이름 밑 여백을 한참 들여다보았다. 이윽고 펜을 기울여 여백이 꽉 찰 만큼 크게 썼다.

그래.

그는 펜을 내려놓고, 자리에서 일어나 워크맨을 가방에 넣었다. 마지막으로 한 번 돌아본 다음 그가 서 있는 자리에선 거꾸로 놓여 있는 쪽지를 보았다.

그래.

곧 그는 고개를 흔들었고, 호주머니에서 1천 크로나 지폐를 꺼내어 테이블 위에 놓았다. 층계참으로 나온 후 오스카르는 문이 제대로 잠겼는지 확인했다. 문을 여러 번 잡아당겨보았다.

〈다겐스 에코〉*, 1981년 11월 8일 토요일 16시 45분

토요일 새벽 단데뤼드 병원에서 한 명을 살해하고 도주한 용의자에 관한 공식 수사는 현재까지 별다른 진전이 없습니다.

경찰은 이른바 제의적 살인자로 추정되는 남자를 추적하고자 서西 스톡홀름 유다른 숲을 샅샅이 수색했습니다. 도주 시점에 용의자는 심각한 부상을 입은 상태라 경찰은 공범자가 있다고 추정하고 있습니다.

스톡홀름 경찰청 소속 아놀드 레르만의 말입니다.

"그렇습니다. 그래야 논리적으로 설명됩니다. 현재 용의자의…… 체력

_____

* 공영방송 '스웨덴 라디오'의 뉴스 프로그램.

상태로는 이렇게 오랫동안 숨어 있을 수가 없습니다. 현장에서 경찰 서른 명과 수색견들과 헬리콥터 한 대가 수색중입니다. 단적으로 말해 있을 수가 없는 일입니다."

"유다른 숲 수색을 계속할 예정입니까?"

"그렇습니다. 용의자가 이 지역에 머물러 있을 가능성을 배제할 수는 없으니까요. 그렇지만 이곳에 배치된 경찰력을 일부 분산해 좀더…… 용의자가 이후 진행시킬 만한 동선을 파악하는 데 집중할 예정입니다."

도주 당시 신체가 심하게 훼손되어 있었던 용의자는 밝은 파란색 환자복을 입고 있었습니다. 경찰 측은 이번 도주 건에 관련한 정보를 가지고 있는 사람은 누구든 다음 번호로 제보해줄 것을 요청했습니다……

11월 8일 일요일(저녁)

경찰의 유다른 숲 수색에 대한 국민의 관심은 유례를 찾아볼 수 없을 정도로 뜨거웠다. 석간신문들은 또다시 살인자의 몽타주를 내보낼 수는 없다는 걸 깨달았다. 체포된 용의자의 사진을 싣고 싶었지만 그런 사진은 없었고, 그런 이유로 석간 두 곳은 모두 양 사진을 실었다.

〈엑스프레센〉은 그 사진을 1면에 싣기까지 했다.

뭐라고 하던 간에, 그 사진에는 부정하기 힘든 드라마가 있었다. 고군분투하느라 일그러진 경찰의 얼굴과 바닥에 네 다리가 눌린 채 입을 벌리고 있는 한 마리의 양. 사진 밖까지 숨을 헐떡이는 소리와 매에에 하는 울음소리가 들릴 것만 같았다.

경찰이 그렇게 거칠게 다룬 것이 다름 아닌 국왕의 양이었기에, 한 신문사에선 왕실 쪽의 의견을 물어보기까지 했다. 국왕 부처는 불과 이틀 전에 세번째 왕손을 임신했다고 공표한 터였고, 그걸로 할 일을 다했다는 결론을 내렸다. 왕실은 아무런 의견도 표명하지 않았다.

물론, 여러 면에 걸쳐 유다른 숲과 서부 교외지역의 지도가 실리긴 했다. 용의자가 목격된 지점과 경찰 수색 방식과 수색대의 조직도. 그러나 이 모든 건 이미 전에 다른 맥락으로 써먹었던 것들이었다. 그나마 양떼 사진이 새로운 것이었고, 사람들은 그 사진을 통해 사건을 기억했다.

〈엑스프레센〉은 대담하게도 은근슬쩍 농담까지 했다. 사진의 제호를 '양의 탈을 쓴 늑대?'로 뽑은 것이었다.

조금은 웃어줄 일이었고, 사실 그것이 사람들이 바라는 바이기도 했다. 사람들은 겁에 질려 있었다. 똑같은 사람이 두 명을 죽였고, 세 명까지도 죽일 수 있었다. 그리고 이제 다시 한번 탈출했으니, 아이들은 또다시 외출금지를 감수해야 했다. 월요일로 예정되어 있던 유다른 숲 야외학습 일정을 취소한 학교도 있었다.

이 정황을 관통하는 것은 한 사람이, 고작 한 명의 사람이 악한 본성과 죽음을…… 유예하는 능력을 가졌다는 것만으로 수많은 인명을 좌지우지할 수 있다는 것에 대한 저변의 분노였다.

그랬다. 신문과 티브이가 자문을 구한 전문가와 교수들은 남자가 아직까지 생존한다는 건 불가능하다고 입을 모았다. 단도직입적인 질문에 그들은 지체 없이 대답했다. 남자가 도주한다는 것 역시 마찬가지로 불가능하다고.

단데뤼드 병원의 의학교수 한 명이 아홉시 뉴스에서 공세적인 어조로 비판적 의견을 피력했다. "아주 최근까지도 그는 인공호흡장치에 의존하고 있었습니다. 그게 무슨 소리인 줄은 아세요? 자기 힘으로는 숨을 쉴 수 없다는 소리예요. 이게 다입니까? 30미터 높이에서 떨어졌다고요……" 교수의 말투는, 기자는 머저리이고 모든 건 미디어의 농간이라는 걸 넌지시 내비치고 있었다.

그렇게 모든 건 추측과 불가능과 소문과, 당연하게도 공포가 뒤섞인 잡탕이 되었다. 그러니 그 와중에 양의 사진이 신문에 실렸다고 해서 그다지 이상하게 볼 일은 아니었다. 그나마 그건 구체적이기라도 했다. 그 사진은 전국 방방곡곡으로 퍼져 사람들의 주목을 받았다.

✳

라케가 그 사진을 본 건 예스타의 집에 가는 길에 '연인의 키오스크'에서 푼돈을 탈탈 털어 프린스 담배 한 갑을 사면서였다. 오후 내내 잠을 자고 일어나자 온 세상이 흐릿하니 불분명하게 보이는 것이, 꼭 라스콜리니코프*가 된 기분이었다. 그는 양 사진을 보고는 혼자서 고개를 끄덕였다. 지금 그의 상태로는 경찰이 양을 체포한대도 이상하지 않을 것 같았다.

예스타의 집까지 반쯤 갔을 때에야 그는 새삼스레 그 사진을 떠올리고는 생각했다. '도대체 그게 다 뭐래?' 그는 담배에 불을 붙이고 가던 길을 계속 갔다.

✳

오스카르가 그 사진을 본 건 벨링뷔 근방을 어슬렁거리며 오후시간을 보내고 돌아오던 중이었다. 지하철에서 내리다 그는 열차에 오르는

---

*도스토옙스키의 『죄와 벌』에서 살인을 저지르는 주인공.

톰미와 마주쳤다. 톰미는 안절부절못하고 긴장해선 "좆나 끝내주는 일을 저질렀다"고 떠들어댔지만, 문이 닫히기 직전이라 얘기를 더 들을 새가 없었다. 집에 와보니 부엌 식탁에 쪽지가 놓여 있었다. 엄마는 합창단 사람들과 식사를 하러 간단다. 음식은 냉장고에 있고, 전단지 배달은 끝냈어, 아들에게 엄마가.

부엌 소파 위에 석간신문이 놓여 있었다. 오스카르는 1면에 실린 양 사진을 보았고, 수색에 관한 기사들을 빠짐없이 읽었다. 그런 다음 그동안 밀렸던 일, 그러니까 제의적 살인자에 관한 지난 며칠간의 신문 기사를 잘라서 잘 두었다. 그리고 세탁 장롱에 쌓인 신문 더미와, 스크랩북, 가위, 풀을 가져와 작업을 시작했다.

❄

스타판이 그 사진을 본 건 사진이 찍힌 곳에서 2백 미터 정도 떨어진 곳에서였다. 그날 아침 그는 톰미를 잡지 못했고, 심란해하는 이본과 몇 마디 짧게 주고받은 후 오케스호브로 출동했다. 현장에 있던 누군가가 스타판이 알지 못하는 동료를 일컬어 '양의 남자'라고 불렀지만, 스타판이 그 말에 담긴 농담을 이해한 건 그로부터 몇 시간이 지나 우연히 석간신문을 보고 나서였다.

경찰 당국은 일간지의 무분별한 처사에 대해 질타를 숨기지 않았지만, 대부분의 경찰관들은 웃기다고 생각했다. 물론, '양의 남자' 본인은 예외였다. 몇 주 동안 그는 사람들이 간간이 '매에에에' 하고 소리를 내거나, '스웨터 멋진데. 양모인가 봐?'라고 농을 걸어오는 걸 감내해야 했다.

욘니가 그 사진을 본 건 네 살 먹은 동생, 즉 배다른 동생인 칼레에게서 선물을 받았을 때였다. 석간 1면으로 포장한 나무 블럭이었다. 욘니는 그럴 기분이 아니라며 동생을 방에서 내쫓고 문을 걸어잠갔다. 그러고는 다시 사진첩을 꺼내 아빠의 사진을, 칼레의 아빠가 아닌 자신의 친아빠의 사진을 보았다.

잠시 후 의붓아버지가 신문을 엉망으로 만든 칼레를 혼내는 소리가 들렸다. 욘니는 그제야 선물 포장을 풀고 손가락 사이에서 블럭을 돌려대며, 양의 클로즈업 사진을 유심히 들여다보았다. 비실비실 웃음이 새어나왔고, 그러자 귀 언저리의 볼 살이 당겨졌다. 그는 체육복 가방에 사진첩을 넣었다. 가방은 학교에 두는 것이 가장 안전할 것이었다. 그러고 나서 그는 오스카르 자식을 어떻게 족쳐야 할지 생각하기 시작했다.

✻

양의 사진은 포토저널리즘의 윤리에 대한 소소한 논쟁을 불러일으킬 조짐을 보였지만, 그럼에도 양측 신문사 모두 연말결산 '올해의 명장면'의 콜라주에 그 사진을 포함시켰다. 봄이 되자 드잡이를 당했던 숫양은 십오 분간의 영광의 순간 따윈 이전에도 몰랐고 또 앞으로도 영원히 모르는 채 드로트닝홀름*의 여름목장으로 옮겨졌다.

─────────

* 스톡홀름 외곽의 호수로 둘러싸인 섬마을로, 스웨덴 왕가의 실질적인 거처인 드로트닝홀름 궁이 있다.

＊

비르기니아는 깃털이불과 담요를 몸에 둘둘 만 채 쉬고 있다. 눈은 감겨 있고, 몸은 죽은 듯 미동조차 없다. 잠시 후면 그녀는 잠에서 깨어날 것이다. 그녀는 열한 시간째 그렇게 누워 있다. 체온은 옷장 안의 온도와 같은 27도까지 내려갔다. 그녀의 심장은 일 분에 네 번 뛴다.

열한 시간 동안 그녀의 몸은 돌이킬 수 없는 변화를 겪었다. 위장과 폐는 새로운 생존양식에 적응했다. 의학적 관점에서 가장 흥미로운 기관은 심장의 수축을 관장하는 세포다발인 동방결절 내부에서 여전히 발달중인 낭종囊腫이다. 바야흐로 낭종의 크기가 이전의 두 배만 해졌다. 외래세포가 어떤 방해도 받지 않고 가히 암에 필적할 성장을 하고 있는 것이다.

이 세포에서 표본을 추출해 현미경에 놓고 본다면, 어떤 심장 전문의라도 표본이 오염되었거나 다른 것과 뒤섞인 거라고 확신하며 진단을 거부할 무언가를 발견하게 될 것이다. 뭐, 실없는 농담이다.

다시 말해, 동방결절 안의 종양은 뇌세포로 구성되어 있다.

그렇다. 비르기니아의 심장 안에서 별도의 작은 뇌가 자라는 중이다. 발달 초기단계에 이 신생 두뇌는 대뇌에 의존하고 있었다. 이제 그것은 자급자족을 하게 되었으니, 비르기니아가 그 섬뜩한 순간에 느낀 것은 더없이 정확했다. 이제 그녀의 몸이 죽는다 해도 그것은 계속 살거라는 것.

비르기니아는 눈을 뜨고는, 자신이 잠에서 깨어났음을 깨달았다. 눈꺼풀을 들어올린다고 해서 다를 것도 없는 상황이었지만, 그래도 알았다. 사방은 여전히 어두웠지만 그녀의 의식에는 불이 켜졌다. 그랬다.

그녀의 의식이 되살아나면서 동시에 무언가 다른 것이 황급히 물러나는 것 같았다.

마치……

마치 겨우내 비워둔 여름별장에 들어선 기분이었다. 문을 열고 전등 스위치를 찾아 더듬대기가 무섭게 황급히 바닥 위를 달려가고 조그마한 발톱들이 바스락대는 소리가 들리더니, 일순 쥐 한 마리가 부엌 조리대 아래 틈새를 비집고 들어가는 것이 보인다.

으스스한 기분. 내가 없는 동안에도 놈은 그곳에 살고 있었다는 것을 아는 기분. 놈은 제 집이라고 생각했을 것이다. 불을 끄기가 무섭게 슬그머니 나오겠지.

난 혼자가 아니야.

입 안이 종잇장 같았다. 혀는 무감각하기만 했다. 그녀는 그대로 누워 레나가 어렸을 적에 두 해 정도 여름에 임대해 어린 레나와 그애 아빠 페르와 함께 지낸 별장을 떠올렸다. 부엌 조리대 밑에서 그들은 쥐의 소굴을 발견했다. 쥐들은 우유팩과 콘플레이크 상자를 잘게 씹어서 작은 집 모양의, 알록달록한 마분지로 된 근사한 축조물을 만들어놓았다.

그 작은 집을 진공청소기로 빨아들이면서 비르기니아는 어떤 죄책감을 느꼈다. 아니, 죄책감 이상이었다. 순리를 거스르고 있다는 미신적인 기분. 쥐들이 겨울을 난 섬세하고 정교한 축조물에 진공청소기의 차디찬 호스를 집어넣으면서 그녀는 좋은 기운을 내쫓는 듯한 기분이 들었다.

과연 그랬다. 쥐는 덫에 걸려드는 법 없이 여름철인데도 옷가지들을 계속 쏠아댔다. 페르가 진즉에 쥐약을 놓은 터였다. 그들은 그 문제로 다퉜다. 다른 문제로도 다퉜다. 모든 게 문제였다. 쥐는 7월의 어느 날엔가 벽 안쪽 어디에서 죽었다.

그 해 여름 죽은 쥐의 몸이 부패하는 썩은 내가 온 집 안에 진동하는 가운데 그들의 결혼생활은 서서히 붕괴되어갔다. 썩은 내를, 혹은 서로를 견딜 수 없게 된 그들은 예정보다 한 주 일찍 집으로 돌아갔다. 좋은 기운이 그들에게서 떠나버렸던 것이다.

그 집은 어떻게 되었을까? 지금 누가 살기는 할까?

끽끽 하며 귀에 거슬리는 소리가 들렸다.

쥐가 있다! 담요 안에!

그녀는 공포에 사로잡혔다.

이불을 몸에 두른 채 황급히 구석으로 움직이다가 옷장 문에 부딪쳤고, 그 바람에 문이 활짝 열리면서 그녀는 그대로 바닥으로 굴렀다. 그녀는 발길질을 하고 팔을 휘저어 이불에서 벗어났다. 진저리를 치며 침대 구석으로 기어올라가 무릎을 턱 아래까지 끌어모으고는, 담요와 깃털이불을 뚫어져라 바라보며 그것이 움직이기만을 기다렸다. 다가오면 비명을 지를 작정이었다. 온 집 안을 망치와 도끼로 때려부수는 것처럼 비명을 지르며 쥐가 죽을 때까지 담요더미를 두들길 작정이었다.

맨 위에 놓인 담요는 초록색 바탕에 파란색 알록점 무늬였다. 저기에서 뭔가 방금 움직이지 않았나? 숨을 들이마시고 비명을 지르려던 그녀는 다시 끽끽, 학학 하는 소리를 들었다.

내…… 숨소리잖아.

그랬다. 잠들기 전 비르기니아가 마지막으로 감지한 것도 그것이었다. 숨을 쉬고 있지 않다는 것. 이제 그녀는 다시 숨을 쉬고 있었다. 시험 삼아 공기를 들이마시자 끽끽, 쉿쉿 소리가 났다. 기도에서 나는 소리였다. 자는 동안 입이 바짝 마른 탓에 그런 소리가 나는 것이었다. 헛기침을 하자 입에서 역한 냄새가 났다.

비르기니아는 모든 것을 기억해냈다. 모든 것을.

그녀는 팔을 보았다. 말라붙은 피딱지로 뒤덮여 있었지만 자상도 흉터도 보이지 않았다. 그녀는 제 손으로 적어도 두 번은 상처를 냈던 기억이 있는 팔꿈치 안쪽의 자국을 알아보았다. 희미한 줄 같은 선홍빛 살을 보니 맞는 것 같았다. 그래. 어쩌면. 그것만 빼고 전부 아물었다.

그녀는 눈을 비비고 시간을 확인했다. 여섯시 십오분. 어두웠다. 그녀는 다시 초록색 담요를, 파란색 물방울 무늬를 내려다보았다.

불이 어디에 켜져 있는 거지?

천장 조명은 꺼져 있었고, 밖은 밤이었고, 블라인드는 전부 내려져 있었다. 어떻게 이 모든 윤곽과 색깔이 선명하게 보이는 거지? 옷장 안에선 한 치 앞도 보이지 않았다. 거기선 아무것도 볼 수 없었다. 하지만 지금은…… 대낮처럼 훤했다.

미약해도 빛은 늘 새어들어오기 마련.

그녀가 숨을 쉬고 있었나?

그녀 스스로도 알 수 없었다. 숨쉬는 것에 대해 생각하기 무섭게 그녀는 호흡을 조절했다. 어쩌면 숨을 쉰다고 생각할 때만 쉬는지도 몰랐다.

그러나 첫번째 들숨, 쥐가 내는 소리라고 착각했던 들숨은…… 그 숨을 쉴 때 그녀는 생각하지 않았다. 그래도 그건 말하자면…… 말하자면……

그녀는 눈을 질끈 감았다.

테드.

테드가 태어난 날, 비르기니아도 그 자리에 있었다. 레나는 테드를 임신하게 된 날 이후로는 아이 아버지를 다시 보지 못했다. 회의차 스톡홀름에 온 핀란드인 사업가인가 그랬다. 그래서 비르기니아는 딸이 출산하던 날 옆을 지키면서 아이를 낳을 때까지 잔소리도 하고 달래기도 했다.

그런데 지금 똑같은 일이 그녀에게 일어난 것이다. 테드가 태어나 처음으로 숨을 쉬었던 그때와 같은 일이.

테드가 어떻게 이 세상에 태어났던가. 끈적끈적하고 자줏빛을 띤, 인간이라고 하기 힘든 그 자그마한 몸뚱어리. 가슴이 터질 듯했던 기쁨은 아이가 숨을 쉬지 않자 고통의 먹구름으로 바뀌어버렸다. 침착하게 두 손으로 그 자그마한 것을 들어올렸던 산파. 비르기니아는 산파가 작은 몸뚱이를 거꾸로 들고 엉덩이를 찰싹 때릴 거라고 생각했는데, 산파가 아이를 들어올린 순간 아이는 입으로 거품 섞인 침을 흘렸다. 점점 커지다가…… 터지던 거품. 그리고 아이가 울음을, 첫 울음을 터뜨렸다. 그러고 나서야 아이는 숨을 쉬었다.

그래서?

비르기니아도 그렇게 끽끽대며 숨었던 거라고? 그것이 바로 탄생의 울음이라고?

비르기니아는 침대에 바로 누워 몸을 곧게 폈다. 레나가 분만하던 광경을 반복 재생해 떠올렸다. 심한 출혈로 약해진 레나 대신 손자를 목욕시켰던 기억. 그랬다. 테드가 배 속에서 나왔을 때 피가 흘러 분만대 가장자리로 흘러넘쳐서 간호사들이 휴지를 뭉치째로 들고 왔다. 결국 피는 저절로 멈추었다.

피로 푹 젖은 휴지 더미, 산파의 시뻘건 두 손. 그렇게…… 많은 피를 보고도 침착하게, 능숙하게 대처하던 그 여자. 그렇게 피가 많이 났는데.

목말라.

입에서 단내가 났고, 비르기니아는 몇 번이고 그 광경을 반복해 떠올리면서 피범벅이 된 모든 것들 가까이 초점을 맞추었다. 산파의 두 손에, 그 두 손 사이에 내 혀를 집어넣는 거야, 바닥에 던져져 있는 피가 흥건히 밴 휴지를 입에 넣고 쭉쭉 빠는 거야, 레나의 두 다리 사이로 개울의 가는 물줄기처럼 뿜어나오는 피에, 나의······

비르기니아는 벌떡 일어나 앉았다가 쏜살같이 욕실로 달려가 변기 뚜껑을 열고 머리를 처박았다. 아무것도 나오지 않았다. 발작적인 헛구역질뿐이었다. 그녀는 변기 가장자리에 머리를 기댔다. 분만 광경이 또다시 솟아올랐다.

싫어싫어싫어싫어싫어싫어.

도기로 된 변기에 머리를 짓찧자, 머릿속에 싸늘하고 선명한 통증이 솟아올랐다. 눈앞에 보이는 모든 것이 환한 파란색으로 변했다. 그녀는 미소를 짓고, 옆으로 몸이 기울면서 그대로 욕실 깔개 위로 곤두박질을······

14크로나 90외레짜리였는데 계산원이 가격표를 뗄 때 큼직한 보풀이 일어나 10크로나에 줬지. 그리고 올렌스 백화점에서 나왔을 때 비둘기 한 마리가 감자튀김 몇 개가 남아 있는 마분지 상자를 쪼고 있었어. 비둘기는 잿빛에······ 그리고······ 푸른빛을 띠고 있었어······ 강렬한······ 역광이 비치고 있었지······

얼마나 정신을 잃고 있었던 건지 알 수 없었다. 일 분? 한 시간? 그냥 몇 초 정도였는지도 몰랐다. 하지만 무언가 달라졌다. 마음이 차분해졌다.

욕실 깔개의 보풀이 뺨에 닿는 느낌이 좋아서, 그녀는 그대로 드러누워 세면대에서 바닥까지 뻗어 있는 녹슨 파이프를 바라보았다. 파이프의 모양새가 아름답다고 생각했다.

코를 찌르는 오줌 냄새. 바지에 오줌을 싼 건 아니었다. 그럴 리가 없었다. 이 냄새는 아무래도…… 라케의 오줌이었다. 비르기니아는 몸을 돌려 변기 아래 바닥에 얼굴을 가까이 들이대고 킁킁 냄새를 맡았다. 라케…… 그리고 모르간. 어떻게 그런 것까지 알 수 있는지 스스로도 이해할 수 없었지만, 어쨌거나 알 수 있었다. 모르간이 변기 밖으로 오줌을 흘린 것이었다.

하지만 모르간은 이 집에 온 적이 없어.

아니, 왔다. 비르기니아를 집까지 바래다준 날 밤. 그녀가 다쳤던 날 밤. 이빨에 물렸던 날 밤. 그래, 그랬다. 모든 게 정리됐다. 모르간이 여기 왔다가 화장실을 쓴 것이고, 비르기니아는 이빨에 물리고 나서 밖의 소파에 누워 있었다. 그리고 이젠 어둠 속에서도 볼 수 있게 되었고, 빛에 민감해졌고, 피를 원하게 되었고, 그래서—

뱀파이어.

그렇게 된 것이었다. 비르기니아의 보험 약정엔 병원에서 치료 가능한 회귀병이나 혐오 질병은 포함되어 있지 않았다. 하다못해 정신과나……

광선요법*!

비르기니아는 웃다가 기침이 나서 똑바로 누워 천장을 바라보면서

---

* 햇빛 같은 자연광이나 적외선, 자외선 같은 인공 광선을 쬐어 병을 치료하는 요법.

모든 걸 되짚어보았다. 상처가 눈 깜짝할 새 아물던 것, 햇빛을 받았을 때 피부가 보이던 반응, 피. 그녀는 큰 소리로 말했다.

"난 뱀파이어야!"

그럴 리 없었다. 그런 게 존재할 리 없었다. 그런데도 뭔가 홀가분해진 것 같았다. 머릿속을 짓눌러대던 것이 가벼워졌다. 무거운 짐을 벗어버린 기분이었다. 그녀의 잘못이 아니었던 것이다. 구역질나는 망상도, 밤새도록 저 자신에게 저지른 끔찍한 짓거리도. 그녀 책임이 아니었다.

그저…… 아주 자연스러운 것이었어.

비르기니아는 일어나 앉아 욕조의 물을 틀고, 변기 위에 앉아 물이 천천히 차오르는 것을 응시했다. 전화벨이 울렸다. 그녀의 귀에는 대수롭지 않은 소음으로, 기계적인 신호음으로 들릴 뿐이었다. 아무 의미가 없었다. 어쨌든 비르기니아는 어느 누구에게도 말할 수 없었다. 어느 누구도 그녀에게 말할 수 없었다.

✳

오스카르는 토요일자 신문을 읽지 못한 상태였다. 신문은 부엌 식탁에 여봐란 듯 펼쳐져 있었다. 그는 한동안 같은 페이지만 펼쳐놓고 사진의 캡션을 읽고 또 읽었다. 도저히 눈을 뗄 수가 없었다.

블라케베리 병원 옆 빙판 밑에서 얼어붙은 채 발견된 남자에 관한 기사였다. 시체의 발견 경위와 시신 회수 과정에 대한 기사. 빙판에 구멍이 난 쪽을 가리키고 있는 아빌라 선생의 사진도 작게 실려 있었다. 아빌라 선생이 한 말을 인용하면서 기자는 그 특유의 말투를 무난하게 처리했다.

이 모든 것은 정말 재미있고 스크랩해놓을 만했지만, 오스카르가 뚫어져라 보며 눈을 돌리지 못하는 것은 다른 것이었다.

그 윗도리를 찍은 사진.

시체의 재킷 안에는 어린이 사이즈의 피 묻은 윗도리가 쑤셔박혀 있었고, 그 부분만 다시 딴 사진이 아무것도 없는 배경 위에 배치되어 있었다. 오스카르는 한눈에 알아보았다.

너 안 춥니?

기사에 따르면 사망자 요아킴 벵츠손은 10월 24일 토요일까지도 살아 있었다. 두 주 전. 오스카르는 그날 밤을 기억하고 있었다. 엘리가 큐브를 맞췄던 날. 그가 그녀의 뺨을 쓰다듬자 그녀는 놀이터를 떠났다. 그전에 그녀와…… 그 나이든 아저씨가 말다툼을 했고 그런 다음 아저씨는 집을 나갔다.

엘리가 그런 짓을 한 게 그날 밤이었을까?

그래, 어쩌면. 그다음 날 엘리는 훨씬 건강해 보였다. 그는 사진을 보았다. 흑백사진이었지만 캡션에는 옅은 분홍색 스웨터라고 씌어 있었다. 기자는 살인자가 새로운 어린 희생자를 염두에 두고 있었던 건지도 모른다는 견해를 내놓았다.

잠깐만.

벨링뷔의 살인자. 기사에는 경찰이 일주일쯤 전에 벨링뷔 수영장에서 현장 체포되었다가 도주한, 이른바 제의적 살인자가 이 사건의 범인임을 뒷받침하는 강력한 단서를 잡았다고 씌어 있었다.

그럼 그게…… 그 아저씨였던 거야? 하지만…… 숲속의 아이는…… 왜?

오스카르의 눈앞에 놀이터 아래 벤치에 앉아 손가락으로 목을 그어 보이던 톰미의 모습이 떠올랐다.

목이 따져서 나무에 매달려 있더래…… 목에만, 목…… 쓱싹— 하고!

머릿속 전구에 불이 들어왔다. 모든 것이 이해되었다. 그가 스크랩한 그 모든 기사들, 라디오, 티브이, 사람들의 이야기, 공포……

엘리.

오스카르는 어떻게 해야 할지 알 수 없었다. 어떻게 해야 되나. 그래서 냉장고에서 엄마가 그를 위해 준비해둔 라자냐 조각을 꺼냈다. 그리고 데우지도 않고 신문을 보면서 먹었다. 다 먹고 났을 때 벽을 두드리는 소리가 들렸다. 더 잘 들으려고 눈을 감았다. 그즈음 그는 모든 코드를 외우고 있었다.

나.나.갈.거.야.

그는 얼른 식탁에서 일어나 방으로 가서 침대에 배를 깔고 누워 답을 보냈다.

이.리.와.

잠시 침묵. 그리고,

너.희.엄.마.

오스카르는 벽을 두드려 답변을 보냈다.

없.어.

엄마는 열시 정도까지는 오지 않을 것이다. 그들에겐 아직 세 시간이 있었다. 마지막 메시지를 보내고 오스카르는 베개를 베고 휴식을 취했다. 잠시지만 잊고 있던 말들을 정리해보려고 애썼다.

그애의 윗도리…… 신문.

오스카르는 급히 일어나 신문들을 치우려고 했다. 그녀가 신문들을 본다면…… 그가 지금까지……

그러다 그는 베개를 베고, 될 대로 되란 심정이 되었다.

문 밖에서 나지막한 휘파람 소리가 들렸다. 그는 침대에서 일어나 창가로 걸어가서 창문턱에 몸을 기댔다. 아래를 보니 그녀가 얼굴을 불빛 쪽으로 향한 채 서 있었다. 몸집에 비해 터무니없이 큰 체크무늬 셔츠를 입고 있었다.

그는 손짓을 했다. 현관문으로 올라와.

✳

"아저씨한테 내가 그랬다고 하면 안 돼, 알았지?"

이본은 얼굴을 찌푸렸고, 입 안 깊숙이 담배연기를 머금었다가 반쯤 열려 있는 부엌 창문 쪽으로 내뿜을 뿐 아무 말도 하지 않았다.

톰미는 콧방귀를 꼈다. "담배를 왜 그렇게 피워, 창밖으로?"

담배 끝에 매달린 재는 털지 않아 길어지다 못해 구부러지기 시작했다. 톰미는 손가락으로 재를 가리키고는, 손가락을 딱딱 튕겨 담뱃재를 터는 시늉을 해 보였지만 엄마는 무시했다.

"스타판 아저씨가 싫어해서 그러지? 담배 냄새 말이야."

톰미는 식탁 의자에 등을 기대고 앉아 엄마 얼굴 앞에 손을 내저으며 담뱃재를 바라보았다. 그렇게 재가 부서지지 않고 길게 매달려 있게 하는 성분이 무엇인지 궁금해졌다.

"나도 담배 냄새 싫어하거든? 어렸을 땐 진짜 싫어했어. 그렇대도 그때 엄마는 지금처럼 창문을 열고 피우진 않았잖아. 어어, 이거 봐요……"

기다란 담뱃재가 부러져 이본의 허벅지 위로 떨어졌다. 이본이 재를 털어내자 바지에 잿빛 줄무늬가 생겼다. 그녀는 담배를 든 손을 들어 올렸다.

"그때도 열고 피웠어. 매번은 아니지만 그래도 꽤. 사람들을 집으로 초대했을 때라든가 내가 뭔가…… 그건 그렇고 네가 뭔데 여기 앉아 나한테 담배를 피워라 마라 훈계하는 거니?"

톰미는 싱긋 웃었다.

"엄마도 좀 웃겼다고 인정했잖아."

"아니, 안 그랬어. 놀란 사람들 생각 좀 해라. 사람들이 행여…… 대야는 어떻고, 그건……"

"세례반이야."

"그래, 세례반. 목사님이 어찌나 심란해하시던지. 세례반 전체가 숯 검댕이야…… 그래서 스타판이……"

"스타판, 스타판."

"그래, 스타판이다. 왜? 그 사람은 범인이 너라고 얘기 안 했다. 그래서 정말 힘들었다고 하더라. 그렇게…… 신심이 깊은 사람이 목사님 면전에서 거짓말을 했으니. 그래도 그 사람은 널…… 감싸주려고……"

"그래도 엄마는 알았을 거 아니야?"

"알긴 뭘 알아?"

"그게 사실 그 사람의 자기 방어라는 거."

"스타판은 그런 사람이 아니야. 엄마는—"

"생각 좀 해보라고."

이본은 마지막으로 길게 한 모금 빨고는 재떨이에 담배를 비벼끈 후 곧바로 한 대를 더 피워물었다.

"그건…… 고미술품이었어. 이제 복원하는 곳에 보내야 한대."

"그런 짓을 저지른 게 스타판 아저씨의 의붓아들이다. 그럼 어떨 것 같아?"

"넌 그 사람 의붓아들이 아냐."

"아니지. 하지만 엄마도 알 거 아니야. 내가 스타판 아저씨한테 가서 목사를 만나겠다고 하고, 목사한테 가서 제가 그랬어요, 제 이름은 톰미예요, 그리고 스타판 아저씨는…… 그러니까, 제 새아버지라고 할 수 있죠, 이런다고 해봐. 좋아할 것 같지 않은데."

"너, 아저씨한테 가서 직접 말해."

"아니, 오늘은 안 할래."

"못 하는 거겠지."

"엄마 말투, 꼭 애 같아."

"네가 하는 행동이 딱 그렇지."

"그래도 재미는 있었잖아, 안 그래?"

"아니, 톰미. 재미없었어."

톰미는 한숨을 내쉬었다. 엄마가 열받을 거라고는 짐작했지만, 그래도 이 소동이 웃긴 데가 있다는 건 알아주리라고 생각했던 것이다. 그러나 이제 엄마는 스타판 편이었다. 현실로 받아들여야 했다.

그러니 문제는, 진짜 문제는 살 곳을 마련하는 것이었다. 둘이 결혼하고 난 다음에. 한동안은 스타판이 오는 날 밤에는 지하실에 처박혀 있으면 됐다. 스타판은 오케스호브에서 교대근무를 끝내고 여덟시에 곧장 이리로 올 예정이었다. 톰미는 그 자식한테 기도 안 찰 훈계를 들을 생각은 없었다. 죽을 때까지 어림도 없었다.

그래서 톰미는 엄마가 여전히 그곳에 앉아 담배를 피우며 부엌 창밖을 바라보는 동안 방에 가서 침대에서 담요와 베개를 챙겼다. 채비를 한 후 그는 베개는 이쪽 팔에, 담요는 둘둘 말아 저쪽 팔에 끼고 부엌 문간에 가 섰다.

"알았어. 나 지금 나가. 내가 어디 있는지 그 사람한테 말 안 해주면 고맙지."

이본은 아들을 돌아보았다. 두 눈에 눈물이 그렁그렁했다. 옅은 미소와 함께.

"너 말이지…… 이리 와서 물어볼 때…… 그럴 때…… 꼭…… 어떻게 보이는 줄 아니?"

목이 메어 말이 끊겼다. 톰미는 가만히 서 있었다. 이본은 침을 삼키고 헛기침을 한 다음, 맑은 눈으로 그를 바라보며 조용히 말했다.

"톰미, 이 엄마가 어떻게 하면 좋겠니?"

"몰라."

"내가 아무래도……"

"아니, 날 위해선 아무것도 하지 마. 그냥 다 내버려둬."

이본은 고개를 끄덕였다. 톰미도 정말로 서글퍼질 것 같았고, 그래서 그는 상황이 엉망이 되기 전에 자리를 떠야겠다고 생각했다.

"그러니까 말 안 할 거지? 내가—"

"아니, 아니, 안 할게."

"좋아, 고마워요."

이본은 자리에서 일어나 톰미에게 갔다. 아들을 끌어안았다. 그녀에게서 지독한 담배 냄새가 났다. 아무것도 들고 있지 않았다면 톰미도 엄마를 안아주었을 것이다. 그러나 엄마의 어깨에 머리를 기대는 게 전부였고, 둘은 잠시 그러고 서 있었다.

그리고 톰미는 자리를 떴다.

엄마 말을 믿으면 안 돼. 스타판은 별 같잖은 것까지 트집 잡아 버럭 화를 낼 인간이니까……

지하실로 내려간 톰미는 담요와 베개를 소파에 집어던졌다. 씹는 담배 통을 꺼내고 이것저것 생각할 겸 드러누웠다.

놈이 총을 맞으면 기분이 째질 텐데.

하지만 아무래도 스타판은 총을 맞을 부류의…… 아니, 아니었다. 그보다는 살인자의 이마 한복판에 10점 만점 총알을 박을 사람이었다. 동료 짭새들에게 초콜릿상자를 받을 사람. 영웅. 이따가 톰미를 찾아 이곳에 나타날 사람. 모르긴 몰라도.

톰미는 열쇠를 꺼내 복도로 걸어나가서 방공호의 문을 연 다음 사슬을 챙겨들었다. 그리고 라이터를 손전등 삼아 창고 두 개 사이로 난 짧은 복도를 지났다. 포목, 통조림, 옛날 보드게임, 캠프용 스토브를 비롯해 포위공격에 대비한 그밖의 잡동사니들이 들어 있는 창고들이었다.

그는 창고 하나의 문을 열고 사슬을 던져넣었다.

좋았어, 비상탈출구가 생겼다.

방공호를 떠나기 전에 그는 사격대회 트로피를 내려 손에 쥐고 무게를 가늠했다. 못해도 2킬로그램. 팔면 팔리지 않을까? 쇠붙이 값만 해도. 녹여서 쓸 수 있으니까.

그는 사격수의 얼굴을 자세히 들여다보았다. 스타판처럼 생기지 않았나? 그렇다면 녹여버리는 게 제격이다.

화장시켜버리는 거야. 그래야지.

그는 웃었다.

머리통만 남기고 다 녹여서 스타판에게 갖다주면 정말 끝내줄 것이다. 작은 머리통 하나만 삐죽이 솟아오른 금속의 고체 웅덩이. 웬만해선 진열하기 어려울 것이다. 쯧쯧.

톰미는 트로피를 제자리에 올려놓고 걸어나와서 잠금바퀴는 돌리지 않고 문만 닫아놓았다. 이제 필요할 경우 이리로 슬쩍 들어가면 됐다. 정말로 그럴 일이 있을 거라고는 생각하지 않았지만.

그래도 만약을 대비해서.

✳

라케는 신호음이 열 번은 울릴 때까지 수화기를 들고 있었다. 예스타는 소파에 앉아 오렌지색 줄무늬 고양이의 머리를 쓰다듬으면서 고개도 들지도 않고 물었다.

"아무도 안 받나보지?"

라케는 손으로 얼굴을 비비더니 약간 짜증이 섞인 목소리로 대답했다.

"받았다. 왜, 통화하는 거 안 들렸나보지?"

"한 잔 더 줘?"

라케는 마음이 누그러져서 미소 지으려고 애썼다.

"미안해, 일부러 그런 건 아닌데…… 좋아, 그래, 제기랄, 고마워."

예스타가 아무 생각 없이 앞으로 몸을 빼는 바람에 무릎에 앉아 있던 고양이가 짓눌렸다. 고양이는 신경질적으로 울며 바닥으로 미끄러지듯 내려가더니, 라케의 술잔에 토닉은 넣는 둥 마는 둥 하면서 진은 넉넉하게 따라 건네주는 예스타를 원망하듯 쳐다보았다.

"자. 걱정하지 마. 비르기니아는 그냥, 말이지…… 알잖아……"

"입원한 거야. 고마워. 비르기니아는 병원에 간 거고 입원한 거야."

"그래…… 맞아."

"그렇다면 그 얘기도 해줘."

"뭘?"

"아, 아무것도 아니야. 건배."

"건배."

그들은 함께 들이켰다. 잠시 후 예스타는 코를 파기 시작했다. 라케가 그를 바라보자 예스타는 손가락을 빼고는 해명 대신 미소를 지었다. 누군가와 함께 있는 것에 익숙하지 않은 탓이었다.

밝은 잿빛 털의 커다란 고양이가 바닥에 납작 엎드려 있었다. 머리를 들어올릴 힘조차 없어 보였다. 예스타는 턱 끝으로 그 고양이를 가리켰다. "미리암은 얼마 있다 새끼를 낳을 거야."

라케는 한 모금 쭉 들이켜고 얼굴을 찡그렸다. 한 모금 마실 때마다 알코올이 감각을 무디게 해주는 덕에 아파트의 악취도 덜해졌다.

"새끼들은 어쩌려고?"

"뭔 소리야?"

"고양이 새끼들 말이야. 걔들 어떻게 할 건데? 그냥 내버려두면 사나? 그래?"

"그렇지, 하지만 거의 다 죽어. 요새는."

"그럼…… 그렇다는 거군. 저 뚱뚱한 놈, 이름이 뭬랬지? ……미리암? ……저 배 좀 봐, 저게 그냥…… 저 안에 죽은 새끼들이 가득한 거야?"

"그래."

라케는 남은 술을 마저 마시고 잔을 탁자에 올려놓았다. 예스타는 진이 들어 있는 술병을 가리켰다. 라케는 고개를 흔들었다.

"아냐, 좀 있다가 마실게."

그는 고개를 수그렸다. 고양이털이 잔뜩 박혀 있는 오렌지색 카펫은 차라리 고양이털로 짰다고 하는 편이 맞을 것 같았다. 어딜 봐도 고양이, 고양이뿐이었다. 몇 마리나 있는 거지? 그는 수를 세기 시작했다. 열여덟 마리였다. 이 방에만.

"그래, 한 번도 그런 생각은 안 해봤어? ……불알 까는 거 말이야. 거세 같은 거, 거 뭐라고 하지…… 불임? 아무튼. 암놈이건 수놈이건 한쪽만 처리하면 그런대로 살 만할 텐데."

예스타는 이해할 수 없다는 표정으로 그를 바라보았다.

"내가 어떻게 그렇게 할 수 있겠어?"

"그래, 자네 말이 맞아."

라케는 예스타가 지하철을 타는 모습을…… 스물다섯 마리 정도는 되는 고양이들을 데리고 지하철에 오르는 광경을 상상해보았다. 상자 한 개에 모두 담아서. 아니, 가방, 자루에. 수의사에게 가서 고양이들을 와르르 쏟는다. "거세, 부탁합니다." 그는 껄껄 웃었다. 예스타가 고개를 갸우뚱했다.

"왜 그러는데?"

"아니, 그냥…… 자네라면 단체할인을 받을 수도 있겠다 싶어서."

예스타는 농담을 이해하지 못했고 라케는 손을 휘휘 내저었다.

"아냐, 미안해. 난 그냥…… 어, 비르기니아 문제 때문에 내가 완전히…… 알잖아. 나는……"

그러더니 갑자기 벌떡 일어나 탁자를 세게 내리쳤다.

"더는 여기 있고 싶지 않아!"

예스타가 앉아 있던 소파에서 그대로 펄쩍 뛰어올랐다. 라케의 발

앞에 있던 고양이는 슬금슬금 물러나더니 안락의자 아래로 숨었다. 방 어디에선가 고양이가 하악하악 소리를 냈다. 예스타는 손에 든 술잔을 흔들며 체중을 다른 쪽 다리에 옮겨실었다.

"굳이 있을 필요 없어. 나 때문이라면……"

"아니, 그게 아니야. 여기. 이 모든 것. 블라케베리. 전부 다. 이 건물들, 보행자 전용 보도, 공간, 사람, 모든 게 그냥…… 하나의 거대한 지랄병 같아, 알겠어? 뭔가 잘못됐어. 그 사람들도 이 모든 걸 구상했을 때는, 계획하기론…… 완벽하다 싶었겠지. 그러다 지랄맞게 어그러지니까, 모조리 틀어지기 시작한 거야. 같잖은 것 때문에.

그러니까…… 뭐라고 말해야 되나…… 그들이 각도나 뭐 다른 병신 같은 구상을 떠올렸다고 쳐봐. 건물의 각도, 다른 건물과의 각도에 맞춰서 말이지. 그렇다면 조화를 이루거나 뭐 그렇게 되겠지. 그런데 측량을 잘못한 거야, 삼각측량인가 뭔가를 하다 말이야. 처음에야 전혀 대수롭지 않았는데 바로 거기부터 삐딱선을 탄 거야. 그래서 이제 여길 와서 건물들을 보면 이건 뭐 그냥…… 안 돼. 안 돼, 안 돼, 안 돼. 여기서 살면 안 돼. 여긴 완전히 글러먹었다고.

각도 문제가 아니라면, 다른 문제라면, 그냥…… 벽 틈으로 스며든…… 병 같은 거라면…… 난 이런 데 더 있고 싶지 않다고."

예스타가 알아서 라케의 술잔을 채우는 쩽그랑 소리가 났다. 라케는 고마운 마음으로 마셨다. 한바탕 쏟아내고 나니 알코올이 훈훈하게 몸을 덥혀주면서 기분 좋게 진정이 됐다. 그는 의자에 등을 기대고 숨을 내쉬었다.

그들이 가만히 앉아 있는데 초인종이 울렸다. 라케가 물었다.

"누구 올 사람 있어?"

예스타는 고개를 흔들며 소파에서 일어났다.

"그럴 리가. 오늘 밤 여기가 지랄맞은 중앙역이 됐나봐."

라케는 씩 웃으며 예스타가 지나갈 때 술잔을 들어 보였다. 이제 기분이 나아졌다. 실은 꽤 좋아졌다.

현관문이 열렸다. 누군가 뭐라고 말하자 예스타가 말했다.

"어서 들어와."

❋

욕조에 누워, 피딱지가 녹아 분홍빛이 된 따뜻한 물에 몸을 담근 채 비르기니아는 결정했다.

예스타.

새롭게 생긴 의식이 그녀에게 그녀를 들여보내줄 사람이어야 한다고 말해주었다. 과거의 의식은 그녀가 사랑하는 사람이어선 안 된다고 말했다. 좋아하는 사람도 안 된다고 했다. 예스타는 두 가지 조건을 모두 충족시키는 사람이었다.

그녀는 일어나서 물기를 닦아내고 바지와 블라우스를 입었다. 거리로 내려와서야 비로소 코트를 걸치지 않았다는 걸 깨달았다. 그런데도 춥지 않았다.

시시각각 새로운 발견의 연속이군.

고층 건물 아래 멈춰 서서 고개를 들어 예스타의 집 창문을 보았다. 그는 집에 있었다. 언제나 집에 있었다.

만약 저항하면 어쩌지?

그 문제는 생각해보지 않았다. 이제 그녀는 모든 상황을 자신이 필요한 것을 취하는 기준에서 생각할 뿐이었다. 하지만 예스타도 살고 싶지 않을까?

당연히 살고 싶겠지. 그도 사람인데, 자기 나름의 사는 재미가 있겠지. 게다가 고양이들을 생각해봐, 그가 사라지면 그것들이……

비르기니아는 그런 생각에 제동을 걸었고, 이제부터는 그런 생각은 하지 않겠다고 작정했다. 손을 심장 위에 얹었다. 일 분에 다섯 번 고동쳤다. 그것을 보호해야 한다는 걸, 심장 주변에 무언가…… 말뚝이 쳐져 있다는 것을 그녀는 알았다.

비르기니아는 꼭대기 층 바로 아래층까지 엘리베이터를 타고 올라가 초인종을 눌렀다. 예스타가 문을 열고 비르기니아를 보았을 때 그의 눈은 공포 비슷한 감정으로 휘둥그레졌다.

알아차렸나? 당신한테는 보여?

예스타가 물었다. "저기…… 당신 맞아?"

"맞아, 나 좀……"

비르기니아는 집 안을 가리켰다. 영문을 알 수 없었다. 어디까지나 직관적으로 그녀는 초대를 받아야 한다는 걸 알고 있었고, 그렇지 않으면…… 그렇지 않으면…… 뭔가 심상치 않은 일이 일어날지도……

예스타는 고개를 끄덕이고 한 걸음 물러섰다.

"어서 들어와."

그녀가 현관으로 들어서자 예스타가 문을 닫고 촉촉한 눈으로 그녀를 바라보았다. 그는 면도도 하지 않았고, 축 늘어진 지저분한 목살에는 텁수룩한 잿빛 수염이 돋아 있었다. 집 안의 악취는 비르기니아가 기억하던 것보다 더 고약했고, 더 선명했다.

도저히 안 되겠어—

그 순간 과거의 뇌에 불이 꺼지고 허기가 엄습했다. 그녀는 두 손을 예스타의 어깨에 얹고 그의 어깨에 놓인 자기 손을 바라보았다. 그래도 된다고 허락을 받았으니까. 이제 옛날의 비르기니아는 그녀의 머리 한구석 어딘가에 쪼그리고 앉아 있기만 했다. 자발적으로.

그녀의 입이 말을 했다.

"나 좀 도와주지 않을래? 그냥 가만히 서 있기만 하면 돼."

무슨 소리가 들렸다. 목소리.

"비르기니아! 왔구나! 정말 반갑네, 이렇게……"

＊

라케는 비르기니아가 고개를 돌려 그를 보았을 때 움찔했다.

그녀의 두 눈은 텅 비어 있었다. 누군가 바늘로 예전에 비르기니아였던 것을 발라낸 듯, 해부학 모델의 표정 없는 시선만이 남아 있었다. 8번 도판圖板: 눈.

비르기니아는 잠깐 라케를 보더니 예스타를 놔주었고, 현관문 쪽으로 돌아서서 손잡이를 잡고 내렸지만 문은 잠겨 있었다. 잠금장치를 돌리는데 라케가 황급히 달려와 그녀를 붙잡아 질질 끌다시피 안으로 데려갔다.

"아무 데도 가면 안 돼, 우선은……"

비르기니아가 몸부림을 치면서 팔꿈치로 입을 치는 바람에 그의 입술이 터졌다. 그는 그녀의 팔을 움켜잡고 자신의 뺨을 그녀의 등에 가져다 댔다.

"기니아, 가만있어. 할 말이 있어. 내가 얼마나 걱정했는지 알아?

진정해. 왜 이러는 거야?"

비르기니아는 다시 문 쪽으로 돌진했지만 라케가 한 발 더 빨랐고, 그는 그녀를 달래 거실로 향했다. 그녀를 앞세우려고 살살 미는 동안, 그는 겁먹은 짐승을 대하듯 침착하고 조용하게 말하려고 애썼다.

"이제 예스타가 한 잔씩 돌릴 거니까 가만히 앉아 이 사태를 좀 정리하고 얘기를 하자고. 내가…… 내가 당신을 도와줄 테니까. 어떻게든, 내가 당신을 도울 거야, 알았어?"

"안 돼, 라케. 안 돼."

"돼, 기니아. 된다고."

예스타는 둘을 밀치고 거실로 들어가 라케의 잔에 술을 채워 비르기니아에게 주었다. 라케는 간신히 비르기니아를 데리고 들어온 다음에야 놔주었고, 자신은 보초인 양 현관으로 나가는 문간에 자리를 잡았다.

그는 아랫입술에 맺힌 피를 핥았다.

비르기니아는 거실 한가운데 뻣뻣하게 서 있었다. 빠져나갈 곳을 찾는 듯 주위를 둘러보았다. 그녀의 시선이 창문에 가서 멈추었다.

"안 돼, 기니아."

라케는 비르기니아가 어리석은 행동을 하면 금방이라도 달려들어 붙잡을 기세였다.

왜 저러는 거지? 방 안에 귀신이라도 가득한 것처럼 표정이……

그의 귀에 뜨겁게 달군 팬에 달걀을 깨뜨릴 때 나는 소리가 들렸다.

또 한번.

그리고 또 한번.

방 안은 더 크게 히익히익, 캬악캬악 하는 소리로 가득 찼다.

방 안에 있던 고양이들이 일제히 일어서더니 비르기니아를 보며 등을 둥글게 세우고 꼬리를 빳빳이 치켜들었다. 미리암까지 뒤뚱거리며 일어서더니, 배를 바닥에 늘어뜨린 채 귀를 뒤로 젖히고 이빨을 드러냈다.

침실에서, 부엌에서, 더 많은 고양이들이 한 마리씩 한 마리씩 거실로 나왔다.

예스타는 술을 따르던 손을 멈췄고, 손에 술병을 든 채 그 자리에 서서 휘둥그레진 눈으로 고양이들을 보았다. 하악하악 하는 소리는 방 안에 들어찬 전기 구름처럼 점점 더 세력을 키워갔다. 소음이 너무 커서 라케는 고함을 쳐야 했다.

"예스타, 애들 왜 이래?"

예스타는 고개를 흔들었고, 팔을 옆으로 흔들다 술병의 술을 조금 쏟았다.

"나도 몰라…… 이런 적은 한 번도……"

작은 검은 고양이 한 마리가 비르기니아의 허벅지 위로 성큼 뛰어오르더니 발톱을 쑤셔박고는 이빨로 깨물었다. 예스타는 탁자에 병을 쾅 소리 나게 내려놓았다. "안 돼, 티타니아, 안 돼!"

비르기니아는 몸을 수그려 고양이를 움켜잡고는 떼어내려 했다. 그때를 놓치지 않고 다른 고양이 두 마리가 그녀의 등과 목에 달라붙었다. 비르기니아는 비명을 지르면서 다리에 들러붙어 있던 고양이를 잡아떼 집어던졌다. 고양이는 방을 가로질러 날아가 탁자 모서리에 부딪친 다음 예스타의 발치에 떨어졌다. 비르기니아의 등에 붙어 있던 고양이가 그녀의 머리까지 기어올라가더니 발톱을 세운 채 중심을 잡으며 이마 쪽으로 뛰어내리려 하고 있었다.

라케가 그녀에게 다가가기 전, 고양이 세 마리가 거기에 합세했다. 비르기니아가 두 주먹으로 내리치자 고양이들은 목청이 터져라 울어 댔다. 그러면서도 작은 이빨로 그녀의 살을 물어뜯으며 그녀에게서 떨어지지 않았다.

라케는 비르기니아의 가슴 위를 기어다니며 으르렁대는 덩어리에 손을 쑤셔넣었다. 그의 손이 긴장한 근육 위로 미끄러지는 털가죽을 움켜쥐고 그 작은 몸뚱이를 떼어내자 비르기니아의 블라우스가 찢어졌고, 그녀는 비명을 질렀다. 그리고—

그녀가 울고 있어.

아니었다. 그것은 그녀의 뺨 위를 흐르는 핏줄기였다. 라케는 그녀의 머리에 올라앉은 고양이를 붙잡았지만, 그럴수록 고양이는 박음질이라도 해 고정시킨 것처럼 발톱을 더 깊숙이 찔러넣으며 꿈쩍도 하지 않았다. 고양이의 머리는 라케의 손아귀에 딱 들어맞았고, 그는 놈의 머리와 몸통을 잡고 양쪽으로 힘껏 잡아당겼다. 그러자 그 난리 북새통 속에서도—

우두둑

하는 소리가 들렸다.

그가 잡고 있던 머리통을 놓자 죽은 고양이는 비르기니아의 머리 위로 떨어졌다. 고양이의 코끝에서 피 한 방울이 뚝 하고 떨어졌다.

"아아아아아아! 우리 아가……"

예스타가 비르기니아에게 다가오더니, 죽어서도 비르기니아의 머리에 붙어 있는 고양이를 눈물을 글썽이며 어루만졌다.

"우리 아가, 내 새끼……"

라케는 고개를 숙이다 비르기니아와 시선이 마주쳤다.

다시 예전의 그녀로 돌아와 있었다.

비르기니아.

＊

보내줘.

두 개의 터널 같은 자신의 두 눈을 통해 비르기니아는 자신의 몸에서 일어나는 모든 일을, 라케가 그녀를 구하려는 모습을 보고 있었다.

내버려둬.

고양이들과 맞붙어 싸우는 건 그녀가 아니었다. 그녀의 팔이 나선 것이다. 살고 싶어하는 건, 놈의…… 숙주가 살아 있기를 바라는 건 다른 존재였다. 그녀는 악취 속에서 예스타의 목을 보았을 때 이미 단념한 터였다. 결국 이렇게 될 것이었다. 그러나 그것은 그녀가 원하던 바가 아니었다.

고통. 찢어진 상처에서 고통이 느껴졌다. 그러나 곧 없어질 고통이었다.

그러니까…… 내버려둬.

＊

라케는 보았다. 그러나 받아들일 수가 없었다.

농장…… 오두막 두 채…… 정원……

그는 두려워 어찌해야 할지 모르겠으면서도 고양이들을 떼어내려고 했다. 그러나 놈들은 털이 달린 근육다발처럼 매달려 떨어지지 않았다. 겨우 떼어낸 몇 놈들은 비르기니아의 옷을 갈기갈기 찢으며 깊은 상처를 남겼고, 대부분은 찰거머리처럼 계속 붙어 있었다. 그는 놈들을 때리다 뼈가 으스러지는 소리까지 들었지만, 한 놈을 떼어내면 다른 놈이 달려드는 식이었다. 고양이들은 무언가에…… 홀린 듯 악착같이 차례차례 기어올랐다.

암전.

그는 무언가에 얼굴을 정통으로 맞고 비틀대며 물러서다 하마터면 넘어질 뻔했지만, 벽에 기대 겨우 균형을 잡고 눈을 깜빡였다. 비르기니아 옆에 선 예스타가 주먹을 불끈 쥔 채, 눈물과 분노로 가득한 눈으로 노려보고 있었다.

"너 때문에 애들이 아파하잖아! 애들이 아파한다고!"

예스타 옆의 비르기니아는 히익히익 야옹야옹 울어대는 털들에 뒤덮여 부글부글 끓는 덩어리가 되어 있었다. 미리암이 느릿느릿 발을 끌며 바닥을 가로질러오더니, 비르기니아의 다리 뒤로 올라가 장딴지를 물었다. 그 모습을 본 예스타가 허리를 굽히고 고양이 앞에서 손가락을 흔들어 보였다.

"그럼 안 돼요, 아가씨. 그럼 아프다니까!"

라케는 분별력을 완전히 잃고 말았다. 그는 두 걸음 다가서서 미리암을 향해 발길질을 했다. 발이 놈의 불룩한 배에 푹 파묻히는데도 조금도 꺼림칙하지 않았다. 그러기는커녕 그 내장 자루가 공중을 날아 라디에이터에 부딪혔을 때는 더없이 만족스러웠다. 그는 비르기니아의 팔을 움켜잡았고—

나가자, 여기서 나가야 해.

—그녀를 잡아끌고 현관문을 향했다.

＊

비르기니아는 뿌리치려고 했다. 그러나 그녀를 에워싼 고통의 의지는 라케와 뜻을 같이했고, 그것은 그녀보다 힘이 세다. 머릿속에 뚫린 터널을 통해 그녀는 바닥에 무릎을 꿇는 예스타를 보았고, 두 손으로 죽은 고양이를 들어올려 등을 쓰다듬으면서 고통에 차 목 놓아 우는 소리를 들었다.

용서해줘, 용서해줘—

그때 라케가 비르기니아를 잡아끌었고, 고양이 한 마리가 얼굴 위로 기어올라와 그녀는 아무것도 볼 수 없었다. 고양이가 머리통을 물자, 살아 있는 바늘들이 살을 뚫는 듯한 통증이 한가득 퍼져나갔다. 그녀는 살아 있는 아이언 메이든이 된 것 같은 고통에 균형을 잃고 넘어졌고, 제 몸이 바닥 위로 질질 끌려가는 것을 느꼈다.

날 놔줘.

그러나 눈앞의 고양이가 자세를 바꾸자 현관문이 열리는 것이, 라케의 거무튀튀하고 붉은 손이 자신을 끌고 가는 것이, 계단이 보였다. 그녀는 다시 제 발로 일어섰고, 스스로의 의식으로 자신을 통제해 제 갈길을 가려고 고군분투하면서, 그리고—

＊

비르기니아는 그의 손을 뿌리쳤다.

라케는 뒤를 돌아 기어다니는 털북숭이나 다름없는 그녀의 몸을 다시 잡으려고 했다. 그래야만—

뭐? 그래야만 뭐?

나갈 수가 있었다. 그래야만 밖으로 나갈 수가 있었다.

그러나 비르기니아는 우격다짐으로 라케를 밀치고 지나갔고, 그 바람에 잠깐이지만 그의 얼굴이 부들부들 떨고 있는 고양이의 등에 눌렸다. 이윽고 그녀가 계단통으로 나오자 그곳에 있던 고양이들이 하악하악대는 소리가 확성기를 댄 것처럼 더 커졌고, 그 와중에 그녀는 층계참의 난간을 향해 달려갔다. 그리고—

안돼안돼안돼—

라케는 제때 그녀를 붙잡으려고 손을 뻗었지만, 비르기니아는 사뿐히 착지할 거라 믿는 건지 아니면 곤두박질쳐도 상관없다고 생각한 건지 힘없이 앞으로 고꾸라졌고, 그대로 계단 아래로 굴러떨어졌다.

비르기니아가 이리저리 부딪치며 콘크리트 계단을 굴러내려가자 그녀의 몸에 깔린 고양이들이 길게 울부짖었다. 연약한 뼈마디가 부러져 오도독 오도독 소름 끼치는 소리가 났고, 그보다 더 묵직하게 쿵 소리를 내며 비르기니아의 머리가 부딪쳤을 때 라케는 그만 몸이 오그라들었는데—

무언가 그의 발을 밟고 지나갔다.

뒷다리가 불편한 작은 회색 고양이가 몸을 질질 끌며 계단통으로 나가더니, 맨 위 계단에 앉아 구슬픈 울음소리를 길게 뽑았다.

비르기니아는 계단 맨 아래까지 가서야 멈췄다. 추락에서 용케 살아남은 고양이들은 그녀를 내버려두고 다시 계단을 올라왔다. 그것들은 현관으로 들어가 털을 가다듬기 시작했다.

오직 작은 회색 고양이만 아까의 자리를 지키고 앉아 동참하지 못한 자기 신세를 서글퍼하고 있었다.

※

경찰은 일요일 저녁에 기자회견을 열었다.

그들은 경찰서 내부의 마흔 명을 수용할 수 있는 회의실을 골랐지만 곧 너무 협소하다는 걸 깨닫게 되었다. 유럽 각지의 신문사와 티브이 방송국들에서 기자들이 엄청나게 몰려들었다. 그날 안에 용의자를 다시 검거하지 못했다는 이유로 이 뉴스는 더 큰 반향을 불러일으켰다. 영국의 한 저널리스트는 이 모든 상황이 이토록 관심을 끄는 이유에 대해 가장 그럴싸한 분석을 제시했다.

"전형적인 '괴물'을 찾고 있는 겁니다. 용의자의 생김새와 지금까지의 행동을 보십시오. 그는 '괴물', 모든 동화에서 볼 수 있는 골수까지 철저한 악惡입니다. 그리고 우리는 놈을 잡을 때마다 이제 모든 게 끝났다고 주장하고 싶어하죠."

회의실은 통풍이 잘 되지 않아 예정 시간 십오 분 전부터 벌써 후텁지근하고 꿉꿉해졌고, 이보다 더 열악한 상황에도 익숙하다는 이탈리아의 티브이 방송국 팀을 뺀 모두가 불평을 늘어놓았다.

회견 장소는 좀더 큰 방으로 변경되었고, 정확히 여덟시 정각이 되자 스톡홀름 주 경찰청장이 수사를 총지휘하고 병원에서 제의적 살인자를 심문했던 수사과장을 대동하고 들어섰다. 그날 새벽 유다른 숲 작전을 지휘했던 순찰대장도 참석했다.

이미 기자들에게 떡밥을 던져주겠다고 결심한 터라 그들은 사지가 갈가리 찢긴다 해도 두렵지 않았다.

그들에게는 남자의 사진이 있었다.

✳

마침내 손목시계를 조사한 결과가 나왔다. 토요일 칼스쿠가에서 한 시계 제조인이 기한이 만료된 보험증서의 색인서류를 뒤진 끝에, 경찰이 그와 다른 시계 제조인들에게 추적을 의뢰한 번호를 찾아낸 것이다.

그는 경찰에 전화를 걸어 시계를 구입한 사람의 이름과 주소와 전화번호를 알려주었다. 스톡홀름 주 경찰청은 기록계에 남자의 이름을 입력한 후 칼스쿠가 주 경찰청에 연락해, 해당 주소를 조회해 뭐가 나오는지 찾아봐달라고 요청했다.

남자가 칠 년 전 아홉 살 아동의 강간 미수로 기소된 적이 있다는 사실이 밝혀졌을 때 경찰 본부에는 희열이 감돌았다. 그는 정신질환자로 간주되어 삼 년 동안 시설에 있으면서 보호감호처분을 받았다. 그리고 그후 완치되었다는 판정을 받아 방면되었다.

그러나 칼스쿠가의 경찰은 찾아간 집에서 멀쩡해진 그를 만났다.

그랬다. 그 사람도 똑같은 시계를 갖고 있었다. 아니, 그는 시계를 어쨌는지 기억하지 못했다. 칼스쿠가 주 경찰청에서 몇 시간에 걸친 심문이 이루어졌다. 건강 상태가 양호하다는 정신과의사의 증명서가 있어도 재고될 수 있음을 상기시키자, 남자는 누구에게 시계를 팔았는지 기억해냈다.

호칸 벵츠손, 칼스타드. 어디에선가 만나 뭔가 하긴 했지만, 그는 뭘 했는지는 기억나지 않는다고 했다. 어쨌든 그에게 시계를 팔긴 했는데, 주소도 모르고 그의 인상에 대해서도 모호하게 설명할 뿐이니, 이제 그냥 그 사람을 보내주면 안 될까?

경찰 기록계에는 호칸 벵츠손에 대한 정보가 전무했다. 칼스타드 지역에는 스물네 명의 호칸 벵츠손이 있었다. 그중 반은 나이 때문에 고려 대상에서 제외시킬 수 있었다. 경찰들은 이리저리 전화를 돌리기 시작했다. 곧바로 말을 할 수 있는 사람은 제외되면서 수사는 간소화되었다.

밤 아홉시가 가까워지자 그들의 목록에는 단 한 사람만이 남았다. 고등학교에서 국어 선생을 하다 원인불명의 화재로 집이 전소全燒되어 칼스타드를 떠난 호칸 벵츠손이었다.

그들은 해당 고등학교의 교장에게 전화를 걸었고, 그랬다, 호칸 벵츠손이…… 어린아이들을, 말하자면 다소 과하게 좋아했다는 소문이 있었다는 이야기를 들었다. 경찰의 부탁으로 교장은 토요일 저녁에 학교로 나와 기록보관소에서 1976년 학교 앨범을 찾아 호칸 벵츠손의 사진을 제공했다.

어쨌거나 일요일에 스톡홀름에 볼일이 있었던 칼스타드의 한 경찰이 먼저 사본을 팩스로 보낸 후 원본 사진을 가지고 밤 늦은 시각에 차로 출발했다. 사진은 일요일 새벽 한시에 스톡홀름 주 경찰청사에 도착했으니, 정리하자면, 문제의 남자가 병원 창문에서 떨어져 사망선고를 받은 지 한 시간 반쯤 지난 시각이었다.

사진 속의 남자가 전날 저녁까지 병원 침상에 누워 있던 남자와 동일인인지 확인하기 위해 칼스타드에서 보낸 치과기록과 의료기록을 뒤지는 데 일요일 오전이 다 갔다. 그 결과, 맞았다. 그 남자였다.

일요일 오후 경찰서에서 회의가 열렸다. 그들은 죽은 남자가 칼스타드를 떠난 후 무슨 짓을 하고 다녔는지 밝혀낼 수 있을 거라는, 그의 행적을 좀더 큰 맥락에서 파악해 동선을 따라 더 많은 희생양들이 생겨났는지 알아낼 수 있을 거라는 기대를 서서히 품게 되었다.

그러나 이제 상황이 바뀌었다.

남자는 여전히 살아 있었고, 도주중이었다. 지금 시점에서 최급무는 남자가 살던 집으로 돌아갈 일말의 가능성을 염두에 두고 그곳의 위치를 찾아내는 것이었다. 그의 동선이 서부 교외지역을 향하고 있음이 이를 시사했다.

그런 이유로 경찰은 남자가 기자회견 전까지도 검거되지 않을 경우, 그다지 신뢰할 수는 없지만 수많은 대가리가 달려 있는 사냥개, 바로 일반 대중에게 의지하기로 결정했다.

사진 속 모습 그대로였던 시절의 남자를 봤거나, 더 나아가 그가 살던 곳까지 기억하는 사람이 나올 수도 있었다. 물론 이런 것은 어디까지나 부차적이었지만, 모름지기 언론에 던져줄 떡밥 하나쯤은 상비할 일이었다.

❋

그리하여 지금 세 명의 경찰이 연단 옆에 마련된 긴 탁자에 앉아 있는 가운데 경찰청장이 (그가 익히 알고 있는 가장 효과적인 단순명료한 제스처와 연극적인 어조로) 호칸 벵츠손의 사진을 들어올리며 입을 열었을 때, 기자들이 술렁이기 시작했다.

"경찰이 목하 추적중인 사람의 이름은 호칸 벵츠손이며, 얼굴이 손상되기 전의 그의 생김새는…… 이렇습니다."

카메라 셔터들이 찰칵거리고 플래시들이 터지며 회의실을 통째로 스트로보로 만들어버리자, 경찰청장은 잠시 입을 다물었다.

물론 기자들이 돌려볼 수 있도록, 선명하진 않지만 사본을 몇 장 준비해놓았다. 그럼에도 특히 외국 신문들은 경찰청장이 살인자를, 말하자면 제 손아귀에 틀어쥐고 있는 것처럼 다분히 현시적으로 연출한 장면을 선호할 가능성이 매우 컸다.

모두가 사진을 찍고 수사팀이 그간의 활동을 보고한 다음, 질의응답시간이 이어졌다. 처음 질문한 사람은 막강한 영향력을 가진 조간신문 〈다겐스 뉘헤테르〉의 기자였다.

"언제 그를 체포할 거라고 보십니까?"

경찰청장은 숨을 깊이 들이마신 다음 자신의 평판을 망칠 각오를 하고 입을 열었다.

"늦어도 내일로 잡고 있습니다."

✳

"왔네."

"안녕."

오스카르는 앞장서서 들어갔고, 원하는 레코드를 고르려고 곧장 거실로 갔다. 엄마가 모아온 얇은 레코드판들을 한 장씩 넘기다가 찾아냈다. '비킹아나'*. 멤버들 모두가 반짝거리는 무대의상에 어울리지 않는 바이킹 선박의 골조처럼 보이는 구조물 안에 모여 있었다.

엘리는 들어오지 않았다. 레코드를 들고 그는 다시 현관으로 갔다. 그녀는 여전히 문 밖에 서 있었다.

"오스카르, 날 초대해줘야지."

---

* 1958년에 결성된 스웨덴의 댄스밴드로, 카펜터스의 〈Top of the World〉나 우리나라에는 〈백만 송이 장미〉로 알려진 러시아곡을 스웨덴어로 번안해 부른 것으로 유명하다.

"그런데…… 너 그때 이미 창문으로……"

"이건 새로운 입구야."

"알았어. 좋아. 들어……"

오스카르는 말을 멈추고 입술을 핥았다. 레코드 재킷의 사진을 보았다. 어두운 곳에서 플래시를 터뜨리고 찍은 사진이라 멤버들은 막 육지에 발을 내디디려는 성자들처럼 빛나고 있었다. 그는 엘리에게 다가서서 레코드를 보여주었다.

"이거 봐, 꼭 고래 배 속 같은 데 들어가 있는 것 같지 않아?"

"오스카르……"

"응?"

엘리는 두 팔을 양옆으로 늘어뜨린 채 꼼짝 않고 서서 오스카르를 바라보았다. 그는 미소를 짓고 문가로 다가가 엘리 앞에 있는 문턱과 문설주 사이의 허공에 손을 휘휘 저었다.

"왜? 여기 뭐라도 있어서 그래?"

"또 그런다."

"아니 진짜로. 만약 내가 초대 안 하면 어떻게 되는데?"

"하지 마. 왜 또 그래."

엘리는 엷은 미소를 지었다.

"보고 싶어, 어떻게 되는지? 그래? 그게 네가 바라는 거야?"

엘리의 말에는 오스카르에게서 아니라는 대답을 이끌어내려는 확실한 의도가 담겨 있었다. 뭔가 끔찍한 일이 일어날 거라는 약속. 그러나 오스카르는 침을 꿀꺽 삼키고 대답했다.

"그래. 그거야. 보여줘."

"너 쪽지에 쓴 건……"

"그래, 알아. 하지만 한번 보자. 어떻게 되는데?"

엘리는 두 입술을 꼭 깨물고 잠깐 생각하더니 문지방 위로 한 걸음 내디뎠다. 오스카르는 온몸을 긴장시킨 채, 파란 섬광이 내리치거나 문짝이 엘리를 통과해 앞으로 날아갈 듯 열렸다 다시 쾅 소리를 내며 닫히는 그런 일이 일어나길 기다렸다. 그러나 아무 일도 일어나지 않았다. 엘리는 현관 안으로 들어와 등 뒤로 문을 닫았다. 오스카르는 어깨를 으쓱했다.

"이게 다야?"

"다는 아냐."

엘리는 문 밖에 서 있을 때와 같은 자세로 가만히 서 있었다. 두 팔을 양옆으로 늘어뜨리고 두 눈으로 오스카르를 응시했다. 오스카르는 고개를 흔들었다.

"뭐야? 아무것도……"

엘리의 한쪽 눈가에, 아니 두 눈가에 맺힌 눈물을 보고 오스카르는 말을 멈췄다. 그러나 색이 짙은 걸 보니 눈물이 아니었다. 엘리의 얼굴 피부가 달아오르더니 분홍빛으로, 붉은빛으로 다시 적포도주 빛깔로 변했고, 두 손을 그러당겨 주먹을 꼭 쥐자 얼굴의 땀구멍이 열리며 자잘한 진주알 모양의 피가 온 얼굴과 목에 맺히기 시작했다.

엘리의 입술은 고통으로 일그러졌고, 입가로 흘러나온 핏방울은 턱에 송글송글 맺힌 진주알들과 합쳐져 더 큰 방울이 되더니 그대로 주르르 흘러내려 목에 맺힌 방울들과 합쳐졌다.

오스카르는 팔에 힘이 쭉 빠졌다. 레코드판이 재킷에서 미끄러져나와 가장자리 쪽으로 떨어졌다가 깔개 위에 납작 누웠다. 그의 시선은 이제 엘리의 손에 가 멈췄다.

얇은 피의 막으로 덮여 척척한 손등에서는 점점 더 많은 피가 흘러나오고 있었다.

다시 엘리의 얼굴을 보았지만, 그녀의 눈이 보이지가 않았다. 가득 고인 피 때문에 엘리의 두 눈은 눈구멍 속으로 가라앉은 것처럼 보였다. 피는 흘러넘쳐 콧대를 따라 내려갔고, 다시 입술을 거쳐 더 많은 피가 흘러나오고 있는 입 안으로 들어갔다. 양 입가로 나란히 흘러내리는 핏줄기는 목을 지나 티셔츠 아래로 사라지더니 옷 위의 거무스름한 얼룩이 되어 번지기 시작했다.

그녀는 몸에 있는 모든 땀구멍으로 피를 쏟고 있었다.

오스카르는 숨이 턱 막혀 소리쳤다.

"들어와도 돼, 들어…… 널 환영해, 너는…… 여기 들어와도 돼!"

엘리는 힘을 풀었다. 힘껏 쥐고 있던 주먹이 펴졌다. 고통으로 일그러진 표정도 사라졌다. 잠깐이었지만 오스카르는 그녀가 일단 초대를 받으면 피는 어떻게든 사라질 거고, 그러면 없었던 일처럼 될 거라고 생각했다.

하지만 아니었다. 피는 멈추었지만 엘리의 얼굴과 두 손은 여전히 검붉었고, 흘러내리던 피는 둘이 말없이 마주 서 있는 동안 그대로 굳으면서 거무죽죽한 줄무늬와 덩어리가 되어 말라붙었다. 오스카르는 희미한 병원 냄새 같은 것을 맡았다.

그는 바닥에 떨어진 레코드판을 집어들어 재킷에 도로 집어넣고는 엘리를 보지 않고 말했다.

"미안해, 난…… 그런 거라고는…… 생각 못 했어."

"괜찮아. 나도 한번 해보고 싶던 거였는데 뭐. 그래도 샤워는 해야 될 것 같은데. 비닐봉지 있니?"

"비닐봉지?"

"응. 옷 때문에."

오스카르는 고개를 끄덕이고 부엌으로 가서 싱크대 아래에서 'ICA—먹어요, 마셔요, 행복해져요'라고 프린트된 비닐봉지를 꺼냈다. 그리고 거실로 가 레코드를 탁자에 올려놓고는 멈칫했다. 손에 든 비닐봉지가 바스락거렸다.

내가 아무 말도 안 했다면. 엘리가 계속…… 피를 흘리게 내버려뒀다면.

봉지를 마구 구겨 똘똘 뭉치다가 손바닥을 펼치자 봉지가 바닥에 떨어졌다. 그는 그것을 주워들어 허공으로 던졌다 다시 잡았다. 욕실에서 샤워기 트는 소리가 났다.

전부 사실이야. 그녀는…… 그는……

욕실 쪽으로 걸어가면서 오스카르는 봉지를 제대로 폈다. 먹어요 마셔요 행복해져요. 닫힌 문 뒤에서 물 튀는 소리가 들렸다. 손잡이 위 표시기는 흰색으로 되어 있었다. 그는 가만히 문을 두드렸다.

"엘리……"

"어, 들어와……"

"아니, 그게 아니라…… 봉지 때문에."

"뭐라고 하는지 안 들려. 들어와."

"아냐."

"오스카르, 나—"

"여기다 봉지 놔두고 간다!"

오스카르는 문 밖에 봉지를 내려놓고 얼른 거실로 갔다. 재킷에서 레코드판을 꺼내 턴테이블에 올려놓고, 전원을 켠 뒤 가장 좋아하는 세번째 트랙 위에 바늘을 얹었다.

꽤 긴 전주가 끝나고 가수의 감미로운 목소리가 스피커에서 우렁우렁 울려나오기 시작했다.

소녀는 들판을 거닐다가 머리에 꽃을 꽂아요
소녀는 올해 열아홉 살이 되지요
소녀는 혼자 미소지으며 걷지요

엘리가 거실로 나왔다. 그녀는 머리에 수건을 두르고 한 손에는 입고 있던 옷을 담은 비닐봉지를 들고 있었다. 그녀의 얼굴은 이제 깨끗했고, 두 뺨과 양 귀 위로 몇 올의 곱슬곱슬한 머리칼이 삐져나와 있었다. 오스카르는 가슴 위로 팔짱을 끼고 전축 옆에 서서 그녀에게 고개를 끄덕여 보였다.

둘이 성문에서 우연히 마주칠 때
그때 소년이 묻죠. 왜 미소 짓나요?
난 나만의 것이 될 사람을 생각하죠
푸른 눈의 소녀는 말하죠
내가 아주아주 사랑하는 그런 사람

"오스카르?"
"응?" 그는 볼륨을 낮추고 고개를 전축 쪽으로 수그렸다. "노래가 좀 바보 같지, 그치?"
엘리는 고개를 흔들었다.
"아니, 멋져. 이거 내가 진짜 좋아하는 노래야."

"너도?"

"그래, 근데 오스카르……"

엘리는 무슨 말을 더 할 것 같은 표정을 지었지만, 그냥 "아, 저기"라고 말하고는, 허리에 감겨 있던 수건을 풀었다. 수건은 엘리의 발치에 떨어졌고 그녀는 알몸으로 서 있었다. 엘리는 가냘픈 제 몸 위로 한 손을 들어 쓸어내렸다.

"그냥 불러봤어."

> ……호숫가에서 그들은 모래 위에 그림을 그려요
> 그들은 서로에게 가만가만 이야기하죠
> 그대 내 친구, 내가 원하는 건 당신이에요
> 라 라라 라라라……

짧은 연주와 함께 노래는 끝났다. 바늘이 다음 트랙으로 옮겨가면서 작게 지직거리는 소리가 났다. 오스카르는 엘리를 보고 있었다.

창백한 하얀 피부 위의 작은 젖꼭지는 거의 새까맣게 보였다. 상체는 날씬했고, 굴곡이랄 것도 없이 곧았다. 갈비뼈만 천장 조명 아래서 두드러져 보였다. 앙상한 팔뚝과 다리는 몸집과 어울리지 않을 정도로 부자연스럽게 길게 뻗어, 마치 인간의 피부를 두른 묘목처럼 보였다. 두 다리 사이에는…… 아무것도 없었다. 세로로 째진 구멍도, 고추도 없었다. 그저 밋밋하기만 한 표면.

오스카르는 손을 들어 머리칼을 쓸다가 그대로 목을 감싸쥐었다. 아기들이나 하는 바보 같은 단어로 말하고 싶진 않았지만, 그 말이 얼결에 입 밖으로 흘러나왔다.

"근데 너 없네…… 잠지."

엘리는 고개를 숙이더니, 그것이 더없이 새로운 발견이기도 한 것 같은 표정으로 자신의 사타구니를 내려다보았다. 다음 노래가 시작되는 바람에 엘리가 뭐라고 하는지 들리지 않았다. 그가 턴테이블의 레버를 뒤로 젖히자 레코드판 위를 돌던 바늘이 올라갔다.

"뭐라고 했어?"

"전에는 있었다고."

"그러다 어쨌는데?"

엘리는 키득거렸고, 오스카르는 그 질문이 어떻게 들렸을지 알 것 같아 살짝 얼굴을 붉혔다. 엘리는 팔을 옆으로 휘휘 돌리며 아랫입술로 윗입술을 덮었다.

"지하철에 두고 내렸어."

"웃기지 마."

엘리를 쳐다보지도 못하고, 오스카르는 욕실로 가서 흔적이 남진 않았는지 살펴보았다.

훈훈한 수증기가 공기중에 남아 있었고, 거울에는 김이 서려 있었다. 욕조는 예전부터 좀처럼 지워지지 않는 가장자리의 노르스름한 줄무늬 때를 빼고는 전과 마찬가지로 하얬다. 세면대, 깨끗했다.

안 한 거야.

엘리는 체면상 욕실에 가서 씻은 척한 거였다. 그런데, 아니었다. 비누. 오스카르는 비누를 집어들었다. 비누에는 희미한 선홍색 줄무늬가 남아 있었고, 세면대 위의 비누 놓는 자리에 고인 물 속에 올챙이처럼 보이는 무언가가, 그래, 살아 있는 것이 있었다. 그는 화들짝 놀랐다. 그것은—

헤엄을 치며

움직이고 있었다. 그것은 꼬리를 흔들며 물 빠지는 홈을 지나 세면대 안을 향해 달음질쳐 갔지만 가장자리에 걸려버렸다. 그러나 거기서부터는 더 움직이지 않았고, 살아 있지도 않았다. 수도를 틀고 그 위에 물을 끼얹자 그것은 배수관으로 떠내려가버렸다. 오스카르는 다시 비누를 물에 헹구고 비누를 놓는 자리도 깨끗이 닦았다. 그런 다음 옷걸이에서 자신의 목욕가운을 빼들고 다시 거실로 나가, 여전히 알몸으로 선 채 주위를 둘러보고 있는 엘리에게 건넸다.

"고마워. 너희 엄마는 언제 오셔?"

"두어 시간 후에." 오스카르는 그녀의 옷이 들어 있는 봉지를 들었다. "이거 갖다 버릴까?"

엘리는 목욕가운을 걸치고 허리끈을 중간에 둘러 묶었다.

"아니, 나중에 가져갈 거야." 그녀는 오스카르의 어깨를 슬쩍 쳤다. "오스카르, 이제 내가 여자가 아니란 걸 알았지? 그렇다고 남자도……"

오스카르는 그녀에게서 물러섰다.

"에이씨, 진짜. 너 꼭 고장난 레코드판 같아. 알아들었다니까. 전에도 얘기했잖아."

"안 했는데."

"했어."

"언제?"

오스카르는 언제인지 생각했다.

"기억 안 나지만 어쨌든 알고 있었어. 얼마 전에 알게 됐어."

"그래서 너…… 실망했니?"

"내가 왜?"

"왜냐면…… 나도 모르겠어. 왜냐면 네 생각에는…… 이거 복잡하네. 네 친구들은—"

"됐어! 됐다고! 너 진짜 지긋지긋해. 작작 좀 하라고."

"알았어."

엘리는 목욕가운의 허리끈을 만지작거리다가 전축 쪽으로 다가가 빙글빙글 도는 레코드판을 바라보았다. 그러고는 뒤돌아 방을 둘러보았다.

"있잖아, 나 말이지…… 그냥 이렇게 다른 사람 집에 놀러 온 거 진짜 오랜만이야. 뭘 어떻게 해야 하는지 정말 모르겠어서…… 뭘 하면 되는 거니?"

"나도 몰라."

엘리는 어깨를 축 늘어뜨리더니 양손을 목욕가운 주머니에 넣었다. 그러고는 홀린 것처럼 레코드판 한가운데의 까만 구멍을 바라보았다. 그녀는 무슨 말을 하려고 입을 열었다가 다시 다물어버렸다. 주머니에서 오른손을 빼내 쭉 뻗고 판 위에 손가락을 대자 판이 멈추었다.

"조심해. 그러다…… 망가져."

"미안."

엘리는 재빨리 손을 거두었고, 레코드판은 다시 속도를 올리며 돌기 시작했다. 오스카르는 천장 조명의 빛줄기 아래 빙글빙글 돌아가는 판 위에 찍힌 축축한 손자국을 바라보았다. 엘리는 손을 도로 가운 주머니에 집어넣고는, 그렇게 하면 음악이 들리기라도 할 것처럼 레코드판에 팬 고랑을 뚫어져라 보았다.

"좀 그렇게 들릴지도 모르겠는데……" 엘리의 입가가 일그러졌다. "……나는…… 이백 년 동안 아무하고도…… 제대로 친구한 적이 없어."

그는 오스카르를 보며 미소를 지었다. 마치 '바보 같은 말 늘어놔서 미안해'라고 하는 것처럼. 오스카르의 두 눈이 휘둥그레졌다.

"너 그렇게 나이가 많아?"

"그래. 아니. 한 이백이십 년 전에 태어났는데 그중 반은 잠만 잤어."

"그거야 다 그렇지, 나도 그런걸. 아니면 적어도…… 여덟 시간은…… 어떻게 되지? ……삼분의 일 시간이라고 하면?"

"그래, 그런데…… 내가 말한 잔다는 건 한 번 자면 몇 달을 자면서…… 그동안 한 번도 깨지 않는 거야. 그러다 몇 달은…… 사는 거고. 그래도 낮 시간 동안은 쉬어."

"그게 그렇게 돼?"

"나도 몰라. 어쨌거나 나는 그런 식으로 지내. 그래서 깨어나면…… 다시 어려져. 그리고 약해지지. 그때 도움이 필요해. 아마도 그래서 이제까지 살 수 있었던 것 같아. 어린 덕분에 말이야. 사람들이 날 도와주고 싶어하거든. 하지만…… 이유는 천차만별이야."

엘리가 이를 앙다물자 뺨에 길게 그늘이 졌다. 양손을 가운 주머니에 넣고 있던 그는 무언가를 발견하고 밖으로 끄집어냈다. 반들반들하고 얇은 종이끈이었다. 오스카르의 엄마가 넣어놓은 것이었다. 가끔 엄마는 아들의 목욕가운을 입을 때가 있었다. 엘리는 귀중품을 다루듯 가만히 종이끈을 주머니에 도로 집어넣었다.

"너 그럼 관에서 자?"

엘리는 웃음을 터뜨리며 고개를 저었다.

"아니, 아니, 나는……"

오스카르는 더는 참을 수가 없었다. 그런 뜻은 아니었는데, 막상 입

밖에 꺼내놓고 나니 힐난하는 것처럼 들렸다.

"하지만 사람은 죽이잖아!"

오스카르가 자기 손가락은 다섯 개라는 식의 자명한 사실을 굳이 우기기라도 한 것처럼 엘리는 놀란 표정으로 그를 돌아보았다.

"그래, 나 사람을 죽여. 안될 일이긴 하지만."

"왜 그러는 건데?"

엘리의 눈에 설핏 분노의 빛이 스쳤다.

"더 좋은 수가 있다면 기꺼이 들을 테니 말해줘."

"그래, 뭐야…… 피는…… 분명히 다른 방법이…… 다른 식으로…… 네가……"

"없어."

"왜 없어?"

엘리는 코웃음을 치고 눈을 가늘게 떴다.

"나도 너 같거든."

"무슨 소리야? 나 같다니? 내가……"

엘리는 칼이라도 손에 쥔 것처럼 손을 휙 내저으며 말했다.

"뭘 쳐다봐, 이 병신새끼야? 뒈지고 싶어?"

그는 빈손으로 허공을 쑤셔댔다.

"날 자꾸 꼬라보면 이렇게 되는 거야."

오스카르는 위아래 입술을 비벼 축축하게 적셨다.

"무슨 말 하는 거야?"

"내가 하는 말이 아니야. 네가 한 말이잖아. 너한테서 처음 들은 말이었어. 놀이터에서."

오스카르는 기억했다. 그 나무. 칼. 칼날을 거울삼아 비춰보았을 때

처음으로 엘리를 보았다.

네 모습은 어디 비치기도 하는 거야? 처음 널 본 게 칼날에 비친 모습이었어.*

"난…… 사람은 안 죽여."

"그래, 하지만 죽이고 싶겠지. 죽일 수 있으면. 또 그럴 수밖에 없다면, 너는 반드시 죽일 거야."

"싫어하는 애가 있어서 그래. 그건 진짜 엄청나게……"

"다르다, 그거야?"

"그렇지…… 않아?"

"벗어날 수만 있다면. 그냥 그렇게 되어버린다면. 누가 죽었으면 하고 바라기만 해도 정말로 그 사람이 죽는다면. 그래도 안 할 거야?"

"……절대 안 해."

"반드시 할걸. 그것도 재미를 위해서. 복수를 위해서. 난 어쩔 수 없으니까 하는 거야. 다른 방법이 없어서."

"하지만 그건…… 개들이 날 때리기 때문에, 날 괴롭히기 때문에, 왜냐하면 나는……"

"왜냐하면 넌 살고 싶으니까. 마치 나처럼."

엘리는 두 손을 뻗어 오스카르의 뺨에 대고 그의 얼굴을 가까이 끌어당겼다.

"잠시 내가 되어봐."

그리고 그에게 키스했다.

---

* 일부 문화권에서는 뱀파이어는 거울로 볼 수 없고 그림자도 없다고 믿는다.

✻

남자의 손가락이 주사위 몇 개를 동그랗게 감싸쥐고 있다. 오스카르는 새카맣게 칠한 그의 손톱을 본다.

방은 짙은 안개 같은 침묵에 에워싸여 있다. 가느다란 손을…… 천천히…… 기울이자…… 주사위들이 탁자 위를 구른다…… 떼구르르. 서로 부딪치며 빙글빙글 돌다가 멈춘다.

2. 그리고 4.

탁자 주위를 맴돌던 남자가 마치 군대 앞에 선 장군처럼 줄지어 선 소년들 앞에 멈춰 서자, 오스카르는 근원을 알 수 없는 안도감을 느낀다. 남자가 기다란 집게손가락을 들어 소년들을 세는데, 그 목소리는 강약도 고저도 없이 단조롭다.

"일…… 이…… 삼…… 사……"

오스카르는 남자가 수를 세기 시작한 왼편을 바라본다. 소년들은 긴장을 풀고 제멋대로 서 있다. 흐느낌. 오스카르 옆에 서 있던 소년이 아랫입술을 떨면서 몸을 숙인다. 아, 그는…… 6번이다. 오스카르는 그제야 안도했던 이유를 깨닫는다.

"오…… 육…… 그리고…… 칠."

남자의 손가락이 오스카르를 똑바로 가리킨다. 남자가 그의 눈을 똑바로 본다. 그리고 미소 짓는다.

안 돼!

그게 아니었는데…… 오스카르는 남자에게서 가까스로 시선을 돌려 주사위를 본다. 주사위는 3과 4를 가리키고 있다. 오스카르 옆에 있는 소년은 악몽에 시달리다 막 깨어난 사람처럼 미친 듯이 주위를 둘러본다. 일순 둘의 눈이 마주친다. 텅 비어 있다. 이해하지 못하고 있다.

그 순간 옆방에서 비명이 들린다.

……엄마……

갈색 숄을 두른 여자가 그에게 달려오지만, 남자 두 명이 끼어들어 그녀의 두 팔을 붙잡아 밀치고, 여자는 돌 벽에 등을 부딪힌다. 여자가 쓰러지자 오스카르는 그녀를 부축할 것처럼 두 팔을 허공으로 살짝 내뻗으며, 입 모양으로만 그 말을 하고 있다.

'……엄마!'

그러나 그는 두 손을 양 어깨에 매듭처럼 단단히 얹은 채 줄 밖으로 끌려나와 작은 문 쪽으로 인도된다. 그가 사람들에 떠밀려 방을 나와……

술……

냄새가 나는 어두운 방으로 끌려가는 동안에도 가발을 쓴 남자는 여전히 집게손가락을 뻗은 채 그의 뒤를 따라온다.

……그리고 꺼졌다 켜지기를 반복하는 불분명한 광경. 밝음, 어두움, 돌, 맨살……

그러다 주변이 정리되자 오스카르는 뭔가 그의 뺨을 세게 눌러대는 것을 느낀다. 팔을 움직일 수가 없다. 그의 오른쪽 귀는…… 나무판에 짓이겨지듯 눌려 금방이라도 터질 것 같다.

무언가 그의 입 속에 들어온다. 밧줄 조각. 그는 밧줄을 빨며 눈을 뜬다.

그는 이제 얼굴을 아래로 향한 채 탁자 위에 누워 있다. 두 팔은 테이블 다리에 묶여 있다. 그는 알몸이다. 눈앞에는 두 개의 형체가 있다. 가발을 쓴 남자와 또다른 사람. 작고 뚱뚱한 남자로…… 웃기게 생겼다. 아니다. 제 딴엔 자기가 재미있다고 생각하는 사람 같다. 아무도 웃지 않는 이야기를 혼자서 주절주절 떠들어대는 사람. 웃긴 남자는 한 손에는 칼을, 다른 손에는 그릇을 들고 있다.

뭔가 잘못됐다.

가슴팍과 귀를 눌러오는 느낌. 그의 무릎도. 그렇다면…… 잠지도 눌리는 느낌이 나야 하는데. 하지만 그것이 탁자와 맞닿는 바로 그 부분에…… 구멍이 뚫려 있는 듯하다. 오스카르는 확인해보려고 몸을 살짝 뒤틀었지만 단단히 결박되어 있어 옴짝달싹 못한다.

가발을 쓴 남자가 웃긴 남자에게 뭐라고 말하자, 웃긴 남자가 웃으면서 고개를 끄덕인다. 이윽고 둘은 쪼그리고 앉는다. 가발 쓴 남자는 오스카르에게서 절대 눈을 떼지 않는다. 그의 두 눈은 서늘한 가을날의 하늘처럼 선명한 파란색이다. 호의적인 관심이라도 생긴 듯한 표정이다. 남자는 오스카르의 눈 속에 무언가 멋진 것, 그가 사랑하는 무언가가 있기라도 한 것처럼 뚫어져라 들여다본다.

웃긴 남자가 양손에 칼과 그릇을 들고 테이블 아래로 기어들어온다. 그제야 오스카르는 알아차린다.

그는 또 알고 있다. 만약 그가…… 입 속의 밧줄 조각을 뱉을 수만 있다면 더는 여기 있지 않아도 된다는 것을. 그 즉시 그는 사라져버릴 거라는 것을.

오스카르는 고개를 뒤로 빼려고, 키스를 끝내려고 한다. 그러나 이런 반응을 이미 예상하고 있던 엘리가 한 손으로 그의 뒤통수를 감싸듯 잡고 입술을 그에게 밀어붙이며 자신의 기억 속에 머물 것을 종용하고, 그렇게 기억은 계속된다.

밧줄 조각이 그의 입 안에 쑤셔넣어지고, 오스카르가 두려운 나머지 방귀를 뀌자 피익 하는 질척한 소리가 난다. 가발 쓴 남자가 코를 찡그리더니 못마땅한 듯 오스카르의 입술을 찰싹 때린다. 그의 눈빛은 변함이 없다. 안에 강아지가 있다는 걸 알고 마분지 상자를 여는 아이의 표정이다.

차가운 손가락이 오스카르의 성기를 움켜쥐더니 잡아당긴다. 그는 입을 벌리고 '안돼애애애!' 비명을 지르지만 밧줄 때문에 말을 제대로 할 수 없어 그저 '아아아아아!' 하는 소리만 나올 뿐이다.

탁자 아래의 남자가 뭐라고 묻자 가발 쓴 남자는 오스카르에게서 눈을 떼지 않고 고개를 끄덕인다. 이어지는 고통. 시뻘겋게 달군 쇠꼬챙이가 그의 사타구니로 파고들더니 배를 타고 미끄러져 올라온다. 그의 몸을 정통으로 관통한 그 불기둥이 천천히 가슴을 뚫고 나오자 그는 절규에 절규를 거듭하고, 두 눈은 눈물로 가득 차오르고, 온몸은 불타오른다.

심장은 문을 두드리는 주먹처럼 테이블 위에서 두방망이질하고, 그는 두 눈을 질끈 감고 밧줄을 꽉 깨무는데, 어디선가 철벅거리는 소리가 들려 눈을 떠보니……

……그의 어머니가 개울가에 무릎을 꿇고 앉아 옷을 헹구고 있다. 엄마. 엄마. 엄마가 뭔가를, 옷 한 벌을 떨어뜨리기에 오스카르는 일어나서, 온몸이 불길에 휩싸인 채 배를 깔고 누워 있던 그는 일어나서 개울가를 향해, 순식간에 사라져버리는 옷을 향해 달려가, 불쏘시개 신세가 된 제 몸을 적시고 옷을 구하려고 개울로 몸을 던져 가까스로 그걸 잡는다. 누이의 윗도리다. 그가 옷을 밝은 쪽으로, 어머니 쪽으로 들어올리자 어머니의 실루엣이 물가에 비치고, 옷에서 떨어지는 물방울들은 햇빛을 받아 반짝이며 개울로, 그의 눈으로 떨어져 흩뿌려지는데, 물이 그의 눈 안으로 들어가고 뺨 위로 튀는 바람에 그는 제대로 보지 못하는데……

……눈을 떠보니 뿌연 시야에 금발 머리와 먼 숲속의 웅덩이 같은 파란 눈이 들어온다. 남자가 두 손으로 잡고 있는 그릇이, 남자가 그 그릇을 입에 대고 마시는 모습이 보인다. 남자가 눈을 감는 모습이, 마침내 눈을 감

고 마시는 모습이……

시간을 좀더…… 영원한 시간을. 갇혀버린 시간. 남자는 베어문다. 그리고 마신다. 베어문다. 그리고 마신다.

이윽고 시뻘겋게 달궈진 쇠꼬챙이가 그의 머리 높이까지 치켜올려지자 모든 것이 분홍빛으로 바뀌고, 그는 고개를 갑자기 쳐들어 밧줄을 뱉고는 쓰러진다……

❄

엘리는 입술을 떼고 뒤로 쓰러지는 오스카르를 붙잡았다. 그를 두 팔로 감싸안았다. 오스카르는 지푸라기라도 잡는 심정으로 손을 더듬다 자기 앞에 있는 몸뚱이를 으스러져라 끌어안았고, 방 안을 휘휘 둘러보는 그의 시선은 어디에도 가 닿지 못했다.

가만있어.

잠시 후 오스카르의 눈앞에 하나의 문양이 떠올랐다. 벽지. 베이지색 바탕에 거의 보이지도 않는 흰색 장미꽃 무늬. 그는 그것을 알아보았다. 그의 집 거실 벽지였다. 오스카르는 엄마와 같이 사는 집의 거실에 있었다.

그리고 그가 끌어안고 있는 사람은…… 엘리였다.

한 남자아이. 내 친구. 그래.

오스카르는 배 속이 울렁거리고 머리가 어지러웠다. 그는 엘리의 품에서 벗어나 소파에 앉아 돌아왔음을…… 그곳에 있는 것이 아님을 재삼 확인하려고 주위를 둘러보았다. 그는 방금 다녀온 곳을 생생히 기억하고 있음을 깨닫고는 침을 꿀꺽 삼켰다. 실제 기억처럼 느껴졌다. 최근에 자신에게 실제로 일어난 일 같았다. 웃긴 남자, 그릇, 고통까지……

엘리는 그의 앞 바닥에 무릎을 꿇고는 두 손을 배 위로 모으고 지그시 눌렀다.

"미안해."

그 모습은 마치……

"엄마는 어떻게 됐어?"

엘리는 확신이 서지 않는 표정이었다.

"우리 엄마…… 말이야?"

"아니……" 오스카르는 '엄마'가 개울가에서 옷을 헹구던 광경을 떠올리고 더 말을 잇지 못했다. 그래도 그건 오스카르의 어머니가 아니었다. 둘은 눈곱만큼도 닮은 데가 없었다. 그는 두 눈을 비볐다.

"그래. 맞아. 너희 엄마."

"몰라."

"그 사람들은 아니지, 아까 왜—"

"모른다니까!"

엘리는 손마디가 하얘질 만큼 두 손을 꽉 쥐면서 어깨를 바짝 세웠다. 이윽고 그는 몸에 힘을 빼더니 아까보다 누그러진 어조로 말했다.

"나도 몰라. 미안해. 전부…… 다 미안해. 나는 네가…… 모르겠다. 이만 갈게. 바보짓 해서……"

엘리는 그의 어머니와 판박이었다. 더 가냘프고 더 유연하고 더 어리지만…… 판박이었다. 이십 년 후면 엘리는 개울가의 여인과 똑같아질 것 같았다.

하지만 그럴 수 없겠지. 이십 년 후에도 그애는 지금이랑 조금도 달라지지 않을 거야.

오스카르는 기진맥진해서 한숨을 내쉬고는 소파에 등을 기댔다. 버거웠다. 막 시작된 두통이 관자놀이를 따라 헤매다가 거점을 찾아내고는 파고들어왔다. 버거웠다. 엘리가 일어났다.

"이제 갈게."

오스카르는 한 손으로 머리를 괸 채 고개를 끄덕였다. 뭐라고 항의할 여력도, 뭘 어떻게 해야 할지 생각할 힘도 없었다. 엘리가 목욕가운을 벗자 오스카르는 다시 한번 그의 사타구니를 힐끔 보았다. 그제야 그 핏기 없는 살갗의 한가운데 난 엷은 분홍빛 자국이, 상흔이 보였다.

그러면…… 오줌은 어떻게 누지? 아니 그애라면 오줌은 안……

차마 물어볼 힘도 없었다. 엘리는 비닐봉지 옆에 쭈그리고 앉아 매듭을 풀고는 옷가지를 꺼내기 시작했다. 오스카르가 물었다.

"내 옷 좀 줄까……?"

"괜찮아."

엘리는 체크무늬 셔츠를 꺼냈다. 파란 바탕에 검은 사각무늬. 오스카르는 허리를 펴고 앉았다. 두통이 관자놀이에서 회오리쳤다.

"바보같이 그러네, 그러다 너—"

"괜찮아."

엘리가 피 묻은 셔츠를 입기 시작하자 오스카르가 말했다.

"너 역겨워, 뭔 말인지 모르겠어? 역겹다고."

엘리가 두 손에 셔츠를 든 채 그를 돌아보았다.

"그렇게 생각해?"

"그래."

엘리는 셔츠를 도로 봉지에 넣었다.

"그럼 뭘 입으라고?"

"옷장에 있어. 아무거나 골라 입어."

엘리는 고개를 끄덕이고 옷장이 있는 오스카르의 방으로 들어갔고, 오스카르는 소파 한쪽으로 스르르 쓰러져서는 머리통이 깨어지는 건 아닌가 싶은 마음에 두 손으로 관자놀이를 눌렀다.

엄마, 엘리네 엄마, 우리 엄마. 엘리, 나. 이백 년. 엘리네 아빠. 엘리네 아빠? 그 아저씨는…… 그 아저씨.

엘리가 다시 거실로 돌아왔다. 오스카르는 생각해두었던 말을 꺼내려다 원피스를 입은 엘리를 보고 입을 다물었다. 바랜 노란 바탕에 작고 하얀 알록점이 찍힌 여름 원피스였다. 엄마 것이었다. 엘리는 손으로 옷을 쓰다듬었다.

"이거 괜찮아? 제일 낡아 보이는 걸로 고른 건데."

"근데 그건……"

"나중에 돌려줄게."

"그래, 그래, 그래."

엘리는 오스카르에게 다가와 앞에 쭈그려앉고는 그의 손을 잡았다.

"오스카르, 미안해…… 나도 어떻게 해야 할지 잘 모르겠어서……"

오스카르는 다른 한 손을 휘저어 그의 말을 막았다.

"그 나이 많은 아저씨 말이야, 그 아저씨가 탈출한 건 알지?"

"무슨 아저씨?"

"나이 많은 아저씨…… 네가 전에 아빠라고 했던 사람. 너랑 같이 살았던 사람."

"그 사람이 뭐?"

오스카르는 눈을 감았다. 눈꺼풀 안에서 파란 번개가 번쩍거렸다.

신문을 보며 재구성한 일련의 사건들이 쏜살같이 지나갔고, 화가 치밀어올랐다. 그는 엘리에게 잡혀 있던 손을 빼 주먹을 쥐고는 둥둥 울리는 제 머리를 콱콱 때렸다. 여전히 눈을 감은 채 그가 말했다.

"그만하자. 다 그만하자고. 나 다 알거든, 알았어. 시치미 떼지 마. 거짓말하지 말라고. 너무 지겨워서 이가 다 갈린다."

엘리는 아무 말도 하지 않았다. 오스카르는 두 손가락을 집게 삼아 감긴 눈꺼풀을 집으며 숨을 들이켰다 내쉬었다.

"그 아저씨가 탈출했다고. 경찰이 하루 종일 잡으러 다녔는데 못 잡았어. 이젠 알아들었겠지."

침묵. 잠시 후 오스카르의 머리 위로 엘리의 목소리가 들렸다.

"어디서?"

"여기. 유다른. 숲이야. 오케스호브 옆."

오스카르는 눈을 떴다. 엘리는 어느새 일어나 있었다. 한 손으로 입을 막고 서 있는 엘리의 눈은 공포에 질려 있었다. 드레스가 너무 커서 앙상한 어깨에 자루처럼 걸쳐져 있는 모습이, 마치 허락도 받지 않고 엄마 옷을 훔쳐입었다가 이제 혼나기만을 기다리는 아이처럼 보였다.

"오스카르," 엘리가 말했다. "밖에 나가면 안 돼. 해 지고 나서는. 나랑 약속하자."

원피스에 말투까지. 오스카르는 코웃음을 쳤다. 이렇게 말하지 않고는 견딜 재간이 없었다.

"너 꼭 우리 엄마처럼 말한다?"

❊

　다람쥐는 떡갈나무의 굵은 줄기를 따라 잽싸게 내려가다 멈추더니 귀를 쫑긋한다. 멀리서 들려오는 사이렌 소리.

❊

　번쩍이는 파란 비상등에 사이렌을 울려대며 앰뷸런스 한 대가 베리슬락스베겐 위를 질주하고 있다.
　앰뷸런스 안에는 세 사람이 있다. 라케 서렌손은 접이의자에 앉아 비르기니아 린드의 갈가리 찢긴, 그러나 피 한 방울 나지 않는 손을 잡고 있다. 앰뷸런스에 탄 전문가가 과다 출혈을 한 비르기니아의 심장이 펌프질할 수 있도록 투여한 식염수의 튜브를 조절하고 있다.

❊

　다람쥐는 사이렌이 무해하고 무의미한 소리라고 판단한다. 다람쥐는 계속해서 나무줄기를 타고 내려간다. 숲은 온종일 사람들과 개들로 들끓었다. 한시도 조용한 때가 없다가 지금에야, 날이 저물고 나서야 하루 종일 몸을 숨기고 있어야 했던 참나무 밖으로 나올 엄두가 났다.
　바야흐로 개 짖는 소리와 사람들의 목소리도 잠잠해지더니 사그라졌다. 나무 위를 맴돌며 귀가 찢어져라 울어대던 새들도 둥지로 돌아간 모양이다.
　다람쥐는 나무 밑동까지 내려가 굵은 뿌리를 따라 달린다. 밤에 땅으로 내려가는 것을 좋아하진 않지만 허기 때문에 어쩔 수가 없다. 다람쥐는 긴장의 끈을 놓치지 않고 달려가다 10미터마다 멈춰 서서 귀를 기울인다. 얼마 전 여름에 숲에 정착한 오소리의 굴 근처에는 얼씬도 하지 않으려고 조심한다. 오소리 일가를 보지 못한 지 한참 되었지만 조심해서 나쁠 건 없다.

마침내 다람쥐는 목적지에 도착한다. 겨울을 대비해 마련해놓은 많은 식량 저장고들 중 가장 가까이 있는 곳이다. 오늘 밤 기온은 영하로 떨어졌고, 하루 종일 녹아내리던 눈 위엔 지금 얇고 단단한 서리가 내려앉았다. 다람쥐는 발톱으로 얼어붙은 눈을 긁는다. 그러다 멈추고 귀를 기울이다가 다시 판다. 눈 사이로 나뭇잎과 흙이 나타난다.

앞발을 모아 견과류 하나를 집어드는 순간, 다람쥐는 어떤 소리를 듣는다.

위험해.

다람쥐는 이빨로 견과류를 물고 미처 저장고를 다시 덮을 새도 없이 곧장 전나무로 달음질친다. 안전한 나뭇가지까지 와서야 다람쥐는 다시 앞발로 견과류를 모아쥐고 어디서 소리가 나는지 알아내려 애쓴다. 허기가 이루 말할 수 없고 먹이는 불과 몇 센티미터 거리에 있지만, 먹기 전에 위험 요소가 있는 곳과 그 정체부터 먼저 파악해놓아야 한다.

다람쥐는 달그림자 어린 풍경을 굽어보며 소리 나는 곳을 찾아 고개를 갸웃갸웃하고 코를 킁킁거린다. 그럼 그렇지. 먼 길을 돌아가길 잘했다. 철벅대고 긁어대는 소리는 오소리 굴에서 나고 있다.

오소리는 나무에 오를 수 없다. 다람쥐는 잠시 쉬다 견과류를 한 입 깨물고는 땅 위를 유심히 내려다보지만 이제는 3층 발코니 좌석에 앉은 극장의 관람객과 같은 입장이다. 무슨 일이 벌어질지, 오소리가 몇 마리나 되는지 보고 싶다.

그러나 오소리 굴에서 나온 것은 오소리가 아니다. 다람쥐는 입에서 견과류를 떼고 아래를 본다. 애써 이해해보려 한다. 눈에 보이는 걸 알고 있는 사실과 종합한다. 아무래도 안 되겠다.

다시 견과류를 입에 물고 더 높은 줄기 쪽으로, 맨 꼭대기까지 쪼르르 올라간다.

어쩌면 나무에 오를 수 있는 놈인지 모르니까.

조심해서 나쁠 건 없으니까.

11월 8일 일요일(저녁에서 밤까지)

일요일 저녁 여덟시 반.

바로 그 시각, 비르기니아와 라케를 태운 앰뷸런스는 트라네베리 다리를 지나가고 있고, 스톡홀름 주 경찰청장은 이미지에 굶주린 기자들을 위해 사진을 쳐들고, 엘리는 오스카르 엄마의 옷장에서 원피스 한 벌을 골라 꺼내고, 톰미는 비닐봉지에 본드를 짜넣어 마비와 망각의 묘약에서 피어오르는 가스를 들이마시고, 다람쥐는 호칸 벵츠손을 보고(열네 시간 만에 처음 보는 생명체였다), 호칸을 추적중인 경찰들 가운데 하나인 스타판은 차를 따르고 있다.

스타판은 주전자의 주둥이 끝이 떨어져나간 것을 몰랐다. 찻물이 찻주전자의 주둥이를 타고 부엌 조리대 위로 왈칵 쏟아진다. 그가 혼잣말을 하며 주전자를 더 기울이자, 찻물이 튀고 주전자 뚜껑이 컵 안으로 떨어진다. 펄펄 끓던 찻물이 손에 튀자, 그는 찻주전자를 쾅 내려놓고 두 팔을 뻣뻣하게 늘어뜨린다. 찻주전자를 벽에 집어던지고픈 충동을 억누를 셈으로 머릿속으로 히브리 알파벳을 쭉 훑어나가기 시작한다.

알레프, 베트, 기멜, 달레트……

✳

이본은 부엌에 들어왔다가 스타판이 조리대 위로 허리를 굽히고 두 눈을 감고 있는 것을 보았다.

"괜찮아?"

스타판은 고개를 흔들었다. "아무것도 아니야."

라메드, 멤, 눈, 사메흐……

"우울해?"

"아니."

코프, 레쉬, 쉰, 타브, 그래. 이제 좀 나아졌어.

그는 눈을 뜨고 찻주전자를 가리켰다.

"이 주전자 못쓰겠는데."

"그래?"

"어, 차를 따르려니까…… 새더라고."

"전혀 몰랐네."

"그렇다니까."

"멀쩡한데 뭘."

스타판은 입술을 깨물며 평화라는 의미를 나타내는 몸짓으로 덴 손을 그녀에게 내밀어 보였다. 샬롬. 조용히 하란 말이야.

"이본, 지금 내 기분이…… 당신을 한 대 후려치고 싶어 죽겠거든.

그러니까 부탁하는데, 한 마디도 더 하지 마.”

이본은 뒤로 한 발짝 물러섰다. 이런 상황이 오리라고 내심 각오하고 있던 터였다. 이런 상황을 받아들일 깜냥은 없었지만, 스타판의 경건한 허울 뒤에 격렬한 분노의 감정이 쌓여 있다는 걸 눈치는 채고 있던 터였다.

그녀가 팔짱을 끼고 몇 번 숨을 고르는 동안, 스타판은 여전히 주전자 뚜껑이 빠진 찻잔을 뚫어져라 보고 있었다. 이윽고 그녀가 입을 열었다.

“그게 당신 본업이야?”

“뭐가?”

“후려치는 거. 일이 잘못됐을 때.”

“내가 당신한테 손찌검한 적 있어?”

“아니, 하지만 당신 말이—”

“말이 그렇다는 거지. 그리고 당신은 내 말을 들어줬고. 그러니 다 해결된 거잖아.”

“만약 내가 안 들어줬으면?”

스타판은 완전히 평정을 찾은 듯 보여서 이본도 긴장을 풀고 팔을 내렸다. 그는 그녀의 두 손을 잡고 손등에 가볍게 입을 맞추었다.

“이본. 우린 서로의 말을 경청할 의무가 있어.”

그들은 차를 따른 다음 거실로 가서 마셨다. 스타판은 이본에게 새 찻주전자를 사주자고 마음에 새겼다. 그리고 이본이 유다른 숲 수색에 대해 묻자 설명해주었다. 그녀는 어떻게든 화제를 돌려보려고 애썼지만 결국 피할 수 없는 질문이 나왔다.

“톰미는 어디 있지?”

"몰라…… 나도."

"몰라? 이본……"

"아, 친구네 집에 갔어."

"흠. 언제 집에 오지?"

"아무래도…… 하룻밤 잘 거 같은데. 그 집에서."

"그 집에서?"

"그래, 거기가……"

이본은 머릿속으로 자신이 알고 있는 아들의 친구들을 하나하나 떠올렸다. 톰미가 어디서 밤을 지내는지도 모르고 보내줬다고 말하고 싶진 않았다. 스타판은 부모의 책임에 관해서는 봐주는 법이 없었다.

"……로반네 집."

"로반. 제일 친한 친구야?"

"그래, 그런 거 같아."

"그 친구 성은 뭔데?"

"……알그렌. 왜? 아는 사람이야……?"

"아니, 그냥 생각하느라고."

스타판은 스푼을 집어들고는 찻잔을 가볍게 두드렸다. 섬세하게 울리는 소리. 그는 고개를 끄덕였다.

"잘됐네. 아무래도 그 로반이란 친구한테 전화를 걸어서 톰미 좀 잠깐 집에 오라고 해야 할 것 같아. 그래야 내가 이야기를 좀 하지."

"전화번호 모르는데."

"아니, 하지만…… 알그렌이라면서. 어디 사는지는 알지? 전화번호부에서 찾기만 하면 되겠네, 뭐."

스타판은 소파에서 일어났고, 이본은 자신이 점점 더 빠져나오기 힘

든 미로를 만드는 것 같다는 생각에 입술을 깨물었다. 그는 지역 전화
번호부를 가져와 거실 한가운데 멈춰 서서 책장을 휙휙 넘기면서 중얼
거렸다.

"알그렌, 알그렌…… 음. 어느 거리에 살아?"

"어…… 비엔숀스가탄."

"비엔숀스가탄…… 아닌데. 거긴 알그렌이란 사람이 안 살아. 여기
입센가탄에 한 명 있다. 그 친구겠지?"

이본이 대답하지 않는 가운데 스타판은 전화번호부에 나온 집주소
를 손가락으로 짚으며 말했다.

"어쨌거나 전화나 한번 걸어보지 뭐. 로반이라고 했지?"

"스타판……"

"응?"

"그애한테 말 안 하겠다고 약속했어."

"이거야 원, 도대체 무슨 소리를 하는지 모르겠군."

"톰미한테, 그애가 어디 있는지…… 당신한테 말 안 하겠다고 했
어."

"그럼 로반네 집에 있는 게 아니야?"

"아니야."

"그럼 어디 있는데?"

"나…… 나 약속했다고."

스타판은 전화번호부를 탁자에 놓고는 이본 옆에 바싹 붙어 앉았다.
그녀는 차를 한 모금 마시고는 마치 잔 뒤로 숨겠다는 듯 찻잔을 얼굴
앞으로 들어올렸다. 스타판은 그녀가 말하길 기다렸다. 잔을 잔받침에
내려놓았을 때 이본은 자신의 손이 떨리고 있음을 깨달았다. 스타판이

그녀의 무릎에 손을 얹었다.

"이본. 당신도 이해해야 할 게—"

"난 약속했어."

"나는 그냥 그애랑 대화를 하고 싶은 거야. 이렇게 말해서 미안하지만 이본, 내 생각엔 말이야, 어떤 상황이 벌어질 때 제대로 대처하지 못하기 때문에 이런 일이 일어나는 거야…… 애초에 이런 일들이 일어날 때 말이야. 내 경험상, 어린 친구들에게는 그들의 행동에 한시라도 빨리 응답해줄 사람이 있으면…… 예를 들어, 헤로인 중독자를 잡을 기회도 훨씬 커져. 그애가 그냥, 그 뭐냐, 해시시 정도나 하던 때에 누군가 조처를 취한다면……"

"톰미는 그딴 거 안 해."

"백 퍼센트 확신할 수 있어?"

침묵이 흘렀다. 이본은 스타판의 질문에 '그래'라고 대답하는 때가 일 초씩 늦어질 때마다 그만큼 그 대답의 신용도가 떨어진다는 걸 알고 있었다. 째깍째깍. 이쯤 되면 아무 말 안 해도 '못 해'라고 말한 것이나 다름없어졌다. 아닌 게 아니라 가끔 톰미는 이상한 짓을 할 때가 있었다. 집에 돌아왔을 때. 아들의 눈빛은 뭔가 심상치 않았다. 만약 그애가 정말로……

스타판은 등을 기대고 앉아 이 싸움에서 이겼음을 확인했다. 이제는 그녀의 상태만 살피면 되었다.

이본의 시선이 탁자 위에서 뭔가를 찾고 있었다.

"왜 그래?"

"내 담배. 당신이—"

"부엌에 있어. 이본—"

"그렇구나. 그래, 당신은 지금 그애한테 못 가."

"못 가지. 당신이 결정해. 당신 생각에—"

"내일 아침에 해. 애 학교 가기 전에. 지금 그애한테 가지 않겠다고 약속해줘."

"약속할게. 그래, 도대체 걔가 처박혀 있는 신비의 장소는 어디야?"

이본은 그에게 말해주었다.

그런 다음 부엌으로 가서 창밖에 대고 담배 한 대를 피웠다. 한 대를 더 피워물었을 때는 연기가 어디로 가는지 별로 신경쓰이지 않았다. 스타판이 부엌으로 들어와 손으로 연기를 쫓으며 지하실 열쇠가 어디 있냐고 물었다. 그녀는 지금 당장은 어디 있는지 잊어버렸지만, 내일 아침이면 기억이 돌아올지도 모르겠다고 대답했다.

그가 친절하게 나온다면.

❄

엘리가 집으로 돌아간 후, 오스카르는 다시 부엌 식탁 앞에 앉아서 신문을 훑어보았다. 두통은 점차 가라앉기 시작했고, 그러면서 이제 생각들도 틀을 잡아가고 있었다.

엘리는 그 아저씨가…… 전염됐다고 했다. 그래서 더 나빠졌다고 했다. 그의 몸에서 유일하게 살아 있는 건 전염체뿐이었다. 그의 뇌는 죽어버렸고, 전염체가 그를 통제하고 이끌어가고 있었다. 엘리를 향해.

엘리는 그에게 설명을 끝내고는 아무것도 하지 말라고 애원했다. 엘리는 내일 해가 지는 대로 떠날 작정이었다. 물론 오스카르는 그럴 거면 오늘 밤에라도 떠날 수 있는 거 아니냐고 물었다.

왜냐면…… 그럴 수가 없거든.

왜? 내가 도와줄게.

오스카르. 안 돼. 난 너무 약해.

그게 말이 돼? 넌 얼마 전에……

그냥 그런 거야.

그제야 오스카르는 자신 때문에 엘리가 약해졌음을 깨달았다. 현관에서 피를 흘려버렸으니 말이다. 만약 엘리가 그 나이든 아저씨에게 붙잡히면 모든 건 오스카르의 잘못이었다.

그 옷!

오스카르가 벌떡 일어서는 바람에 의자가 뒤로 쓰러졌다.

엘리의 피 묻은 셔츠가 들어 있는 봉지는 여전히 소파 옆에 있었고, 셔츠는 반쯤 비어져나와 있었다. 그는 셔츠를 봉지 안으로 더 깊숙이 밀어넣었다. 소매 쪽을 누르자 축축한 스펀지를 만지는 느낌이었다. 봉지를 묶고, 그리고…… 그는 멈칫하더니 셔츠를 눌러대던 손을 바라보았다.

손바닥에 칼로 낸 상처의 딱지가 살짝 뜯겨 그 아래로 벌어진 상처가 보였다.

피…… 엘리는 자기 피를 섞고 싶지 않다고 했잖아. 나도 이제…… 감염된 걸까?

한 손에 봉지를 든 오스카르의 두 다리는 저절로 현관문 쪽을 향했다. 밖으로 귀를 기울여 인기척이 없는 걸 확인한 그는 층계를 달려올라가 쓰레기 투입구의 뚜껑을 열었다. 입구에 봉지를 집어넣었지만 그대로 놓지 않고 꼭 잡고 있었다. 봉지가 어둠 속에서 대롱거렸다.

쓰레기가 떨어지는 통로를 통해 찬바람이 휘이이 불어올라와, 꽉 쥔 손이 시렸다. 송수관 때문에 울퉁불퉁해 보이는 까만 벽 위로 봉지가 하얗게 빛났다. 손을 놓아도 봉지는 빨려들어가진 않을 것이다. 그저 바닥으로 떨어질 것이다. 중력이 봉지를 잡아당길 것이다. 커다란 쓰레기 자루 안으로.

며칠 내로 쓰레기 트럭이 와서 자루를 수거해갈 것이다. 트럭은 아침 이른 시간에 왔다. 깜박거리는 주황색 불빛은 대개 오스카르가 깨어날 무렵 방 천장을 비췄고, 그는 침대에 누워 우르르 울려대는 소리와 쓰레기가 짜부라지면서 씹히는 듯한 소리에 귀를 기울였다. 자리에서 일어나 작업복 차림의 사내들이 커다란 자루를 조금도 힘들이지 않고 능숙하게 던지고 버튼을 누르는 장면을 지켜볼 때도 있었다. 쓰레기 트럭의 아가리가 닫히면 사내들은 차에 올라탄 후 다시 짧은 거리를 운전해 바로 옆 건물로 갔다.

그 광경을 볼 때마다 그는 말할 수 없는…… 따뜻함을 느꼈다. 자기 방에 있으니 안전하다는 느낌. 모든 것이 잘되어가고 있다는 느낌. 어쩌면 동경도 느꼈을지 모른다. 사내들에 대한, 트럭에 대한. 불러만 준다면 약한 조명이 비치는 트럭 운전석 옆에 앉아 어디론가 떠날 텐데……

놔. 손을 놔야 해.

손은 발작하듯 떨면서 봉지를 움켜쥐고 있었다. 오래 앞으로 뻗고 있으니 팔이 쑤셨다. 손등은 맵찬 공기 때문에 감각이 없었다. 그는 손을 놓았다.

봉지는 휙휙 소리를 내며 벽을 따라 미끄러져 내려갔고, 벽을 벗어나자 0.5초 동안 소리없이 곤두박질치다가 바닥의 자루 안으로 툭 떨어졌다.

내가 도와줄게.

오스카르는 자기 손을 다시 들여다보았다. 도움을 주는 손. 그 손
은……

사람을 죽일 거야. 집에 들어가서 칼을 가지고 나와 사람을 죽일 거야. 욘
니. 그 자식 목을 따서 피를 모아 엘리한테 갖다줘야지. 중요한 건 이제 내
가 전염됐으니 곧 내가……

몸을 떠받치고 있는 두 다리가 자꾸만 꺾여서 그는 넘어지지 않으려
고 쓰레기 투입구 가장자리에 몸을 기댔다. 전에도 그런 생각을 한 적
이 있었다. 진짜로 하자. 그건 나무에 대고 하는 놀이와는 달랐다. 그
때 그는…… 잠깐이었지만…… 정말로 그러겠다고 마음먹었더랬다.

따뜻했다. 열이 있는지 몸이 뜨거웠다. 몸이 쑤셔와 드러눕고 싶었
다. 지금.

난 전염된 거야. 나도…… 뱀파이어가 될 거야.

오스카르는 한 손으로—

전염되지 않은 손으로

—난간에 몸을 지탱하면서 두 다리를 억지로 끌고 계단을 도로 내
려갔다. 힘겹게 집으로 돌아온 그는 방으로 들어가 침대에 누워 벽지
를 바라보았다. 숲. 갑자기 벽지에서 늘 보이던 형상들 중 하나가 떠오
르더니 그를 똑바로 보았다. 꼬맹이 톰텐. 손가락을 들어 그것을 쓰다
듬는데, 황당하게도 별 시답잖은 생각이 떠올랐다.

내일은 학교에 가야 하는구나.

그리고 숙제도 마저 끝내야 했다. 아프리카. 지금 당장 일어나 책상
에 앉아 불을 켜고 지리부도에 나오는 곳들을 찾아봐야 했다. 의미 없

는 지명을 찾아 빈 줄에 옮겨적어야 했다.

해야 할 일이란 그것이었다. 그는 톰텐의 작은 모자를 부드럽게 쓰다듬어주었다. 그리고 벽을 두드렸다.

엘.리.

답이 없었다. 아마 밖에 나간 것 같았다.

우리 뱀파이어들이 늘 하는 일을 하려고.

오스카르는 머리 위까지 덮고 있던 이불을 걷었다. 신열 같은 오한이 몸속을 타고 돌았다. 그는 상상해보려고 했다. 어떤 걸까? 영원히 산다는 건. 두려움에 떨며, 미움을 받으며. 아니다. 엘리는 그를 미워하지 않을 것이다. 그들이 만약…… 함께 산다면……

그는 상상해보았다. 환상은 점차 커져갔다. 잠시 후 현관문이 열렸다. 엄마가 돌아왔다.

✳

비계로 만든 베개들.

톰미는 멍하니 눈앞의 사진을 보았다. 여자는 제 젖가슴을 풍선처럼 보이도록 모아잡고 입술을 쫑긋 내밀고 있었다. 혐오스러웠다. 자위를 해야지 생각했는데 여자가 변태처럼 느껴지는 걸 보니 뇌에 문제가 생긴 게 틀림없었다.

그는 부자연스럽게 굼뜬 동작으로 잡지를 접어 소파 쿠션 밑에 도로 쑤셔넣었다. 사소한 행동 하나까지 의식적인 생각에 지배당하고 있었다. 취했다. 본드를 불고 그는 머리끝까지 취해버렸다. 그래서 좋았다. 세상 따위는 없었다. 오직 그가 있는 방과, 바깥에서…… 굽이치는 사막.

스타판.

스타판에 대해 생각하려고 했다. 그런데 할 수가 없었다. 그의 모습이 잡히지가 않았다. 우체국에 세워놓은 실물 크기의 마분지 경찰만 떠올랐다. 뭔가를 훔치려는 사람들을 위협하기 위해 설치한 모형.

우체국을 털어야 되나?

야, 너 미쳤구나! 마분지 경찰관이 있는 걸 몰라서 그래?

톰미는 마분지 인형의 얼굴이 스타판으로 변하는 걸 보고 낄낄거렸다. 징계 처분을 받아 우체국이나 지키게 되다니. 마분지 인형에는 뭐라고 적혀 있었다. 뭐지?

범죄는 돈벌이가 되지 않는다. 설마. 경찰이 당신을 주시하고 있다. 됐거든? 뭔 개소리야? 조심해! 나는 사격 챔피언이닷!

톰미는 웃음을 터뜨렸다. 웃음이 멈추지 않았다. 몸을 떨며 웃다보니 자신의 웃음소리에 맞추어 천장의 알전구가 왔다갔다하는 것 같았다. 그걸 보며 또 낄낄댔다. 조심해! 마분지 경찰관이다! 마분지 총을 들고 있다! 그리고 종이 대가리도!

그의 머릿속에서 노크 소리가 났다. 누군가 우체국으로 들어오고 싶어했다.

마분지 경찰은 귀를 쫑긋 세웠다. 우체국엔 이백 명의 마분지 경찰이 있었다. 안전장치를 풀어라. 빵빵.

똑. 똑. 똑.

빵.

스타판…… 엄마, 쌍……

톰미는 긴장했다. 생각하려고 했다. 할 수 없었다. 머릿속엔 조각난 구름만 가득했다. 이윽고 그는 진정했다. 로반이나 라세일 것이다. 스타판일 리가 없다. 걘 마분지 인형이잖아.

자지 인형, 마분지 모형.

톰미는 헛기침을 하고 굵직한 목소리로 말했다.

"누구세요?"

"나야."

목소리가 익숙했지만, 누군지 기억나지 않았다. 어쨌든, 스타판은 아니다. 마분지 아빠가 아니라는 거지.

야만인 아빠. 이젠 작작 하시지.

"누군데?"

"문 좀 열어줄래?"

"오늘 우체국 업무는 끝났어. 오 년 후에 와."

"나 돈 있어."

"종이돈?"

"그래."

"거 좋지."

톰미는 소파에서 일어나 나아갔다. 천천히, 천천히. 사물들의 윤곽이 자꾸만 흔들렸다. 머릿속은 납으로 가득했다.

콘크리트 바닥.

톰미는 잠시 건들건들하며 그 자리에 서 있었다. 꿈속인 것처럼 콘크리트 바닥이 오른쪽으로 기우뚱 왼쪽으로 기우뚱하는 것이, 마치 요술의 집에 들어와 있는 것 같았다. 그는 한 번에 한 걸음씩 앞으로 옮겼고, 빗장을 들어올려 문을 열었다. 그 여자애였다. 오스카르의 친구. 톰미는 자기가 뭘 보고 있는지도 인식하지 못하면서 그녀를 바라보았다.

태양과 파도.

여자애는 얇은 드레스만 걸치고 있었다. 노란 바탕에 하얀 알록점이 톰미의 시선을 빨아들였다. 그는 알록점에 집중해보려고 했지만 점들이 이리저리 춤을 추는 바람에 속이 울렁거릴 지경이었다. 그녀는 그보다 이십 센티미터는 작아 보였다.

여름날처럼…… 귀여운데.

"하루아침에 여름이 된 거야?"

그가 묻자 소녀는 고개를 한쪽으로 갸웃했다.

"뭐?"

"봐, 네가 입고 있는 거…… 뭐라고 하지…… 선sun 드레잖아."

"그래."

톰미는 고개를 끄덕였다. 그 말을 생각해내다니 뿌듯했다. 아까 애가 뭐랬지? 돈. 맞다. 오스카르도 전에 그렇게 말했는데……

"너…… 뭐 사고 싶은 거 있냐?"

"응."

"뭐?"

"나 들어가도 돼?"

"그럼, 물론이지."

"나 들어가도 된다고 말해줘."

톰미는 두 팔을 과장되게 휘휘 휘둘렀다. 느릿느릿하게 움직이는 자신의 손이, 약에 취한 채 허공에서 헤엄치는 물고기 떼가 보였다.

"들어와. 환영합니다…… 지방 지국입니다."

더는 두 발로 버티고 설 힘조차 없었다. 바닥이 그를 원하고 있었다.

그는 뒤돌아 소파에 벌렁 드러누웠다. 소녀는 들어와 문을 닫고 빗장을 걸어잠갔다. 그의 환영 속에서 그녀는 거대한 병아리였고, 그래서 그는 낄낄대고 웃었다. 병아리가 안락의자에 앉았다.

"왜 그래?"

"아니, 그냥…… 너 진짜…… 노랗다."

"아, 그래."

소녀는 무릎에 올려놓은 작은 지갑 위에 두 손을 포개잡았다. 지갑을 들고 있었다니, 미처 보지 못했다. 아니, 지갑이 아니었다. 그보다는 화장품 가방처럼 보였다. 톰미는 그걸 보았다. 가방이 보여. 저 안에 뭐가 있는지 궁금해.

"그 안에 뭐가 있어?"

"돈."

"어련하시겠어."

아냐. 수상쩍은데. 이거 뭔가 좀 이상해.

"그래, 뭘 사고 싶은데?"

소녀는 가방을 열더니 1천 크로나 지폐를 꺼냈다. 한 장 더. 또 한 장. 3천. 그녀가 몸을 수그려 바닥에 돈을 내려놓는데, 고사리 같은 손에 쥔 지폐가 터무니없이 커 보였다.

톰미는 큰 소리로 웃어댔다.

"이게 다 뭐래?"

"삼천."

"그래. 하지만 뭘 사려고?"

"너."

"얘가 지금 뭐라는 거야?"

"아니, 진담이야."

"이거 무슨…… 모노폴리 게임에서 쓰는 돈이나 다른 가짜 부스러기 아니야? 그렇지?"

"아니."

"아무튼, 뭣 때문에?"

"너한테서 사고 싶은 게 있거든."

"사고 싶은 게 있어서 삼천…… 됐거든."

톰미는 팔을 한껏 뻗어 지폐 한 장을 낚아챘다. 손으로 만지작거리다가 구기기도 했다가 불빛에 비춰보았다. 투명무늬가 보였다. 앞면에도 똑같은 왕인지 뭔지의 그림이 인쇄돼 있었다. 진짜 거래였다.

"장난하는 게 아니었네?"

"장난 아니야."

3천. 어디로든…… 떠날 수 있다. 어디로든 비행기를 타고 갈 수 있다.

스타판과 엄마는 내버려두고…… 톰미는 머리가 좀 맑아지는 것 같았다. 모든 게 엉망진창이었지만 괜찮았다. 3천이 생겼다. 중요한 건 그것이었다. 이제 남은 문제는……

"뭘 사고 싶은데? 이 정도면 넌……"

"피."

"피."

"그래."

톰미는 코웃음을 치고는 고개를 저었다.

"안 돼, 미안. 품절이야."

소녀는 안락의자에 미동도 없이 앉아 그를 바라보고 있었다. 미소조차 짓지 않았다.

"아니, 농담이 아니라……" 톰미가 말했다. "내 말은, 어쩌라는 거냐고?"

"이 돈 가져도 돼…… 나한테 피를 좀 줄 수 있다면."

"나 피 없어."

"있어."

"없어."

"있어."

순간 톰미는 무슨 말인지 알아들었다.

도대체 이게 뭐……

"진담……이야?"

소녀는 지폐를 가리켰다.

"위험하지 않아."

"하지만…… 뭘…… 어떻게?"

소녀는 가방에 손을 집어넣어 뭔가를 찾아 꺼냈다. 작고 하얀, 사각 플라스틱 조각. 흔들었다. 달각달각거렸다. 그제야 톰미는 그게 무엇인지 보았다. 면도날 한 갑. 그녀는 무릎 위에 면도날을 놓고 다시 무언가를 꺼냈다. 살색 직사각형. 대형 반창고였다.

이건 말도 안 돼.

"안 돼, 집어치우자. 너 알기는 해? ……내가 맘만 먹으면 네 돈쯤은 그냥 꿀꺽할 수 있다고. 호주머니에 집어넣고 '뭐라고요? 삼천? 본 적도 없는데요?' 이러면 끝이야. 엄청난 돈이야, 모르겠어? 다 어디서 났어?"

소녀는 눈을 감고 한숨을 내쉬었다. 다시 눈을 떴을 때 그녀는 방금 전처럼 상냥해 보이지 않았다.

"할 거야, 말 거야?"

앤 진짜야. 진짜로 하겠다는 거야. 안 돼…… 안 돼……

"뭐, 너, 그럼…… 쓱싹 벤 다음에…… 그다음에……"

소녀는 간절하게 고개를 끄덕였다.

쓱싹? 잠깐만. 잠시만 기다려…… 그게 뭐였지…… 돼지 잡는 거……

톰미는 얼굴을 찡그렸다. 머릿속의 생각이 방 안에 힘껏 던져져 쉴 곳을 찾아 멈추려는 고무공처럼 이리 뛰고 저리 뛰었다. 그러다 공은 멈췄다. 뭔가 기억났다. 입이 떡 벌어졌다. 그녀를 똑바로 쳐다보았다.

"……안 돼……"

"돼."

"이거 그냥 농담 따먹자는 거지? 있잖니? 나가. 당장 나가버려."

"나 병이 있어. 피가 필요해. 원하면 돈 더 줄게."

그녀는 가방을 뒤적이더니 1천 크로나 지폐를 두 장 더 꺼내 바닥에 내려놓았다. 5천. "부탁이야."

살인자. 벨링뷔. 목이 따인 소년. 그런데 젠장, 이건 뭐…… 이 여자애는……

"피를 가지고 뭘 하려고…… 에이 씨, 어린애 주제에, 너는……"

"겁나니?"

"아니, 난 언제나…… 너 겁먹었니?"

"응."

"왜?"

"네가 안 된다고 할까봐."

"지금 난 안 된다고 말하는 거야. 이건 뭐 완전히…… 야, 다 집어치워. 집에나 가."

소녀는 가만히 생각에 잠겼다. 그러더니 고개를 끄덕이고 일어나서 바닥의 돈을 주워 화장품 가방에 도로 집어넣었다. 톰미는 돈이 놓여 있던 곳을 보았다. 5. 천. 빗장이 올라가면서 철컹 소리가 났다. 톰미는 등을 돌려 돌아누웠다.

"근데…… 어떻게…… 내 목을 따기라도 할 셈이야?"

"아니, 팔꿈치 안쪽. 아주 조금만."

"피를 뽑아서 뭘 하게?"

"마시게."

"곧바로?"

"응."

톰미의 의식은 내부로 향했고, 그러자 마치 오버헤드 프로젝터*를 투사한 것처럼 피부 위에 순환계를 나타내는 도표가 나타났다. 자신에게 순환계라는 것이 있다는 걸 난생처음 알게 된 기분이었다. 단순한 고립점**들이 아니었다. 한두 방울 피가 나는 상처들이 아니라…… 얼마나 될까……? 4, 5리터에 달하는 혈액으로 가득 찬 혈관들로 이루어진, 맥동하는 거대한 나무.

"무슨 병에 걸렸는데?"

소녀는 아무 말 없이 빗장을 잡은 채 문간에 가만히 서서 그를 유심히 바라보았다. 그러자 그의 몸에 존재하는 동맥과 정맥들이 표시된 도표가 갑자기…… 육류의 부위를 표시해놓은 도표로 변하는 것이었

---

* 회의나 강연을 할 때 청중에게 도표나 동영상 자료를 대형 화면으로 보여주는 디스플레이 시스템.
** 수학에서 한 점의 좌표가 곡선의 방정식을 만족시켜도 부근에 이를 만족하는 다른 점이 없을 때를 의미한다.

다. 그는 그런 생각은 떨쳐버리고 다른 생각을 했다. 헌혈자가 돼주는 거야. 25크로나에 치즈샌드위치 한 쪽.

"그럼 그 돈 줘."

소녀는 가방의 지퍼를 열어 다시 지폐를 꺼냈다.

"우선…… 삼천을 주고. 이천은 나중에 줘도 돼?"

"그래, 좋아. 하지만 널 때려눕히고 그냥 꿀꺽할 수도 있다니까, 알아들어?"

"아니, 그렇게는 못 할 거야."

그녀는 집게손가락과 가운뎃손가락 사이에 3천 크로나를 껴서 그에게 건넸다. 그는 한 장 한 장 불빛에 비춰보며 진짜 돈인지 검사했다. 그리고 돈을 원통 모양으로 돌돌 말아 왼손에 쥐었다.

"오케이. 이제 어떻게 하면 되지?"

소녀는 다른 두 장의 지폐를 의자에 올려놓고 소파 옆에 쪼그려앉더니, 가방에서 아까 그 작고 하얀 상자를 꺼냈다. 상자를 흔들자 면도날 하나가 떨어졌다.

앤 전에도 해본 적이 있는 거야.

소녀는 면도날을 돌려보며 어느 쪽이 더 날카로운지 가늠했다. 그러더니 얼굴 바로 옆으로 쳐들었다. 짤막한 메시지였다. 단 한 마디의 메시지. 쓱싹. 그녀가 말했다.

"아무한테도 말하면 안 돼."

"그러면 어떻게 되는데?"

"절대로 아무한테도 말하면 안 돼. 죽을 때까지."

"안 할게." 톰미는 쭉 뻗은 제 팔을 한 번 보고, 의자 위에 놓인 2천 크로나 지폐뭉치를 보았다. "얼마나 뽑을 거야?"

"일 리터."

"그거…… 많은 양이야?"

"응."

"그러다 혹시……"

"아냐. 괜찮을 거야."

"다시 생기니까."

"그래."

톰미는 고개를 끄덕였다. 그러고는 작은 거울처럼 빛나는 면도날이 그의 피부를 누르는 것을 홀린 듯이 지켜보았다. 마치 다른 장소에서 다른 사람에게 벌어지는 일인 양. 핏줄들이 그리는 그래프의 곡선만이 보였다. 소녀의 아래턱, 그녀의 까만 머리, 그의 하얀 팔뚝, 그 팔에 난 솜털 한 오라기를 헤치고 목표지점에 이르러 주변의 피부보다 어두운 색깔의 부푼 혈관을 누른 채 잠시 멈칫하는, 직사각형의 면도날.

이윽고 면도날이 조금씩, 조금씩 압박해왔다. 한 지점이 뚫리지도 않았는데 쑥 꺼졌다. 그리고 그 순간—

쓱싹.

톰미는 저도 모르게 몸을 뺐다가 숨을 몰아쉬며 다른 손으로 지폐뭉치를 꽉 움켜쥐었다. 윗니와 아랫니를 악다물며 갈아대자 머릿속에서 빠지직하는 소리가 들렸다. 피는 줄기를 이루며 흘러나오더니, 울컥울컥 솟아나왔다.

면도날이 바닥으로 떨어져 팅 소리가 났고, 소녀는 두 손으로 그의 팔을 부여잡더니 팔뚝 안쪽으로 입술을 가져다 댔다.

톰미는 고개를 돌렸다. 오로지 그녀의 따뜻한 입술과 그의 살을 핥는 혀만 느껴지는 가운데, 다시금 머릿속의 그 도표와 피가 흐르는 경로들의 눈앞에 떠올랐다. 피는 그…… 열린 곳을 향해 힘차게 흘러가고 있었다.

나한테서 빠져나가고 있어.

그랬다. 통증이 점점 심해지고 있었다. 팔에 감각이 사라지기 시작했다. 이제 그녀의 입술은 느껴지지 않았고, 다만 강력하게 빨리는 느낌, 그의 몸에서 피가 빨려나가는 느낌, 피가……

흘러흘러 사라져버리는 느낌만이 존재했다.

더럭 겁이 났다. 그만 끝내고 싶었다. 너무 아팠다. 눈물이 솟아올랐고, 톰미는 입을 열고 무슨 말을 하려 했지만…… 할 수가 없었다. 어떤 말을 한다 해도 이 상황을 어찌해볼 수는…… 그는 다른 쪽 팔을 들어 꽉 움켜쥔 주먹을 입에 쑤셔넣었다. 손아귀 사이로 삐져나온 지폐가 입 안에 닿았다. 그것을 꽉 물었다.

21시 17분. 일요일 저녁. 엠뷔플란

미용실 창밖으로 한 남자가 보인다. 그는 유리창 위에 얼굴과 두 손을 짓뭉개고 있는데, 만취한 것처럼 보인다. 십오 분 후 경찰이 현장에 도착한다. 그 시점에 남자는 떠나고 없다. 유리창은 진흙 혹은 흙처럼 보이는 것이 남았을 뿐 손상된 곳이 없다. 조명을 밝힌 쇼윈도에는 젊은이들과 헤어 모델들을 찍은 사진이 여러 장 진열되어 있다.

✲

"자니?"

"아니."

향수 냄새와 찬바람이 훅 끼치더니 엄마가 방 안으로 들어와 침대에 걸터앉았다.

"재미있게 놀았어?"

"응."

"뭐 했는데?"

"그냥 이것저것."

"신문 봤어. 부엌 식탁에 있더라."

"응."

오스카르는 하품하는 척하면서 이불을 더 바짝 끌어당겨 덮었다.

"졸려?"

"응."

그렇기도 하고 그렇지 않기도 했다. 그는 피곤했다. 너무 피곤해서 머릿속에서 윙윙 소리가 나는 것 같았다. 이불을 몸에 둘둘 말고 입구를 막아버리고 다시는…… 이불 밖으로 나가고 싶지 않은 심정이었지만, 졸리지는 않았다. 그리고…… 전염됐으니 잠을 잘 수도 없는 것 아닌가?

엄마가 아빠에 대해 뭐라고 묻자, 그는 자신이 뭐라고 대답하고 있는지도 모른 채 '잘 지내요'라고 대답했다. 그리고 조용해졌다. 이윽고 엄마가 한숨을 깊이 내쉬었다.

"애, 너 정말 어떻게 지내고 있는 거니? 이 엄마가 해줄 건 없니?"

"없어."

"뭔데 그래?"

오스카르는 얼굴을 베개에 묻은 채 숨을 쉬었고, 그러자 코와 입과 입술이 따뜻하고 촉촉해졌다. 그는 말을 할 수가 없었다. 입 밖으로 꺼 낸다는 게 너무 힘들었다. 하지만 누군가에게는 얘기해야 했다. 베개에 대고 그는 말했다. "나 전염……"

"뭐라고 했니?"

"나 전염됐어요."

엄마의 손이 그의 뒤통수를 쓰다듬다 목으로 내려왔고, 그렇게 계속 내려오던 손이 담요를 살짝 들췄다.

"뭐가 어떻게 전염이…… 아니 옷을 전부 입고 있잖니!"

"어, 내가……"

"어디 좀 보자. 열나니?" 엄마는 차가운 뺨을 그의 이마에 가져다 댔다. "열이 있네. 일어나봐. 옷 벗고 제대로 자야지." 엄마는 일어서서 아들의 어깨를 다정하게 흔들었다. "자, 일어나."

엄마의 숨이 가빠지고 있었다. 뭔가 다른 생각을 한 것이다. 엄마의 말투가 사뭇 달라졌다.

"아빠네 있을 때 따뜻하게 챙겨입지 않았구나?"

"잘 챙겨입었어요. 그래서가 아니야."

"모자도 쓰고 있었어?"

"응. 그런 게 아니라니까."

"그럼 뭔데?"

오스카르는 다시 얼굴을 묻고 베개를 움켜쥐며 말했다.

"……나 밤파이어가 되 꺼야……"

"오스카르. 무슨 소리를 하는 거니?"

"나 뱀파이어가 될 거라고!"

침묵. 엄마가 가슴 위로 팔짱을 끼자 코트의 옷감이 부드럽게 스치는 소리가 났다.

"오스카르, 일어나서 옷 벗어. 그런 다음에 침대에 누워."

"나 뱀파이어가 될 거라고."

그의 엄마는 숨을 쉬고 있었다. 찬찬히, 화가 나서.

"내일 네가 끼고 사는 책이란 책은 죄다 내다버릴 줄 알아."

그를 덮고 있던 이불이 젖혀졌다. 그는 일어나서, 엄마의 눈을 피하면서 천천히 옷을 벗었다. 다시 침대에 눕자 엄마가 이불을 덮어주었다.

"다른 거 뭐 필요한 건 없고?"

오스카르는 고개를 흔들었다.

"체온을 재봐야 하지 않겠니?"

오스카르는 더 세차게 고개를 흔들었다. 그러고는 엄마를 쳐다보았다. 엄마는 두 손으로 무릎을 짚고 침대 위로 몸을 숙이고 있었다. 탐색하고 있는 것이다. 눈에는 근심이 가득했다.

"엄마가 뭐든 해줄 거 없을까?"

"없어. 아, 있다."

"뭔데?"

"아니, 아무것도 아니야."

"아냐, 이야기해봐."

"나…… 이야기 좀 해줄 수 있어?"

엄마의 얼굴 위로 여러 표정들이 차례로 스쳐 지나갔다. 슬픔, 기쁨, 걱정, 은근한 미소, 근심 어린 잔주름. 그 모든 표정이 단 몇 초 안에 떠올랐다 사라졌다.

"엄만…… 아는 동화가 하나도 없는데. 하지만…… 듣고 싶으면 하나 정도는 읽어줄 수 있어. 책이 몇 권 있으면……"

엄마의 시선이 오스카르의 머리 옆 책꽂이에 가 머물렀다.

"아니, 그럼 신경쓰지 마."

"아냐, 정말 해주고 싶어서 그래."

"아니, 엄마가 읽어주는 거 싫어."

"왜? 해달랄 때는 언제고—"

"아, 그러긴 했는데. 하지만…… 아니에요. 안 했으면 좋겠어."

"그럼 엄마가…… 엄마가 노래 불러줄까?"

"괜찮다니까!"

엄마는 상심해 입술을 굳게 다물었다. 그러고는 곧 오스카르가 아프니까 그만해야겠다고 결심하고는 말했다.

"엄마가 재미난 걸 하나 생각해볼까, 만약에—"

"됐어, 괜찮아. 이제 잘래요."

엄마는 결국 잘 자라고 말하고는 방을 나갔다. 오스카르는 자리에 누워 말똥말똥 눈을 뜬 채 창문을 바라보았다. 자신이…… 변신하는 중인지를 느껴보려고 했다. 그게 어떤 느낌일지 알 수 없었다. 엘리. 그가…… 변신했을 때는 어땠다고 했더라?

모든 것으로부터 멀어지는 느낌이야.

떠난다. 엄마, 아빠, 학교…… 욘니, 토마스……

엘리와 함께. 언제까지나.

거실의 티브이가 켜지더니 얼른 볼륨이 줄어들었다. 부엌에서 커피 주전자 달그락거리는 소리가 멀게 들렸다. 가스렌지가 켜지고 잔과 잔 받침이 왈각달각했다. 찬장 문이 열렸다.

평상시와 다름없는 소리. 전에도 백 번은 들은 소리였다. 그래서 오스카르는 슬퍼졌다. 너무 슬펐다.

❄

상처는 벌써 다 아물었다. 비르기니아의 몸에 남은 자상의 흔적은 하얀 줄 같은 흉터들과, 여기저기 아직 떨어지지 않은 딱지 부스러기들이 전부였다. 라케는 그녀의 손을 쓰다듬고는 가죽 끈을 잡아당겨 그녀의 몸을 단단히 고정시켰고, 아직 남아 있는 딱지를 손으로 긁어 떼어냈다.

❄

비르기니아는 몸부림을 쳤다. 완전히 의식이 돌아온 후 상황을 파악하고 거세게 저항했다. 수혈용 카테터를 잡아뜯고 비명을 지르며 발길질을 했다.

라케는 병원 사람들과 몸싸움을 하는 그녀를, 완전히 딴사람이 되어버린 그녀를 더는 지켜볼 수가 없었다. 그래서 카페테리아로 내려가 커피 한 잔을 마셨다. 그리고 또 한 잔, 그리고 또 한 잔. 네 잔째 커피를 직접 따르는데 계산원이 지친 목소리로 무료 리필은 한 잔만 가능하다고 말했다. 라케는 그 여자에게 자신은 빈털터리인데다 내일이면 죽을 것 같은 기분이라면서, 봐줄 수 없겠냐고 사정했다.

해줄 수 있다마다. 여자는 라케에게 그다음 날 어차피 버릴 참이었던 말라붙은 마자린 케이크까지 권했다. 라케는 목이 메도록 케이크를 먹으면서 인간의 상대적 선과 상대적 악에 대해 생각했다. 그리고 비르기니아에게로 돌아가기 전에 병원 밖 입구 옆에 서서 마지막 남은 담배 두 개비 중 하나를 피워물었다.

병원에선 비르기니아를 가죽 끈으로 결박했다.

간호사 한 명은 비르기니아에게 맞아 안경이 깨졌고, 그 파편에 한쪽 눈썹을 베기까지 했다. 도무지 비르기니아를 진정시킬 수가 없었다. 그녀의 전반적인 상태 때문에 함부로 주사를 놓을 수도 없어 가죽 끈으로 두 팔을 묶는 게 고작이었다. 그들이 말한 대로 '그녀가 자해하지 못하도록 하기 위해서'였다.

라케는 손가락에 묻은 딱지를 문질러댔다. 손끝이 안료처럼 미세한 가루에 붉게 물들었다. 그의 시야 바깥에서 무언가 움직였다. 비르기니아의 침대 바로 옆 링거 스탠드에 매달린 팩에서 플라스틱 튜브로 방울방울 떨어지는 피였다. 튜브를 타고 내려온 피는 다시 카테터를 통해 비르기니아의 팔 속으로 들어가고 있었다.

그가 본 바로는, 처음 수혈시 병원 측은 비르기니아의 혈액형을 확인한 후 다량의 혈액을 말 그대로 펌프질해넣었다. 하지만 상태가 호전된 지금은 수혈량이 방울 단위로 줄어들어 있었다. 반쯤 남은 혈액 팩의 라벨에는 이해할 수 없는 단어들이 적혀 있었는데, 그중에서도 대문자 'A'가 가장 컸다. 당연히, 혈액형을 의미했다.

그런데…… 잠깐만……

라케는 B형이었다. 예전에 비르기니아랑 혈액형 이야기를 나눴던 기억이 떠올랐다. 비르기니아도 B형이었기 때문에 그는…… 그랬다, 틀림없었다. 둘이 혈액형이 같아서 서로 수혈해줄 수가 있다고 말했다. 라케 자신은 B형이었다. 그것만큼은 장담할 수 있었다.

그는 자리에서 일어나 복도로 걸어나갔다.

병원에서 이런 실수를 할 리가 없어.

그는 한 간호사에게 말을 걸었다.

"저기요……"

간호사는 그의 누추한 옷을 보더니 사뭇 고자세로 나왔다.

"네?"

"그냥 궁금해서요. 비르기니아…… 좀전에 입원한…… 비르기니아 린드 말인데요……"

간호사는 고개를 끄덕이더니, 이젠 아예 대놓고 무시하는 표정을 지어 보였다. 그때 그 자리에 있었던 모양이었다. 비르기니아가……

"아, 그냥 궁금해서요…… 비르기니아의 혈액형이."

"그게 왜요?"

"아, 그게 혈액 팩을 보니까 'A' 라고 씌어 있던데…… 근데 그 친구는 아니거든요."

"무슨 말씀을 하시는지 모르겠네요."

"있죠…… 아…… 잠시 시간 되세요?"

간호사는 복도를 내다보았다. 상황이 나빠질 경우 도움을 청할 사람이 있는지 확인하는 것 같기도 하고, 자기는 그보다 더 중대한 일을 하는 사람이라는 걸 강조하려는 것 같기도 했지만, 결국 그녀는 라케와 함께 병실로 갔다. 비르기니아는 눈을 감고 있었고, 혈액이 튜브를 따라 천천히 떨어지고 있었다. 라케는 혈액 팩을 가리켰다.

"여기요. 여기 'A' 란 글자의 뜻이……"

"A형 혈액이 들었다는 뜻이에요, 맞아요. 요새 헌혈자 수가 정말 딸려요. 행여 사람들 귀에—"

"죄송합니다, 맞아요. 하지만 이 친구는 B형이거든요. 근데 이게 위험하지 않을……"

"당연히 위험하죠."

딱히 불친절하다고는 할 수 없었지만, 간호사의 행동거지는 라케가 병원 직원들의 능력에 대해 왈가왈부할 권리는 거의 없다고 말하고 있었다. 그녀는 가볍게 어깨를 으쓱하고는 말했다.

"혈액형이 B형이라면 말이죠. 하지만 이 환자분은 아니에요. AB형이에요."

"그런데…… 곁에 A라고 씌어 있어서……"

간호사는 아이에게 달에는 사람이 살지 않는다는 걸 설명하는 표정으로 고개를 끄덕였다.

"혈액형이 AB형인 사람은 모든 혈액형의 수혈이 가능해요."

"하지만…… 알았습니다. 그렇다면 이 친구가 혈액형을 바꾼 모양이군요."

간호사가 한쪽 눈썹을 치켜올렸다. 방금 이 아이가 자기가 달에 갔을 때는 사람이 있었다고 우긴 것이다. 그녀는 한 손을 들어 리본을 자르는 듯한 시늉을 하며 말했다. "그건 절대 불가능해요."

"그게 사실입니까? 그렇다면 이 친구가 틀린 거네요."

"당연히 이분이 틀린 거죠. 전 다른 볼일이 있어서 이만 나가봐야겠는데요."

간호사는 비르기니아의 팔에 달린 카테터를 확인하고 링거 스탠드를 살짝 조정한 다음, 마지막으로 라케를 돌아보면서 이건 중대사고, 하느님께서도 그만큼 중요하게 봐주신다면 굽어 살펴주실 거라고 말하고는 활기찬 걸음걸이로 병실을 나갔다.

안 맞는 피를 수혈하면 어떻게 되는데? 피가…… 굳을 거 아니야.

아니다. 틀림없이 비르기니아가 제대로 기억하지 못한 것이었다.

그는 안락의자와 조화가 놓인 작은 탁자가 있는 병실 한구석으로 가서 의자에 앉아 병실 안을 둘러보았다. 벽지를 바르지 않은 벽과 반들반들한 바닥. 천장의 형광등. 비르기니아가 누워 있는 금속튜브 침대, 그녀가 덮고 있는 '주의회'라고 프린트된 연노란색 담요.

결국 이렇게 끝나고 마는군.

도스토옙스키의 작품에서 질병과 죽음은 거의 예외 없이 불결하고 극빈한 상황을 의미했다. 마차바퀴에 깔리는 것, 진흙, 티푸스, 피에 젖은 손수건, 기타 등등. 그런데 이렇게 번쩍거리는 기계에 둘러싸여 시름시름 죽어가는 것에 비해 그런 것들이 차라리 낫다니, 정말이지 환장할 노릇이었다.

라케는 안락의자에 등을 기대고 눈을 감았다. 등받이가 낮은 탓에 고개가 뒤로 휙 꺾였다. 그는 다시 허리를 펴고 앉아 팔꿈치를 팔걸이에 얹고 한 손으로 머리를 받쳤다. 플라스틱 조화를 바라보았다. 마치 이곳에서는 어떤 생명도 허락되지 않는다는 사실을, 이곳은 질서가 군림한다는 사실을 강조하기 위해 갖다놓은 것 같았다.

다시 눈을 감았는데도 망막에 꽃의 영상이 남아 있었다. 그 영상은 진짜 꽃으로 변했고, 점차 자라서 정원이 되었다. 그들이 살 예정이었던 집에 딸린 정원. 라케는 정원에 서서 반짝이는 빨간 꽃들이 핀 장미 덤불을 바라보았다. 집에서 누군가 긴 그림자를 앞세우며 나왔다. 태양은 삽시간에 져버렸고, 그림자는 점점 더 길어지더니 정원을 뒤덮었다……

※

그는 소스라치며 퍼뜩 잠에서 깨어났다. 자는 동안 입에서 흘러나온

침으로 손바닥이 흥건했다. 그는 입가를 문질러 닦고는 쩝쩝 입맛을
다시며 고개를 들려고 했다. 그럴 수가 없었다. 목이 삐끗하기라도 한
모양이었다. 인대에서 우지직 소리가 날 정도로 억지로 고개를 들려
다, 그는 그만 얼어붙고 말았다.

그를 똑바로 보고 있는, 커다랗게 뜬 두 눈.

"아, 당신……"

라케는 입을 다물었다. 가죽 끈에 결박된 채 똑바로 누운 비르기니
아가 고개만 돌려 그를 보고 있었다. 그러나 그녀의 얼굴은 지나치게
무표정했다. 한순간이라도 알아본다거나, 기뻐하거나…… 하는 기색
이 전혀 없었다. 눈도 깜빡이지 않았다.

죽은 거야! 그녀는……

라케가 안락의자에서 펄쩍 뛰어오르듯 일어나자 목에서 우두둑 소
리가 났다. 그는 한걸음에 침대 바로 옆으로 달려가 무릎을 꿇고 앉
아 금속튜브를 움켜잡고, 자신의 존재에서 우러나오는 순수한 힘으로
그녀의 영혼을 심연에서 건져 얼굴에 되돌려놓겠다는 듯 얼굴을 들이
댔다.

"기니아! 내 말 들려?"

반응이 없었다. 그런데도 라케는 그녀가 어떤 식으로든 자신과 눈을
마주쳤다고, 그녀는 죽지 않았다고 맹세할 수 있었다. 그는 그녀의 두
눈 속에서 그녀를 찾았다. 그의 깊은 내면에서 꺼낸 낚싯바늘을 그녀
눈동자의 웅덩이 속으로 던져넣었다. 암흑을 헤치고 가 닿기 위해, 그
곳으로……

비르기니아의 동공. 발작을 하면 눈이 다 저렇게 되나……?

그녀의 동공이 둥글지 않았다. 세로로 길고, 끝이 뾰족했다. 날카로

운 통증의 물결이 목을 덮쳐와 그는 얼굴을 찡그렸고, 목에 손을 올려 놓고 문질렀다.

비르기니아가 눈을 깜빡거렸다. 다시 눈을 떴다. 그러자 그녀가 거기 있었다.

라케는 여전히 무의식적으로 목을 문지르면서 바보처럼 입을 헤벌렸다. 비르기니아가 입을 열자 나무 덜그럭거리는 소리가 났다. 그녀가 물었다. "아파?"

라케는 해선 안 될 일을 하다 들킨 사람처럼 목에서 손을 뗐다.

"아니, 그냥…… 난 당신이……"

"나 묶여 있네."

"그래, 당신이…… 아까 작은 몸싸움이 있었거든. 잠깐만 기다려. 내가……"

라케는 침대 프레임에 달린 두 개의 봉 사이로 손을 집어넣어 가죽 끈을 풀기 시작했다.

"아냐."

"응?"

"그러지 마."

라케는 손가락 사이에 가죽 끈을 건 채 망설였다.

"한판 또 붙으려고?"

비르기니아는 눈을 반쯤 감았다.

"놔둬."

라케는 끈을 놓았다. 해야 할 일을 빼앗긴 손을 어찌해야 할지 알 수 없었다. 그는 일어서지 않고 방향만 바꿔 작은 안락의자를 침대 쪽으로 끌어당겼고, 그 때문에 새로운 통증이 목에 퍼지는 걸 느끼면서 의자 위로 살살 기어올라갔다.

비르기니아는 보일 듯 말듯 가만히 고개를 끄덕였다. "레나한테는
전화했어?"

"아니. 지금이라도—"

"잘했어."

"내가 전화해줄까?"

"아니."

둘 사이에 침묵이 내려앉았다. 그런 침묵은, 한 사람은 아프거나 다
쳐서 병원에 누워 있고 건강한 사람이 그 곁을 지키고 있는 특별한 상
황에서 침묵은 모든 것을 설명해준다. 말은 하찮고 군더더기에 지나
지 않은 것이 된다. 가장 중요한 말만 하게 된다. 그들은 오래도록 서
로를 바라보았다. 말 없이도 말할 수 있는 것을 말했다. 이윽고 비르기
니아는 고개를 반듯이 해 몸과 한 방향을 보도록 하고는 천장을 바라
보았다.

"당신이 좀 도와줘야겠어."

"뭐든 말만 해."

비르기니아는 입술을 핥고 숨을 들이마시더니, 몸속에 숨어 있는 여
분의 공기까지 끌어내려는 듯 더없이 깊은 한숨을 길게 내쉬었다. 그
러고는 라케의 몸을 쭉 훑어올라가며 바라보았다. 그녀의 두 눈은 사
랑하는 사람의 몸에 마지막 작별을 고하는 듯, 그 모습을 마음에 새기
고 싶다는 듯 유심히 보고 있었다. 그녀는 입술만 비벼대다 마침내 입
을 열었다.

"나 뱀파이어야."

라케는 입가를 올려 멍청한 미소를 지으려고 하면서, 뭔가 위로가

될 만한 재미있다 싶은 말을 하려고 했다. 그러나 입은 굳어버렸고, 하려던 말도 어디선가 길을 잘못 드는 바람에 입술 근처조차 이르지 못했다. 대신 그의 입에서 튀어나온 말은 이랬다.

"아니야!"

라케는 분위기를 바꾸려고, 어떤 말도 사실로 만들어버리는 정적을 깨뜨리려고 뒷목을 주물렀다. 비르기니아는 침착하게 가라앉은 목소리로 말했다.

"예스타의 집에 갔어. 그를 죽일 생각이었어. 그런 일이 없었다면, 어떻게 됐을까. 그를 죽였을 거야. 그리고…… 그의 피를 마셨겠지. 그랬을 거야. 그럴 작정이었어. 정말로. 무슨 말인지 알아?"

라케의 눈은 병실 벽을 이리저리 헤매었다. 마치 침묵 중에 머릿속을 간질이며 생각을 못 하도록 성가시게 왱왱대는 모기를 찾는 것 같았다. 마침내 그의 시선이 천장 조명 중 하나에 가 멈췄다.

"시끄러워 죽겠네, 진짜."

비르기니아는 조명을 올려다보았다.

"난 빛을 견디지 못해. 먹지도 못해. 끔찍한 생각이 들어. 난 사람들을, 당신을 해칠 거야. 살고 싶지 않아."

마침내 좀더 구체적인, 대답할 만한 말이 떠올랐다.

"그렇게 말하면 안 돼, 기니아. 그런 말 하면 못써, 알았어, 응?"

"당신은 몰라."

"그래, 난 모를 거야. 하지만 당신은 죽지 않을 거야. 젠장할, 당신은 여기 있잖아, 말하고 있다고. 당신은…… 다 괜찮아질 거야."

라케는 의자에서 몸을 빼고 일어나, 무작정 몇 걸음을 걷다가 팔을 활짝 벌렸다.

"그러면 안 돼…… 그런 말을 하면 안 된다고."

"라케. 라케?"

"왜!"

"당신도 알아. 이게 사실이라는 걸. 그렇지?"

"뭐가?"

"내가 지금 하는 이야기."

라케는 콧방귀를 뀌고는 고개를 흔들며 두 손으로 자신의 가슴과 호주머니를 툭툭 쳤다. "담배 한 대 피워야겠어. 그래야……"

그는 구겨진 담뱃갑과 라이터를 발견했다. 마지막으로 남은 담배를 힘겹게 꺼내 입에 물었다. 그리고 자신이 어디 있는지 깨닫고는 물었던 담배를 도로 뺐다.

"젠장할, 만약 내가…… 사람들이 와서 등을 떠밀며 내쫓겠지……"

"창문을 열어."

"이젠 밑으로 뛰어내리기까지 하라는 거야?"

비르기니아는 미소를 지었다. 라케는 창가로 가서 창문을 완전히 열어젖히고, 최대한 창밖으로 몸을 내밀었다.

아까 말을 걸었던 간호사라면 1킬로미터 밖에서도 담배연기를 포착할 것 같았다. 그는 담배에 불을 붙이고 한 모금 깊이 빨아들인 다음, 연기가 가급적 안으로 들어오지 않게 조심하면서 내뿜었다. 별들을 바라보았다. 비르기니아가 그의 등 뒤에서 다시 말하기 시작했다.

"그 아이야. 개한테 전염된 거야. 그러고는…… 그것이 자라났어. 그것의 중심이 어디인지 알아. 내 심장 안이야. 심장 전체. 꼭 암 같아. 내 말을 듣지 않아."

라케는 굵직한 연기를 내뿜었다. 주변의 고층건물들 사이로 그의 목소리가 울려퍼졌다.

"말도 안 돼. 당신은…… 멀쩡해 보여."

"내가 노력하고 있으니까. 그리고 병원에서 수혈했잖아. 하지만 내가 놔버리면. 언제고 내가 놔버리기만 하면. 그럼 놈이 곧바로 덮칠 거야. 난 알아. 느낄 수 있어." 비르기니아는 몇 번 깊이 숨을 들이켜고는 말을 이었다. "당신은 지금 거기 서 있어. 난 당신을 보고 있어. 그리고 난 당신을…… 먹고 싶어."

라케는 목이 경련을 일으킨 건지, 아니면 다른 이유로 척추까지 떨리는 건지 알 수가 없었다. 불현듯 마음이 약해졌다. 재빨리 담배를 벽에 비벼끄고는 손끝으로 튕기자, 꽁초는 포물선을 그리며 사라졌다. 그는 다시 병실 쪽으로 몸을 돌렸다.

"두말할 필요 없이 완전 미친 이야기야."

"그래, 하지만 상황이 그렇게 됐어."

라케는 가슴 위로 팔짱을 끼고 억지웃음을 지으며 물었다.

"내가 어떻게 했으면 좋겠어?"

"당신이 내 심장을…… 파괴해줬으면 좋겠어."

"뭐라고? 어떻게?"

"어떻게든 당신이 원하는 대로."

라케는 눈알을 굴렸다.

"당신이 지금 하는 말 들려? 이게 다 무슨 소리야? 미친 거 아니야? 그러니까 나더러…… 당신 가슴에 말뚝이라도 박으라는 거야 뭐야?"

"그 말이야."

"안 돼, 안 돼, 안 된다고. 그런 거라면 잊어버려. 더 나은 방법을 생각해봐야 돼."

라케는 웃음을 터뜨리고 고개를 절레절레 흔들었다. 비르기니아는 여전히 팔짱을 끼고 병실 안을 이리저리 서성거리는 그를 바라보았다. 이윽고 그녀는 가만히 고개를 끄덕였다.

"알았어."

그가 다가와 그녀의 손을 잡았다. 손이…… 결박되어 있으니 어색하게 느껴졌다. 두 손으로 감싸쥘 만한 공간도 없었다. 그러나 그녀의 손은 따뜻했고, 그의 손을 꼭 잡아주었다. 그는 남은 손으로 그녀의 뺨을 쓰다듬었다.

"이거 정말 안 풀어줘도 되겠어?"

"응. 놈이 다시…… 돌아올 거야."

"당신 나아질 거야. 효과가 있을 거야. 나한테는 당신밖에 없어. 비밀 하나 알려줄까?"

라케는 그녀의 손을 잡은 채 안락의자에 앉아 이야기하기 시작했다. 모든 것을 이야기했다. 우표에 대해, 사자에 대해, 노르웨이에 대해, 돈에 대해. 그들이 사게 될 작은 오두막. 빨간 팔룬 페인트*. 둘이서 정원을 어떻게 꾸밀 건지, 어떤 꽃을 심을 건지, 그럼 당신은 작은 테이블을 어떻게 놓을 수 있을 건지, 당신이 쉴 수 있게 아담한 안뜰도 만들자고…… 그는 그렇게 기나긴 환상을 계속 자아냈다.

한참 신나서 이야기를 하는데 어느덧 비르기니아의 눈에서 눈물이 흐르기 시작했다. 고요하고 투명한 진주방울이 그녀의 뺨을 흘러내려와 베갯잇을 적셨다. 흐느낌도 없이 그저 눈물만, 슬픔의 보석만 굴러

---

* 스웨덴 달라르나의 구리광산지역 팔룬 광산에서 채굴한 것을 가공한 특산 페인트. 이 짙은 빨간색 페인트는 나무로 지은 별장, 오두막, 헛간에 많이 사용되어 스웨덴을 대표하는 색깔로 유명해졌다.

떨어졌다…… 아니, 기쁨의 보석이었을까?

라케의 목소리가 잦아들었다. 비르기니아가 그의 손을 잡았다. 꼭.

그런 후 라케는 복도로 걸어나와, 반쯤은 확신에 차고 반쯤은 흡족한 마음으로 여분의 침대를 가지러 갔다. 가져온 침대를 비르기니아 바로 옆에 놓았다. 불을 끄고, 옷을 벗고 빳빳한 시트 속으로 기어들어가 손을 더듬어 그녀의 손을 찾았다.

그들은 그렇게 오랫동안 누워 있었다. 그때 그 말이 흘러나왔다.

"라케, 사랑해."

라케는 대답하지 않았다. 다만 그 말이 공중에 남아 있기를 바라는 마음에서였다. 그 말은 캡슐에 담겨 점점 커지더니 커다란 빨간 담요가 되어 방 안을 둥둥 떠다녔고, 마침내 저 스스로 내려와 그를 덮어주고는 밤새도록 따뜻하게 보듬어주었다.

❄

4시 23분, 월요일 오전, 이슬란스토리엣

비엔숀스가탄 주변에 사는 주민의 상당수가 커다란 비명 소리에 잠에서 깨어난다. 한 주민이 갓난아기의 울음소리가 난다고 경찰에 신고한다. 비명 소리가 들린 지 십 분 후 경찰이 현장에 도착하니 비명 소리는 그친 뒤다. 경찰은 부근을 수색한 끝에 죽은 고양이 떼를 발견한다. 그중 몇 마리는 다리가 몸통에서 떨어져나가기까지 했다. 경찰은 고양이들의 목줄에서 연락처를 발견하고, 주인들에게 통지하기 위해 명단과 전화번호를 작성한다. 그리고 연락을 받은 스톡홀름 시청 도로과에서 현장 정리에 나선다.

＊

동트기 삼십 분 전.

엘리는 거실 안락의자에 드러눕듯 기대앉아 있다. 어젯밤부터 지금까지 쭉 여기 있었다. 짐은 다 싸놓았다.

내일 저녁 해가 지자마자 공중전화로 택시를 부를 것이다. 번호를 몰랐지만, 누구든 알고 있을 테니 그냥 물어볼 생각이다. 택시가 도착하면 그는 상자 세 개를 트렁크에 넣고 기사에게 행선지를 말할……

하지만 어디로?

엘리는 눈을 감고, 어딜 가고 싶은지 생각해본다.

늘 그렇듯 맨 처음 떠오르는 건 부모님과 누나들과 함께 살았던 작은 집이다. 그러나 이제 그곳은 없다. 집이 있던 노르셰핑 외곽은 환상교차로가 되었다. 엄마가 자식들의 옷을 빨던 시내는 말라서, 교차로 바로 옆 수풀이 우거진 움푹한 땅으로 변해버렸다.

엘리에겐 돈이 많다. 어둠이 허락하는 한 어디든 가자고 택시기사에게 말할 수 있을 것이다. 북쪽. 남쪽. 뒷자리에 앉아 기사에게 2천 크로나어치만큼 북쪽으로 가달라고 말하면 되겠다. 그리고 가는 것이다. 새롭게 시작하는 것이다. 그를 위해줄 누군가를 찾아……

엘리는 고개를 뒤로 젖히고 천장을 향해 고래고래 소리 지른다.

"그러고 싶지 않아!"

그가 뿜어낸 노기에 먼지 낀 거미줄이 살짝 흔들린다. 소리는 밀폐된 방 안에서 잦아든다. 엘리는 양손으로 얼굴을 감싸고 손가락을 눈꺼풀에 대고 누른다. 몸으로 느껴지는, 근심처럼 엄습해오는 여명. 그는 속삭인다.

"하느님. 하느님? 전 왜 아무것도 가질 수 없는 거죠? 왜 저는……"

전부터 수없이 거듭해왔다. 이 질문을.

왜 저는 살면 안 되는 건가요?

왜냐하면 넌 죽어야 하거든.

딱 한 번, 전염되고 난 후 엘리는 다른 전염자를 만난 적이 있었다. 성인 여자였다. 가발 쓴 남자 못지않게 냉소적이고 내면이 공허한 사람이었다. 그러나 엘리는 그녀에게서 당시 자신을 괴롭히던 다른 질문에 대한 답을 얻을 수 있었다.

"우리 같은 존재가 많나요?"

여자는 고개를 젓더니 연극적인 말투로 슬퍼하며 대답했다.

"아니. 우린 정말 희귀한 존재야. 진짜 희귀해."

"왜죠?"

"왜냐고? 우리 대부분이 스스로 목숨을 끊으니까. 바로 그 때문이야. 너도 그건 알아야 해. 정말 무거운 짐이야. 아, 정녕……" 그녀는 손을 파르르 떨더니, 격앙된 목소리로 말했다. "오오오, 내 양심으로는 사람을 죽이는 건 도저히 감당 못 해요."

"우리가 죽을 수도 있나요?"

"물론 죽을 수 있지. 그냥 몸에 불을 지르면 끝이야. 다른 사람들을 시키던가. 아마 기쁨에 겨워하며 해줄걸, 수세기 동안 해온 짓거리니까. 아니면……"

그녀는 집게손가락을 들어올리더니 엘리의 가슴에, 심장 위에 대고 꾹 눌렀다.

"여기. 바로 여기에 핵심이 있어. 하지만 지금은 나의 벗이여, 나한테 근사한 생각이 있거든……"

그리고 엘리는 그 근사한 생각에서 도망쳤다. 전에 그랬듯. 이후에도 그랬듯.

엘리는 한 손을 가슴에 얹고, 천천히 뛰는 심장을 느꼈다. 어쩌면 그가 어린아이여서 그랬는지도 몰랐다. 그래서 스스로 끝장내지 못했던 것인지도 몰랐다. 그에게는 양심의 가책보다 살려는 의지가 더 강했다.

엘리는 안락의자에서 일어났다. 호칸은 오늘 밤엔 나타나지 않을 것이다. 그러나 쉬러 들어가기 전에 톰미부터 보러 가야 했다. 그가 회복되었는지 봐야 했다. 톰미는 전염되지 않았다. 그러나 오스카르를 위해 엘리는 톰미가 괜찮은지 확인하고 싶었다.

그는 불을 다 끄고 집을 나섰다.

그리고 톰미네 아파트 지하실로 내려갔다. 잡아당기기만 했는데도 문은 열렸다. 얼마 전 오스카르와 같이 왔을 때, 문이 닫혀도 잠기지 않도록 걸림쇠 구멍에 종이를 쑤셔넣어두었다. 지하실 복도로 들어서자, 등 뒤로 작게 탁 하는 소리와 함께 문이 닫혔다.

엘리는 멈춰 서서 귀를 기울였다. 잠잠했다.

잠든 사람의 숨소리 같은 건 들리지 않았다. 페인트 희석제와 본드가 풍기는 기분 나쁜 냄새만 났다. 그는 재빨리 창고 방향으로 난 복도로 걸어가 문을 잡아당겨 열었다.

텅 비어 있었다.

동이 트기까지 이십 분.

✳

그날 밤 내내 톰미는 가수假睡와 반의식半意識과 악몽 속으로 미끄러져 들어갔다 나오기를 반복했다. 제대로 정신을 차리고 깨어날 때까지 시간이 얼마나 흘렀는지도 알 수 없었다. 지하실의 알전구는 언제나처럼 그대로였다. 아마 새벽, 아침, 아니면 낮일 것이다. 수업은 진즉에 시작됐을 터였다. 아무래도 좋았다.

입에서 본드 냄새가 났다. 그는 충혈된 눈으로 사방을 둘러보았다. 가슴 위에 지폐 두 장이 놓여 있었다. 돈을 집으려고 팔을 구부리자 살갗이 땅겼다. 1천 크로나짜리 지폐들. 팔꿈치 안쪽에는 커다란 반창고가 붙어 있었고, 그 헝겊 패치 한가운데에 작은 핏자국이 보였다.

아냐…… 얼마 더 있었는데.

톰미는 누워 있던 자리에서 몸을 돌려 쿠션 안쪽을 뒤져 지난밤에 떨어뜨린 지폐 뭉치를 찾아냈다. 3천 추가. 그는 그것들을 펼쳐 가슴 위에 놓인 지폐와 합치고는, 다섯 장을 한꺼번에 만지작거리며 구겨보았다. 5천. 원하는 건 뭐든 할 수 있다.

그는 반창고를 보고 키득거렸다. 나쁘지 않네. 그냥 드러누워 눈만 감고 있는 대가로는.

나쁘지 않네. 그냥 드러누워 눈만 감고 있는 대가로는.

뭐였지? 전에 누가 그 말을 했는데, 누구였더라……

맞다. 토베의 누나, 걔 이름이 뭐였지…… 잉겔라? 손님맞이, 토베는 그렇게 말했다. 잉겔라가 손님을 맞고 5백을 받는다면서 토베는 그랬다.

"나쁘지 않네……"

그냥 드러누워 눈만 감고 있는 대가로는.

톰미는 손가락이 으스러져라 꽉 쥐어 지폐를 똘똘 뭉쳤다. 그녀는 돈을 지불하고 그의 피를 마셨다. 나 병이 있어, 그애는 말했다. 별 병신 같은 병이 다 있네. 그런 병이 있다는 소리는 한 번도 들어본 적이 없었다. 설령 그런 병에 걸렸대도 병원에 가서 치료나 받을 일이지…… 5천 크로나나 되는 돈을 들고 지하실로 내려와 같잖은 설레발이나 치고……

쓱싹.

아닌가?

톰미는 소파에 똑바로 앉아 담요를 걷었다.

그런 건 존재하지 않았다. 아니야. 뱀파이어는 아니야. 그 여자애, 노란 드레스를 입은 그애는 분명 자기가 그렇다고 믿었던 게…… 아니 잠깐, 잠깐만. '제의적 살인자'였지…… 경찰이 찾고 있는 게……

톰미는 두 손으로 머리를 감쌌다. 귓가에서 지폐가 부스럭거렸다. 도통 알 수가 없었다. 그러나 그 소녀가 뭐든 간에 이제는 살 떨리게 무서워졌다.

한밤중이라도 무슨 사단이 일어나건 당장 집으로 돌아가야겠다고 생각한 바로 그때, 아파트 계단통 문이 열리는 소리가 들렸다. 심장이 겁에 질린 새처럼 파닥파닥 뛰었고, 톰미는 주위를 둘러보았다.

무기.

눈에 보이는 건 빗자루가 전부였다. 순간이었지만 톰미의 입가에 미소가 번졌다.

빗자루— 뱀파이어에 맞설 훌륭한 무기지.

그 순간 뭔가 퍼뜩 떠올라 톰미는 자리에서 일어나 돈을 호주머니에 쑤셔넣으며 방공호로 향했다. 그는 한달음에 복도를 가로질렀고, 문이 열려 있는 방공호로 그대로 미끄러져 들어갔다. 소녀가 들을지도 모른다고 생각하니 문을 걸어잠글 수가 없었다.

톰미는 어둠 속에서 쭈그려앉고는, 숨도 가능한 한 소리 죽여 쉬려고 했다.

❋

면도날이 바닥에 떨어져 반짝이고 있었다. 한쪽 모서리에는 녹이 슨 것처럼 갈색 얼룩이 묻어 있었다. 엘리는 모터사이클 잡지 표지의 한 귀퉁이를 찢어 면도날을 싸서는 호주머니에 넣었다.

톰미는 가버렸고, 그건 그가 살아 있다는 뜻이었다. 그는 제 발로 자러 간 것이고, 이러저러하게 머리를 굴려 진실을 알아낸다손 쳐도 엘리가 사는 곳은 모르니까……

모든 것이 제대로 되어가고 있어. 모든 것이…… 훌륭해.

기다란 나무 빗자루가 벽에 세워져 있었다.

엘리는 빗자루를 들어 그것의 머리 쪽을 무릎에 대고 부러뜨렸다. 부러진 면은 뾰족하고 날카로웠다. 팔 길이 정도 되는 가느다란 말뚝. 그는 말뚝 끝을 자기 갈비뼈 사이에 겨눴다. 그 여자가 눌렀던 바로 그 부위였다.

그는 심호흡을 하고 자루를 움켜쥐고는, 생각한 대로 해보려 했다.

찔러! 찔러!

숨을 내쉬고, 쥐고 있던 손의 힘을 풀었다. 다시 꽉 쥐었다. 지그시 눌렀다.

이 분 동안 그는 자루를 양손으로 단단히 움켜쥐고 뾰족한 끝을 제 심장에서 1센티미터 떨어진 곳에 겨눈 채 서 있었다. 그때 지하실 문 손잡이가 철컥 내려가더니 스르륵 문이 열렸다.

그는 가슴에서 자루를 거두고, 귀를 기울였다. 복도 쪽에서 이제 막 걸음마를 배운 아이가 걷는 것처럼 느리고 자신 없어하는 발소리가 들려왔다. 이제 막 걸음마를 뗀, 덩치가 커다란 아이.

❋

톰미는 발소리를 듣고 생각했다. 누구지?

스타판도, 라세도, 로반도 아니었다. 어딘가 몸이 좋지 않은 사람, 아주 무거운 것을 들고 있는 사람…… 산타클로스!

호우호우호우! 다 같이 불러봐요, "엄마!"

—무지막지하게 큰 선물 보따리를 매고 비틀비틀 복도를 걸어오는 디즈니 만화의 산타클로스를 상상하자 웃음보가 터져나와서, 그는 황급히 한 손으로 입을 틀어막았다.

손바닥 밑에서 입술이 떨렸고, 행여 끽끽대는 웃음소리가 새어나올까 톰미는 이를 악물었다. 그때까지도 쭈그리고 앉아 있던 그는 발을 땅에 붙인 채 한 번에 한 걸음씩 뒤로 물러섰다. 문틈 사이로 투창처럼 새어들어온 빛이 어두워지는 것과 동시에 그는 등이 구석 벽에 닿는 것을 느꼈다.

산타클로스는 불빛과 방공호 사이에서 멈춰 섰다. 톰미는 남은 한 손을 들어 먼저 입을 막고 있는 손 위에 겹쳐눌러 비명을 억누르고는, 문이 열리길 기다렸다.

※

도망갈 곳이 없다.

문틈으로 호칸의 몸이 부분부분 잘려 보였다. 엘리는 말뚝을 최대한 멀리 뻗어 문틈에 밀어넣고 문짝을 젖혔다. 문이 10센티미터쯤 열렸을 때, 바깥에 선 몸뚱이가 문을 세웠다.

한 손이 문 가장자리를 움켜잡고 거칠게 젖히자 문짝은 벽에 쾅 부딪쳤고, 그 바람에 한쪽 경첩이 떨어져나갔다. 기우뚱해진 문짝이 남은 경첩에 매달린 채 반원을 그리며 다시 앞으로 오다가, 입구를 막고 선 덩치의 어깨에 부딪쳤다.

내가 어떻게 해줬으면 좋겠어?

무릎까지 내려온 셔츠의 몇 군데는 여전히 파란색이었다. 나머지는 흙, 진흙, 다른 무언가의 얼룩으로 뒤덮여 있어 더러운 지도처럼 보였다. 엘리는 얼룩에서 풍기는 냄새를 맡고는 그것이 짐승의 피, 인간의 피라는 걸 확인했다. 여기저기 찢겨나간 셔츠 아래로 영원히 아물지 않을 찰과상들이 동판화처럼 새겨진 흰 피부가 보였다.

그의 얼굴은 변하지 않았다. 여전히 그것은 벗겨진 살과, 썩은 케이크 위에 재미삼아 던져놓은 농익은 체리 알 같은 시뻘건 눈알 하나를 꼴사납게 합쳐놓은 덩어리였다. 그러나 그의 입은 지금 벌어져 있었다.

얼굴의 아래쪽 반은 블랙홀이었다. 가려줄 입술이 사라져 치아가 그대로 드러났고, 고르지 못한 반원형의 흰 치열 때문에 구강은 더욱 까맣게 보였다. 그 구멍은 씹는 동작을 할 때마다 커졌다 작아지기를 반복했고, 그러는 동안 이런 소리가 새어나왔다.

"에에이이이이."

'어이' 혹은 '헤이'라고 하는 건지, 아니면 '엘리'라고 하는 건지 알 수가 없었다. 엘리를 부르는 소리라 해도 알아들을 수가 없는 것이, 호칸에겐 입술도 혀도 없어 'ㄹ' 발음을 할 수 없기 때문이었다. 엘리는 호칸의 심장에 말뚝을 겨누고 말했다.

"안녕."

어떻게 해줬으면 좋겠어?

언데드. 엘리는 그것에 관해선 아는 바가 없었다. 눈앞에 서 있는 괴물이 자신과 같은 제약에 묶여 있는지도 알지 못했다. 심장을 파괴하는 게 소용이 있을지도. 호칸이 문간에 우두커니 서 있다는 사실이 한 가지는 암시해주는 듯했다. 그가 초대를 받아야 들어올 수 있다는 것.

호칸은 엘리를 위아래로 훑어보았다. 엘리는 얇은 노란 원피스를 걸친 자신의 몸이 무방비하게 느껴졌다. 원피스 위에 더 많은 옷감이, 자신의 몸과 호칸 사이에 자신을 보호해줄 무언가가 더 있으면 좋겠다고 생각했다. 엘리는 시험 삼아 말뚝을 호칸의 가슴 가까이 가져다 댔다.

뭘 느끼기는 하는 걸까? 하물며…… 두려움이라도 느끼고 있을까?

엘리는 거의 잊다시피 한 감정을 느꼈다. 고통에 대한 두려움. 물론 몸의 상처는 언제나 금방 아물지만, 그럼에도 호칸에게서 뿜어져나오는 위압감은 무시무시하게 느껴졌고……

"어떻게 해줬으면 좋겠어?"

그 괴물이 공기를 내뿜자 텅 빈 듯한 쇳소리가 나면서, 코가 있던 자리에 남은 두 개의 구멍으로 누렇고 찐득찐득한 액체 한 방울이 흘러나왔다. 한숨이었을까? 그리고 "아아아아아아이이이……" 하는 처참한 속삭임과 함께 쥐가 난 듯 한쪽 팔이 움찔하더니,

아기가 움직이듯

서툰 동작으로 셔츠 밑단을 잡아 위로 올리는 것이었다.

호칸의 성기가 주목받기를 갈망하며 한쪽으로 발딱 섰다. 엘리는 얼기설기한 핏줄이 툭 불거진 채 딱딱하게 부풀어오른 그것을 보면서—

어떻게 저렇게…… 그는 내내 저러고 있었던 거야.

"아아에에이이……"

호칸이 포피를 잡고 난폭하게 위로 잡아당겼다가 놓기를 반복하자 그에 맞춰 귀두도 깜짝상자 속의 인형처럼 나타났다 사라졌고, 그러는 동안 그는 쾌락인지 고통인지 알 수 없는 신음을 토했다.

"아아에에……"

엘리는 안도하며 웃음을 터뜨렸다.

그러니까 자위를 할 수 있다는 거로군.

저대로 한 자리에서 언제까지고…… 서 있다가……

그런데 사정이나 할 수 있을까? 그러지 못한다면, 저렇게 계속 서 있겠구나…… 영원히.

엘리는 열쇠로 태엽을 돌리면 작동하는 음란한 인형을 상상했다. 망토를 들어올리며 태엽이 풀릴 때까지 수음을 하는 수도사 인형.

짤깍짤깍, 짤깍짤깍……

엘리는 웃음을 터뜨렸고, 그 기괴한 이미지에 사로잡힌 나머지 호칸이 초대를 받지 않고도 들어온 걸 눈치채지 못했다. 채울 수 없는 욕망으로 단단히 봉해진 주먹이 그의 머리 위로 치켜올라올 때까지도 눈치조차 채지 못했다.

일순 격렬하게 경련하던 팔이 내려오더니, 말 한 마리는 족히 끝장낼 힘이 실린 주먹이 엘리의 귀를 강타했다. 옆으로 돌풍이 불어오는가 싶더니 엘리의 한쪽 귀가 안으로 접혔고, 살갗이 찢어지면서 귀 반

쪽이 뜯겨나가 시멘트 바닥에 떨어져 찍 하고 달라붙었다.

※

톰미는 복도 밖에 있는 것이 방공호로 오는 게 아님을 확인하고는 용기를 내 입을 막고 있던 손을 내렸다. 그는 구석으로 몸을 밀어붙이다시피 하고는 귀를 기울이며 무슨 일이 일어났는지 알아내려 했다.

그 여자애의 목소리.

안녕. 어떻게 해줬으면 좋겠어?

그리고 그녀의 웃음소리. 그리고 들려오는 또다른 목소리. 인간이 내는 소리 같지는 않았다. 그리고 먹먹하게 쿵 하는 소리, 몸뚱이들이 움직이는 소리.

이제 바깥에선…… 뭔가를 다시 정리하는 듯한 소리가 들렸다. 바닥 위로 무언가가 질질 끌려가는 소리가 들렸지만 톰미는 가서 확인할 생각은 추호도 없었다. 그 소리 덕분에 그가 자리에서 일어나 벽을 더듬으며 상자들이 쌓인 곳까지 가면서 났을 법한 소리는 묻혔다.

그의 심장은 장난감 북처럼 걷잡을 수 없이 뛰었고, 손은 부들부들 떨렸다. 라이터를 켜는 건 상상도 할 수 없어서, 그는 좀더 집중하려고 눈을 질끈 감고 상자 더미 위를 손으로 더듬었다.

찾던 것을 발견한 그는 손가락들을 오므려 움켜잡았다. 스타판의 트로피. 그는 그것을 조심스럽게 들어올려 이리저리 만져보았다. 입상의 가슴을 잡고 돌 받침대 쪽으로 때리면 곤봉처럼 쓸 수 있었다. 눈을 뜨자 어렴풋하게나마 은제 사격수의 앙증맞은 윤곽이 보였다.

친구. 나의 친구.

톰미는 트로피를 가슴에 꼭 끌어안고 다시 구석으로 갔고, 쭈그려앉아 이 모든 것이 끝나기만을 기다렸다.

✳

엘리는 물건처럼 다뤄지고 있었다.

암흑 아래 가라앉아 있다가 수면을 향해 다시 헤엄쳐 올라가는 동안, 그는 먼 곳에서, 바다 저편에서 자신의 몸이…… 어떻게 다뤄지는지를 느꼈다.

등은 맹렬하게 눌렸고, 두 다리는 뒤로 번쩍 들렸고, 강철고리 같은 것이 두 발목을 빈틈없이 조여왔다. 강철고리에 붙잡힌 발목은 이제 그의 머리통을 사이에 두고 양쪽에 놓여 있었고, 그의 척추는 무리하게 당겨져 금방이라도 부러질 것만 같았다.

내 몸은 부서지고 말 거야.

몸이 둘둘 말아놓은 천 묶음처럼 억지로 접히자 머리통이 고통으로 번득이는 그릇처럼 느껴졌다. 다시 눈앞이 보이기 시작했지만 온통 노란색뿐이라 여전히 환각에 빠져 있는 것만 같았다. 노란색 뒤로 굽이치는 거대한 그림자가 보였다.

그리고 차가운 감각이 밀려왔다. 무언가 그의 엉덩이 사이의 연약한 살갗에 공 모양의 얼음덩어리를 문질러대고 있었다. 그것은 처음엔 쓱 찌르는가 싶더니, 이내 우악스레 들이받으면서 그의 안으로 억지로 들어오려고 했다. 엘리는 숨이 막혔다. 얼굴을 뒤덮고 있던 치맛자락이 옆으로 날렸고, 그 바람에 시야가 트였다.

호칸이 그의 위에 엎어져 있었다. 하나뿐인 눈알은 엘리의 벌려진 엉덩이 사이를 뚫어져라 보고 있었다. 그의 손은 엘리의 발목을 꽉 쥐고 있었다. 엘리의 두 다리는 무지막지하게 뒤로 젖혀져 있어서, 무릎은 벌어진 채 어깨와 나란히 바닥에 붙어 있다시피 했다. 호칸이 더 세게 누르자 허벅지 뒤쪽의 힘줄이 팽팽하게 당겨진 현처럼 끊어지는 소리가 들렸다.

"안 돼애애애애!"

엘리는 표정을 전혀 읽을 수 없이 녹아내린 호칸의 얼굴에 대고 비명을 질렀다. 호칸의 입에서 한 가닥 침이 길게 흘러나오더니 뚝 끊겨 엘리의 입술 위로 떨어졌고, 동시에 시체의 맛이 엘리의 입 안 가득 퍼졌다. 두 팔이 헝겊인형의 팔다리처럼 축 처졌다.

그의 손가락 밑에 있는 것. 둥글고, 딱딱한.

엘리는 생각을 쥐어짜 온 힘을 다해, 광기로 소용돌이치는 암흑 속에 빛나는 구체球體를 만들어냈다. 그리고 마음속으로 그 빛의 웅덩이에 잠긴 자신을 상상하면서 말뚝을 손에 쥐었다.

그래.

엘리는 빗자루 손잡이를 움켜쥐었고, 호칸이 계속 밀어붙이고 찔러대고 들어오는 동안 그 우아한 구세주를 다섯 손가락으로 단단히 감았다.

끝. 끝을 정확한 곳에 겨눠야 해.

그는 고개를 돌려 막대기를 제대로 된 방향으로 쥐고 있음을 확인했다.

기회다.

어떻게 할 건지 구체적으로 그려보자 머릿속으로 모든 것이 조용히 떠올랐다. 그리고 엘리는 그대로 했다. 앞으로 늘어져 있던 막대기를 단번에 들어올려 호칸의 얼굴을 향해 힘껏 내질렀다.

엘리의 겨드랑이 밑이 허벅지 바깥쪽을 스치면서 막대기는 일직선을 이루었다가…… 호칸의 얼굴에서 불과 몇 센티미터 떨어진 곳에서 멈춰버렸다. 그 자세로는 그 이상 팔을 뻗을 수가 없었다.

실패였다.

한순간이나마 엘리는 자신에게 호칸의 몸을 죽일 수 있는 능력이 있을지도 모른다고 생각했었다. 만약 호칸의 모든 기능을 정지시킨다면……

그 순간 호칸이 앞으로 몸을 내던짐과 동시에 고개를 떨궜다. 걸쭉한 오트밀에 나무 숟가락이 박히는 듯한 부드러운 소리와 함께 막대기의 날카로운 끝이 그의 눈알에 박혔다.

호칸은 소리를 지르지 않았다. 모르긴 몰라도 아무 느낌도 없었을 것이다. 앞이 보이지 않아 놀랐는지, 엘리의 발목을 옥죄던 손아귀의 힘이 풀렸다. 엘리는 발을 뒤틀어 뺐고, 아무 감각도 느껴지지 않는 다리를 그대로 앞으로 뻗어 호칸의 가슴팍을 걷어찼다.

엘리의 발바닥이 철썩 소리를 내며 몸에 닿자 호칸은 뒤로 물러섰다. 엘리는 다리를 내리고 몸을 일으켜 무릎을 꿇고 앉았다. 뻐근한 통증이 등에 퍼졌다. 호칸은 자빠진 게 아니었다. 그는 유령의 집에 있는 자동인형처럼 뒤로 접혔다가 다시 똑바로 몸을 일으켰다.

그들은 무릎을 꿇고 마주 앉아 있었다.

호칸의 눈에 박힌 막대기는 시계초침처럼 규칙적인 간격으로 조금씩 아래로 처지다가 쑥 빠져 바닥에 떨어졌고, 북을 치듯 바닥을 몇 번 두드리고는 그대로 멈췄다. 눈물이 홍수처럼 흘러나오던 구멍에서는 이제 투명한 체액이 흘러나오기 시작했다.

둘 다 꼼짝도 하지 않았다.

호칸의 눈에서 흘러나온 체액이 그의 헐벗은 허벅지 위로 뚝뚝 떨어졌다.

엘리는 오른팔의 온 힘을 모아 주먹을 틀어쥐었다. 호칸의 어깨가 꿈틀하고 되살아나 그가 엘리를 향해 몸을 뻗어 아까 놓친 것을 다시 잡으려는 순간, 엘리는 오른 주먹을 들어 호칸의 왼쪽 가슴을 정통으로 강타했다.

갈비뼈가 우두둑 부러졌고, 잠시 살가죽이 있는 대로 늘어났다가 더는 버티지 못하고 찢어졌다.

호칸이 고개를 숙여 보이지 않는 것을 보려 하는 동안, 엘리의 손은 가슴에 뚫린 구멍을 헤집고 들어가 그의 심장을 찾아냈다. 차갑고 부드러운 살덩어리. 움직이지 않았다.

살아 있는 게 아니야. 하지만 그래도 반드시⋯⋯

엘리는 심장이 터져 곤죽이 될 때까지 쥐어짰다. 그것은 싱거울 정도로 선뜻 저를 내주더니, 죽은 해파리처럼 맥없이 문드러졌다.

호칸의 반응은 기껏해야 유달리 끈덕진 파리가 몸에 앉았을 때와 다르지 않았다. 그는 성가신 것을 쫓아버리려는 듯 두 팔을 들어올렸다. 그러나 그가 미처 엘리의 손목을 잡기 전에 엘리는 파르르 떨고 있는 심장의 잔해를 움켜쥔 손을 그대로 빼냈다.

여기서 도망쳐야 돼.

일어서려 했지만 다리가 말을 듣지 않았다. 호칸은 그를 찾아 두 팔을 앞으로 뻗어 무턱대고 허우적댔다. 엘리가 몸을 굴려 바닥에 배를 깔고 기어서 방을 나가는데, 콘크리트 바닥 무릎이 쓸리는 소리가 났다. 호칸은 소리가 나는 방향으로 고개를 돌렸고, 문 앞에 이른 엘리가 다시 무릎을 꿇고 몸을 일으키기도 전에 두 팔을 뻗어 그의 원피스를 움켜잡아 한쪽 소매를 뜯어냈다.

호칸이 일어섰다.

그가 문을 찾아내기까지 엘리에게 남은 시간은 몇 초뿐이었다. 엘리는 부러진 관절들을 일어설 수 있을 정도로만 맞춰 회복하려고 했지만, 호칸이 문에 도착했을 때 그의 두 다리는 벽에 몸을 기대야 겨우 일어설 수 있는 상태였다.

엘리는 넘어지지 않으려고 거친 널빤지 위를 두 손으로 긁어대다 열 손가락에 가시가 박혔다. 그제야 그는 깨달았다. 심장 없는 장님, 호칸은 그를 언제까지나…… 끝까지…… 쫓아오리라는 것을……

반드시…… 파괴해야 해…… 어떻게든…… 그를 파괴해야 돼.

검은 줄.

눈앞에 검은 세로줄이 나타났다. 방금 전까지만 해도 없던 것이었다. 엘리는 어떻게 해야 할지 깨달았다.

"아아아아아……"

문틀 모서리를 붙잡고 있는 호칸의 손, 잠시 후 비틀거리며 창고를 빠져나온 몸뚱이, 그리고 엘리 앞에서 허우적거리는 두 개의 손. 엘리는 등을 벽 쪽으로 밀어붙이듯 기대며 때가 오기를 기다렸다.

호칸은 문밖을 나와 어기적어기적 몇 발짝 떼더니 정확히 엘리의 앞에 와 섰다. 귀를 기울이고, 코를 킁킁거렸다.

엘리는 몸을 앞으로 수그려 두 손을 호칸의 어깨 높이에 맞추었다. 그런 다음 벽에 몸을 기댔다가 반동을 이용해 앞으로 돌진했고, 호칸을 넘어뜨리기 위해 온몸을 날렸다.

성공이었다.

호칸은 옆으로 비틀거리더니 방공호 문에 몸을 부딪혔다. 엘리가 검은 줄이라고 생각했던 틈이 벌어지면서 문이 안쪽으로 열렸고, 호칸은 어둠 속으로 넘어지면서 누군가에게 도움을 요청하듯 팔을 휘저었다. 그러는 동안 엘리는 복도로 곤두박질치다가 바닥에 얼굴을 부딪치기 직전에 가까스로 몸을 가누었고, 문 쪽으로 기어가 두 개의 바퀴형 잠금장치 중 아래쪽 바퀴를 움켜잡았다.

엘리가 문을 닫고 바퀴를 돌려 잠갔을 때도 호칸은 여전히 방공호 안 바닥에 쓰러져 있었다. 그리고 엘리는 창고로 기어나와 막대기를 줍고는, 안쪽에서 열 수 없도록 그것을 두 잠금장치 사이에 찔러넣었다.

엘리는 계속 에너지를 끌어모아 제 몸을 회복시키면서 지하실을 기어나오기 시작했다. 귀에서 뱀 꼬리 같은 피가 졸졸 흘러내렸다. 지하실 밖으로 통하는 문까지 왔을 때, 그는 일어설 수 있을 만큼 회복했다. 엘리는 문을 밀어열고는 후들거리는 다리로 힘겹게 계단을 올라갔다.

휴식 휴식 휴식

맨 꼭대기 계단에 이르자 그는 문을 밀어젖히고 아파트 현관 불빛 안으로 걸어갔다. 만신창이가 된 채 치욕을 느끼는 그에게 지평선 아래의 태양이 올라가겠다고 위협해대고 있었다.

휴식 휴식 휴식

그러나 어떻게든…… 완전히 제거해야 했다. 그러기 위한 오직 하나밖에 없는 방법을 엘리는 알고 있었다. 불. 엘리는 비틀비틀 마당을 가로질러가며 자신이 알고 있는, 불을 구할 수 있는 유일한 장소로 향했다.

7시 34분, 월요일 아침, 블라케베리

아르비드 머네스 베그의 ICA 슈퍼마켓에서 도난경보기가 울린다. 그로부터 십일 분 뒤 경찰이 현장에 도착하고 가게 창문이 깨진 것을 발견한다. 바로 옆집에 사는 주인도 현장에 있다. 그는 자기 집 창문으로 아주 어려 보이는 검은 머리의 사람이 가게에서 도망치는 것을 보았다고 말한다. 그러나 가게 수색 결과 도난 물품은 발견되지 않는다.

7시 36분, 동틀 녘

병원 블라인드는 그녀의 집에 있는 것보다 훨씬 좋고 더 어두운 색깔이었다. 딱 한 군데 망가진 부분이 있었는데, 그곳으로 실낱같은 아침햇살이 들어와 어두컴컴한 천장에 먼지 같은 잿빛 사선을 그렸다.

비르기니아는 침대에 몸을 쭉 뻗은 채 뻣뻣하게 누워, 바람에 흔들리는 창문에 따라 파르르 떨리는 잿빛 사선을 응시하고 있었다. 반사된 희미한 빛. 약간 성가실 정도, 졸음 때문에 눈이 따끔거리는 것 이상은 아니었다.

라케는 그녀의 옆 침대에 누워 코를 골고 씨근거렸다. 그들은 늦도록 대화를 나누며 자지 않았다. 주로 추억에 관한 이야기들이었다. 새벽 네시가 다 돼서야 라케는 잠들었다. 여전히 그녀의 손에 제 손을 포갠 채로.

한 시간 후 간호사가 혈압을 재러 왔을 때 비르기니아는 라케의 손에서 제 손을 빼야 했다. 혈압이 안정적인 것을 확인한 간호사는 라케를 힐끗, 그러나 따뜻한 시선으로 보고는 병실을 나갔다. 비르기니아는 라케가 병원에 계속 있게 해달라고, 그가 있어야 할 이유를 대면서 애원했다는 이야기를 들었다. 그래서 간호사의 눈길이 따뜻했던 거라고 그녀는 짐작했다.

이제 비르기니아는 옆구리에 손을 결박당한 채 누워 욕망과…… 몸의 전원을 꺼버리고 싶은 욕망과 맞서 싸웠다. 잠에 빠져든다는 표현은 이 경우 적절하지 않았다. 그녀가 의식적으로 숨 쉬는 것에 집중하지 않으면, 그러기가 무섭게 바로 호흡은 끊어지고 말았다. 그러나 그녀는 깨어 있을 필요가 있었다.

그녀는 라케가 잠에서 깨기 전에 간호사가 와주기를 바랐다. 그렇다. 다 끝날 때까지 그가 잠을 자는 게 가장 바람직할 것이다.

그러나 그건 과욕일지도 몰랐다.

*

태양이 단지 마당을 가로지르고 있는 엘리를 따라잡고는, 벌겋게 달군 부젓가락으로 반이 뜯겨나간 귀를 꼬집었다. 엘리는 본능적으로 뒷걸음을 쳐 마당 입구의 그늘로 갔고, 역시 햇빛으로부터 보호해야 하는 물건이나 되는 듯 테뢰드 플라스틱 병 세 개를 가슴에 꼭 끌어안았다.

열 걸음만 가면 그가 사는 건물 입구였다. 스무 걸음이면 오스카르네. 그리고 서른 걸음이면 톰미네.

못 갈 것 같아.

아니, 그가 건강하고 힘이 있었다면 일 초마다 더욱 강렬해지는 빛의 홍수를 뚫고 오스카르네 건물까지 가보려 했을지도 몰랐다. 그렇대도 톰미네 건물까지는 어림없었다. 그리고 지금은 안 된다.

열 걸음. 그럼 계단 위까지. 계단통의 큰 창문까지. 넘어지기라도 하면 어쩐다. 만약 해가⋯⋯

엘리는 달렸다.

태양이 굶주린 사자처럼 몸을 날려 덮치더니 등을 물어뜯었다. 엘리는 태양의 무시무시한 힘에 떠밀려 앞으로 튕겨나가듯 달리다 하마터면 균형을 잃을 뻔했다. 자연은 그의 반역 행위에, 단 일 초라도 태양 아래 나선 것에 혐오를 감추지 않으며 토악질을 해댔다.

엘리가 아파트 입구에 도착해 미친 듯이 문을 열어젖혔을 때, 그의 등은 끓는 기름을 뒤집어쓴 듯 지글지글 부글부글 끓고 있었다. 그는 고통 때문에 기절할 지경이었고, 약에 취한 것처럼, 눈이 먼 것처럼 계단을 향해 몸을 움직였다. 안구가 녹아버리는 건 아닐까 두려워 눈을 뜰 수가 없었다.

그는 병 하나를 떨어뜨렸다. 그것이 바닥을 굴러가는 소리가 들렸다. 어쩔 수 없었다. 고개를 숙인 채 남은 병들을 한 팔로 감싸들고 남은 손으로는 난간을 잡고 절뚝거리며 올라가 층계참에 이르렀다. 이제 반 층만 오르면 됐다.

창을 통해 들어온 태양이 그의 목에 최후의 일격을 가했다. 계단을 올라가는 동안 태양은 그를 확 잡아채더니, 허벅지와 장딴지와 발뒤꿈치를 물어뜯었다. 엘리는 불타고 있었다. 없는 건 불꽃뿐이었다. 그는 문을 열고 집 안의 경이롭고 시원한 어둠 속으로 쓰러졌다. 등 뒤로 문이 꽝 닫혔다. 그래도 어둡다고는 할 수 없었다.

부엌문이 열려 있었다. 부엌 창문에는 블라인드가 쳐져 있지 않았지만, 그 빛은 지금 막 헤어나온 것보다는 약하고 어두웠기 때문에 엘리는 허둥대지 않고 병을 바닥에 떨어뜨리고 계속 나아갈 수 있었다. 햇빛이 욕실로 기어가는 그의 등을 아까보다는 뭉근하게 할퀴어대는 동안 불에 그슬린 살 냄새가 코로 흘러들어왔다.

다시는 예전 모습으로 돌아갈 수 없겠지.

엘리는 두 팔을 앞으로 뻗어 욕실 문을 열고 밀도 높은 어둠 속으로 기어들어갔다. 앞을 가로막는 플라스틱 물통 몇 개를 밀쳐버리고 문을 닫아잠갔다.

욕조로 미끄러져 들어가기 전에야 비로소 생각할 겨를이 생겼다.

현관문을 안 잠갔잖아.

그러나 너무 늦었다. 축축한 어둠 속으로 잠기는 동시에 잠이 그의 전원을 내려버렸다. 그게 아니라 해도, 더는 힘이 남아 있지 않았다.

✻

톰미는 구석에 몸을 딱 붙이고 가만히 앉아 있었다. 귀가 울릴 때까지 숨을 참았더니 눈앞에 별똥별이 보였다. 지하실 문이 쾅 닫히는 소리를 듣고야 그는 헐떡이며 길게 숨을 내쉬었고, 그 소리는 시멘트 벽을 따라 우렁우렁 울리다가 잠잠해졌다.

완전한 적막이 찾아왔다. 어둠은 빈틈이 없어서 중량이, 무게가 느껴질 정도였다.

톰미는 얼굴 앞으로 한 손을 들어올렸다. 아무것도 보이지 않았다. 차이가 없었다. 자기가 존재하기는 하는지 확인하듯 그는 제 얼굴을 만졌다. 있었다. 그의 손끝이 코에, 입술에 닿았다. 실감이 나지 않았다. 그의 손가락 아래서 깜빡깜빡하며 살아나는가 싶더니 사라져버렸다.

그보다는 차라리 다른 손에 든 작은 입상이 더 생생하고 실감나게 느껴졌다. 그는 그것을 꽉 움켜쥐고, 꼭 끌어안았다.

＊

톰미는 고개를 숙여 무릎 사이에 머리를 묻고 앉아 눈을 질끈 감았고, 창고에서 일어나는 일은 알고 싶지도 듣고 싶지도 않아 두 손으로 귀를 막았다. 들려오는 소리로는 그 어린 소녀가 살해당하는 것 같았다. 그로선 할 수 있는 일은 아무것도 없었을 것이고 또 엄두도 나지 않았기 때문에, 차라리 사라져버리는 것으로 이 모든 상황을 부정할 생각이었다.

톰미는 아빠와 함께 있었다. 카난바넷에 있는 숲속 축구장이었다. 그의 기억은 록스타펠텟에서 아빠가 직장 동료에게 빌려온 모형 비행기를 리모트컨트롤로 함께 조종했던 때에서 잠시 멈췄다.

엄마도 잠시 같이 있었지만, 하늘에서 빙글빙글 도는 비행기를 보고 있는 게 지루하다며 집으로 돌아갔다. 톰미와 아빠는 날이 어두워질 때까지 비행기를 조종했다. 저녁하늘이 분홍빛으로 물들자 비행기는 실루엣으로만 보였다. 그런 후 부자는 손을 잡고 숲을 지나 집으로 가는 길을 함께 걸었다.

톰미는 불과 몇 미터 거리에서 계속되는 비명과 광기에서 멀리 떨어져 그날에 머물러 있었다. 그가 인식하고 있는 것은 비행기가 윙윙거리는 우렁찬 소리와, 들판 너머 묘지 위로 넓은 원을 그리면서 날아다니는 비행기를 초조하게 조종하는 아들의 등을 어루만지는, 아빠의 큼지막하고 따뜻한 손뿐이었다.

그 시절 톰미는 한 번도 묘지에 가본 적이 없었다. 묘지 부근을 어슬렁거리며 만화책에나 나오는 반짝거리는 눈물을 묘석 위로 흩뿌리는 사람들을 상상해보기는 했다. 그랬던 때였다. 그러다 아빠가 세상을 떠난 후에 그는 묘지란 곳이 그런 광경과는 거의, 아쉽게도 거의 관계가 없음을 알게 되었다.

두 손으로 귀를 꽉 틀어막고, 그는 그런 생각들 속으로 도망쳤다. 숲속을 거니는 자신의 모습을 생각하고, 작은 병에 담겨 있던 모형 비행기의 특수연료를 생각하고, 또……

잠금장치 돌아가는 소리가 그의 방음장치를 반 정도 뚫고 들어왔을 때, 그는 비로소 두 손을 내리고 보았다. 하지만 별 소용이 없었다. 눈꺼풀 안의 어둠보다 방공호 안이 더 어두웠던 것이다. 두번째 바퀴가 우레와 같은 소리를 내며 잠기자 그는 숨을 참기 시작했다. 그것의 정체가 뭐건 간에 아직까지 지하실에 있었기 때문에, 그는 숨을 참고 또참았다.

그러고는 충계참의 문이 쾅 닫히자 사방 벽이 우르르 떨렸고, 그는 여기 있었다. 아직 살아 있었다.

✳

놈이 날 잡지 않았어.

정확히 '놈'의 정체가 무엇인지 알 수는 없었지만, 뭐건 간에 놈은 톰미를 발견하지 못했다. 웅크려 앉아 있던 그는 자리에서 일어났다. 벽을 더듬어가며 문 쪽으로 나가는데, 마비된 다리 근육을 따라 개미떼가 기어다니는 것처럼 따끔따끔했다. 공포 때문에 손바닥은 흠뻑 젖었고, 귀는 먹먹했다. 트로피가 손에서 떨어질 것만 같았다.

톰미는 남은 손으로 바퀴형 잠금장치를 찾아내 돌리기 시작했다.

10센티미터쯤 돌렸을 때, 갑자기 바퀴가 멈추었다.

이건 뭐지……

톰미는 더 힘을 줘봤지만 바퀴는 돌아가지 않았다. 그가 바퀴를 두 손으로 잡으려고 트로피를 손에서 놓았을 때, 그것은 바닥으로 떨어지면서

푹

하는 소리를 냈고, 그는 그대로 굳어버렸다.

웃기는 소리가 나네. 꼭 어디…… 푹신한 데 떨어진 것처럼.

톰미는 문 바로 옆에 쭈그리고 앉아 아래쪽 바퀴를 돌리려고 했다. 마찬가지였다. 10센티미터, 그리고 끝이었다. 그는 바닥에 주저앉았다. 현실적으로 생각하려고 했다.

쌍. 그럼 이제 여기서 죽치고 살아야 하는 거야?

말하자면, 이런 식으로.

그러나 여전히 섬뜩했다…… 아빠가 세상을 떠난 지 몇 달이 지났을 때 느꼈던 두려움. 그후로 오래도록 느끼지 못했던 그 감정이 한치 앞도 보이지 않는 암흑 속에 갇혀 있는 지금, 다시금 제 존재를 천명하려는 것이었다. 아빠를 사랑하는 마음이 죽음을 거치더니 아빠에 대한 두려움으로 변질되어버렸다. 아빠의 시체에 대한 두려움.

목구멍을 뭉클하니 치받치고 올라오는 두려움에 손가락이 다 뻣뻣해졌다.

생각할 때야! 생각!

건너편 창고 선반에 양초가 있었다. 문제는 어둠을 뚫고 거기까지 가야 한다는 것이었다.

병신아!

그는 이마를 찰싹 때리고 큰 소리로 웃었다. 그에겐 라이터가 있지

않나! 도대체 라이터나 성냥도 없었다면 양초를 찾아서 뭘 어쩌겠다는 생각이었지?

수천 개의 통조림이 있어도 깡통따개 하나 없는 남자처럼. 음식에 둘러싸여 굶어죽는 거지.

호주머니를 뒤적거려 라이터를 찾으면서 곰곰 생각해보니 자신의 상황이 그렇게 암담한 건 아니었다. 조만간 누구건, 아무도 없으면 그의 엄마라도 지하실로 내려올 것이고, 그리고 불만 밝힐 수 있어도 상황은 사뭇 달라질 것이다.

톰미는 호주머니에서 라이터를 꺼내 불을 켰다.

어둠에 익숙해져 있던 터라 일순 앞이 보이지 않았다. 그러나 다시 적응을 한 바로 그 순간, 그는 자신이 혼자가 아님을 눈으로 확인했다.

그의 발치 옆 바닥에 나자빠져 있는 그것은……

……아빠……

흔들리는 라이터 불꽃을 비춰 시체의 얼굴을 보았을 때, 톰미는 아빠를 화장했다는 사실을 미처 떠올리지 못했다. 그 얼굴은 몇 년간 땅 밑에 묻혀 있던 시체에 대해 그가 상상해오던 모습과 딱 맞아떨어졌다.

……아빠……

정확히 라이터 방향으로 비명을 지르는 바람에 불이 꺼졌지만, 꺼지기 전 눈 깜빡할 사이 아빠의 머리가 홱 움직이는 것을 보았고……

……살아 있잖아……

대장 안의 내용물이 폭발하며 톰미의 바지를 축축하게 적셨고, 엉덩이로 뜨뜻한 물보라가 퍼져나갔다. 그러자 두 다리가 맥없이 무너졌고, 해골은 녹아내렸고, 몸이 무너지듯 쓰러지며 라이터를 놓쳤고, 라이터는 바닥에서 튕겨올라 사라져버렸다. 그의 손은 시체의 차가운 발가락 위로 곧장 떨어졌다. 날카로운 발톱에 손바닥이 긁혔고, 톰미는 계속 비명을 지르면서도—

근데 아빠! 요새 발톱을 통 안 깎았나봐?

—추위에 시달린 개를 달래듯 그 차가운 발을 토닥이고 쓰다듬기 시작했다. 짐승처럼 발작과 경련을 거듭하며 비명을 지르면서도 그는 시체의 정강이뼈와 허벅지를 토닥이는 손길을 거두지 않았고, 그 살갗 아래 근육이 긴장하며 움직이는 것을 느꼈다.

톰미의 손끝에 쇠붙이의 감촉이 느껴졌다. 트로피. 그것은 시체의 두 허벅지 사이를 둥지 삼아 놓여 있었다. 그는 입상의 가슴 쪽을 움켜쥐고는 비명을 멈췄고, 잠시나마 현실주의자로 되돌아갔다.

곤봉.

비명을 그친 후에 찾아온 정적 속에서 시체가 상체를 일으키자 무언가 뚝뚝 떨어지는 듯한 소리가, 질척질척한 소리가 들렸다. 팔인지 다리인지 알 수 없는 차디찬 것이 톰미의 손등을 툭툭 쳤을 때 그는 손을 뒤로 빼고 트로피를 움켜쥐었다.

이건 아빠가 아니야.

아니었다. 톰미는 엉덩이에 똥덩어리를 매단 채 시체에서 물러섰다. 잠깐이나마 그는 자신의 음감이 시력으로 바뀐 덕에 어둠 속에서도 볼 수 있다고 생각했고, 그렇게 그는 어둠 속에서 노란 형체로, 성운星雲의 모습으로 일어나는 시체를 보았다.

두 발로 탭댄스를 추듯 톰미는 벽 쪽으로 물러섰다. 맞은편의 시체가 짧은 숨을 토해냈다.

"……아아……"

그리고 톰미는 보았다……

새끼 코끼리, 만화영화 속의 코끼리, 여기 (빰빠라빠아암) '대왕' 코끼리
가 납신다, 그러니 코끼리 코로 받들어 총! ……그리고 빰빠라빰, 'A' 조하
고, 그다음에 망누스, 브라세, 에바 입장, 그리고 노래하자, '보라! 왔도다!
너희가 없는……' *

아니지, 그다음이 뭐더라……

철썩 소리와 함께 카세트플레이어가 바닥으로 떨어지는 소리가 났
다. 시체가 상자더미에 부딪힌 게 틀림없었다. 톰미는 벽에 붙어서려
고 미끄러지듯 올라가다 뒤통수를 찧었고, 그 바람에 눈앞에 정전기
같은 것이 번쩍했다. 방 안을 울리는 소리를 뚫고 맨발의 시체가 무언
가를 찾아 철벅철벅 바닥을 걸어다니는 소리가 들렸다.

여기다. 저기에 있어. 넌 거기 없는 거야. 아니야. 맞아.

꼭 그랬다. 톰미는 거기 없었다. 자기 자신도 보이지 않았고, 시끄럽
게 소리 내는 것도 보이지 않았다. 그러니 있는 건 소리뿐이었다. 다만
스피커의 까만 그물코를 응시하며 귀 기울여 듣는, 그런 것이었다. 실
제로는 존재하지 않는 것.

여기다. 저기에 있어. 넌 거기 없는 거야.

톰미는 하마터면 큰 소리로 노래할 뻔했지만, 그나마 남아 있던 분별
력 덕분에 그러지 않을 수 있었다. 그 하얀 잡음이 사그라지며 빈 공간
이 생겼고, 그는 그곳에 새로운 생각들을 부단히 쌓아올리기 시작했다.

얼굴. 그 얼굴.

놈의 얼굴은 생각하고 싶지 않았다. 정말이지 생각도 하고 싶지 않은
게……

---

* 1973년에서 75년까지 방영된 스웨덴의 대표적인 어린이 프로그램 〈개미 다섯은 코끼리
넷보다 많습니다〉의 주제가.

잠깐이었지만 라이터 불에 비친 그 얼굴은 어딘가 이상했다.

놈이 점점 다가오고 있었다. 발걸음 소리만 가까워지는 게 아니라, 쉬익쉬익 하는 소리도 바닥을 가로질러 다가왔다. 아니, 톰미는 암흑보다도 헤아리기가 힘든, 그림자 같은 놈의 존재를 느낄 수 있었다.

톰미는 입에 피 맛이 느껴질 정도로 아랫입술을 질끈 깨물며 눈을 감았다. 자신의 두 눈이 사라져버리는 것이 보였다. 마치 두 개의……

눈.

놈한테는 눈이 없어.

손 하나가 허공을 갈랐고, 톰미의 뺨에 희미한 바람이 느껴졌다.

장님. 놈은 장님이야.

장담할 수는 없었지만, 놈의 어깨 위에 얹힌 덩어리엔 눈이 하나도 없었다.

손은 다시금 허공을 갈랐고, 톰미가 뺨을 기분 좋게 간질이는 바람을 느낀 지 0.1초 만에 놈이 그에게 다가섰다. 그러나 톰미가 용케 틈을 타 얼굴을 돌리는 바람에 머리칼을 스치는 데 그쳤다. 얼굴을 돌리기가 무섭게 톰미는 바닥에 몸을 던져 엎드려선 두 손을 앞으로 뻗어 수영하는 것처럼 둥글게 허우적댔다.

라이터, 라이터……

무언가 뺨을 쿡 찔렀다. 그것이 놈의 발톱이라는 것을 깨닫자 걷잡을 수 없이 구역질이 치밀어올랐지만, 톰미는 재빨리 몸을 굴려 그를 찾아 더듬거리는 손아귀에서 벗어났다.

여기다. 저기에 있어. 넌 거기 없는 거야.

톰미는 저도 모르게 킬킬 웃고 있었다. 생각과 달리 멈출 수가 없었다. 입에선 침이 뿜어져나오고 비명을 질러 쉬어버린 목에서는 웃어서

인지 울어서인지 딸꾹질이 새어나오는 와중에도, 두 개의 레이더 빔 같은 손은 그를 집어삼키려는 암흑에 맞설 유일한 무기를 찾아 줄곧 바닥을 헤매고 있었다.

하느님, 도와주세요. 당신 얼굴에서 비치는 광명으로…… 하느님, 교회에서 한 짓은 잘못했어요, 죄송해요…… 다 죄송해요. 하느님. 전 언제나 하느님을 믿겠습니다. 어떤 것을 바라셔도…… 만약 제가 라이터를 찾을 수 있게만 해주시면…… 제 친구가 되어주세요, 제발 하느님.

놀라운 일이 벌어졌다.

톰미가 발에 와 닿는 놈의 손을 느낀 바로 그 순간 눈 깜짝할 사이에 번개 같은 희푸른 빛이 방을 밝혔고, 그 찰나의 순간 톰미는 바닥으로 굴러떨어진 상자들과 울퉁불퉁한 벽면과 창고들로 들어가는 통로를 두 눈으로 똑똑히 확인했다.

그리고 그는 라이터를 보았다.

라이터는 오른손에서 불과 1미터 거리에 놓여 있었다. 어둠이 다시 그를 집어삼켰을 때 눈꺼풀 안으로 라이터의 위치를 나타내는 화인火印이 찍혔다. 톰미는 놈의 손아귀에서 발을 휙 잡아빼고 팔을 쭉 뻗어 간신히 라이터를 잡아 움켜쥔 다음, 두 발을 딛고 껑충 뛰어올랐다.

너무 많은 걸 바란 건 아닌가 하는 생각 따위는 하지 않고, 톰미는 속으로 새로운 기도문을 외기 시작했다.

저것이 장님이게 해주세요, 하느님. 장님이기를. 하느님. 장님이기를……

톰미는 라이터를 켰다. 좀전에 본 빛처럼 반짝하더니 가운데가 푸르스름한 노란 불꽃이 일었다.

놈은 가만히 서서 소리 나는 쪽으로 고개를 돌렸다. 그리고 그 방향으로 걸어오기 시작했다. 톰미가 미끄러지듯 옆으로 두 발걸음 옮겨문에 도착했을 때 불꽃이 꺼질 듯 흔들렸다. 놈은 톰미가 삼 초 전에 있었던 자리에 가 멈춰 섰다.

기뻐할 수 있었다면 기뻐했을 것이다. 그러나 희미한 라이터 불에 의지해 보이는 모든 것은 순식간에 비정하리만큼 현실적이 되었다. 나는 여기 있는 게 결코 아니라고, 이건 지금 내게 일어나고 있는 일이 아니라는 환상 속으로 이제는 도피할 수가 없었다.

톰미는 그가 가장 두려워하는 존재와 함께 방음장치가 된 방에 갇혀 있었다. 배 속에서 뭔가 꿈틀거렸지만, 더는 게워낼 것도 없었다. 가벼운 방귀만 픽 새어나왔고, 그 소리에 놈이 다시 고개를 돌려 그에게 다가왔다.

톰미가 빈손으로 잠금장치를 잡아당기자 라이터를 들고 있던 손이 떨리면서 불이 꺼져버렸다. 바퀴는 움직이지 않았지만, 톰미는 용케 시야 바깥에서 다가오는 그것을 포착하고는 문에서 떨어져 아까 쭈그려 앉아 있던 벽 쪽으로 몸을 던졌다.

톰미는 코가 막혀 킁킁대며 흐느껴 울었다.

이젠 '그만'이요, 하느님, 그만 끝내주세요.

또다시 그 커다란 코끼리가 모자를 들어올리며 콧소리로 말했다.

이제 끄으으으을! 트럼펫을 불어라, 코를 올려세우고, 빰빠라빠아암. 이제 끝!

돌아버리고 말 거야, 난…… 저건……

톰미는 고개를 흔들고 다시 라이터를 켰다. 그의 앞쪽 바닥에 트로피가 놓여 있었다. 그는 허리를 굽혀 그것을 들고 옆으로 몇 걸음 토끼뜀을 뛰어서 다른 쪽 벽으로 갔다. 방금까지 그가 있었던 곳에서 손을 더듬거리는 놈이 보였다.

장님인 주제 보이는 척하긴.

한 손에는 라이터, 다른 손에는 트로피. 톰미는 입을 열어 무슨 말을 하려 했지만 갈라진 목소리로 간신히 나온 한마디가 다였다.

"덤벼, 그럼……"

놈은 흠칫하는가 싶더니, 몸을 돌려 톰미를 향해 왔다.

톰미는 스타판의 트로피를 곤봉처럼 잡아들고 그 괴물이 50센티미터 정도까지 다가왔을 때 얼굴 쪽으로 휘둘렀다.

그리고 축구에서 완벽한 페널티킥을 찰 때 한 발이 공에 닿는 동시에 이번엔…… 이번엔 제대로 맞았다는 생각이 드는 것처럼 톰미는 팔을 미처 다 휘두르기도 전에—

바로 이거야!

—하고 느꼈다. 팔을 따라 반원을 그리며 가중된 힘이 실린 날카로운 돌 모서리가 놈의 관자놀이에 부딪혔을 때, 그는 이미 승리감에 도취되어 있었다. 해골이 산산이 부서지면서 얼음 갈라지는 소리와 함께 톰미의 얼굴에 차디찬 액체가 튀었고, 마침내 놈이 무너지자 그는 앞서 느낀 승리감을 재차 확인했다.

톰미는 그 자리에 우두커니 서서 헐떡이며, 바닥에 너부러진 몸뚱이를 바라보았다.

발기를 하다니.

그랬다. 놈의 성기는 반 정도 뒤로 넘어진 밋밋한 묘비처럼 불뚝 서 있었다. 톰미는 멍하니 서서 그것이 시들기를 기다리며 노려보았다. 웃고 싶었지만 목이 너무 아팠다.

엄지손가락이 욱신욱신했다. 톰미는 아래를 내려다보았다. 불꽃이 라이터의 점화장치를 누르고 있는 그의 엄지손가락을 태우고 있었다.

얼떨결에 손을 놓았지만 엄지손가락이 말을 듣지 않았다. 마비되어 옴짝달싹하지 않았다.

그는 라이터를 다른 방향으로 돌렸다. 어쨌거나 불을 끄고 싶지 않았다. 이런 놈과 함께 어둠 속에 남겨지고 싶지 않았⋯⋯

움직임.

괴물이 다시 고개를 들고 일어나기 시작했을 때, 톰미는 어떤 중요한 것, 자기 자신을 이루는 가장 본질적인 것이 그에게서 빠져나가는 것을 느꼈다.

코끼리가 작디작은 거미줄을 타고 있어요!

거미줄이 끊어졌다. 코끼리가 곤두박질쳤다.

그리고 톰미는 다시 후려쳤다. 그리고 다시 한번.

얼마 지나지 않아 그는 그것에 재미를 붙이기 시작했다.

11월 9일 월요일

모르간은 개찰구를 지나면서 육 개월 전에 만기된 월 이용권을 흔들어 보였고, 라리는 예의 바르게 멈춰 서서 구겨진 쿠폰을 내밀며 "엥뷔 플란까지요"라고 말했다.

검표원은 읽고 있던 책에서 고개를 들고는 쿠폰 위의 칸 두 개에 도장을 찍어주었다. 라리가 다가오자 모르간은 웃음을 터뜨렸고, 둘은 계단을 내려가기 시작했다.

"도대체 뭣 때문에 그런 것까지 다 챙겨?"

"뭐? 표에 도장 받는 거?"

"그래, 무슨 모범시민도 아니면서."

"그런 게 아니야."

"그럼 뭔데?"

"난 자네처럼은 안 살아, 알았어?"

"이거 왜 이래…… 아까 그 사람은…… 자네가 왕의 사진을 내밀었어도 상관 안 했을걸."

"알았어, 됐어. 고래고래 소리 좀 지르지 마."

"왜, 그 사람이 쫓아오기라도 할까봐?"

플랫폼으로 향하는 문을 열기 전에 모르간은 두 손을 모아 확성기처럼 만들더니 홀 쪽으로 몸을 돌리고 소리쳤다.

"비상! 비상! 불법승차 적발이다!"

라리는 슬며시 그에게서 떨어져 플랫폼 쪽으로 몇 걸음 갔다. 모르간이 그를 따라잡자 라리가 말했다.

"자네 진짜 유치해, 알아?"

"어련하겠어. 자, 다시 한번 전부 이야기해봐. 처음부터 말이야."

전날 밤, 라리는 예스타와 통화하고 십 분 후 모르간에게 전화를 걸어 예스타에게 들은 이야기를 정리해 들려주었다. 그리고 그들은 다음 날 아침 일찍 지하철역에서 만나 병원에 가기로 약속했다.

라리는 다시 한번 그 이야기를 한바탕 풀어냈다. 비르기니아, 라케, 예스타, 고양이들. 비르기니아와 함께 라케가 올라탄 앰뷸런스. 라리는 이야기에 직접 살을 덧붙이기까지 했고, 이야기가 끝나기 전에 시내로 가는 열차가 도착했다. 열차에 오른 그들은 4인용 좌석을 차지했고, 라리는 "그러더니 사이렌을 귀청 떨어지게 울리면서 갔다는 거야"라는 말로 이야기를 맺었다.

모르간은 고개를 끄덕이고 엄지손톱을 씹으며 창밖을 바라보았고, 그동안 열차는 터널을 벗어나 이슬란스토리엣 역에 정차했다.

"그것들은 왜 또 정신이 나가버리고 지랄이었대?"

"고양이들? 난들 아나. 뭔가에 홀렸나보지."

"죄다 그랬다고? 그것도 동시에?"

"더 그럴듯한 생각이라도 있어?"

"없어. 웃기지도 않은 것들. 라케는 완전히 만신창이가 됐겠구먼."

"음. 그전이라고 번듯한 데가 있었나?"

"없었지." 모르간은 한숨을 내쉬었다. "그 친구한테는 정말 안된 일이야, 사실. 우리 아무래도…… 모르겠다. 뭐든 해야지."

"비르기니아는 어때?"

"그래, 그래, 그래. 다쳤잖아, 아프다고. 뭘 어쩌겠어? 거기 누워 있어야지. 힘든 건 침대 옆에 붙어 앉아서는…… 아니, 나도 모르겠다. 그래도 그 친구 말이 맞았지…… 저번에 그 친구가…… 그때 그 친구가 무슨 이야기를 그렇게 주절거렸지? 늑대인간?"

"뱀파이어."

"맞아. 그게 '너 참 끝내주게 멋진 일을 하는구나'라는 뜻은 아닐 거 아니야, 안 그래?"

열차가 엥뷔플란 역에 정차했다. 다시 열차 문이 닫히자 모르간이 말했다.

"자, 이제 우린 한 배를 탄 몸이야."

"자네가 적어도 두 칸이라도 도장을 받았다면 저것들은 더 고분고분하게 나올 거야."

"그거야 자네 생각이지. 하지만 모르는 거야."

"여론조사 결과는 봤어? 스웨덴 공산당 지지율 말이야."

"봤어, 그래. 선거가 끝나면 명확하게 정리되겠지. 좌파입네 하는 것들 중에 투표용지 들고 줄서 있으면서 양심에 따라 투표하는 사람들 참 많아."

"그거야 자네 생각이지."

"아니. 난 알아. 공산당이 의회에서 쫓겨나는 날은 내가 뱀파이어를 믿게 되는 날이야. 하지만 물론 보수당 애들이야 늘 있지. 보만과 그 떨거지들 말이야. 흡혈동물에 대해서 이야기를 좀 하자면 말이야……"

모르간은 그의 장기인 장광설 한 판을 펼치기 시작했다. 오케스호브 근방까지 왔을 때 라리는 그의 이야기를 듣지 않고 있었다. 베이불 온실 밖에서 경찰 하나가 열차를 올려다보고 있었다. 라리는 정거장을 모자라게 말해서 차표를 끊은 것에 일순 양심의 가책을 느꼈지만, 경찰이 거기 있는 이유를 떠올리곤 그런 생각은 이내 치워버렸다.

경찰은 그저 따분해 보였다. 라리는 마음을 놓았다. 이따금씩 모르간의 독백에서 튀어나온 말이 그의 의식을 비집고 들어오는 가운데 열차는 굉음 소리를 내며 사바츠베리로 향했다.

✳

여덟시 십오분, 아직 간호사는 한 명도 나타나지 않았다.

천장에 빛이 그린 흙빛 줄무늬는 밝은 잿빛으로 바뀌었고, 블라인드 사이로 들어오는 빛의 강도는 태닝 침대에 누워 있는 느낌을 줄 정도였다. 비르기니아는 몸이 뜨겁고 욱신욱신했지만, 그뿐이었다. 더는 나빠지지 않았다.

라케는 옆 침대에 누워 잠꼬대를 하며 이를 갈아댔다. 비르기니아는 준비가 됐다. 버튼을 누를 수 있었으면 간호사를 호출했을 것이다. 그러나 두 손이 묶인 탓에 불가능했다.

그래서 그녀는 기다렸다. 살갗에 와 닿는 열기는 고통스러워도 심하진 않았다. 그보다 더한 고통은 깨어 있어야 한다는 것이었다. 잠깐의

망각과 호흡 정지 때문에 머릿속의 불들이 급속도로 꺼지기 시작하면, 그녀는 눈을 부릅뜨고 머리를 흔들어 그 불들을 다시 켜야 했다.

동시에, 깨어 있으려고 애쓰는 이런 상황이야말로 축복이었다. 그 덕에 그녀는 생각의 의무에서 놓여날 수 있었다. 모든 정신 에너지가 깨어 있는 데 소요되었다. 망설이거나 후회하거나, 양자택일을 생각할 여지가 없었다.

간호사는 정확히 여덟시에 들어왔다.

간호사가 '안녕하세요, 오늘은 어떠세요?' 라던가 간호사라면 으레 하기 마련인 아침인사를 하려는 순간, 비르기니아가 입으로 소리를 냈다.

"쉬이이잇!"

간호사는 헉 소리가 나도록 놀라더니, 얼굴을 찡그리고 어둑한 병실을 가로질러 비르기니아의 침대로 와 허리를 굽히고 물었다.

"그래, 어디가—"

"쉬이잇!" 비르기니아가 속삭였다. "죄송해요, 근데 이 사람을 깨우고 싶지 않아서요." 그녀는 턱 끝으로 라케 쪽을 가리켰다.

간호사는 고개를 끄덕이고 소리를 낮추어 말했다.

"아뇨, 괜찮아요. 그런데 체온을 재고 피도 뽑아야 하거든요."

"네, 좋아요. 그런데 저기…… 먼저 이 사람 좀 내보내주시겠어요?"

"내보낸다면…… 제가 깨울까요?"

"아뇨. 괜찮으면…… 깨우지 말고 침대째로 내보내주세요."

간호사는 그것이 물리적으로 가능한지 가늠하려는 듯 라케를 보더니, 이윽고 미소를 지으며 고개를 흔들었다. "제 생각엔 이렇게 하는 게 좋겠어요. 구강으로 체온을 재면, 환자분은 굳이 부끄러울……"

"그런 게 아니에요. 그냥 좀…… 제가 말씀드린 대로 해주시면 안 될까요?"

간호사는 손목시계를 들여다보았다.

"양해를 해주셔야 할 것이, 제가 다른 환자분들도 있어서 지금—"

비르기니아는 간호사의 말을 자르고 나름대로 가장 크게 낼 수 있는 목소리로 말했다.

"제발요!"

간호사는 한 걸음 물러섰다. 지난밤 교대를 하면서 비르기니아의 행동 양태에 대한 정보를 전달받은 게 분명했다. 그녀의 시선이 재빨리 비르기니아의 결박된 양팔에 가 머물렀다. 그녀는 그제야 안심한 눈치였고, 그래서 다시 침대로 다가왔다. 이제 그녀는 약간 모자라는 사람을 대하듯 말했다.

"있잖아요…… 제가요…… 우리는요, 환자분이 건강을 되찾으실 수 있도록 하려면 말이죠, 아주 조금만……"

비르기니아는 눈을 감았고, 한숨을 쉬고는 체념했다. 이윽고 그녀가 말했다.

"블라인드를 걷어주시면 정말 고맙겠어요."

간호사는 고개를 끄덕이고 창가로 걸어갔다. 비르기니아는 그때를 놓치지 않고 담요를 걷어차버리고 몸을 드러냈다. 숨을 참았다. 두 눈은 질끈 감았다.

끝이었다. 이제는 그만 전원을 내려버리고 싶었다. 이제 그녀는 아침 내내 버티고 받아들이지 않았던 그 기능이 작동되게끔 의식적으로 애썼다. 그런데 그렇게 되지 않았다. 대신 그녀는 사람들에게 익히 들어 알고 있는 경험을 했다. 한 편의 영화를 고속으로 돌려보는 것처럼 이제껏 살아왔던 날들을 되돌아보는 것이었다.

마분지 상자에 넣어 키웠던 새…… 세탁소에서 기계로 주름을 편 깨끗한 시트의 냄새…… 둥근 시나몬롤들 위로 몸을 수그리던 어머니…… 아버지…… 당신의 파이프 담배 연기…… 페르…… 오두막…… 레나와 나, 그해 여름 우리가 함께 발견한 커다란 버섯…… 뺨에 블루베리 범벅이 묻은 테드…… 라케, 그의 등…… 라케……

드르륵 하는 소리와 함께 블라인드가 올라갔고, 그렇게 그녀는 불바다 속으로 빨려들어갔다.

❋

오스카르의 엄마는 여느 때와 다름없이 일곱시 십분에 아들을 깨웠다. 오스카르는 여느 때처럼 침대에서 기어나와 아침을 먹었다. 여느 때와 다름없이 그는 일곱시 반에 옷을 입었고, 엄마와 포옹을 하고 인사를 했다.

평상시와 다른 것은 없었다.

물론 더없이 불안하고, 두려웠다. 그렇지만 주말이 끝나고 다시 학교에 가는 날이니 그런 감정이 생소한 것도 아니었다.

그는 지리책과 지리부도, 다 끝내지 못한 숙제 유인물 등을 챙겼다. 여덟시 이십분에 준비가 끝났다. 십오 분 후에 나가면 됐다. 앉아서 어떻게든 숙제를 끝내야 하는 건 아닐까? 아니다. 그럴 기운이 없었다.

오스카르는 책상에 앉아 벽을 바라보았다.

이건 분명 그가 전염되지 않았다는 뜻인데? 아니면 잠복기가 있는 걸까? 그 아저씨는……몇 시간 밖에 안 걸렸다고 했는데.

난 전염된 게 아니야.

그로선 기뻐하고 안도할 일이었다. 그런데 그렇지 않았다. 전화벨이
울렸다.

엘리! 무슨 일이 일어난 게 틀림없어……

오스카르는 책상에서 튕겨나갈 것처럼 일어나 현관으로 달려가 수
화기를 움켜쥐었다.

"여보세요오스카르른데요!"

"아…… 잘 있었니?"

아빠. 고작 아빠라니.

"안녕."

"저, 그래…… 집에 있었네."

"이제 학교에 가려고요."

"그래, 그렇다면 아빠가 방해는…… 엄마는 집에 계시니?"

"아뇨, 일 나가셨어요."

"알았다. 그럴 거라 생각했어."

오스카르는 감을 잡았다. 이런 생뚱맞은 시간에 전화를 건 이유가 이
것이었다. 엄마가 집에 없다는 걸 알고서 한 것이다. 아빠는 헛기침을
하며 목청을 가다듬었다.

"그래 아빠가 무슨 생각을 했냐면…… 토요일 날 밤에 있었던 일 말
이야. 좀…… 아쉽구나."

"그래요."

"그래. 엄마한테…… 얘기했니?"

"아빠 생각엔 어땠을 것 같아요?"

수화기 너머에서 침묵이 흘렀다. 전화선을 타고 1백 킬로미터 떨어

진 곳에서 정전기가 일어나 지지직거리는 소리가 들렸다. 전화선 위에 앉아 푸드득거리는 까마귀들의 발밑으로 인간들의 대화가 휙휙 지나갔다. 아빠는 다시 헛기침을 했다.

"있잖니. 그 스케이트는 부탁해서 받았다. 가져도 돼."

"이제 나가야 돼요."

"그래. 잘 있어라."

오스카르는 수화기를 내려놓고 가방을 들고 학교로 갔다.

아무런 감정도 느껴지지 않았다.

✳

수업 시작 오 분 전이었고, 반 아이들 몇몇이 교실 밖 복도에 서 있었다. 오스카르는 잠시 망설이다 어깨의 가방을 고쳐 메고 문 쪽으로 걸어갔다. 모든 눈길이 그에게 쏠렸다.

몰매를 맞는 기분. 집단 공격.

그랬다. 그는 최악의 상황을 상상하며 두려워했다. 아이들 모두가 목요일에 욘니에게 일어난 일을 알고 있었다. 당연했다. 몰려 있는 아이들 틈에 욘니의 얼굴은 보이지 않았지만, 아이들은 금요일에 미케에게 들어서 알고 있었다. 그리고 여느 때와 마찬가지로 바보 같은 미소를 얼굴에 처바른 미케가 그곳에 있었다.

오스카르는 어떻게든 도망칠 생각에 발걸음을 늦추지 않고 오히려 보폭을 크게 해 재빨리 교실로 향했다. 마음속은 텅 비어 있었다. 이제는 어떤 일이 일어난다 해도 상관없었다. 중요하지 않았다.

그런데 아니나 다를까, 기적이 일어났다. 바다가 갈라진 것이다.

문 밖에 모여 있던 아이들이 흩어져 오스카르가 들어오도록 길을 터주었다. 오스카르는 사실 아무것도 기대하지 않았다. 그가 발산하는 어떤 저력 때문이건, 그가 악취를 풍기는 불가촉천민이기 때문이건, 아무래도 좋았다.

　오스카르는 이제 달라졌다. 그들도 그것을 느꼈고, 그래서 슬금슬금 물러섰다.

　오스카르는 어디에도 눈길을 주지 않고 교실로 들어가 제자리에 앉았다. 복도에서 웅성대는 소리가 들리더니 몇 분 지나 아이들이 줄줄이 들어왔다. 요한이 지나가면서 그에게 양 엄지손가락을 들어 보였다. 오스카르는 어깨를 으쓱했다.

　이윽고 선생님이 들어왔고, 수업이 시작된 지 오 분 후에 욘니가 들어왔다. 오스카르는 욘니의 귀에 반창고라도 붙어 있을 거라고 생각했지만, 아무것도 없었다. 그러나 퉁퉁 부은 검붉은 귀는 몸의 일부로 보이지 않았다.

　욘니는 자기 자리에 가 앉았다. 그는 오스카르도, 다른 어느 누구도 쳐다보지 않았다.

　창피한 거야.

　그래. 분명 그럴 것이다. 오스카르는 고개를 돌려 욘니가 배낭에서 사진첩을 꺼내 책상 뚜껑 안에 넣는 것을 보았다. 그리고 욘니의 뺨이 귀의 색깔과 맞먹을 정도로 새빨갛게 달아오르는 것을 보았다. 오스카르는 그에게 혀를 내밀까 하다가 그러지 말자고 생각했다.

　너무 유치했다.

＊

톰미는 월요일엔 아홉시 십오분 전에 등교했다. 그래서 스타판은 여덟시에 일어나 소년과 일대일로 대화를 하러 가기 전에 재빨리 커피 한 잔부터 들이켰다.

이본은 이미 출근하고 없었다. 스타판은 아홉시에 근무 신고를 한 후 그의 생각엔 아무 짝에도 소용없어진 수색을 계속하기 위해 유다른 숲으로 가야 했다.

그래도 야외에 나가는 건 기분 좋은 일이었고, 날씨도 나쁘지 않을 것 같았다. 그는 싱크대에서 커피 잔을 헹구고는 잠시 곰곰 생각하다가 방에 가서 제복을 입었다. 원래는 평상복을 입고 톰미를 만나, 말하자면 보통 사람으로서 그와 얘기할 생각이었다. 그러나 엄밀히 말하자면 기물파손은 경찰의 소관이었고, 또 어쨌든 제복은 그에게 권력의 위용을 고취시켜주었다. 비록 자신에게 일상적인 모습이 결여되었다고 생각하진 않지만, 그럼에도…… 뭐 어쨌든.

어쨌거나 이 일을 끝내면 곧장 근무에 들어가야 했기 때문에 이편이 효율적이었다. 그래서 스타판은 경찰제복 위에 겨울재킷을 걸친 다음, 거울에 자신의 모습을 비춰보고는 흡족해했다. 그런 다음 이본이 그를 위해 식탁 위에 두고 간 지하실 열쇠를 집어들고 집에서 나갔고, (직업상의 버릇으로) 문이 제대로 잠겼는지 점검한 후 계단을 내려가 지하실 문의 잠금장치를 열었다.

그리고 일에 대해서 말하자면……

문에 문제가 있었다. 열쇠를 돌렸지만 걸리는 느낌이 전혀 없이 스르르 열렸다. 그는 쭈그리고 앉아 걸림쇠가 들어가는 구멍을 살펴보았다.

아하. 종이 뭉치.

강도들이 쓰는 고전적인 수법이었다. 빈집털이를 할 집에 그럴듯한 핑계를 대고 들어가 나올 때 잠금장치를 그렇게 조작해놓으면, 집주인은 눈치채지 못한다.

스타판은 주머니칼을 펴서 종잇조각을 파냈다.

톰미 녀석 소행이야, 의심의 여지가 없어.

톰미에겐 열쇠가 있으니 굳이 잠금장치에 장난질을 할 이유가 없다는 생각을 미처 하지 못한 것이었다. 톰미는 여기서 노닥거리는 도둑이고, 이건 도둑의 수법이었다. 그러니 톰미의 소행이었다.

이본에게서 아들의 아지트에 대해 자세한 설명을 들은 터라 스타판은 그 방향대로 걸어가면서 강연 개시 준비를 했다. 아까 전엔 친구처럼 대해볼까 하는 생각도 했지만, 잠금장치에 해놓은 짓을 보자 다시 화가 치밀어올랐다.

그는 톰미에게 소년원 시설과 사회봉사와 성인으로 합법적으로 공판에 회부할 수 있는 연령 등등에 대해 설명을, 위협이 아닌 설명을 해줄 생각이었다. 그러면 톰미도 자신이 곧 걷게 될지도 모르는 길이 어떤 것인지 알게 되리라.

창고 문은 열려 있었다. 스타판은 안을 들여다보았다. 아니, 이럴 수가. 놈이 토껴버렸다. 그때 그 얼룩이 눈에 들어왔다. 그는 몸을 웅크리고 얼룩 하나를 손가락으로 훑어보았다.

피.

소파에 놓인 톰미의 담요에도 그 기괴한 핏자국이 있었다. 다른 핏자국을 살피던 그는 그제야 바닥이 온통 피범벅인 것을 발견했다.

깜짝 놀란 스타판은 창고 밖으로 뒷걸음쳐 나왔다.

지금 눈앞에 펼쳐져 있는 것은…… 범죄현장이었다. 막 개시할 강연의 내용 대신, 이제 그는 머릿속에서 범죄현장에서의 대처법에 관한 규칙서를 뒤지기 시작했다. 다 외우고 있는 내용 중에서—

분실 가능성이 높은 것으로 판단되는 물품을 즉각 회수한다…… 정확한 시간을 기록한다…… 원상복구의 가능성이 조금이라도 있는 섬유조직이 발견된 지점의 오염을 방지한다……

—까지 이르렀을 때, 뒤에서 들릴 듯 말듯 웅얼거리는 소리가 들려왔다. 그리고 그 웅얼거림 사이사이로 부드러운 곳을 내려치는 둔탁한 소리가 간헐적으로 들려왔다.

방공호 문의 바퀴형 잠금장치들에 막대기가 질러져 있었다. 스타판은 문 근처로 가서 귀를 기울였다. 그래. 웅얼거리는 소리와 퉁 하는 소리는 그곳에서 흘러나오고 있었다. 어쩐지…… 미사의식 같았다. 그로선 단 한 마디도 알아듣지 못할 것 같은 호칭기도*처럼 들렸다.

악마교 신자들이야……

바보 같은 생각이었지만, 잠금장치에 질러진 막대기를 가까이 들여다보다가 그 끝에 묻어 있는 것을 발견했을 때 그는 정말로 겁이 났다. 막대기에는 족히 10센티미터는 되는 검붉고 덩어리진 줄 모양의 자국이 남아 있었다. 격한 말싸움 끝에 휘두른 칼이 어느 정도 말랐을 때와 똑같아 보였다.

문 반대쪽에서 웅얼대는 소리는 여전히 계속되었다.

지원 병력을 요청할까?

아니다. 저 문 뒤에서 범죄행위가 계속되고 있다면 전화를 하러 위

---

* 미사에서 사제가 먼저 말하면 신도들이 그에 대답하는 형식으로 이어지는 일련의 기도.

층에 올라간 사이 다 끝나버릴지도 몰랐다. 그 혼자서 처리해야 했다.

스타판은 언제든 총을 뽑을 수 있게 권총집의 조임장치를 풀고 곤봉의 훅을 끌렀다. 다른 손으로는 호주머니에서 꺼낸 손수건으로 조심스럽게 막대기를 감싸쥔 다음 바퀴에서 뽑아내기 시작했다. 막대기가 뽑히면서 긁히는 소리 때문에 행여 방 안의 소리가 달라지는 건 아닌가 싶어 귀를 쫑긋 세웠다.

그렇지 않았다. 호칭기도와 퉁 소리는 계속되었다.

막대기가 빠졌다. 스타판은 막대기에 묻은 손 자국이나 지문을 훼손시키지 않으려고 벽에 기대 세워놓았다.

손수건으로 쌌다고 흔적이 보존될 거라 보장할 수 없음을 알고 있기에, 그는 바퀴를 감싸쥐지 않고 손가락 두 개만 사용해 바큇살 하나를 집어 힘껏 돌렸다.

바큇살이 돌아갔다. 그는 침으로 입술을 축였다. 목구멍이 바싹 탔다. 남은 바퀴 하나가 끝까지 돌아가고 나서야 문은 1센티미터 열렸다.

이제 그에게 들려오는 것은 사람의 말이었다. 그것은 노래였다. 그 목소리는 고음으로 띄엄띄엄 속삭였다.

이백칠십하고도 네 마리의 코끼리가

올망졸망 거미집에에에에—

(퉁)

—에엣!

그들은 정말 정말 행복해요

세상 밖의 친구가 생겼으니까요!

이백칠십하고도 다섯 마리의 코끼리가

올망졸망 거미집에에에에——

(푹)

——에엣!

그들은 정말 정말……

스타판은 곤봉의 각도를 조절해 허리에서 잡아뺀 다음, 그것으로 문을 쳐서 열었다.

그리고 보았다.

무릎을 꿇고 앉은 톰미의 앞에 놓인 덩어리는 몸에서 반 정도 찢겨 툭 삐져나와 있는 팔뚝이 아니었다면 사람으로 보이지 않았을 것이다. 가슴팍, 배, 얼굴은 살과 내장과 부서진 뼈의 더미에 불과했다.

톰미는 두 손으로 네모난 돌을 들고 노래를 부르다, 정해진 소절에 이르면 도살한 잔해를 내리찍었다. 거치적거리는 것은 거의 없어서 돌은 바닥까지 퉁 하고 곧장 내리찍혔고, 톰미는 다시 돌을 들어올리기 전에 거미집 위에 코끼리를 한 마리씩 추가했다.

스타판은 그가 톰미인지도 확신할 수가 없었다. 돌을 들고 있는 그의 온몸은 피로 칠갑이 되어 있었고, 몸에 붙은 너저분한 살점들 때문에 도저히 판별을…… 걷잡을 수 없이 구역질이 치밀어올랐다. 스타판은 온몸을 집어삼킬 듯한 구역질의 파도를 억누르며 보지 않으려고 고개를 떨어뜨리다가, 시선이 문지방 옆에 누워 있는 주석 군인에 가 멈췄다. 아니, 그것은 사격수 모형이었다. 그는 알아보았다. 모형이 든 총이 위를 향하게 똑바로 누워 있었다.

받침대는 어디 갔지?

그제야 스타판은 깨달았다.

고개를 홱 돌린 그는 지문도 범죄현장 지침규약도 잊어버린 채, 넘어지지 않으려고 손으로 문틀을 짚었다. 노래는 계속 반복되었다.

이백칠십하고도 일곱 마리의 코끼리가아아아……

내가 환각에 빠지다니, 스타판은 엄청난 충격을 받은 게 분명했다. 그는 봤다고 생각을…… 아니 그는 분명히 보았다…… 바닥에 남은 인간의 잔해가 돌을 내리칠 때마다…… 움직이는 것을.

마치 일어나려는 것처럼.

✽

모르간은 골초였다. 라리는 아직 반도 피우지 않았는데 그는 벌써 병원 입구 바깥에 있는 화단에 꽁초를 비벼끄고 있었다. 모르간은 두 손을 재킷 주머니에 집어넣고 주차장을 왔다갔다하다가, 신발에 난 구멍으로 물이 새어들어와 양말이 젖자 욕지거리를 내뱉었다.

"돈 좀 있어, 라리?"

"자네도 알다시피 난 질병 연금으로 먹고살고 그러니까—"

"그래, 그래. 그런데 돈이 약간이라도 있냐고?"

"왜? 자네한텐 안 빌려줄 거야, 만약 그게—"

"아니, 아니, 아니야. 라케 때문에. 만약 우리가 그 친구한테 진짜 크게 한턱내면…… 알잖아."

라리는 콧방귀를 뀌더니 비난하는 눈빛으로 담배를 보았다.

"뭣 하러…… 힘내라고?"

"그래."

"아니…… 난 잘 모르겠는데."

"뭐? 그런다고 그 친구 기분이 나아질 것 같지 않다는 거야, 아님 돈이 한 푼도 없다는 거야, 아니면 밴댕이 소갈딱지라 못 빌려주겠다는 거야?"

라리는 한숨을 내쉬고는 기침과 함께 또 한번 콧방귀를 뀌더니, 얼굴을 일그러뜨리며 발로 담배를 밟아 껐다. 그리고 꽁초를 주워들어 모래 재떨이에 넣고는 손목시계를 보았다.

"모르간…… 아침 여덟시 반이야."

"그래, 알아. 하지만 몇 시간만 기다려. 가게 문 열면."

"아니, 그건 생각을 해봐야 할 것 같고."

"그럼 돈이 있다는 말이야?"

"들어갈 거야 말 거야?"

그들은 회전문을 통과해 들어갔다. 모르간은 두 손으로 머리칼을 쓸어올리고는 비르기니아의 병실을 물어보려고 접수처로 갔고, 그동안 라리는 원통형 수조 안의 기포 사이로 나른하게 헤엄치고 있는 물고기들을 구경했다.

모르간은 일 분 후에 돌아왔고, 뭐가 묻어서 떨어지지 않는지 가죽 조끼에 두 손을 비벼댔다. "망할 년. 입도 뻥긋 안 하네."

"아, 그럼 집중치료실에 있는 게 분명해."

"자넨 들어갈 수 있어?"

"있을 때도 있지."

"자네가 뭘 해야 할지 감 잡았지?"

"잡았지."

그들은 집중치료 병동으로 발걸음을 옮겼다. 라리는 가는 길을 알았다.

라리가 '알고 지내는 사람들' 중 많은 이들이 그 병원에 입원중이거나 입원한 적이 있었다. 지금은 비르기니아 말고도 둘이나 더 입원해 있었다. 모르간은 라리가 알고 지내는 사람들이란 면식이 있기만 한 사람들이거나, 심지어 병원에 입원해 있는 동안에만 친구로 지내는 사람들은 아닐까 의심했다. 아닌 게 아니라 라리는 힘들여 겨우 그들을 찾아냈고, 문병을 갔다.

왜 그러는 거냐고 모르간이 막 물어보려던 참에 그들은 집중치료실 스윙도어 앞에 도착했다. 문을 밀고 들어갔더니 복도 맨 끝에 라케가 보였다. 라케는 속바지만 입은 채 안락의자에 앉아 있었다. 두 손으로 팔걸이를 움켜쥐고, 사람들이 바쁘게 들락거리는 병실 안을 뚫어져라 보고 있었다.

모르간은 콧방귀를 뀌었다. "뭐야, 저게? 누굴 화장이라도 하고 있나보지?" 그러고는 웃음을 터뜨렸다. "보수당 놈들 때문에 못 살겠군, 진짜. 예산 삭감했다 이거지? 병원들이 각자 알아서 다……"

라케에게 다가갔을 때 그는 말을 멈췄다. 라케의 얼굴이 백짓장처럼 창백했고, 벌건 두 눈이 초점 없이 멍했던 것이다. 모르간은 정황상 무슨 일이 일어났는지 감지하고는 라리를 앞세웠다. 이런 일엔 영 젬병이어서였다.

라리는 라케에게 다가가 그의 팔에 손을 얹었다.

"이봐, 우리 왔어, 라케. 좀 어때?"

지척에 혼돈 그 자체인 병실이 보였다. 문을 통해 보이는 창문들은 활짝 열려 있었지만, 그럼에도 기분 나쁜 재 냄새가 복도까지 흘러나왔다. 짙은 먼지구름이 둥둥 떠다녔고, 사람들이 그 한복판에서 크게 떠들고 몸짓을 해가며 의사소통을 하고 있었다. "병원 측의 책임" "시도해봐야 할 게……" 등등의 말이 모르간의 귀에 들어왔다.

무엇을 시도해봐야 한다는 건지는 들을 수 없었다. 그때 라케가 고개를 돌리더니 생면부지의 사람을 보듯 그들을 보며 말했던 것이다.

"눈치챘어야 했어……"

라리가 그쪽으로 몸을 기울였다.

"뭘 눈치챘어야 했는데?"

"이런 일이 일어날 거라는 걸."

"무슨 일이 일어났는데?"

라케의 눈이 또렷해지더니 연기로 자욱한, 꿈속처럼 보이는 병실을 보며 짧게 대답했다.

"타버렸어."

"비르기니아가?"

"그래. 불꽃으로 타올랐어."

모르간은 병실 쪽으로 몇 걸음 다가가 안을 들여다보았다. 관련당국에서 나온 듯한 나이든 사람이 모르간에게 다가왔다.

"죄송합니다만, 여긴 일반에게 공개된 곳이 아닙니다."

"아뇨, 아뇨. 저는 그냥……"

모르간은 자신의 애완 보아뱀을 찾는다고 농담하려다 그만둬버렸다. 그래도 들여다볼 시간은 있었다. 두 개의 침대. 한 침대는 누군가 급하게 빠져나온 것처럼 시트가 구겨져 있었고 한쪽으로 담요가 내팽개쳐져 있었다.

다른 침대에는 두꺼운 회색 담요가 발끝에서 베개까지 펼쳐져 있었다. 목재로 된 머리받침은 그을음으로 뒤덮여 있었다. 담요 아래로 밀기 힘들 만큼 말라비틀어진 사람의 윤곽이 드러나 보였다. 알아볼 수 있는 것은 머리, 가슴, 골반 정도였다. 나머지는 담요가 제멋대로 구겨져 생긴 주름이라고 하는 편이 나았다.

모르간은 두개골 안으로 눈알이 밀려드는 게 아닌가 싶을 정도로 눈을 세게 비벼댔다. 사실이었다. 미치고 팔짝 뛸 정도로 명백한 사실이었다.

모르간은 자신의 혼란스러운 감정을 해소할 상대를 찾아 복도 쪽을 살폈다. 옆에 링거스탠드를 끼고 보행보조기에 기대서 병실 안을 훔쳐보려는 한 노인이 걸려들었다.

"뭘 보는 거야, 이 바보 영감탱이야? 밑의 보조기를 확 걷어차줄까?"

노인은 주춤주춤 뒷걸음치기 시작했다. 모르간은 두 주먹을 불끈 쥐면서 참으려고 했다. 그러다 병실 안에서 본 것을 기억하고는 몸을 홱 돌려 되돌아갔다.

그에게 말을 했던 남자가 병실에서 나오고 있었다.

"이것 보세요, 도대체……"

"알아, 알아, 알아……" 모르간은 그를 밀쳐버렸다. "……괜찮다면 내 친구 옷 좀 갖다주려고 그래요. 저 친구가 빨가벗고 저기 계속 앉아 있어야 되겠소?"

남자는 팔짱을 끼고 모르간이 지나가게 내버려두었다.

모르간은 정리되지 않은 침대 옆 의자에 놓인 라케의 옷을 움켜쥐고는, 건너편 침대를 다시 한번 힐끗 쳐다보았다. 시트 아래로 숯덩이로 변해버린 손과 곧게 편 손가락들이 삐죽 나와 있었다. 손은 알아보기 힘들었지만 가운데손가락에 낀 반지는 그렇지 않았다. 파란 보석이 박힌 금반지, 비르기니아의 반지였다. 몸을 돌려 나오기 전 모르간의 눈에 가죽 끈으로 결박당한 팔목이 들어왔다.

남자는 여전히 팔짱을 낀 채 문간에 서 있었다.

"이제 만족하십니까?"

"아뇨. 그런데 어쩌자고 저렇게 묶어놓았던 겁니까?"

남자는 고개를 절레절레 흔들었다.

"친구분한테 가서 금방 경찰이 올 건데 얘기 좀 하자고 할 거라고 전해주세요."

"뭣 때문에요?"

"내가 어떻게 압니까? 난 경찰이 아닙니다."

"아하, 물론 아니시겠죠. 뭐 이런 실수는 흔히 할 수 있지 않습니까요?"

모르간은 복도로 나와서 라케가 옷 입는 것을 도와주었다. 다 입기가 무섭게 두 명의 경찰이 도착했다. 라케는 완전히 얼이 빠져 있었지만, 블라인드를 걷었던 간호사에게는 라케가 사건과 전혀 무관하다는 것을 보증해줄 정도의 분별력이 남아 있었다. 그녀는 모든 일이…… 시작되었을 때도 라케가 여전히 자고 있었다고 증언했다.

동료들이 그녀를 진정시켜주었다. 라리와 모르간은 라케를 데리고 병원에서 나왔다.

그들이 입구의 회전문을 거쳐 나왔을 때 모르간은 차가운 공기를 깊이 들이마시더니 말했다. "미안한데, 좀 토해야겠어." 그러고는 화단 위로 몸을 수그리고 전날 저녁에 먹고 소화된 음식과 초록빛이 도는 점액이 뒤섞인 곤죽을 덤불 위에 쏟아냈다.

다 토하고 난 다음 그는 입을 닦은 손을 바지에 문질렀다. 그리고 그 손이 증거물 A라도 되는 양 치켜들고는 라리에게 말했다.

"자, 여길 봐, 자네 여기에 가래침 한번 제대로 뱉어야 돼."

                                    ❄

그들은 다시 블라케베리로 향했고, 라리가 라케를 자기 집으로 데려갈 동안 모르간은 150크로나를 받아 주류판매점으로 갔다.

라케는 친구들이 하자는 대로 따랐다. 지하철을 타고 가는 내내 그는 한 마디도 하지 않았다.

그러나 라리의 집으로 올라가는 엘리베이터 안에서 그는 울기 시작했다. 소리 죽여 울지 않았다. 그러지 않았다. 그는 아이처럼, 아니 그보다 더 심하게 목놓아 울었다. 엘리베이터 문이 열리고 라리가 그를 층계참으로 밀어 내보내자, 그의 울음은 더욱 깊어져 콘크리트 벽들 위로 울려퍼지기 시작했다. 원시적이고 끝 모를 그 설움의 절규는 계단통 꼭대기부터 바닥까지 가득 채웠고, 우편함과 열쇠구멍을 통과해 흐르다 높이 솟구쳐올라 사랑과 희망의 추억 한가운데 우뚝 선 커다란 봉분이 되었다. 라리는 몸이 움츠러들었다. 그런 울음소리를 듣는 건 난생처음이었다. 이렇게 우는 사람은 없다. 이렇게 울라고 내버려두는 법도 없다. 이렇게 울면 죽을 것이다.

옆집 사람들이 내가 이 친구를 잡는 줄 알겠군.

인간의 고통과 어쩔 수 없음, 실망으로 이어져온 수천 년 세월이 잠깐이나마 라케의 노구에서 출구를 찾아 계속 쏟아져나오는데, 라리는 열쇠만 만지작거리고 있었다.

마침내 열쇠를 간신히 잠금장치 구멍에 꽂고는, 라리는 저 스스로도 그런 힘이 있었다고 믿을 수 없을 정도로 라케를 번쩍 들어 아파트 안으로 밀어넣고는 문을 닫았다. 라케는 계속 울부짖었다. 숨을 전혀 토해내지 못하는 것 같았다. 라리의 이마에 땀이 송골송골 맺히기 시작했다.

젠장, 나더러 어쩌라는 거야…… 내가……

공황 상태에 사로잡힌 그는 영화에서 본 대로 했다. 손바닥을 펼쳐 라케의 뺨을 후려친 것이다. 그러나 그 소리가 어찌나 날카로운지 그는 깜짝 놀라 때리자마자 후회했다. 하지만 효과가 있었다.

라케가 울음을 그치고 금방이라도 맞받아칠 듯 험악한 눈빛으로 라리를 보았던 것이다. 그런데 어쩐일인지 라케의 눈빛은 곧 누그러들었고, 그는 공기를 들이마시려는 듯 입을 벌렸다 닫고 말했다.

"라리, 나는……"

라리는 라케를 얼싸안았다. 라케는 친구의 어깨에 뺨을 대고 온몸이 떨리도록 격렬하게 울었다. 잠시 후 라리의 다리에 힘이 빠지기 시작했다. 그는 포옹을 풀고 현관에 있는 의자에 앉으려 했지만, 그에게 매달린 라케도 함께 딸려 내려갔다. 라리는 의자에 앉았고, 라케는 다리에 힘이 풀려 라리 아래 쪼그려앉은 채 친구의 허벅지에 머리를 기댔다.

라리는 친구의 머리칼을 쓰다듬어주며, 어떻게 할지 몰라 그저 작은 목소리로 말했다.

"저런, 저런…… 그래, 그래……"

라리의 두 다리에 긴장이 확 풀리는 가운데 뭔가 변화가 일어났다. 울음은 낮게 훌쩍이는 소리로 잦아드는데, 허벅지에 괸 라케의 턱뼈가 긴장하는 것이 느껴졌다. 라케는 고개를 들더니 소맷자락으로 콧물을 닦고 말했다.

"죽여버릴 거야."

"뭘?"

라케는 시선을 아래로 하더니 라리의 가슴팍을 똑바로 보면서 고개를 끄덕였다.

"놈을 죽여버릴 거야. 절대 살려두지 않을 거야."

⁂

아홉시 반부터 있는 긴 쉬는 시간 동안 스타페와 요한이 오스카르에게 오더니 "잘했어" "진짜 멋져"라고 말했다. 스타페는 오스카르에게 자동차 모양 젤리를 주었고, 요한은 언제 셋이 같이 빈병이나 주우러 가자고 했다.

오스카르가 지나갈 때 그를 밀치거나 코를 잡는 아이는 아무도 없었다. 미케 시스코브조차 학교식당 복도에서 만났을 때 오스카르한테서 재미난 이야기라도 들은 양 미소 지으며 격려하듯 고개를 끄덕였다.

오스카르가 한 짓이 모두 전부터 바라던 바였고, 그렇게 했으니 이제 그가 그들과 하나가 됐다는 것 같았다.

문제는 정작 오스카르는 도무지 즐겁지 않다는 것이었다. 그도 주변의 변화를 눈치챘지만, 달라지는 건 없었다. 이제 괴롭히는 사람이 없는 건 좋았다. 당연했다. 누구든 그를 때리려고 하면 그도 맞받아칠 것이다. 그러나 그는 이제 여기에 속해 있지 않았다.

수학시간 동안 오스카르는 고개를 들고 육 년간 함께해온 같은 반 아이들을 보았다. 그들은 고개를 숙이고 문제를 풀고, 펜 끝을 씹고, 쪽지를 돌리고, 킬킬거렸다. 그리고 그는 생각했다. 하지만 얘들은 그냥……어린애야……

그도 어린애였지만……

오스카르는 책에 십자가를 그렸다가 그것을 올가미를 매단 교수대로 바꾸어 그렸다.

나는 어린애야, 하지만……

그는 기차를 그렸다. 자동차. 배.

집. 문이 열린 집.

오스카르의 불안감은 더욱 깊어졌다. 수학시간이 끝나갈 무렵 그는 더 가만히 앉아 있을 수 없어서 바닥에 발을 굴러댔고, 손으로 책상을 쳐댔다. 선생님이 놀라서 고개를 돌리고 그에게 조용히 하라고 했다. 그러려고 했지만 이내 다시 초조해진 그는 꼭두각시의 실을 잡아당긴 듯 제멋대로 다리를 움직이기 시작했다.

그날의 마지막 수업인 체육시간이 되었을 때 오스카르는 더는 참을 수가 없어졌다. 복도에서 그는 요한에게 말했다.

"아빌라 선생님한테 나 아프다고 말해줄래?"

"조퇴하려고 그래, 왜 그래?"

"체육복을 안 가져왔어."

실제로 그는 오늘 아침 체육복을 챙기는 걸 깜박했다. 하지만 그래서 수업을 빼먹으려는 건 아니었다. 지하철역으로 가는 길에 그는 일렬로 서 있는 반 아이들을 보았다. 토마스가 그를 보더니 "우우우우" 하고 소리 질렀다.

고자질을 하겠지. 신경쓰이지 않았다. 털끝만큼도.

❄

오스카르가 서둘러 벨링뷔 광장을 가로지르는데 비둘기들이 잿빛

무리를 이루어 날아올랐다. 유모차를 끌고 가던 여자가 코에 주름이 질 정도로 인상을 쓰며 힐난의 눈초리를 던졌다. 동물을 배려하지 않는 아이라고 생각했겠지. 그러나 그는 갈 길이 급했고, 목적지로 향하는 길에 놓인 것들은 모조리 단순한 사물에 지나지 않았다.

오스카르는 장난감가게 밖에서 멈춰 섰다. 스머프들이 앙증맞은 배경 앞에 진열되어 있었다. 그걸 가지고 놀 나이는 한참 지났다. 집에 있는 상자에는 어렸을 적 자주 가지고 놀았던 빅 짐* 피겨들이 있었다.

일 년이나 그보다 좀더 전에.

가게 문을 열자 전자 도어벨 소리가 났다. 그는 선반마다 플라스틱 인형, 크릭사 맨과 모형건물 상자들이 즐비한 좁은 통로를 지나갔다. 계산대 가까이에 주형틀이 포함된 장난감병정 패키지들이 있었다. 주석 블록을 사려면 카운터에 가서 물어봐야 했다.

오스카르가 찾는 건 카운터 위에 쌓여 있었다.

그랬다. 짝퉁은 플라스틱 인형 아래 쌓아놓았지만, 상자에 루빅스 로고가 박힌 진짜들은 각별히 더 신경을 썼다. 그것들은 하나에 98크로나였다.

카운터 뒤에 선 땅딸막한 남자는 오스카르가 '알랑방귀를 뀐다'는 말을 알았더라면 바로 그렇다고 했을 미소를 짓고 있었다.

"안녕…… 오늘 뭐 특별한 거라도 찾고 있니?"

오스카르는 큐브가 카운터 위에 쌓여 있다는 것을 알고 있었기 때문에 이미 계획을 다 짜놓았다.

"네. 저…… 물감을 찾고 있는데요. 주석에 칠하는 거요."

---

* 1970, 80년대에 큰 인기를 끌었던 마텔 사의 액션피겨 패키지.

"그런데?"

남자는 뒤에 진열된 에나멜 물감이 담긴 올망졸망한 통들을 가리켰다. 오스카르는 몸을 앞으로 빼고 한 손은 카운터의 루빅스 큐브가 있는 바로 앞쪽에 올려놓고, 다른 손은 아래로 늘어뜨린 가방을 잡았다. 그는 색깔을 이리저리 보는 척했다.

"황금색. 황금색 있나요?"

"황금색. 물론 있지."

남자가 돌아섰을 때 오스카르는 큐브 하나를 훔쳐 가방에 얼른 집어넣고는, 남자가 물감통 두 개를 들고 와서 카운터 위에 올려놓는 것과 거의 동시에 손을 제자리에 올려놓았다. 두근거리는 심장이 내뿜는 열기가 뺨으로 올라와 귀까지 달아올랐다.

"무광택, 아니면 금속광?"

남자가 오스카르를 보았을 때, 오스카르는 제 얼굴이 온통 '여기 도둑이요'라고 쓴 경고판이 된 기분이 들었다. 빨갛게 달아오른 뺨을 눈치채지 못하게 하려고 오스카르는 주석 위로 몸을 수그리고 말했다.

"금속광이요…… 이게 더 멋진데요."

수중에 20크로나가 있었다. 물감은 19크로나였다. 그는 책가방을 열지 않으려고 코트 주머니에 넣어둔 작은 가방에 물감을 받아 넣었다.

가게를 나오자 언제나처럼 흥분감이 밀려들었지만 이번에는 평상시보다 더 짜릿했다. 오스카르는 이제 막 해방되어 사슬에서 풀려난 노예처럼 빠른 걸음으로 가게에서 멀어졌다. 참지 못하고 주차장으로 달려간 그는 두 대의 차 사이로 들어가 몸을 숨긴 후 조심스럽게 포장을 뜯고 큐브를 꺼냈다.

그가 가지고 있는 짝퉁보다 훨씬 더 무거웠다. 볼베어링을 한 것처럼 블록이 부드럽게 돌아갔다. 정말 볼베어링을 한 게 아닐까? 하지만 큐브를 망가뜨릴 위험을 감수하면서까지 분해해 살펴볼 생각은 없었다.

큐브가 빠진 상자는 투명 플라스틱으로 된 흉물과 다름없었기에 쓰레기통에 던져버렸다. 큐브는 포장을 벗기니 더 근사해 보였다. 그는 큐브를 코트 주머니에 넣고 소중하게 만지작거리면서, 그 무게를 느껴보려고 했다. 괜찮은 선물, 훌륭한…… 이별 선물이었다.

지하철역 입구에서 오스카르는 멈춰 섰다.

만약 엘리가 생각하길…… 내가……

그래, 선물을 준다는 건 어떤 식으로든 엘리가 떠난다는 사실을 받아들이는 것이었다. 이별 선물을 주고, 그것으로 끝이 나고 끝을 내는 것이다. 잘 가, 안녕. 그러나 상황은 그렇지 못했다. 그는 눈곱만큼도 그런 걸 원하는 게……

그의 시선이 역 부근을 휘휘 둘러보다 키오스크에서 멎었다. 신문 가판대가 보였다. 〈엑스프레센〉 신문. 엘리와 함께 살았던 나이든 아저씨의 사진이 1면 전체를 차지하고 있었다.

오스카르는 다가가서 신문을 뒤적거렸다. 다섯 페이지에 걸쳐 유다른 숲 수색에 관한 기사가 실려 있었다…… 제의적 살인자…… 배후, 다른 페이지에도 사진이 실려 있었다. 호칸 벵츠손…… 칼스타드…… 팔 개월간 실종…… 경찰은 국민에게…… 목격자는 남녀노소를 막론하고……

불안감이 오스카르의 마음속에 발톱을 내리박았다.

그 아저씨를 본 적이 있는 사람이, 아저씨의 집을 아는 사람이 나타나면……

키오스크의 여자가 창밖으로 몸을 내밀었다.

"살 거니 말 거니?"

오스카르는 고개를 젓고는, 신문을 제자리에 던졌다. 그리고 달렸다. 플랫폼까지 가서야 그는 검표원에게 표를 보여주지 않았음을 기억해냈다. 바닥에 발을 쾅쾅 굴러댔고, 주먹 쥔 손마디를 입에 넣고 빨았다. 두 눈에 눈물이 가득 고였다.

어서, 제발, 열차야, 빨리……

❅

소파에 눕다시피 한 라케는 실눈을 뜬 채 모르간이 발코니에서 난간에 앉은 새를 꼬드기는 것을 보고 있었다. 새는 호락호락하지 않았다. 해는 정확히 모르간의 머리통 뒤로 지면서 머리카락 주위로 후광을 퍼뜨렸다.

"이리 온…… 이리 온, 이리. 물지 않을게."

라리는 안락의자에 앉아 티브이 스페인어 교육방송을 건성건성 보고 있었다. 연습한 티가 확연한 사람들이 작위적인 모습으로 화면 속을 걷다가 말했다.

"요 텡고 운 볼소(내게는 가방이 있습니다)."

"케 아이 엔 엘 볼소(가방 안에 무엇이 들어 있습니까)?"

모르간이 고개를 숙이는 바람에 빛이 정통으로 라케의 눈을 비췄다. 라케가 눈을 감는데 웅얼웅얼 어색한 발음으로 따라하는 라리의 목소리가 들렸다.

"케 하이 엔 엘 보울소."

라리의 집 안에선 퀴퀴한 담배 연기와 먼지 냄새가 났다. 탁자 위 꽁초로 넘쳐나는 재떨이 바로 옆에는 빈 술병이 놓여 있었다. 라케는 조심스럽게 담배를 끈 다음 탁자 위의 담뱃불에 눌은 자국들을 응시했다. 눈앞에서 그 자국들이 힘없는 딱정벌레들처럼 미끄러지듯 날아다니는 것 같았다.

"오나 카미사 이 판탈로네스(셔츠와 바지가 있습니다)."

라리는 저 혼자 낄낄댔다.

"……판탈라네스."

✳

그들은 그의 말이 믿기지 않았다. 아니 그보다는, 그렇다, 그의 말은 믿었지만 그 사고를 그처럼 해석하고 싶어하지는 않았다. '자연발생적 연소'라는 말을 라리가 했을 때, 모르간은 철자를 대라고 했다.

자연발생적 연소의 사례가 뱀파이어만큼 체계적으로 성문화되어 있고 과학적으로 입증되어 있느냐는 문제만 뺀다면야. 그 말인즉, 전혀 아니올시다라는 거지.

그러나 똑같이 받아들이기 어려운 시나리오 두 개가 있다면 사람들은 으레 자신이 부담해야 할 게 적은 쪽을 믿을 것이다. 라케에게 친구들은 아무런 도움이 되지 않을 터였다. 모르간은 라케가 병원에서 일어난 일을 설명하는 내내 진지하게 귀를 기울이다가, 이 모든 일의 원인을 찾아 파괴해버리자는 대목에서 입을 열었다.

"그러니까, 자네 말은 우리가…… 뱀파이어 킬러가 돼야 한다는 거 아니야. 자네랑 나랑 라리가. 말뚝에 십자가에 그리고…… 아니야, 미안해, 라케. 하지만 난 그 문제를 그렇게 보지 못하겠어."

불신에 차 어이없어하는 표정을 짓는 그들을 보자마자 라케에게 떠오른 생각은 이것이었다.

비르기니아라면 내 말을 믿었을 거야.

그러자 고통이 다시금 발톱을 세워 그의 속을 후벼팠다. 그 역시 비르기니아의 말을 믿지 않았고 그랬기 때문에…… 그 참상을 망막에 낙인처럼 찍고 살게 됐으니, 차라리 그녀를 안락사 시켜주고 자신은 감방에서 몇 년 썩는 게 나았을 것 같았다.

살갗이 검게 타며 연기를 내뿜자 침대에서 몸부림치던 그녀. 성기를 훤히 드러내며 배 위로 말려올라가던 환자복. 불꽃이 허벅지에 옮겨붙자 보이지 않는 존재와 지옥의 교미를 하듯 엉덩이를 위아래로 들썩거리던 그녀와 덜거덕거리던 침대의 금속 프레임. 절규에 절규를 거듭하는 그녀, 방 안 가득한 머리카락 그을리는 냄새, 공포에 질린 그녀의 눈은 나를 보는가 싶더니 이내 새하얗게 되어 부글부글 끓어올랐고 그리고…… 터졌어……

라케는 혼자 반병도 넘게 마셨다. 모르간과 라리는 말리지 않았다.

"……판탈라네스."

라케는 소파에서 일어서려고 했다. 뒤통수가 몸뚱이만큼이나 무겁게 느껴졌다. 그는 탁자에 지탱해 몸을 일으켜세웠다. 라리가 일어나 그를 부축했다.

"라케, 이 사람아, 진짜…… 눈 좀 붙이지 그래."

"아니, 집에 가야겠어."

"집에 가서 뭘 하려고?"

"그냥…… 할 일이 좀 있어."

"한다는 일이…… 우리가 하던 이야기랑은 전혀 관계없는 거지, 그렇지?"

"아냐, 아냐."

라케가 비틀거리며 현관을 향해 가는데 모르간이 발코니에서 들어왔다.

"야! 이 친구야! 어디를 가겠다는 거야?"

"집."

"그럼 내가 바래다줄게."

라케는 뒤돌아, 몸을 똑바로 가누려고 애쓰면서 어떻게든 취하지 않은 것처럼 보이려고 했다. 모르간이 다가오더니, 혹여 라케가 쓰러질까 싶어 두 손을 뻗었다. 라케는 고개를 흔들고는 친구의 어깨를 두드려주었다.

"혼자 있고 싶어. 알았지? 혼자 있고 싶다고. 그뿐이야."

"정말 잘 버틸 수 있겠어?"

"해봐야지."

라케는 고개를 몇 번 더 끄덕였고, 홀린 듯 연방 고갯짓을 하다가, 한자리에 언제까지고 서 있어선 안 되겠다 싶어 의식을 동원해 고개를 멈추고는 몸을 돌려 현관으로 갔다. 그는 코트를 걸치고 신발을 신었다.

라케 역시 자신이 만취했다는 걸 알았다. 그러나 한두 번 겪는 일도 아니어서 자신의 행동을 뇌와 분리해 기계적으로 부릴 줄 알게 되었다. 잠깐이라면 막대기 뽑기 놀이*쯤은 손을 떨지 않고 했을 것이다.

집 안에서 친구들의 말소리가 들렸다.

"아무래도 우리가……"

"아냐. 저 친구가 원하는 거라면 존중해주자고."

---

* 가느다란 막대기 여러 개를 한 손에 쥐고 있으면 다른 사람이 다른 막대기를 건드리지 않고 막대기를 하나씩 뽑아서 옮기는 놀이.

그러나 그들은 라케를 배웅하러 현관까지 나왔다. 어색하게 그를 끌어안았다. 모르간은 라케의 두 팔을 잡더니 몸을 숙여 그와 눈을 맞췄다.

"바보짓 하지 마, 알았지? 자네한테는 우리가 있어, 자네도 알지?"

"그래, 알아. 물론 그런 짓은 안 해."

❄

일단 고층 아파트 단지를 빠져나오자 그는 걸음을 멈추고 전나무 꼭대기에 걸려 있는 해를 바라보았다.

앞으로 절대로 다시는…… 햇빛을……

비르기니아의 죽음과 그녀가 보여준 행동이 그의 심장에, 아니 심장이 있던 자리에 무거운 납덩이처럼 매달리는 바람에 그는 자꾸 발이 꼬이고 보폭이 좁아졌다. 거리에 비친 오후햇살이 그를 조롱했다. 거리를 오가는 몇 안 되는 사람들이…… 조롱했다. 목소리들. 시시콜콜한 일상을 이야기하는…… 마치…… 다 끝이야, 언제고……

너한테도 일어날 수 있는 일이야.

키오스크 바깥에 한 사람이 창가에 몸을 기대고 주인과 얘기를 나누고 있었다. 라케는 하늘에서 검은 덩어리가 떨어지더니 그 사람의 등에 올라타는 것을 보았고……

도대체 내 눈이……

그는 줄줄이 박힌 헤드라인 앞에 멈춰 서서, 눈을 깜빡이며 지면을 가득 메운 사진을 제대로 보려고 애썼다. '제의적 살인자'. 라케는 코웃음을 쳤다. 그가 더 잘 아는 이야기였다. 진짜 정황에 대해서. 그러나……

그는 그 얼굴을 알아보았다. 그건……

중국식당에서. 그에게…… 위스키를 사주었던 남자. 설마……

그는 한 걸음 다가서서 사진을 더 자세히 들여다보았다. 그래. 맞았다. 똑같이 미간이 넓은 눈, 똑같이…… 라케는 한 손으로 입을 막고 손가락으로 입술을 눌렀다. 여러 광경이 빙빙 돌면서 서로 연결되려 했다.

라케가 술을 얻어먹은 그 남자가 요케를 죽인 사람이었고, 요케를 죽인 사람이 그와 같은 아파트 단지에, 불과 몇 집을 사이에 두고 살고 있었던 것이다. 그는 라케와 몇 번 인사를 나눴고, 그는……

그러나 그가 그런 짓을 저지른 건 아니었다. 그건 분명히……

어떤 목소리. 그 목소리가 뭐라고 말했다.

"안녕 라케. 아는 사람이야, 뭐야?"

키오스크 주인과 밖에 서 있던 남자가 둘 다 그를 보고 있었다.

"……그래……"

라케는 대답하고 다시 집을 향해 걷기 시작했다. 세상은 사라져버렸다. 라케는 마음의 눈으로 그 남자가 나왔던 입구를 보았다. 아파트의 가려진 창문을 보았다. 그는 근본부터 파헤칠 예정이었다. 그럴 작정이었다.

그는 발걸음이 빨라졌고, 척추가 곧추 펴졌다. 가슴을 쳐대는 납덩이 때문에 몸이 덜덜 떨렸고, 그 떨림은 우레가 되어 온몸을 뒤흔들었다.

내가 간다. 맙소사…… 내가 간다고.

✽

열차가 록스타에 정차했다. 오스카르는 초조했고, 살짝 두려움마저 느끼며 입술을 깨물었다. 열차 문이 너무 오래 열려 있는 것 같았다. 스피커에서 짤깍 소리가 들렸을 때 그는 운전사가 곧 운행 지연 안내를 할 거라고 생각했다. 하지만—

"출입문에서 한 발 물러서주십시오. 문이 곧 닫힙니다."

— 방송과 함께 열차는 역을 빠져나갔다.

별다른 계획은 없었다. 엘리에게 주의를 주자고, 누가 언제고 경찰에 전화를 걸어 그 아저씨를 봤다고, 블라케베리에서, 건물에서, 계단에서, 아파트에서 본 적이 있다고 말할지도 모른다고 하려는 게 전부였다.

만약 경찰이…… 문을 부수고…… 욕실로 들어가면…… 어떻게 될까?

열차는 덜컹거리며 다리를 건넜고, 오스카르는 창밖을 바라보았다. 두 남자가 연인의 키오스크에 서 있었다. 그중 한 남자에게 반쯤 가려 있었지만 노란 종이에 커다랗게 인쇄된, 증오에 찬 일련의 헤드라인들이 보였다. 다른 남자가 빠른 걸음으로 키오스크를 떠났다.

누구건. 누구건 그 아저씨를 알아볼 거야. 알아차릴 거야.

열차가 속도를 줄이기 시작했을 때 오스카르는 이미 자리에서 일어나 문 앞에 가 있었다. 문이 더 빨리 열릴까 싶어 손가락을 두 문이 맞닿은 고무가두리 사이에 밀어넣으면서, 그는 이마를 유리창에 대고 뜨거운 살갗에 냉기를 전했다. 브레이크가 끼익끽 하는 소리를 낸 다음에야 안내가 나오는 걸 보니 운전사가 한눈을 판 게 틀림없었다.

"다음 정차할 곳은 블라케베리입니다."

욘니가 플랫폼에 서 있었다. 토마스도.

아니야. 아니아니아니야. 걔들이 아니야.

열차가 흔들리며 정지했을 때 오스카르와 욘니의 눈이 마주쳤다. 문이 쉿소리를 내며 열렸을 때 둘은 동시에 눈이 휘둥그레졌다. 욘니가 토마스에게 뭐라고 말하는 것이 보였다.

오스카르는 긴장해서 문 밖으로 튈 듯이 뛰쳐나가 달리기 시작했다.

토마스의 긴 다리가 튕기듯 뻗어나오더니 오스카르에게 발을 걸었다. 오스카르는 플랫폼 위로 나동그라졌고, 넘어지지 않으려다 손바닥이 벗겨졌다. 욘니가 그의 등 위로 올라탔다. "이렇게 바빠 어딜 가시나?"

"놔줘! 놔줘!"

"왜 그래야 되는데?"

오스카르는 눈을 질끈 감고 주먹을 불끈 쥐었다. 욘니의 무게를 가슴으로 느끼며, 가능한 한 크게 심호흡을 몇 번 한 다음 그는 콘크리트 바닥에 대고 말했다.

"하고 싶은 짓 다 해. 그리고 놔줘."

"좋아."

그들은 오스카르의 두 팔을 잡고 일으켜세웠다. 오스카르는 역에 걸린 시계를 흘긋 보았다. 두시 십분. 분침이 시계판 위에서 힘겹게 앞으로 나아갔다. 오스카르는 안면근육과 배에 바짝 힘을 주며 제 몸이 바윗돌처럼 충격에도 둔감해지길 바랐다.

그저 빨리 끝내줘.

그들의 계획이 무엇인지 알아차리고야 오스카르는 발버둥치기 시작했다. 그러나 암묵적인 합의라도 보았는지 둘 다 똑같이 그의 팔을 비틀어 돌리는 바람에 움직일 때마다 그는 팔뚝이 부러질 것만 같았다. 그들은 그를 억지로 플랫폼 가장자리로 끌고 갔다.

설마 그렇게까지는 못하겠지. 설마 그럴 수는……

그러나 토마스는 미친놈이었다. 그리고 욘니는……

오스카르는 두 발로 버티고 멈춰 서려고 했다. 두 발이 춤을 추듯 플랫폼 위를 휘 돌았고, 그러는 동안 토마스와 욘니는 그를 끌고 흰색으로 표시된 철로 접근 제한선까지 갔다.

시내에서 출발한 열차가 다가오면서 터널에서 바람이 훅 불어왔고, 오스카르의 왼쪽 관자놀이의 머리칼이 얼굴을 간질였다. 철로가 웅웅거리며 울리는 가운데 욘니가 속삭였다.

"이제 넌 죽는 거야, 알아둬."

토마스는 낄낄대며 오스카르의 팔을 쥔 손에 더 세게 힘을 주었다. 오스카르의 의식은 암흑 속으로 들어갔다. 진짜로 할 작정인 거야. 그들은 오스카르를 밀어붙여 그의 상체를 철로 위 허공으로 내밀었다.

다가오는 열차의 불빛이 철로 위에 차디찬 빛의 화살을 쏘았다. 오스카르는 황급히 왼쪽으로 고개를 돌려 맹렬한 속도로 터널에서 튀어나오는 열차를 보았다.

빠아아아아아아아앙!

열차의 신호음과 함께 오스카르의 심장은 단말마의 고통으로 펄떡거렸고, 바로 그 순간 그는 바지에 오줌을 지렸다. 그가 마지막으로 생각한 것은—

엘리!

—뒤로 끌어당겨지기 전, 열차가 오스카르의 눈앞에서 몇 센티미터 떨어진 곳을 쏜살같이 지나갔을 때, 그의 시야는 온통 초록색으로 가득 차올랐다.

＊

오스카르는 플랫폼에 등을 대고 누워 있었다. 숨을 토해내자 입김이 혹 뿜어져나왔다. 축축한 사타구니가 점점 더 시려왔다. 욘니가 바로 옆에 쭈그리고 앉았다.

"이제 알았겠지, 여기서 얼씬대다가는 어떻게 되는지. 응?"

오스카르는 반사적으로 고개를 끄덕였다. 그만두자. 예전에 느꼈던 충동들은. 욘니는 조심스럽게 다친 귀를 만지며 미소 지었다. 그런 다음 그는 오스카르의 입 위에 손을 대고 뺨까지 짓눌리도록 눌러댔다.

"알아들었으면 돼지처럼 울어."

오스카르는 꿱꿱 소리를 냈다. 돼지처럼. 그들이 웃었다. 토마스가 말했다. "전에는 더 잘 했는데 말이야."

욘니가 고개를 끄덕였다. "다시 훈련 좀 시켜야겠어."

맞은편의 열차가 도착했다. 그들은 그를 내버려두고 떠났다.

오스카르는 텅 빈 플랫폼에 한동안 누워 있었다. 잠시 후 허공 위로 그의 앞에 얼굴 하나가 떠올랐다. 어떤 아주머니. 그에게 손을 내밀고 있었다.

"가엾어라. 아까부터 다 봤다. 경찰에 신고해라, 그게……"

경찰.

"……살인미수지. 자, 내가 도와줄 테니까……"

오스카르는 여자가 내민 손을 사양하고 제 힘으로 벌떡 일어났다. 문을 향해 절뚝거리며 계단을 오르는 그의 귓가에 여자의 말이 들려왔다.

"너 정말 괜찮니?"

※

짭새들이잖아.

라케는 단지 마당으로 걸어가면서 구석에 서 있는 순찰차를 보고 움찔했다. 경찰 두 명이 차 밖에 서 있었는데, 그중 한 명은 노트패드에 무언가를 적고 있었다. 라케는 그들도 자신과 똑같은 것을 찾고 있을 테지만 그들의 정보원은 신통치 않을 거라고 확신했다. 우물쭈물하는데도 경찰들이 주목하지 않자, 그는 걸음을 멈추지 않고 쭉 늘어선 건물들의 첫번째 입구로 들어갔다.

벽에 붙어 있는 명패들은 그에게 아무 말도 해주지 않았지만, 그는 가야 할 곳을 알고 있었다. 1층 오른쪽 집. 지하실로 내려가는 문 바로 옆에 테뢰드 병 하나가 놓여 있었다. 그는 멈춰 서서 그것이 다음 행동을 지시해줄 열쇠라도 되는 양 바라보았다.

테뢰드는 가연성이야. 비르기니아는 불꽃에 휩싸였고.

하지만 생각은 거기서 멈췄고, 라케는 다시금 건조하고 격앙된 분노만을 느끼며 계단을 올라갔다. 어떤 변화가 일어났다.

그의 머릿속은 명징했지만, 몸은 굼떴다. 발이 자꾸만 헛나가 난간에 의지해 계단을 올라가는 동안 머릿속 생각이 또렷하게 공명했다.

들어간다. 놈을 찾아낸다. 무언가로 놈의 심장을 꿰뚫는다. 그리고 짭새들을 기다린다.

그는 문패도 없는 문 앞에 섰다.

그런데 이 자식아, 어떻게 들어갈 거냐고?

그는 농담이라도 하는 심정으로 무심히 팔을 뻗어 문손잡이를 건드렸다. 그러자 문이 열리면서 텅 빈 집 안이 드러났다. 가구도, 깔개도, 그림도 없었다. 옷도 없었다. 그는 입술을 핥았다.

도망쳤군. 이젠 내가 뭘 어떻게 해봤자……

현관 바닥에 테뢰드가 두 병 더 놓여 있었다. 그는 그 의미를 파악하려고 애썼다. 그렇다면 이걸 마신다는…… 아니야. 그건……

누군가 최근까지 여기 있었다는 것 말고는 다른 의미가 없어. 그런 게 아니라면 아까 그 병도 없었겠지.

그랬다.

라케는 안으로 들어가 현관에 서서 귀를 기울였다. 아무 소리도 들리지 않았다. 그는 재빨리 집 안을 둘러보다가 창문에 담요를 친 방들을 발견하고는 그 이유를 깨달았다. 제대로 찾아왔다.

마침내 그는 욕실 문 앞에 가 섰다. 손잡이를 잡고 내리며 문을 밀었다. 잠겨 있었다. 그러나 이런 문을 따는 것쯤이야 식은 죽 먹기였다. 스크루드라이버나 그 비슷한 것만 있으면 됐다.

다시 한번 그는 철저히 자신의 행동에만 집중했다. 동작만 수행하는 거다. 그 이상은 생각하지 말자. 그럴 필요도 없다. 생각을 하기 시작하면 망설이게 될 텐데, 그는 그러지 않을 작정이었다. 그러니 행동하는 거다.

그는 부엌에 있는 서랍을 열고 식칼을 찾아냈다. 다시 욕실 쪽으로 걸어갔다. 칼날을 문손잡이 안에 집어넣고 시계방향으로 돌렸다. 잠금장치가 풀리자, 그는 문을 열었다. 안은 칠흑처럼 어두웠다. 그는 손을 더듬거려 전등 스위치를 찾아냈다. 그리고 전원을 켰다.

하느님 도와주소서. 만약 놈이 아니라면 정말이지 망할……

라케의 손에서 칼이 떨어졌다. 그의 발 앞에 있는 욕조에는 피가 반쯤 채워져 있었다. 욕실 바닥에는 커다란 플라스틱 물통들이 굴러다니고 있었는데, 그 반투명한 플라스틱 표면에도 피가 묻어 있었다. 칼이 타일 바닥에 부딪혀 작은 종처럼 땡그랑 소리를 냈다.

혀가 입천장에 들러붙은 것 같았다. 그는 허리를 굽혀서 그러니까…… 그러니까 뭐? ……그것을 조사할 생각으로…… 아니 다른 것, 좀더 근본적인 것을 조사할 생각이었다가…… 그렇게 많은 피가 있다는 것에 홀려서…… 거기에 살짝 손을 담그려고, 핏속에— 두 손을 담그려 하고 있었다.

라케는 열 손가락을 그 잔잔하고 어두운 수면 가까이 내리고는…… 그대로 담갔다. 손가락들은 잘려나간 것처럼, 사라진 것처럼 보였고, 그는 멍하니 입을 벌린 채 한 손을 더 깊이 담그다가 어떤 느낌에—

라케는 비명을 지르고 손을 뺐다.

욕조에서 황급히 손을 거두자 핏방울들이 포물선을 그리며 날아 천장과 사방 벽에 흩뿌려졌다. 반사적으로 그는 손을 입으로 가져다 댔다. 들큼하니 끈적거리는 그것이 혀와 입술에 묻고 나서야 비로소 자신이 무슨 짓을 했는지 깨달았다. 그는 침을 뱉고 손을 바지에 문질러 닦았다. 그리고 나머지 깨끗한 손으로 입을 막았다.

뭔가 누워 있어…… 저 아래에.

그렇다. 그의 손끝에 닿은 것은 인간의 배였다. 누르는 대로 그것이 쑥 들어가는 바람에 손을 빼고 만 것이었다. 엄습해오는 깊은 공포를 떨쳐내려고 그는 바닥을 샅샅이 뒤져 칼을 찾아들고는, 칼자루를 움켜잡았다.

내가 도대체 무슨……

술에 취하지 않았더라면 라케는 그쯤에서 물러갔을 것이다. 다시 잔잔해진 거울 같은 수면 아래에 토막난 시체라도 감추고 있을 것 같은 이 작고 검은 호수를 떠났을 것이다.

배는 어쩌면……그냥 배일지도 모르지.

그러나 취기 때문에 공포 속에서도 잔인한 마음이 발동했고, 그래서 그는 욕조 가장자리에서 검은 액체 속으로 이어진 가느다란 사슬을 발견하고는 손을 뻗어 잡아당겼다.

수면 아래서 마개가 뽑히자, 파이프를 통해 피가 빠지는 소리가 쿨럭쿨럭 나더니 수면 위로 보일 듯 말듯한 소용돌이가 생겼다. 그는 욕조 앞에 무릎을 꿇고 앉아 입술을 핥았다. 혀에 비린내가 남아 있어 바닥에 침을 뱉었다.

수면이 점점 낮아지기 시작했다. 검붉은 가장자리가 제일 높은 부분부터 날카로운 윤곽을 그리며 드러나기 시작했다.

여기 오랫동안 **잠겨** 있었던 게 분명해.

일 분이 지나자 한쪽 끝에서 코의 윤곽이 드러났다. 반대쪽에서는 한 벌의 발가락들이 나타나더니, 그가 지켜보는 동안 두 개의 발이 되어 반쯤 드러났다. 수면의 소용돌이는 정확히 두 발 사이에 자리를 잡고 점점 좁아지면서 거세어졌다.

라케는 점차 모습을 드러내는 어린아이의 몸을 따라 시선을 옮겼다. 가슴 위에 십자로 모은 두 개의 손. 두 개의 무릎. 얼굴. 마지막 남은 피가 빠지면서 꾸르륵거리는 소리가 작게 났다.

그의 눈앞에 놓여 있는 몸은 검붉은 색이었고, 갓 태어난 아기처럼 얼룩덜룩하고 끈적끈적했다. 배꼽은 있었지만 성기는 없었다. 남자애야, 여자애야? 중요하지 않았다. 눈을 꼭 감은 얼굴을 가까이 들여다본 순간, 라케는 그 얼굴을 이가 갈릴 정도로 분명히 기억해냈다.

❋

오스카르는 달리려고 했지만 두 다리가 얼어붙어버렸다. 말을 듣지 않았다.

그 절망스러웠던 오 초 동안 그는 정말로 죽을 거라고 믿었다. 그들이 그를 밀어버리기로 작정한 거라고 생각했다. 지금 온몸의 근육은 그 생각에서 벗어나지 못해 힘겨워하고 있었다.

학교와 체육관 사이의 통로에 이르자 더는 무리였다.

그는 눕고 싶었다. 가령, 저 덤불 위에 드러눕고 싶었다. 재킷과 안감을 댄 바지가 날카로운 나뭇가지에 찔리지 않도록 보호해줄 것이고, 큰 가지들은 부드럽게 그를 받쳐줄 것이다. 그러나 서둘러야 했다. 초침이 시계판 위에서 스타카토로 나아가고 있었다.

학교.

정면을 날렵한 적갈색 벽돌로 지은 석조 건물. 마음속으로 그는 새처럼 복도를 내리덮치듯 날아 교실로 들어갔다. 거기 욘니가 있었다. 토마스도. 그들은 책상에 앉아 오스카르를 보며 비아냥거리는 미소를 지었다. 그는 고개를 기울여 자기 부츠를 확인했다.

신발끈은 더러워져 있었고 한쪽은 막 풀리기 직전이었다. 위쪽의 금속 혹은 구부러진 채 벌어져 있었다. 그는 살짝 안짱으로 걸어서 두 짝 모두 굽 쪽의 인조가죽이 약간 늘어났고 닳아 반들거렸다. 그렇대도 그는 그 부츠를 겨울 내내 신을 작정이었다, 별다른 일이 없는 한은.

바지가 젖어 추웠다. 그는 고개를 들었다.

쟤들한테 지면 안 돼. 나는. 절대로. 쟤들한테. 지지. 않을 거야.

온기가 다리로 퍼져나갔다. 달리기 시작하자 건물 정면의 벽돌 벽이 그리는 일직선들이 슥슥 떨어져나가더니 지우개로 지운 것처럼 사라져버렸다. 두 다리를 앞으로 쭉 뻗자 발 주변으로 흙탕물이 튀었다. 발 밑에서 진흙이 흘러넘쳤고, 이제는 지구가 너무 빨리 도는 것 같아 따라잡을 수가 없었다.

그의 몸을 실은 두 다리는 비틀거리면서 고층 건물들과 오래전부터 거기 있었던 콘숨 슈퍼마켓과 코코넛 초콜릿볼 공장을 지났고, 달리는 속도에 몸에 밴 습관까지 더해져 오스카르는 단지 마당으로 돌진해 들어가 엘리네 앞을 지나 곧장 그의 집 건물로 향했다.

하마터면 같은 방향으로 가고 있던 경찰과 부딪칠 뻔했다. 경찰은 두 팔을 벌려 그를 붙잡았다.

"이런, 애야! 아주 바쁜가보구나."

오스카르는 혀가 굳어버렸다. 경찰은 오스카르를 놔주고는 그를 보았는데…… 의심하는 걸까?

"너 여기 사니?"

오스카르는 고개를 끄덕였다. 전에 한 번도 본 적 없는 경찰이었다. 꽤 괜찮게 생겼다. 아니다. 평상시라면 오스카르가 잘생겼다고 생각했을 얼굴이었다. 경찰은 자신의 코를 살짝 꼬집으며 말했다.

"애야…… 여기서 무슨 일이 일어났거든. 바로 옆 건물에서. 그래서 이 아저씨가 집집마다 돌아다니면서 무슨 소리 들은 거 없냐고, 뭐 본 건 없냐고 물어볼 거다."

"어느…… 어느 건물인데요?"

경찰이 고갯짓으로 톰미네 건물을 가리켰고, 급작스럽게 오스카르를 덮쳤던 공포는 사라졌다.

"저기, 저 건물. 사실 저 건물이 아니라…… 지하실이라고 하는 게 맞겠지. 저 근처에서 뭐 이상한 소리를 들었거나 본 적 없니, 요 며칠 사이에?"

오스카르는 고개를 저었다. 머릿속이 혼미해질 정도로 생각이 빙글

빙글 도는 바람에, 사실 아무 생각을 하지 않는데도 근심이 눈 밖으로 빛을 뿜어 경찰한테 훤히 보일 것만 같았다. 아니나 다를까, 경찰관은 고개를 숙이고 오스카르를 유심히 살펴보는 것이었다.

"넌 어떠니?"

"……네, 괜찮아요."

"무서워할 것 없다. 이제 다…… 끝났거든. 그러니까 걱정하거나 그럴 필요는 없어. 부모님은 다 집에 계시니?"

"아뇨. 엄마만. 지금은 안 계세요."

"알았다. 자, 내가 한동안 이 주위를 왔다갔다할 거니까…… 뭔가 본 게 있는지 생각해봐줄 수 있지?"

경찰은 문을 열고 그를 기다려주었다. "먼저 들어가라."

"아뇨, 저는 갈 데가……"

오스카르는 뒤를 돌아 애써 태연하게 둔덕을 내려갔다. 반쯤 내려간 그는 돌아서서 경찰이 그가 사는 건물로 들어가는 것을 보았다.

저 사람들이 엘리를 잡은 거야.

턱이 덜덜 떨리기 시작했다. 이가 맞부딪치면서 뼈들로 불분명한 모스부호를 전하는 가운데 그는 엘리가 사는 건물로 들어가 계단을 올라갔다. 경찰들이 문 앞에 테이프 같은 것을 쳐서 봉쇄했을까?

내가 들어가도 된다고 말해줘.

문은 살짝 열려 있었다.

경찰이 여기 왔다면 왜 문을 열어놓았을까? 경찰이라면 안 그러지 않나? 오스카르는 손가락으로 문고리를 잡아 가만히 문을 열고 살그머니 현관으로 들어갔다. 집 안은 어두웠다. 발에 무언가 걸렸다. 플라스틱 병. 피가 들어 있을 거라는 생각과는 달리 살펴보니 테뢰드였다.

숨소리.

누군가 숨을 쉬고 있었다.

움직이고 있었다.

소리는 욕실 쪽으로 난 복도에서 들려왔다. 오스카르는 한 번에 한 걸음씩 옮기면서, 이가 맞부딪치지 않도록 양 입술을 입 안으로 밀어넣었다. 그러자 떨림은 턱으로 옮겨가 목과 울대뼈까지 울려댔다. 그는 구석 쪽으로 돌아가 욕실 안을 들여다보았다.

경찰이 아니야.

오스카르의 시야가 미치지 못하는 욕조 옆에 초라한 옷차림의 남자가 무릎을 꿇고 앉아 상체를 욕조 위로 수그리고 있었다. 오스카르에겐 지저분한 회색 바지와, 타일 바닥 쪽을 향한 다 떨어진 신발의 두 끝만 보였다. 그리고 코트 끝자락.

그 아저씨!

하지만 이 사람은…… 숨을 쉬고 있잖아.

그랬다. 쉿소리를 내며 들이마시고 내쉬는, 한숨이라고 해도 좋을 소리가 욕실에서 들려왔다. 오스카르는 자신도 모르게 그쪽으로 기어갔다. 차츰차츰 욕실 안이 더 잘 보이기 시작했고, 몸을 욕조 높이와 비슷하게 올렸을 때 그는 무슨 일이 벌어지고 있는지를 보았다.

＊

라케는 할 수가 없었다.

욕조 바닥에 있는 몸뚱이는 철저히 무방비 상태였다. 그것은 숨을 쉬고 있지 않았다. 그것의 가슴에 손을 가져다 대보니 심장은 뛰고 있었지만, 일 분에 고작 몇 번이었다.

그는 뭔가…… 무시무시한 걸 예상하고 있었다. 그가 병원에서 겪었던 공포에 비례하는 어떤 것. 그러나 이 조그마한 핏덩어리 인간은 다시 일어설 수 있을 것 같지도 않았고, 더군다나 누구 하나 해칠 수도 없을 것 같았다. 그냥 어린애였다. 상처 입은 아이.

사랑하는 이가 암으로 쇠잔해져가는 모습을 지켜보는 사람에게 현미경으로 암세포를 보여주는 식이었다. 아무것도 아니었다. 저게? 저게 이런 짓을 저지른 거야? 저 조그만 놈이?

내 심장을 파괴해줘.

라케는 흐느껴 울면서 고개를 떨궜고, 그 바람에 머리가 욕조 가장자리에 부딪히며 둔탁하게 울리는 소리가 났다. 절대. 할 수. 없었다. 안 돼. 어린아이를 죽이다니. 자는 아이를. 안 될 일이었다. 아무리……

그래서 이게 지금껏 살아 있을 수 있었던 거야.

이건. 어린애가 아니야. 이것은.

이게 비르기니아를 덮쳤고 그리고…… 요케를 죽였다. 이것이. 그의 앞에 누워 있는 괴물. 이놈은 또다른 사람에게도 그런 짓을 저지를 것이다. 이것은 인간이 아니다. 숨을 쉬지 않는데도 심장은…… 동면중인 동물처럼 뛰고 있었다.

다른 사람들을 생각해봐.

인간들 사이에 섞여 사는 독사. 이 순간 무방비 상태로 보인다는 그 이유 하나 때문에 죽일 수 없다고 생각하는 거야?

그러나 결국 그가 마음을 굳힌 건 그 생각 때문이 아니었다. 그가 결단을 내린 건 다시 그 얼굴을 보았을 때였다. 얇게 피 막에 덮여 있는 얼굴을 보고 있는데, 그것이…… 미소를 짓고 있는 것 같았다.

놈은 이제껏 자신이 저지른 모든 악행에 미소를 짓고 있었다.

그만해.

라케는 괴물 위로 식칼을 쳐들었고, 온몸의 무게를 실어 찌를 작정으로 두 다리를 약간 뒤로 움직였는데—

"아아아아아아!"

※

오스카르가 고함을 질렀다.

그 아저씨는 피하지도 않았다. 그저 얼어붙은 듯 꼼짝도 하지 않다가, 고개를 돌려 오스카르를 보면서 천천히 말할 뿐이었다.

"난 반드시 해야 한단다. 알겠니?"

오스카르는 그를 알아보았다. 같은 단지에 사는 주정뱅이로, 가끔 그에게 인사를 건네기도 하는 아저씨였다.

이 아저씨가 왜 이러는 거지?

그러나 그런 건 상관없었다. 중요한 건 사내가, 벌거벗은 채 욕조에 누워 있는 엘리의 가슴에 칼을 겨누고 있다는 것이었다.

"하지 마요."

남자의 고개가 오른쪽으로 왼쪽으로 움직였다. 거부의 표시라기보다는 바닥에서 무언가를 찾고 있는 것처럼 보였다.

"아니……"

남자는 욕조 쪽으로, 칼 쪽으로 몸을 돌렸다. 오스카르는 설명하고 싶었다. 욕조 안에 있는 것은 그의 친구라고, 그것은 그의…… 안에 누워 있는 그것에게 주려고 선물을 가져왔다고, 그러니까, 그건 엘리라고.

"잠깐만요."

엘리의 가슴에 댄 칼끝에 너무 힘이 들어간 나머지 그녀의 살갗이 뚫릴 것만 같았다. 오스카르는 스스로도 납득하지 못하면서도 재킷 주머니에서 큐브를 꺼내 사내에게 보여주었다.

"보세요!"

라케는 잿빛 일색으로 둘러싸인 가운데 난데없이 튀어나온 색깔을 곁눈질로 흘끔 보았다. 굳은 결단에 가득 찬 와중에도 고개가 절로 그쪽을 향했다.

소년이 쥐고 있는 건 흔해빠진 큐브였다. 밝은 색깔의.

지금 이 상황에선 완전히 미친 짓거리 같았다. 까마귀 떼 속의 앵무새. 한순간이었지만 그는 선명한 색깔의 장난감에 정신이 팔렸다. 그러다 다시 욕조를, 갈비뼈 사이로 들어가고 있는 칼을 보았다.

그냥…… 누르기만 하면…… 되는 거야……

어떤 변화가 일어나 있었다.

그 괴물의 눈이 열려 있었다.

그는 칼을 끝까지 내리꽂으려고 힘을 주었고, 다음 순간 그의 관자놀이가 터져나갔다.

❋

큐브는 모서리 쪽으로 사내의 머리에 뻐걱 소리가 날 정도로 세게 부딪힌 다음 오스카르의 손에서 떨어져나갔다. 사내의 몸이 한쪽으로 기울어 플라스틱 물통 위로 쓰러지자, 물통은 욕조에 부딪히며 베이스 드럼마냥 엄청난 소리를 냈다.

엘리가 일어나 앉았다.

욕실 문간에 있던 오스카르에겐 엘리의 등만 보였다. 그의 머리칼은 뒤통수에 척척하게 들러붙어 있었고, 등은 숫제 큼지막하게 벌어진 상처나 다름없었다.

사내는 다시 일어나려고 했지만, 욕조에서 떨어지다시피 튀어나온 엘리가 그의 무릎에 올라탔다. 마치 아버지에게 위로를 구하는 아이의 모습처럼 보였다. 엘리는 두 팔을 사내의 목에 휘감고, 다정한 말을 속삭이려는 듯 사내의 머리통을 끌어당겼다.

엘리가 남자의 목을 무는 순간, 오스카르는 욕실에서 뒷걸음쳤다. 엘리는 그를 보지 못했다. 그러나 사내는 보았다. 오스카르에게 붙박인 사내의 시선은 현관 쪽으로 뒷걸음치려는 그를 꽉 붙잡았다.

"죄송해요."

오스카르는 소리를 내지 못하고 입 모양으로만 그렇게 말했고, 구석 쪽으로 돌아서버리는 것으로 그의 시선을 끊어버렸다.

사내가 비명을 지를 때 그는 한 손을 문손잡이에 대고 서 있었다. 얼마 지나지 않아 엘리가 사내의 입을 틀어막았는지 비명이 뚝 그쳤다.

오스카르는 망설였다. 그러다 문을 닫았다. 그리고 잠갔다.

오른쪽을 보지 않고 현관으로 나와 거실로 갔다. 안락의자에 앉았다. 욕실에서 나는 소리를 듣지 않으려고 콧노래를 부르기 시작했다.

5부

렛미인

이즈음 이것은
내 것이라 말할 유일한 기회……
밥 훈드, 〈흐름에 맞서 싸우며〉

진정한 사랑을 마음속에 들이세요
묵은 꿈은 흘려보내고
잘못된 만남은 놔주세요
그들은 해줄 수 없습니다
당신이 원하는 것을
모리시, 〈진정한 사랑을 마음속에 들이세요〉

〈다겐스 에코〉, 1981년 11월 9일 월요일 16시 45분

월요일 아침, 이른바 '제의적 살인자'가 체포되었습니다. 경찰의 추적 끝에 서㉄ 스톡홀름 블라케베리의 한 지하실에서 용의자를 체포됐습니다.

경찰 대변인 벵트 렌의 말입니다.

"한 사람을 체포한 겁니다. 그렇게 말하는 게 정확하겠습니다."

"경찰이 찾던 사람과 동일인인 것은 확실합니까?"

"확실합니다. 그러나 몇 가지 이유로 지금 이 시점에선 명확한 신원 확인이 어렵습니다."

"어떤 이유들입니까?"

"유감스럽게도 지금은 더 자세히 말씀드리기 어렵습니다."

체포된 용의자는 병원으로 이송되었습니다. 병원 측에 따르면 상태가 위중하다고 합니다.

용의자를 체포한 현장에서 경찰은 열여섯 살 소년도 함께 발견했습니

다. 소년은 부상을 입지는 않았지만 심한 쇼크 상태라 향후 관찰을 위해 병원으로 이송되었습니다. 경찰은 일련의 사건들에 대한 더 많은 정보를 수집하기 위해 해당 지역을 수색하는 중입니다.

칼 구스타프 국왕은 오늘 부후슬렌의 알뫼슬렛에 건설한 신축 다리 개통을 선언했습니다. 기념 연설에서 국왕은……

경찰 기록 사본, 외과 교수 T. 할베리의 진단 소견서 중에서

……에 의한 예비 수사 완료…… 근육 경련성 행동…… 중추신경계의 교란으로 인한 자극 전달 이상…… 심장 기능 중단……

14시 25분 근육 운동 정지…… 그 시각까지 참관인 없이 부검 시행 중…… 심각하게 변형된 내장 기관……

흡사 토막 친 죽은 뱀장어가 프라이팬에서 날뛰는 것처럼…… 인체조직에서 목격된 바가 전무한…… 시체 보존을 의뢰…… 진지하게……

스톡홀름 서부지역 무가지 〈베스테로르트〉 제46주 호
누가 우리 고양이들을 죽였는가?

"남은 거라고는 고양이 목줄뿐이에요." 스베아 누드슈트럼은 눈이 녹아 진창이 된 들판을 가리키며 말했다. 그곳 들판에서 그녀의 고양이와 함께 이웃 주민들의 고양이 여덟 마리가 발견되었고……

〈악투엘트〉*, 11월 9일 월요일, 21시

경찰이 오늘 아침 체포한 이른바 '제의적 살인자'의 거주지라고 확신한

---

* 스웨덴 공영방송의 9시 뉴스프로그램.

아파트에 들어선 건 오늘 이른 저녁시간이었습니다.

한 시민의 전화 제보로 경찰은 블라케베리에 위치한 체포 현장에서 50미터 떨어진 아파트의 위치를 파악했습니다.

현장에 나가 있는 폴케 알마르케르 기자를 연결해보겠습니다.

"응급구조대가 아파트에서 발견된 남자의 시신을 옮기고 있습니다. 이 시각까지 남자의 신원은 밝혀지지 않았습니다. 아파트는 최근까지 사람이 거주한 흔적이 있지만, 현재는 아무도 살지 않는 것으로 보입니다."

"현재 경찰 측에선 어떻게 대처하고 있습니까?"

"오늘 하루 종일 가가호호 방문한 경찰은 수사를 진척시키는 데 좀더 유용한 정보를 입수했다고 해도 아직까지 이렇다 할 발표는 하지 않고 있습니다."

"감사합니다, 폴케 기자."

예정 일자보다 육 주를 앞당겨 완공된 시에른 다리가 오늘 칼 구스타프 국왕의 선언과 함께 개통되었습니다……

11월 9일 월요일(저녁)

푸른빛이 침실 천장을 가로지르며 파도처럼 출렁이고 있었다.

오스카르는 두 손으로 머리 뒤를 받치고 침대에 누워 있었다.

침대 아래엔 마분지 상자 두 개가 놓여 있었다. 하나에는 지폐다발과 테뢰드 병 두 개가 들어 있었고, 다른 하나에는 퍼즐이 가득했다.

옷 상자는 남겨두고 왔다.

상자들을 감추려고 그 앞에 아이스하키 게임을 비스듬히 기대어놓았다. 여력이 있다면 내일 상자들을 지하실로 옮길 것이다. 엄마는 티브이를 보면서 그들이 사는 건물이 화면에 어떻게 나오는지 큰 소리로 이야기하고 있었다. 그러나 오스카르가 자리에서 일어나 창가로 가기만 해도 각도만 달리해 똑같은 건물이 보였다.

✳

　아직 해가 있을 때, 그는 엘리의 집 발코니에서 자기 집 발코니로 상자들을 던졌다. 그동안 엘리는 몸을 씻었다. 엘리가 욕실에서 나왔을 때 등에 난 상처는 다 아물어 있었고, 그는 핏속의 알코올 때문에 살짝 취해 있었다.

　그들은 함께 침대에 누워 서로를 끌어안았다. 오스카르는 지하철역에서 있었던 일을 이야기해주었다. 엘리가 말했다.

　"미안해. 나 때문에 이런 일이 시작되어서."

　"아냐, 괜찮아."

　침묵이 깔렸다. 오랫동안. 이윽고 엘리가 주저하며 물었다.

　"너도…… 나처럼…… 되고 싶어?"

　"아니, 너랑 같이 있고는 싶은데……"

　"그래, 물론 그렇게 되고 싶지는 않겠지. 알았어."

　저녁이 되자 그들은 마침내 자리에서 일어나 옷을 입었다. 그들이 거실에서 끌어안고 서 있는데 톱질하는 소리가 들렸다. 잠금장치가 떨어져나가고 있었다.

　그들은 발코니로 달려가 난간을 뛰어넘었고, 밑의 덤불로 꽤나 사뿐하게 떨어졌다.

　아파트에 들어온 사람의 말소리가 들렸다.

　"이게 도대체 무슨……"

　그들은 발코니 아래 몸을 웅크렸다. 시간이 없었다.

　엘리는 오스카르 쪽으로 얼굴을 돌리고는 말했다.

　"나……"

그는 입을 다물었다. 그러더니 오스카르의 입술에 키스를 했다.

그 몇 초 동안 오스카르는 엘리의 눈을 통해 보았다. 그가 본 것은…… 그 자신이었다. 그가 생각했던 것보다 훨씬 근사하고, 더 잘생겼고, 더 힘이 센. 그리고, 사랑을 하고 있는.

그 몇 초 동안……

＊

옆집에서 들려오는 목소리.

아까 오스카르와 일어나기 전에 엘리가 마지막으로 한 일은 모스부호가 적힌 쪽지를 떼어내는 것이었다. 엘리가 누워 그를 향해 벽을 두드리던 곳에서는 이제 낯선 발소리가 쿵쾅대며 돌아다니고 있다.

오스카르는 손을 들어 벽에 가져다 댄다.

"엘리……"

11월 10일 화요일

화요일에 오스카르는 학교에 가지 않았다. 그는 침대에 누워 경찰이 그와 관련된 것을 찾아내면 어쩌나 싶어 벽 너머에서 들려오는 소리에 귀를 기울였다. 오후가 되자 잠잠해졌다. 경찰은 아무것도 건지지 못했다.

바로 그때 오스카르는 자리에서 일어나 옷을 입고 엘리의 집으로 갔다. 엘리네 집 문은 접근이 차단되어 있었다. 아무도 들어갈 수 없었다. 거기 서 있는데 경찰 한 명이 층계로 지나갔다. 그래봤자 그는 이웃에 사는 호기심 많은 소년에 지나지 않았다.

해가 지자 오스카르는 상자를 지하실로 옮겼고, 낡은 깔개로 덮어두었다. 어떻게 할지는 나중에 결정할 것이다. 이 창고를 털려는 도둑이 있다면 횡재할 텐데.

오스카르는 지하실의 어둠 속에 오래도록 앉아 엘리를, 톰미 형을, 그 아저씨를 생각했다. 엘리가 모든 것을 이야기해주었다. 톰미 형과 아저씨에게 그렇게 한 건 고의가 아니었다고 했다.

그러나 톰미 형은 살아 있었고, 괜찮을 터였다. 톰미의 엄마가 오스카르의 엄마에게 한 말은 그랬다. 내일이면 톰미 형은 집으로 돌아올 것이다.

내일.

내일 오스카르는 다시 학교에 갈 것이다.

욘니에게, 토마스에게, 또……

다시 훈련 좀 시켜야겠어.

그의 뺨을 움켜잡던 욘니의 차갑고 거친 손가락. 그의 입가가 억지로 올라가도록 물컹한 턱살을 눌러대던.

돼지처럼 꽥꽥대봐.

오스카르는 깍지 낀 손으로 얼굴을 괴고는, 깔개에 덮여 언덕 같은 상자들을 바라보았다. 그는 일어나 깔개를 치우고 돈이 든 상자를 열었다.

1천 크로나짜리와 1백 크로나짜리가 뒤섞여 있는 몇 다발의 지폐. 지폐다발을 뒤적이다가 플라스틱 병 하나를 발견했다. 잠시 후 그는 아파트로 올라가 성냥 몇 개를 챙겼다.

학교 운동장 위로 외로운 스포트라이트 하나가 하얗게 타오르는 차가운 빛을 던지고 있었다. 동그란 불빛 밖으로 놀이기구들의 윤곽이 보였다. 금이 많이 간 탓에 테니스 공으로만 게임을 해야 하는 탁구대는 녹기 시작한 눈에 덮여 있었다.

일렬로 난 교실 창문들 중 몇 개는 불이 켜져 있었다. 야간학습 중이었다. 그런 이유로 학교 옆문은 열려 있었다.

오스카르는 어두운 복도를 지나 자기 교실로 갔다. 한동안 서서 책상들을 둘러보았다. 이런 밤중에 보니 교실은 비현실적으로 보였다. 유령들이 마치 저희 학교인 양 차지하고 앉아 속닥거리고 있는 것 같았다.

오스카르는 욘니의 책상으로 걸어가 책상 뚜껑을 들고 안에 테뢰드를 흠뻑 뿌렸다. 토마스의 책상에도 똑같이 했다. 미케의 책상 앞에서는 잠시 가만히 서 있었다. 하지 않기로 했다. 그런 다음 제자리로 가서 앉았다. 그리고 숯을 적시듯 책상 깊이 스며들도록 테뢰드를 적셨다.

난 유령이다. 우우우우…… 우우우우……

그는 책상 뚜껑을 열어 『저주받은 천사』*를 꺼내 제목을 한 번 보고는 미소 지은 후, 가방에 집어넣었다. 좋아하는 이야기를 써놓은 연습장. 가장 좋아하는 펜. 그것들도 전부 가방에 넣었다. 그런 다음 자리에서 일어나 마지막으로 교실을 한 바퀴 돌면서 그곳에 있다는 것 자체를 만끽했다. 평화롭게.

다시 욘니의 책상에 가 성냥을 꺼내고 책상 뚜껑을 열자 화학약품 냄새가 훅 끼쳤다.

아니, 잠깐만……

오스카르는 교실 뒤 선반으로 가서 나무를 대충 깎아 만든 자 두 개를 가지고 왔다. 그리고 한 개로는 욘니의 책상 뚜껑을, 다른 한 개로는 토마스의 책상 뚜껑을 받쳤다. 그렇게 하지 않으면 책상 뚜껑을 놓는 순간 불이 바로 꺼질 테니까.

먹이를 향해 입을 벌리는, 선사시대의 굶주린 동물 두 마리. 용龍.

그는 성냥 한 개에 불을 붙이고, 불꽃이 크고 선명해질 때까지 들고

---

* 한국에는 '저주받은 천사'라는 제목으로 출간된 이 소설의 원제는 '점화자'라는 뜻의 'Firestarter'이다.

있었다. 그러다 뚝 떨어뜨렸다. 성냥이 그의 손에서 떨어졌고, 노란 방울 하나와 —

화르르

젠장……

진홍빛 혜성의 꼬리가 책상 밖으로 확 치솟아올라 얼굴을 핥아대자 눈이 따끔거렸다. 그는 뒤로 펄쩍 물러섰다. 숯처럼 은근하게 탈 거라고 생각했는데…… 책상 전체가 불길에 휩싸이더니 거대한 모닥불이 되어 천장에 닿도록 타올랐다.

불길이 너무 거세었다.

불길은 교실 벽을 가로질러 춤추듯 너울거렸고, 욘니의 책상 위쪽에 매달려 있던 커다란 종이 글자장식들이 조각조각 바닥으로 떨어져 P와 Q에 불이 붙었다. 장식의 남은 반쪽은 크게 반원을 그리며 토마스의 책상으로 떨어지자마자 곧장

화르르

불꽃에 휩싸였다가 급작스럽게 폭발했다. 오스카르는 교실에서 뛰쳐나갔다. 책가방이 엉덩이에서 마구 튀어올랐다.

만약 학교가 통째로……

복도 끝까지 왔을 때 벨이 울리기 시작했다. 요란한 금속성 소리가 온 건물에 울려퍼졌고, 그는 계단을 다 내려와서야 그것이 화재경보기라는 것을 깨달았다.

맹렬하게 울리는 커다란 벨 소리는 운동장에서 있지도 않은 학생들을 집합시키다가 학교의 유령들을 불러모아 집에 가는 오스카르를 반정도까지 따라왔다.

허름한 콘숨 슈퍼마켓까지 와서야 벨 소리는 들리지 않았고, 비로소

그는 마음이 놓였다. 집까지 남은 길은 조용히 걸어갔다.

　욕실 거울을 보니 눈썹이 그을려 끝이 말려올라 있었다. 손가락으로 건드리자 그것은 그대로 바스라졌다.

11월 11일 수요일

집. 학교에는 가지 않았다. 두통. 아홉시경에 전화벨이 울렸다. 오스카르는 받지 않았다. 한낮에 창밖으로 톰미와 그의 엄마가 지나가는 것을 보았다. 톰미는 등을 구부리고 천천히 걸었다. 노인 같았다. 오스카르는 그들이 지나갈 때 창턱 아래로 몸을 숙였다.

전화벨은 한 시간마다 울렸다. 결국 열두시에 수화기를 들었다.

"오스카르입니다."

"안녕, 나는 베틸 스반베리라고, 알지 모르겠는데 네가 다니는 학교 교장……"

오스카르는 전화를 끊었다. 다시 전화벨이 울렸다. 그는 한동안 그 자리에 서서 울리는 전화기를 보며, 체크무늬 스포츠 코트 차림의 교장 선생이 인상을 쓰고 자리에 앉아 손가락으로 책상을 두드리는 모습을 상상했다. 이윽고 그는 옷을 걸치고 지하실로 내려갔다. 퍼즐들이 들어 있는 상자를 빼낸 다음, 수천 조각으로 이루어진 번쩍이는 금 달같이 든 작고 하얀 나무상자를 쿡쿡 찔러보았다. 엘리는 몇 천 크로나와 큐브만 가져갔다. 오스카르는 퍼즐상자 뚜껑을 닫고 다른 상자를 열어 지폐들을 소리가 나도록 섞어댔다. 그러고는 지폐를 한 움큼 집어 그대로 바닥에 패대기쳤다. 다시 호주머니에 쑤셔넣었다. 그리고 한 장 한 장 꺼내며, 질릴 때까지 '황금바지를 입은 소년' 놀이*를 했다. 그의 발치에 1천 크로나 지폐 열두 장과 1백 크로나 지폐 일곱 장이 흩어져 있었다.

오스카르는 1천 크로나 지폐를 차곡차곡 모아 반으로 접었다. 1백 크로나 지폐는 다시 집어넣고 상자를 닫았다. 다시 아파트로 돌아와 봉투 한 장을 찾아 돈을 집어넣었다. 봉투를 들고 자리에 앉아 어떻게 할지 생각했다. 그의 필체를 알아볼 사람이 있을지 모르니 편지를 쓰고 싶지는 않았다.

전화벨이 울렸다.

그만해. 이제 나는 존재하지 않아, 알아둬.

누군가 그와 긴 대화를 하고 싶어했다. 누군가 그가 저지른 짓의 심각성을 알고 있는지 물으려 하고 있었다. 물론 그는 알았다. 욘니와 토마스가 한 짓에 맞먹을 것이다. 사실 아주 잘 알고 있었다. 더 말할 것도 없었다.

오스카르는 책상으로 걸어가 글자 고무도장과 잉크 세트를 꺼냈다. 봉투 한가운데에 T자와 O자를 찍었다. 첫번째 M은 비스듬히 찍혔지만 두번째 M과 Y는 똑바로 찍혔다.

---

* 스웨덴의 소설가 막스 룬드그렌이 쓴 소설이자 1975년 방영된 동명의 인기 티브이 시리즈. 스웨덴의 '화수분' 이야기라 할 만한 것으로, 호주머니에서 지폐를 무한정 꺼낼 수 있는 소년에 관한 이야기이다.

봉투를 코트 주머니에 넣고 톰미네 아파트 건물의 현관문을 열었을 때 오스카르는 전날 밤 학교에서보다 더 긴장했다. 심장이 쿵쾅거리는 가운데, 그는 누가 문 쪽으로 오거나 창문으로 내다볼까 싶어 신중한 동작으로 톰미네 집 편지함에 봉투를 살살 밀어넣었다.

그러나 아무도 오지 않았고, 다시 집으로 돌아왔을 때 오스카르의 기분은 다소 나아졌다. 얼마 동안은. 그러다 또다시 그 생각이 슬그머니 고개를 쳐들었다.

난 여기…… 없을 거야.

엄마는 평소보다 몇 시간이나 이른 시각인 세시에 퇴근했다. 그때 오스카르는 비킹아나의 레코드를 들으며 거실에 앉아 있었다. 엄마는 방 안으로 들어오더니 바늘을 들어올리고 전축을 껐다. 엄마의 얼굴을 보고 오스카르는 엄마도 알고 있음을 알아차렸다.

"좀 어떠니?"

"별로 좋지 않아."

"그래……"

엄마는 한숨을 내쉬고 소파에 앉았다.

"교장선생님이 전화하셨어. 회사로. 교장선생님 말이…… 어젯밤 학교에 불이 났단다. 너희 학교에서."

"아, 어. 바닥까지 다 탔대?"

"아니, 그렇지만……"

엄마는 입을 다물더니 몇 초 동안 코바늘로 짠 깔개만 뚫어져라 내려다보았다. 이윽고 엄마는 고개를 들어 아들의 눈을 들여다보았다.

"오스카르, 네가 했니?"

그도 엄마를 똑바로 보고 말했다.

"아니."

침묵.

"아니. 교실이 많이 타긴 했는데, 그게…… 욘니와 토마스 책상에서…… 거기부터 불이 붙은 것 같단다."

"아."

"그래서 선생님들은 그게…… 네가 틀림없다고 믿고 있는 것 같아."

"하지만 아닌데."

엄마는 소파에 앉아 코로 숨을 내뿜었다. 떨어져 앉은 모자 사이의 1미터 거리가 아득하니 먼 거리처럼 느껴졌다.

"선생님들이 너랑…… 얘기를 좀 해야겠단다."

"그러고 싶지 않아."

밤이 길어질 것 같았다. 티브이에선 볼 게 하나도 없었다.

✳

그날 밤 오스카르는 잠을 이루지 못했다. 그는 침대에서 빠져나와 살금살금 발끝으로 걸어 창가로 갔다. 놀이터 정글짐에서 뭔가를 본 것 같았다. 물론 그의 상상에 지나지 않았다. 그런데도 그는 눈꺼풀이 무거워질 때까지 정글짐의 그늘을 바라보고 있었다.

다시 침대로 돌아왔지만 여전히 잠을 이룰 수가 없었다. 그는 가만히 벽을 두드렸다. 답신은 없었다. 손끝과 손마디가 콘크리트 위를 두드리는 그 건조한 소리는, 마치 영원히 닫혀버린 문을 두드리는 소리와도 같았다.

11월 12일 목요일

아침에 토하는 바람에 오스카르는 하루 더 집에 있어도 좋다는 허락을 받았다. 간밤에 거의 눈을 붙이지 못했는데도 쉴 수가 없었다. 몸 안을 갉아대는 근심걱정 때문에 그는 할 일 없이 집 안을 서성거렸다. 이것저것 손에 잡히는 대로 보았다가 도로 제자리에 놓았다.

해야 할 일이 있는 것 같았다. 결단코 해야 하는데, 그게 뭔지 통 생각이 나지 않았다.

욘니와 토마스의 책상에 불을 지르면서, 그걸 하고 있다고 생각했다. 그러다 톰미에게 돈을 주는 것이 그것이라고 생각했다. 그러나 그건 아니었다. 뭔가 다른 것이었다.

커다란 연극 공연 하나가 끝난 것이다. 그는 불 꺼진 텅 빈 무대 위를 왔다갔다하다가 뒤에 남은 것을 깨끗이 치웠다. 그것이 뭔가 다른 것이라고 할 때……

하지만 그게 무엇이란 말인가?

열한시에 도착한 우편물은 편지 한 통뿐이었다. 그것을 집어들어 뒤집어보는 동안 가슴속의 심장이 공중제비를 했다.

오스카르의 엄마 앞으로 온 것이었다. 오른쪽 위에 '쇠드라 엥뷔 학군'이라고 인쇄되어 있었다. 그는 봉투를 열어보지도 않고 갈기갈기 찢어 변기에 넣고 물을 내려버렸다. 그러고는 후회했다. 너무 늦었다. 무슨 내용인지는 상관없었지만, 그냥 내버려두지 않고 이런 식으로 분탕질을 하기 시작하면 훨씬 더 곤란한 일이 벌어질 터였다.

그래도 상관없었다.

오스카르는 옷을 벗고 목욕가운을 걸쳤다. 현관 거울 앞에 서서 제 모습을 유심히 바라보았다. 자신이 아닌 다른 사람이라고 생각해보았다. 몸을 수그려 거울에 입을 맞추었다. 입술이 차가운 유리표면에 닿는 것과 동시에 전화벨이 울렸다. 별 생각 없이 그는 수화기를 들었다.

"여보세요."

"오스카르니?"

"그런데요."

"잘 있었니. 페르난도 선생님이다."

"누구세요?"

"아빌라. 아빌라 선생님이다."

"아. 네. 안녕하세요."

"그냥 뭐 좀 물어보려고…… 너 오늘 밤 운동하러 올 거니?"

"제가…… 좀 아파서요."

수화기 건너편에서 침묵이 흘렀다. 오스카르의 귀에 아빌라 선생님의 숨소리가 들려왔다. 한 번. 두 번. 그런 다음, "오스카르, 네가 그랬건 안 그랬건 선생님은 신경 안 쓴다. 네가 이야기하고 싶으면, 하자.

이야기하고 싶지 않으면, 하지 말자. 하지만 난 네가 오늘 강화훈련에 왔으면 좋겠구나."

"왜요?"

"왜냐면 말이지, 오스카르, 넌 카라콜* …… 뭐라고 해야 하나…… 달팽이처럼 껍데기 안에 틀어박혀 있으면 안 된다. 그럼 건강한 사람도 병이 생길 거다. 너 아프니?"

"……네."

"그렇다면 운동을 해야지. 오늘 저녁에 와라."

"다른 애들은 어떻게 하고요?"

"다른 애들? 다른 애들이 뭐? 걔들이 바보처럼 굴면 선생님이 그러지 못하게 혼내주마. 하지만 걔들은 바보가 아니야. 이건 강화훈련이니까."

오스카르는 대답하지 않았다.

"알았지? 올 거니?"

"네."

"좋아. 이따 보자."

오스카르는 수화기를 내려놓았다. 다시금 주위는 고요해졌다. 강화훈련 시간에는 참석하고 싶지 않았다. 하지만 아빌라 선생님은 만나고 싶었다. 좀 일찍 가서 선생님을 만나도 괜찮을 것이다. 그리고 수업이 시작되면 집으로 돌아오는 것이다.

아빌라 선생님이 허락하진 않겠지만, 그래도……

오스카르는 집 안을 한 번 더 돌았다. 뭐든 할 셈으로 운동하는 데

---

* 스페인어로 '달팽이'라는 뜻.

필요한 물건들을 가방에 챙겼다. 미케도 체육관에 올 텐데, 그의 책상에 불을 지르지 않은 것이 새삼 다행스럽게 여겨졌다. 욘니 책상 바로 옆이었으니 불이 붙었을지도 모르지만. 실제로 어느 정도 불이 난 것일까?

물어봐야 할 것 같은데……

세시에 다시 전화벨이 울렸다. 오스카르는 망설였지만, 달랑 하나뿐이었던 편지봉투를 본 후 희미하던 희망의 빛도 꺼져버린 터라 수화기를 들지 않을 수 없었다.

"여보세요, 오스카르입니다."

"안녕, 나 요한이야."

"안녕."

"어떠냐?"

"그냥 그렇지 뭐."

"오늘 밤에 놀지 않을래?"

"언제…… 뭐 하고?"

"아…… 한 일곱시나 뭐 그쯤?"

"안 돼. 나…… 체육관 가야 돼."

"아, 알았어, 할 수 없지. 나중에 보자."

"요한?"

"응?"

"불이…… 났다면서. 우리 교실에. 큰불……이었어?"

"에이, 아냐. 책상 몇 개만 탔어."

"다른 건?"

"없어…… 종이…… 조금하고, 그게 다야."

"아."

"네 책상은 멀쩡해."

"아, 다행이다."

"그래, 안녕."

"안녕."

오스카르는 배 속이 이상하게 울렁거리는 것을 느끼며 전화를 끊었다. 모두들 자기 짓이라는 걸 알 거라고 생각했다. 그러나 요한의 말을 들어보니 그렇지도 않은 모양이었다. 엄마는 불에 탄 게 많다고 했다. 물론 엄마가 과장한 것일 수도 있었다.

오스카르는 요한의 말을 믿기로 했다. 어쨌든 그애는 직접 봤으니까.

＊

"아, 진짜 좀……"

요한은 전화를 끊고 쭈뼛쭈뼛 주위를 두리번거렸다. 임미가 고개를 절레절레 젓더니 욘니의 침실 창문 밖으로 담배연기를 내뿜으며 말했다.

"지금껏 들은 것 중 제일 병신 같은 이야기였어."

요한이 주눅 든 목소리로 말했다. "얘기하기가 쉽지 않아."

임미는 고개를 돌려 침대에 앉아 손가락으로 침대덮개의 장식술을 꼬고 있는 욘니를 똑바로 보았다.

"어떻게 됐다고? 너희 교실이 다 탔다고?"

욘니는 고개를 끄덕였다. "반 애들 전부 그애를 미워해."

"그런데 너는……" 임미는 다시 요한을 보았다. "넌 대체…… 뭐라고 했지? '종이 조금.' 그렇게 말하면 걔가 참 좋아하겠다 싶었냐?"

요한은 당황해서 고개를 숙였다.

"무슨 말을 해야 할지 몰라서. 걔가…… 의심할지도 모르잖아……
만약 말을……"

"그래, 그래. 끝난 건 끝난 거야. 이젠 걔가 나타나기만 바라야지."

요한은 재빨리 욘니 임미 형제를 번갈아 보았다. 다가오는 밤의 어
둠 속에서 그들의 눈은 텅 비어 사라진 것처럼 보였다.

"뭘 어쩌려고들 그러는데?"

임미는 앉은 자리에서 몸을 앞으로 수그리더니 입고 있던 스웨터에
떨어진 담뱃재를 털어내고는 천천히 말했다.

"걔가 태워버렸어. 우리 아빠한테 받은 걸 전부. 그러니까 우리가 앞
으로 뭘 하건…… 네가 상관할 바가 아냐. 알았어?"

✳

오스카르의 엄마는 다섯시 반에 집으로 왔다. 전날 밤의 거짓말과
불신에서 비롯된 기운이 엄마와 오스카르 사이에 차가운 구름처럼 떠
다녔다. 엄마는 곧장 부엌으로 가 필요 이상으로 요란스레 접시를 달
그락거리기 시작했다. 오스카르는 방문을 닫고 침대에 누워 천장을 바
라보았다.

그는 다른 데 갈 수도 있었다. 마당으로 나갈까. 지하실로 내려갈까.
광장으로. 지하철을 타고. 그러나 어디에도…… 어떤 곳도 그가……
관두자.

엄마가 전화기 쪽으로 가더니 꽤 긴 번호를 다이얼로 돌리는 소리가

났다. 아빠겠지.

오스카르는 약간 오한이 났다.

그는 담요를 끌어올려 덮고는 일어나 앉아 머리를 벽에 기대고 엄마와 아빠의 대화에 귀를 기울였다. 아빠한테 직접 이야기할 수 있다면. 그러나 불가능했다. 한 번도 그럴 수 있었던 적이 없었다.

오스카르는 담요를 몸에 두르고 자신이 인디언 추장이라고 생각하며, 엄마가 언성을 높일 때도 전혀 관심없는 척했다. 잠시 후 엄마는 소리를 지르기 시작했고, 인디언 추장은 담요를 깔아뭉개며 침대 위로 엎어져서 두 손으로 귀를 막았다.

머릿속은 참 조용하구나. 마치…… 우주공간 같아.

오스카르는 눈앞에서 선을 긋고 색깔을 만들고 점을 찍어 그가 여행하는 행성들과 머나먼 태양계로 보냈다. 얼마 동안 혜성에 올라타고 날아다니다 뛰어내려 무중력의 허공을 자유로이 떠도는데 무언가 담요를 잡아당겼다. 그는 눈을 떴다.

엄마가 서 있었다. 입술이 일그러져 있었다. 목소리는 퉁명스럽고 날카로웠다.

"그래. 방금 네 아빠 얘기를 듣고 알았다…… 아빠가…… 토요일에…… 네가…… 너 어딜 갔던 거니? 말해. 어디 갔었어? 그건 말해 줄 수 있겠니?"

엄마는 오스카르의 얼굴이 보이도록 담요를 잡아당겼다. 엄마의 목에 뻣뻣하고 두꺼운 힘줄이 불거졌다.

"너 다시는 거기 못 갈 줄 알아. 다시는. 알았어? 왜 엄마한테 하나도 얘기를 안 한 거니? 그딴…… 나쁜 자식. 그런 놈 같은 것들은 자식을 낳아선 안 돼. 널 다시는 못 보게 할 거야. 그럼 제 집에 틀어박혀 코가 비뚤어지게 퍼마셔대겠지. 엄마 말 알아들어? 그런 사람은 필요 없어. 이 엄만 정말이지……"

엄마는 갑자기 몸을 돌려 침대 앞을 떠나더니 벽이 다 울릴 정도로 문을 세게 닫고 나갔다. 오스카르는 엄마가 또다시 긴 전화번호를 황급히 돌리다 번호를 빼먹었는지 욕지거리를 하며 다시 돌리기 시작하는 소리를 들었다. 몇 초 후 다이얼을 다 돌린 엄마는 고함을 치기 시작했다.

오스카르는 담요 밑에서 기어나와 운동가방을 움켜쥐고는, 아빠에게 고함을 치느라 정신없는 엄마가 있는 현관으로 나와 신발을 신고 끈도 매지 않은 채 현관문으로 갔다.

엄마는 그가 계단통으로 나왔을 때야 비로소 알아차렸다.

"기다려! 어딜 가려는 거야?"

오스카르는 쾅 소리 나게 문을 닫고 계단을 뛰어내려갔다. 후다닥 수영장으로 달려가는 동안, 너덜너덜한 신발밑창이 재잘거렸다.

＊

"로게르, 프레베……"

임미는 지하철역에서 두 명의 남자가 나타나자 그쪽을 향해 플라스틱 포크를 쿡쿡 찔렀다. 욘니는 한 입 베어문 새우 샌드위치가 목구멍에 걸리는 바람에 힘겹게 넘겨야 했다. 그는 의아한 표정으로 형을 쳐다보았지만 임미는 두 남자를 계속 눈으로만 좇다가 그들이 핫도그 가판대 쪽으로 오자 인사를 나누었다.

로게르는 길고 헝클어진 머리에 가죽재킷을 입은 말라깽이였다. 족히 수백 개는 될 여드름 자국으로 가득한 그의 얼굴은 툭 튀어나온 광대뼈에 부자연스럽게 큰 두 눈 때문에 쪼그라든 것처럼 보였다.

프레베는 영하 2, 3도의 날씨에도 달랑 티셔츠에 소매를 떼어낸 데님 재킷만 입고 있었다. 그는 키가 크고 퉁퉁했다. 여기저기 삐져나온 살들이 출렁거렸고, 머리는 짧게 깎아서 마치 과체중의 공수부대원처럼 보였다.

임미가 그들에게 뭐라고 말하고 손으로 가리키자, 그들은 지하철 변전소가 있는 쪽으로 갔다. 욘니는 나지막하게 속삭였다.

"왜…… 저 사람들을 부른 거야?"

"도와달라고, 당연한 거 아냐?"

"도움이 필요한 거야?"

임미는 콧방귀를 뀌더니 욘니가 이 일을 성사시키는 데 제일 중요한 걸 깨닫지 못하고 있다는 듯 고개를 절레절레 저었다.

"너 선생한테 안 들키려면 어떻게 하냐?"

"아빌라?"

"그래, 네 생각엔 걔가 어서 옵쇼 하고 우리를 들여보내줄 거 같아?"

욘니로선 답이 없는 문제였고, 그래서 형을 따라 작은 벽돌집 뒤로 들어갔다. 로게르와 프레베는 양손을 주머니에 꽂고 그늘 아래 서서 발을 구르고 있었다. 임미는 금속제 담배케이스를 꺼내 딸깍 쳐서 열고는 두 사람에게 내밀었다.

로게르는 케이스 안에 든, 손으로 만 여섯 개비의 담배를 유심히 보더니 말했다.

"야, 야, 미리 죄다 말아놨구만, 이거 고마운데."

그러고는 가느다란 손가락 두 개로 가장 두툼한 것을 집어들었다.

프레베는 인상을 쓰니 〈머펫 쇼〉에 나오는 발코니의 남자들 중 하나처럼 보였다.

"이렇게 밖으로 내돌리면 신선도가 떨어져."

임미는 유혹하듯 담배케이스를 흔들며 말했다.

"징징대지 마, 늙다리 아줌마야. 한 시간 전에 말아놓은 거야. 그리고 이건 당신이 줄창 끼고 사는 모로코제 저질이랑 달라. 진품이라고."

프레베는 숨을 들이켜곤 제 마음에 드는 담배를 골랐다. 로게르가 불을 붙여주었다.

욘니는 형을 쳐다보았다. 임미의 얼굴은 지하철역 플랫폼 불빛을 받아 날카로워 보였다. 욘니는 형이 존경스러웠다. 자기는 죽었다 깨어나도 프레베 같은 사람한테 '늙다리 아줌마'라고 말할 수 있을 것 같지 않았다.

임미도 한 개비를 꺼내더니 불을 붙였다. 담배 끝에 불이 붙는가 싶더니 이내 담배를 만 종이가 타들어갔다. 임미가 깊이 들이마시자, 욘니는 형의 옷에서 늘 나던 달콤한 냄새에 휩싸였다.

그들은 한동안 말없이 피우기만 했다. 로게르가 피우던 마리화나를 욘니에게 내밀었다.

"한 모금 빨래?"

욘니가 막 손을 뻗어 받으려는데 임미가 로게르의 어깨를 철썩 쳤다.

"멍청하긴. 얘가 당신처럼 됐으면 좋겠어?"

"그렇게 나쁜가?"

"당신한테는 괜찮겠지. 하지만 얘한테는 아냐."

로게르는 어깨를 으쓱하고는 내밀었던 것을 거두었다.

모두 다 피우고 났을 때는 여섯시 반이었고, 임미가 과장되게 명료

한 발음으로 이야기를 시작했다. 한 마디 한 마디 할 때마다 입 밖으로 복잡하게 생긴 조각상을 꺼내는 것 같았다.

"좋아. 얘는…… 욘니. 내 동생이야."

로게르와 프레베는 알고 있다는 듯 고개를 끄덕였다. 임미는 두 사람이 옆얼굴을 볼 수 있도록 조금은 꼴사납게 욘니의 턱을 잡고는 고개를 돌렸다.

"얘 귀를 봐. 그 쥐새끼가 한 짓이야. 그래서 우리가…… 손을 좀 봐줘야 된다 이거지."

로게르는 한 걸음 다가서더니 실눈을 뜨고 욘니의 귀를 보고는 혀를 찼다.

"시팔, 심각해 보이는데."

"난 지금…… 전문가의…… 의견을 물은 게 아니라고. 그냥 듣기만 해. 그러니까 이번 일은……"

✳

벽돌 벽 사이에 난 복도의 강철문은 잠겨 있지 않았다. 오스카르의 발걸음 소리가 울려 '찌걱찌걱' 소리가 났고, 그는 수영장 문까지 가서 문을 잡아당겨 열었다. 따뜻한 습기가 얼굴에 혹 끼쳤고 수증기 구름이 차가운 복도로 뭉실뭉실 밀려나왔다. 그는 재빨리 들어가 문을 닫았다.

신발을 내팽개치듯 벗어던지고는 라커룸으로 들어갔다. 아무도 없었다. 샤워실에서 물 쏟아지는 소리와 함께 그윽한 노랫소리가 들렸다.

베사메, 베사메 무초
코모 시 푸에라 에스타 노체 라 울티마 베스……

아빌라 선생이었다. 재킷을 벗지도 않고 오스카르는 긴 의자에 앉아서 기다렸다. 잠시 후 물소리도 노랫소리도 뚝 끊기더니 선생이 허리에 수건을 두르고 나왔다. 그의 가슴은 군데군데 잿빛을 띤 새까맣고 곱슬곱슬한 털로 한 치의 틈도 없이 덮여 있었다. 오스카르는 그가 다른 행성에서 온 존재처럼 느껴졌다. 아빌라 선생은 오스카르를 보고 활짝 웃어 보였다.

"오스카르! 마침내 껍질 밖으로 기어나왔구나."

오스카르는 고개를 끄덕였다.

"통풍이 잘…… 안 되더라고요."

아빌라 선생은 웃음을 터뜨리곤 제 가슴을 긁었다. 그의 손끝이 북슬북슬한 털 속에 파묻혔다.

"일찍 왔네."

"네, 제가 생각한 게요……"

오스카르는 어깨를 으쓱했다. 아빌라 선생은 긁던 것을 멈추었다.

"무슨 생각?"

"모르겠어요."

"이야기하자고?"

"아뇨, 그냥……"

"내 얼굴을 좀 보렴."

아빌라 선생은 오스카르 앞으로 성큼성큼 걸어와 그의 얼굴을 자세히 들여다보더니 고개를 끄덕였다. "아하, 알았다."

"뭐가요?"

"네가 했구나." 아빌라 선생은 오스카르의 눈꺼를 가리켰다. "알았다. 눈의 털이 탔네. 아니, 뭐라고 하지? 밑에 있는 거, 눈……"

"속눈썹이요?"

"속눈썹. 그래. 머리털도 조금 탔고. 음. 다른 사람이 눈치채지 못하게 하려면 머리를 조금 잘라야겠는데. 속…… 눈썹이야 빨리 자랄 거고. 월요일이면 괜찮아질 거다. 휘발유였니?"

"테뢰드요."

아빌라 선생은 다문 입술 사이로 공기를 내뿜으며 고개를 흔들었다.

"꽤 위험하지, 아마도." 아빌라 선생은 오스카르의 관자놀이를 만졌다. "너 좀 이상한 아이구나. 많이는 아니고. 약간. 왜 테뢰드를 쓴 거니?"

"그게…… 주웠어요."

"주워? 어디서?"

오스카르는 고개를 들어 아빌라 선생의 얼굴을 보았다. 물기 어린, 상냥한 돌덩어리. 그래서 오스카르는 그에게 말하고 싶었다. 낱낱이 다 이야기를 하고 싶었다. 어디서부터 이야기해야 할지 알 수 없었다. 아빌라 선생은 잠시 기다리더니 말했다.

"불장난이 얼마나 위험한 줄 아니? 버릇이 들 수도 있다. 좋은 방법이 아니야. 운동을 하는 게 훨씬 나아."

오스카르는 고개를 끄덕였다. 아까의 감정은 사라져버렸다. 아빌라 선생은 좋은 사람이었지만 절대 이해하지 못할 것이다.

"자 이제 옷을 갈아입고 오면 벤치프레스 하는 법을 가르쳐주마. 알았지?"

아빌라 선생은 몸을 돌려 자신의 사무실로 향했다. 그러다 문 밖에서 멈춰 섰다.

"그리고 오스카르. 걱정하지 마라. 네가 원치 않으면 아무한테도 말하지 않으마. 좋지? 훈련시간이 끝나고 나서 더 이야기하자."

오스카르는 옷을 갈아입었다. 그가 옷을 다 입었을 때 파트릭과 하세가 도착했다. 6학년 A반 남자애들이었다. 그들은 오스카르에게 인사를 건넸다. 오스카르는 그들이 자길 좀 지나치다 싶을 정도로 오래 본다고 느꼈는데, 아니나 다를까 그가 체육관으로 들어서자 저희끼리 속닥대는 소리가 들렸다.

절망감이 명치에 자리 잡았다. 여기 온 것이 후회됐다. 그러나 이내 티셔츠와 반바지 차림의 아빌라 선생이 들어왔고, 벤치프레스를 더 잘 들려면 봉이 손가락 끝에 놓이도록 해서 잡아야 한다는 것을 가르쳐주자 오스카르는 28킬로그램까지 들 수 있었다. 저번보다 2킬로그램을 더 든 것이었다. 아빌라 선생은 공책에 새로 추가된 무게를 기록했다.

더 많은 남자애들이 들어왔고, 그중에는 미케도 있었다. 그는 언제나처럼, 멋진 선물을 주려는 건지 혹은 무서운 해코지를 하려는 건지 알 수 없는 알쏭달쏭한 미소를 지어 보였다.

지금 같은 경우라면, 미케가 모든 정황을 알고 있지 않더라도 후자를 의미했다.

강화훈련을 받으러 가는 길에 나타난 욘니는 오스카르를 함정에 빠뜨릴 계획이라면서 한 가지 부탁을 했다. 미케는 멋지다고 생각했다. 그는 장난질을 좋아했다. 그게 아니더라도 모아놓은 아이스하키선수 카드가 화요일 밤에 몽땅 불타 없어진 터라, 미케 역시 오스카르에게 앙갚음을 하는 것에 기꺼운 마음으로 끼어들었다.

그러나 지금은 미소만 지을 뿐이었다.

✳

수업은 계속되었다. 오스카르는 다른 아이들이 쳐다보는 눈빛이 이상하다고 생각했지만, 그가 맞받아 쳐다보면 그들은 시선을 거두었다. 집에 돌아가고 싶어 견딜 수가 없었다.

……아냐…… 가……

그냥 가자.

하지만 아빌라 선생이 그를 주시하며 응원과 격려를 보내고 있어서 도저히 떠날 수가 없었다. 그런데다 적어도 여기가 집보다는 나았다.

강화훈련을 마쳤을 때 그는 기진맥진해서 우울할 기운조차 남아 있지 않았다. 그는 다른 아이들보다 뒤처져 약간 늦게 샤워실로 갔고, 등을 탈의실 쪽으로 돌리고 샤워를 했다. 그래봤자 별수 없었다. 샤워를 하려면 벌거벗을 수밖에 없으니까.

그는 샤워실과 수영장 사이에 놓인 유리 분리벽 옆에 서서 손으로 유리를 뒤덮은 물방울들을 작은 구멍만큼 닦아내고는, 수영장 주변에서 서로 쫓아다니고 공을 던지는 아이들의 모습을 바라보았다. 그러자 다시 그 생각이 그를 덮쳐왔다. 언어로 뚜렷하게 표현할 수 있는 생각이 아니라 지독한 감정으로.

난 혼자야. 나는…… 완전히 혼자야.

그때 아빌라 선생이 그를 보고는 들어오라고, 뛰어들라고 손을 흔들었다. 오스카르는 발을 질질 끌며 짧은 계단을 내려가 수영장 가장자리까지 걸어가서는 약품 때문에 파란빛을 띤 물을 내려다보았다. 뛰어들 힘도 남아 있지 않아서 사다리를 한 번에 한 칸씩 내려가 약간 차갑게 느껴지는 물속에 몸을 담갔다.

수영장 가장자리에 앉아 있던 미케가 그에게 미소 지으며 고개를 끄덕여 보였다. 오스카르는 몇 번 팔을 저어 아빌라 선생 쪽으로 헤엄쳐 갔다.

"오레!"

시야 한구석에서 날아오는 공을 보았지만, 너무 늦었다. 공은 바로 그의 앞으로 떨어졌고 염소 처리한 물이 눈으로 튀었다. 눈물이 날 때처럼 아팠다. 눈을 비비고 고개를 들어보니 아빌라 선생이 그의 얼굴을 보고 있었다. 마치…… 안됐다는…… 듯?

아니면 경멸하는지도.

오스카르의 상상에 지나지 않는지도 몰랐다. 그는 얼굴 앞에서 둥둥 떠다니는 공을 멀리 쳐버리고는 물속으로 잠수했다. 물속에 머리를 가만히 담그자 머리카락이 물결치며 귓가를 간질였다. 그는 두 팔을 쭉 뻗고는 얼굴을 물에 담근 채 물과 함께 위아래로 둥둥 떠다녔다. 자기가 죽었다고 생각했다.

이렇게 영원히 떠다닐 수 있을 거라고 생각했다.

그래서 다시는 몸을 일으켜, 결국 그가 상처입길 바라는 사람들과 마주할 필요가 없을 거라고 생각했다. 아니면, 고개를 들어보면 세상은 사라져버리고 없을 거라고. 그 자신과 이 파란빛만 남을 거라고.

그러나 귀는 물속에 잠겨 있어도 먼 곳의 소리들은, 위쪽 세상에서 나는 쿵쾅대는 소리들은 들려왔고, 물 밖으로 다시 고개를 내밀었을 때 그 소리는 여전히 존재하고 있었다. 웅웅거리고, 요란을 떨며.

수영장 가에 있던 미케는 어느새 없어졌고, 다른 아이들은 배구 비슷한 공놀이를 하고 있었다. 허공을 나는 하얀 공이 어두컴컴한 간유리창을 배경으로 도드라져 보였다. 오스카르는 어기적어기적 물속을 걸어 수심이 깊은 수영장 끝 구석으로 가 코만 물 밖으로 내놓고 지켜보았다.

미케가 저쪽 샤워실에서 빠른 걸음으로 오더니 큰 소리로 외쳤다.

"선생님! 사무실에 전화 왔어요!"

아빌라 선생은 뭐라고 구시렁대고는 수영장 가를 따라 터덜터덜 걸어갔다. 그리고 미케에게 고개를 끄덕이곤 샤워실 안으로 사라졌다. 오스카르가 본 선생의 마지막 모습은 수증기로 뒤덮인 유리문 뒤의 흐릿한 윤곽선이었다.

그렇게 아빌라 선생은 사라졌다.

✳

미케가 탈의실을 떠나기가 무섭게 그들이 진지를 차지했다.

욘니와 임미가 체육관으로 슬그머니 들어섰다. 로게르와 프레베는 문간 옆 벽에 기대서서 지켰다. 그들은 미케가 수영장 안에서 부르는 소리를 듣고 행동 개시를 준비했다.

부드러운 맨발 소리가 가까워지더니 체육관을 통과해 지나왔고, 몇 초 후 아빌라 선생이 탈의실 문을 지나 사무실로 걸어갔다. 프레베는 기다란 양말 두 개를 겹쳐 그 안에 동전을 가득 채운 주머니를 더 단단히 쥐기 위해 손에 한 번 감았다. 아빌라 선생이 문까지 와 프레베에게 등을 보이고 서자마자 프레베는 다가가 선생의 뒤통수를 향해 쇳덩어리를 휘둘렀다.

이렇다 할 만큼 치밀한 행동이 아니라 아빌라 선생도 금세 낌새를 챘다. 쇳덩이가 반 정도 날아들었을 때 그는 고개를 돌렸고, 그 바람에 그것은 그의 귀에 가 맞았다. 그럼에도 효과는 애초에 바라던 것 이상이었다. 아빌라는 앞으로 고꾸라져 한쪽으로 기우뚱하더니 문틀에 머리를 부딪히고 바닥에 쓰러졌다.

프레베는 아빌라의 가슴팍에 올라타 필요할 경우 좀더 용의주도하게 가격할 셈으로 동전 포환을 감싸쥐었다. 그럴 필요는 없을 것 같다. 아빌라 선생의 두 팔은 파르르 떨고 있었지만 전혀 저항하지 못했다. 프레베는 그가 죽은 건 아닐 거라고 생각했다. 그래봤자 그래 보인다는 게 전부였지만.

로게르가 다가와 한 번도 이런 건 본 적이 없다는 듯한 표정으로 뻗어 있는 몸 위로 허리를 수그렸다.

"얘 터키 사람이야 뭐야?"

"내가 어떻게 알아. 열쇠나 찾아봐."

로게르는 아빌라의 반바지를 뒤져 열쇠를 찾다가 욘니와 임미가 체육관을 나가 수영장으로 향하는 것을 보았다. 열쇠다발을 꺼낸 그는 사무실 문의 열쇠구멍에 하나하나 맞춰보면서 아빌라를 흘긋 보았다.

"원숭이냐, 뭔 털이 저리 많아. 진짜 터키 새끼네."

"거, 정말."

로게르는 한숨을 쉬고는 계속해서 열쇠를 맞춰보았다.

"다 널 위해서 이런 말 하는 거야. 그래도 기분 더러운 게 좀 덜하게 말이야. 만약……"

"시팔, 작작 해라? 하는 일이나 빨리 해!"

드디어 맞는 열쇠를 찾아내 문을 열었다. 사무실로 들어가기 전에 그는 아빌라를 가리키며 말했다.

"거기 올라타고 앉아 있으면 안 될걸. 너 때문에 숨을 못 쉴지도 모르잖아."

프레베는 아빌라의 가슴에서 미끄러져 내려와 몸뚱이 옆에 자리를 잡았고, 아빌라가 허튼수작이라도 할지 몰라 쇳덩어리를 쥐고 있었다.

사무실로 들어간 로게르는 아빌라의 코트 주머니를 뒤져 지갑을 꺼내고는 3백 크로나가 들어 있는 것을 확인했다. 책상서랍에는 도장을 찍지 않은 교통쿠폰 열 장이 있었다. 그는 그것도 챙겼다.

보상금으로는 하찮았다. 하지만 이 일에서 그런 건 중요하지 않았다. 순수한 복수를 위해서였으니까.

✳

욘니와 임미가 걸어들어왔을 때 오스카르는 여전히 수영장 한구석에 몸을 담그고 입으로 부글부글 거품을 만들고 있었다. 오스카르의 첫 반응은 두려움이 아니라 짜증이었다.

그들은 옷을 입고 있었다.

신발도 벗지 않은 채였다. 아빌라 선생님이 보면 난리가 날 텐데……

임미가 수영장 가장자리에 멈춰 서서 수면을 내다보았을 때에야 공포가 엄습해왔다. 오스카르는 전에도 몇 번 임미와 잠깐잠깐이긴 했지만 마주친 적이 있었고, 그때도 섬뜩하다고 생각했다. 지금 보니 그의 눈빛과…… 고갯짓을 하는 모습이 심상치 않은 게……

톰미 형이랑 형 친구들이…… 그거 했을 때처럼……

임미의 시선이 오스카르의 시선과 마주쳤을 때, 오스카르는 자신이…… 벌거벗었음을 떠올리고 몸서리를 쳤다. 임미는 옷을, 갑옷을 입고 있었다. 오스카르는 벌거벗은 채 차가운 물속에 있었다. 임미가 욘니에게 고개를 끄덕이고 손을 들어 반원을 그리자, 수영장 양쪽 끝에서 한 명씩 나타나더니 오스카르 쪽으로 다가오기 시작했다. 임미는 걸으면서 다른 아이들에게 고함을 질렀다.

"나가! 전부! 물 밖으로!"

다른 애들은 목석처럼 서 있거나, 머뭇거리며 툼벙툼벙 물만 밟아댔다. 임미는 수영장 한쪽 가에 자리 잡더니 재킷 주머니에서 송곳칼을 꺼내 펴서 모여선 남자애들을 향해 활처럼 겨누었다. 그러고는 수영장의 반대쪽 끝을 가리키며 허공에 칼을 찔러댔다.

오스카르는 구석에 바싹 몸을 붙인 채 벌벌 떨며 다른 애들이 황급히 헤엄치거나 걸어서 그만 혼자 남겨놓고 끝쪽으로 가는 것을 보고 있었다.

아빌라 선생님…… 아빌라 선생님은 어디 있지……

어떤 손이 그의 머리칼을 움켜쥐었다. 너무 세게 잡아당기는 바람에 두피가 화끈거렸고, 그의 고개는 구석 쪽으로 억지로 젖혀졌다. 머리 위에서 욘니의 목소리가 들렸다.

"우리 형이다, 이 시팔놈아."

오스카르의 뒤통수가 타일을 두른 턱에 몇 번 부딪혔고, 물이 튀어 귓속으로 들어왔다. 임미가 송곳칼을 들고 다가와 쭈그리고 앉았다.

"안녕, 오스카르."

오스카르는 물을 먹는 바람에 기침을 하기 시작했다. 기침을 하느라 머리통이 흔들릴 때마다 욘니가 더욱 단단히 움켜쥐는 통에 두피가 점점 더 화끈거렸다. 한 차례 기침이 지나가자 임미는 타일을 두른 가장

자리에 칼날을 부딪쳐 소리를 냈다.

"있잖아, 내가 생각하고 있는 게 있거든? 그러니까 우리끼리 작은 대회를 열자는 거야. 이런, 움직이면 안 되지……"

임미가 오스카르의 머리통을 부여잡고 있는 욘니에게 송곳칼을 건 넸다. 송곳칼은 오스카르의 이마 바로 위를 스쳐 지나갔다. 오스카르는 손 하나 까딱할 엄두도 나지 않았다. 몇 초 동안 바라본 임미의 눈은 완전히 광분해 있었다. 증오가 넘쳐났다.

오스카르의 머리가 수영장 구석 쪽으로 밀쳐졌다. 그의 두 팔은 절망적으로 물속을 허우적대고 있었다. 무엇 하나 붙잡을 것이 없었다. 그는 다른 남자애들을 보았다. 그들은 수심이 얕은 쪽에 서 있었다. 미케가 맨 앞에 서서, 여전히 기대감에 찬 미소를 짓고 있었다. 다른 아이들은 겁에 질려 있었다.

아무도 그를 도와주지 않을 것이다.

"그러니까, 이렇게 하자고…… 아주 쉬워, 봐봐. 규칙도 간단해. 네가 물속에서 몇 분…… 오 분 동안 버티는 거야. 네가 잘 버티면 우린 그냥 네 뺨을 살짝 긁어주는 정도로만 끝낼게. 기념으로. 네가 실패하잖니……? 그래서 고개를 내밀면 네 눈알 하나를 후벼내버릴 거야. 오케이? 규칙 알아들었지?"

오스카르는 물 위로 입술을 내밀었다. 벌벌 떨며 말하는데 입에서 물이 뿜어져나왔다.

"……할 수 없어, 그렇게는……"

임미는 고개를 저었다.

"그거야 네 문제고. 저 시계나 봐. 이십 초 후에 시작할 거야. 오 분. 아님 네 눈깔이야. 이제 숨을 참는 게 좋을 거야. 십…… 구……

팔…… 칠……"

오스카르는 두 발로 밀어젖히려고 했지만, 물 밖으로 고개를 내밀려면 발끝으로 바닥을 딛고 서 있어야 했다. 임미의 손아귀에 잡혀 있어 움직이는 게 아예 불가능했다.

내가 머리털을 잡아빼면…… 오 분……

전에 한번 해보았을 때는 고작 삼 분을 버틴 게 다였다. 삼 분을 다 채운 것도 아니었다.

"육…… 오…… 사…… 삼……"

아빌라 선생님. 아빌라 선생님이 그전에 나와주실 거야……

"이…… 일…… 제로!"

머리가 물속으로 처박히기 전에 오스카르는 숨을 반밖에 들이마시지 못했다. 다리를 헛짚은 바람에 하체가 서서히 떠올랐고, 수면 바로 밑에서 머리가 가슴 쪽으로 기울면서 염소가 찢어진 두피에 닿자 불이 붙은 것처럼 화끈거렸다.

일 분밖에 지나지 않았는데도 공황 상태에 빠졌다.

붙잡아 지탱할 만한 것도 없이 몸을 제대로 가누려 애쓰면서 그는 두 눈을 부릅떴지만, 보이는 것은 밝은 파란색과…… 그의 머리에서 소용돌이를 그리며 흘러나와 눈앞을 지나가는 분홍색 베일뿐이었다. 물 위로 발길질을 하는 두 발 때문에 수면에 엷은 푸른색 주름이 지더니 작은 파도들이 넘실거렸다.

입에서는 거품이 솟아올랐고, 그의 몸은 이제 두 팔을 허우적거리며 똑바로 누운 자세로 둥둥 떠다니고 있었다. 그의 시선은 천장에 매달린 기다란 할로겐 전등의 하얀빛 쪽으로 끌렸다. 그의 심장은 창유리에 바짝 손을 댔을 때처럼 벌떡대고 있었고, 갑작스레 코로 물이 들어오자 일종의 평온함이 온몸으로 퍼져나가기 시작했다. 그러나 그의 심장은 살고자 하는 마음에 더욱 절박하게, 더욱 그악스럽게 박동했고, 그는 다시금 아무것도 잡을 것 없는 곳에서 뭐든 잡으려고 필사적으로 몸부림쳤다.

그러나 그의 머리는 점점 더 아래로 밀려내려갔다. 그리고 이상하게도 그는 이렇게 생각했다.

이게 더 나아. 눈알이 뽑히는 것보다는.

❋

이 분이 지나자, 미케는 마음이 불편해지기 시작했다.

어쩐지…… 어쩐지 저들은 정말로 작정하고…… 그는 다른 남자애들을 둘러보았지만 아무도 어떻게 해볼 생각이 없는 것 같았다. 그래서 그가 직접 나섰지만, 안으로 기어들어가다시피 하는 목소리로 한마디 한 게 전부였다.

"욘니…… 뭐 하자는 거야……"

그러나 욘니는 그의 말을 듣는 것 같지 않았다. 그는 미동조차 않고 수영장 가에 무릎을 꿇고 앉아 물을 향해, 물밑에서 움직이는 하얀 형체를 향해 송곳칼을 똑바로 겨누고 있었다.

미케는 고개를 들어 샤워실 쪽을 바라보았다. 선생님은 어쩌자고 여태 코빼기도 안 비치는 거지? 미케는 좀더 구석으로 물러나 밤의 정경이 내다보이는 어두운 유리문 바로 옆에 가서 팔짱을 꼈다.

미케는 시야 한구석으로 바깥 지붕에서 무엇인가 떨어지는 것을 본 것 같았다. 무언가 유리문을 꽝 내리쳤고, 그 바람에 문틀이 우르르 떨렸다.

그가 발끝을 들고 투명한 유리를 끼운 창문 밖을 내다보니 어린 소녀 하나가 서 있었다. 소녀는 고개를 들어 그를 보았다.

"'들어와' 라고 말해!"

"뭐…… 뭐?"

미케는 고개를 돌려 수영장에서 벌어지는 광경을 보았다. 오스카르의 몸은 이제 움직이지 않았지만 임미는 여전히 가장자리에서 몸을 수그린 채 오스카르의 머리를 내리누르고 있었다. 미케는 침을 삼켰고, 목이 아팠다.

무슨 일이 일어나건. 지금 당장 멈춰야 돼.

유리문이 또 한번, 아까보다 더 세게 쾅 울렸다. 미케는 어둠 속을 내다보았다. 소녀가 입을 벌리고 그에게 소리를 질렀을 때 그는 보았다…… 그녀의 이빨을…… 그녀의 팔에 매달려 있는 무언가를.

"들어와도 된다고 말해!"

무슨 일이든 일어나라지.

미케는 고개를 끄덕이고 거의 알아들을 수도 없게 말했다.

"들어와도 돼……"

소녀는 문에서 물러서더니, 어둠 속으로 사라져버렸다. 팔에 매달려 있던 것이 한순간 희미한 빛을 발하는가 싶었지만 소녀는 사라지고 없었다. 미케는 몸을 돌려 수영장 쪽을 보았다. 좀전에 임미가 오스카르의 머리를 물 밖으로 끄집어냈고, 욘니한테서 송곳칼을 다시 받아들고는 오스카르의 얼굴 가까이 겨누고 있었다.

그때 가운데에 위치한 어두운 창문에서 한 줄기 빛이 번쩍하더니, 순식간에 유리가 산산조각 났다.

강화유리는 보통 유리와는 다른 식으로 박살났다. 그것은 수영장 가
장자리로 와르르 소리를 내며 떨어지면서, 수천 개의 작고 동그란 파
편들로 폭발해 무수한 하얀 별들처럼 반짝이며 수영장 안과 물 위로
흩날렸다.

에필로그

11월 13일 금요일

13일의 금요일……

군나르 홀름베리는 텅 빈 교장실에 앉아 순서대로 기록을 작성하려고 애쓰는 중이었다.

그는 블라케베리 학교에서 하루 종일 시간을 보냈다. 범죄현장을 면밀히 조사했고, 학생들과 이야기를 나누었다. 시내에서 온 전문가 두 명과 국립과학수사 연구소에서 온 혈흔분석가 한 명이 아직까지 수영장 근처에서 증거를 확보하는 중이었다.

지난밤 청소년 두 명이 살해당했다. 그리고 한 명은…… 행방불명이었다.

그는 학급 담임인 마리 루이즈와도 이야기를 나누었다. 그리고 행방불명된 소년 오스카르 에릭손이 삼 주 전 헤로인에 관한 그의 질문에 대답했던 바로 그 소년이라는 것을 알게 되었다. 홀름베리는 소년을 기억하고 있었다.

책도 많이 읽고 뭐……

그 소년이 제일 먼저 순찰차로 달려올 거라고 생각했던 것도 기억났다. 그는 소년을 태우고 한 바퀴 돌았을지도 몰랐다. 가능하다면, 소년에게 자신감을 불어넣어주고 싶기도 했다. 그러나 소년은 나타나지 않았다.

그리고 이제는 사라져버렸다.

군나르는 어젯밤 수영장에 있었던 소년들과 나눈 대화를 기록한 문건을 꼼꼼히 읽었다. 그들의 이야기는 기본적으로 다 비슷했고, 같은 단어가 자주 등장했다. 천사.

천사가 오스카르 에릭손을 구출했다는 것이다.

목격자들의 말인즉, 그 천사가 욘니와 임미 포슈베리의 목을 따버리더니 수영장 바닥에 던져버렸다는 것이었다.

수중카메라로 두 개의 머리가 발견된 현장을 영구보존한 범죄현장 전문 사진가에게 그 천사 이야기를 하면서 군나르는 한마디 했다.

"이런 경우 천국에서 보낸 거라곤 할 수 없지."

절대로……

그는 창밖을 바라보며 합리적으로 설명할 수 있는 방법을 생각해내려고 애썼다.

운동장에는 조기가 게양되어 있었다.

두 명의 심리학자가 소년들을 사정청취하는 자리에 참관했다. 몇몇이 목격한 바를 진술하면서 마치 영화라도 본 것처럼, 실제로 일어난 일이 아닌 것처럼 너무 쾌활하게 이야기하는 등의 근심스런 징후를 보였기 때문이었다.

문제는 혈흔분석가들이 채집한 증거가 소년들의 진술을 어느 정도

뒷받침한다는 것이었다.

천장, 들보 같은 장소의 혈흔을 보았을 때 즉시 든 생각은 범행을 저지른 사람이…… 날아다녔으리라는 것이었다. 설명하려고 애쓰는 부분도 바로 이 부분이었다. 잘 설명해 빠져나가야 했다.

하다보면 어떻게든 둘러댈 수 있을 것이다.

체육 선생은 심각한 뇌진탕으로 집중치료실에 들어갔기 때문에 빨라도 내일까지는 사정청취에 응할 수 없을 것이다. 그리고 별 뾰족한 이야기를 내놓을 것 같지도 않았다.

군나르는 손으로 양 관자놀이를 지그시 누르며 실눈을 뜨고 자신이 써놓은 기록을 내려다보았다.

천사…… 날개…… 머리가 박살났고…… 송곳칼은…… 오스카르를 익사시키려고 했고…… 오스카르는 새파랗게 질려 있었고…… 사자와 같은 이빨들…… 오스카르를 들어올리더니……

그리고 그가 간신히 생각해낸 건 한 가지뿐이었다.

잠시 휴가 여행 좀 다녀와야겠어.

※

"저거 네 짐이니?"

스톡홀름과 칼스타드를 오가는 열차 차장인 스테판 라숀은 수하물 선반에 놓인 가방을 가리켰다. 요새 들어 그렇게 커다란 짐을 보는 일은 좀처럼 드물었다. 진짜 구식…… 트렁크였다.

객실 칸에 있던 소년은 고개를 끄덕이고 표를 내밀었다. 스테판은 표에 구멍을 뚫었다.

"역에 누가 마중 나올 건가보지?"

소년은 고개를 저었다.

"보기보단 무섭지 않아요."

"아, 그렇겠지. 괜찮으면 안에 뭐가 있는지 물어봐도 될까?"

"그냥 이것저것 전부요."

스테판은 손목시계를 보면서 개표기로 허공에 구멍을 뚫었다.

"기차가 도착하면 밤이 될 텐데, 알고 있지?"

"음."

"상자들. 저것도 네 것이니?"

"네."

"얘야, 별다른 뜻은 없는데…… 저걸 어떻게 다 들 생각인 거니?"

"다른 분들한테 도와달라고 할게요. 나중에."

"알았다. 그래. 그럼 즐겁게 여행하렴."

"감사합니다.

스테판은 객실 칸 문을 잡아당겨 닫고는 다음 객실로 갔다. 소년은 자신이 뭘 해야 할지 알고 있는 것 같았다. 만약 스테판이 그 정도 짐을 가지고 앉아 있었다면 저만큼 행복한 표정을 짓지는 못했을 것이다.

그러나 한편으로 생각해보면, 어릴 때는 다를 수도 있지 않은가.

결국 서로를 택할 수밖에 없었던
아름다운 사랑 이야기

진정한 사랑을 마음속에 들이세요
묵은 꿈은 흘려보내고
잘못된 만남은 놔주세요
그들은 해줄 수 없습니다
당신이 원하는 것을
(······)
내가 한마디 해도 될까요?
마침내 그 사람을 만난다면,
당신은 그에게 한 방 먹이며 이렇게 말해도 된다는 것을.
'왜 이리 늦게 온 거예요? 왜 이리 늦게 온 거냐고요?'

모리시, 〈진정한 사랑을 마음속에 들이세요〉[*]

삶의 한 시절을 고독과 굴욕을 뒤집어쓰고 지나가는 외길과 동의어로 체험한 많은 이들에게 '스미스'의, 모리시의 음악은 그들만의 아늑한 카타콤이었을 것이다. 그 아늑하지만 습하고 음울한 곳에서, 그들은 구원인 줄만 알았던 사랑이 실은 그들을 바닥까지 끌어내리는 지옥이라는 것을 알았는지도 모른다. 그래서 진정한 연인을 만났음을 순수하게 기뻐하기보다는 우선 도망부터 치거나 히스테리를 부렸는지도 모른다. 그러나 더 큰 지옥 속에서 혼자 뒹굴다 문득 깨달았는지도 모른다. 사랑은 구원일 수 없어도, 이 공고한 지옥, 세상이라는 이름의 진창 속에서 우리가 부여잡을 수 있는 유일한 것일지도 모른다고. 그

---

[*] 영국의 전설적인 록밴드 '스미스'의 리드싱어였던 모리시의 1988년도 첫 솔로앨범 〈증오 만세Viva Hate〉의 수록곡.

래서 결국 얼마간은 체념한 듯, 얼마간은 황홀에 젖어 그에게로 돌아갔는지도 모른다. 어떻게 해도 서로를 택할 수밖에 없어서, 그래서 새로운 삶을 찾아 블라케베리를 떠난 오스카르와 엘리처럼.

십대의 성장을 주제로 한 소설이나 영화에서는 곧잘 새 삶을 찾아 미지의 세상으로 떠나는 결말이 등장한다. 살아야 할 날이 더 많은 그들이기에 그 열린 결말에는 희망이 떠돈다. 그러니 대낮의 블라케베리를 떠나는 오스카르와 엘리의 미래에도 같은 이야기를 할 수 있을까? 토마스 알프레드손 감독이 연출하고, 욘 아이비데 린드크비스트가 직접 시나리오를 쓴 영화 〈렛미인〉을 본 많은 관객들은 희망보다는 반복 재생될 절망의 미래를 보았다. 오스카르는 제2의 호칸이 될 거라고, 엘리에게 오스카르는 결국 수백 년에 걸쳐 대를 물려온 조력자에 불과하다고, 그들이 새로운 정처로 삼은 곳은 도저한 사랑의 은신처가 아닌 피비린내 나는 살육의 로케이션, 제2의 블라케베리가 될 거라고.

많은 이들이 영화의 결말을 보고 이제 엘리에게 새로운 조력자가 생겼다고 이해할 수도 있다. 그러나 그것은 내가 의도한 엔딩이 아니다. 나는 『렛미인』의 에필로그에 별도의 짧은 에필로그를 더 써놓았다. 몇 년 후에 발표할 예정으로, 분량은 대여섯 페이지에 지나지 않지만 작가가 직접 선보이는 엔딩이 될 것이다. 그때까지는 토마스의 엔딩이 지배할 것이다. 영화상으론 정말 멋진 엔딩이다. 완벽하다. 하지만 나의 의도와는 다르다. 책에 잠깐 비춰지긴 하지만 엘리는 이미 성인이 된, 타락한 호칸을 선택했다. _욘 아이비데 린드크비스트

우리에게는 영화보다 늦게 찾아온 소설 『렛미인*Låt den rätte*

komma in』은 작가가 암시한 대로 우리가 오스카르와 엘리의 앞날에 대해 섣부르게 말할 수 없음을 보여준다. 오스카르와 엘리를 하나 되게 한 것은 고독과 생존의 필요에서 시작된 것이 아니다. 그리고 그렇게 결론을 맺지도 않는다. 소설 『렛미인』은 영화가 남겨놓은, 혹은 미처 설명하거나 충분히 암시할 수 없었던 모든 이야기에 대한 애초의, 온전한 세계이다. 그 세계를 보기 전까지 모든 가정과 의문은 유보해야 할 것이다. 다만 빈 몸과 마음으로 그 세계를 새롭게 받아들여야 할 것이다.

『렛미인』의 작가 욘 아이비데 린드크비스트는 1968년 이 이야기의 배경이 되는 스톡홀름의 서부 교외지역인 블라케베리에서 태어났다. 인터뷰에서 그는 오스카르처럼 불운한 학창시절을 보냈고, 오스카르처럼 끔찍한 현실에서 구원을 받는 환상에 빠지기를 즐겼다고 소회했다. 흥미로운 것은, 그가 십대시절 스톡홀름 거리에서 관광객을 대상으로 마술을 했고, 이후 마술사와 스탠드업 코미디언이라는 독특한 이력을 이어갔다는 사실이다. 마술과 스탠딩 코미디라니! 물론 오래도록 티브이 코미디 시나리오를 썼다지만, 판타지와 르포르타주와 블랙코미디를 종횡무진하는 독특한 작법의 근원을 짐작해볼 만하지 않은가?

린드크비스트가 아내 미아Mia에게 헌정한 처녀작으로, 작가 자신도 이만한 성공을 전혀 예감하지 못했다는 『렛미인』의 탄생은 그가 자란 곳, 블라케베리를 소설로 형상화하고 싶다는 바람에서 시작되었다. 코미디언 시절에도 소재로 즐겨 삼았다는 고향 블라케베리로 돌아가 집필을 시작한 그가 『렛미인』을 완성한 건 2004년이었다. 도시문명에 대한 암울한 창세기처럼 읽히는 블라케베리의 탄생으로 시작되는, 한 소년과 뱀파이어의 기괴하면서 슬픈 우정에 관한 이야기. 완성된 『렛미인』은 그랬다. 그러나 소설 『렛미인』을 흔쾌히 받아주는 '장르소설 전문' 출판사는 없었다고 한다. '이야기가 너무 괴상해서'가 이유였다. 옮긴이의 생각으로는, 그보다는 『렛미인』이 이른바 '뱀파이어 물'의 설정과 외피 아래 숨기고 있던 것에 대한 이물감 때문이 아니었을까 싶다. 삼 주 남짓한 시간 동안 펼쳐지는 블라케베리와 그곳에 사는 인물들의 기이한 일상은 가히 미시사적 대하소설이라 할 만한 서사적 위용을 갖추고 있으니 말이다. 마침내(?) 『렛미인』을 받아 준 출판사가 장르소설과는 다소 무관한 곳이었다는 작가의 후일담으로 보건대 아마 그랬으리라. 그렇게 『렛미인』은 빛을 보게 되었고, 베스트셀러가 되었고, 마침내 영화화되기까지 했다. 린드크비스트가 시나리오 작가로 참여한 영화 〈렛미인〉의 세계적인 성공은 세계 출판계에서 원작인 소설에 대해 본격적으로 조명하는 계기를 만들어주었고, 마침내 한국의 문학동네와 한국 독자들과도 인연을 맺게 되었다.

앞서 말했듯, 1980년대 초반의 블라케베리는 작가가 유년시절을 보낸 곳이다. 작가의 말에 따르면 실제로 작품에 등장하는 중국식당을 비롯해, 라케, 비르기니아와 같은 주요 인물들은 블라케베리에 실존했거나 실존하는 이들이라고 한다. 스웨덴의 현대화와 함께 블라케베리와 같은 교외지역 개발의 상징으로 등장하는 트라네베리 다리는 물론, '제의적 살인'이 수면 위로 부상하는 시점에 맞추어 등장하는 러시아 잠수함 U137호 역시 실제 사건이다. 여기서 많은 작가들이 처녀작에서 자전적 이야기를 한다는 사실을 재확인하는 것은 중요하지 않다. 그보다는 모든 위대한 작가들이 자전적이거나 실재하는 요소를 바탕으로 상상과 사유를 통해 새로운 미학적 도정에 나섰듯, 린드크비스트

역시 『렛미인』을 통해 고백이나 간증을 넘어 독창적 세계를 창조하고 있음에 주목할 일이다.

프롤로그 '장소'에서 보듯 1980년대 초반의 블라케베리는 과거도 교회도 부재했던, 일종의 구멍과 같은 도시다. 소설 속 라케가 말했듯 의자를 끌고 나가 길거리에 놓고 하루 종일 앉아 있으면 누구건 돌봐줄 사람이 나타나는, 북유럽식 사회민주주의가 실현되는 곳. 그 덕에 바닥까지 내려앉을 일은 없지만, 공동주택으로 대변되는 각박한 삶을 사는 사람들이 있다. 결손가정, 비행청소년, 왕따, 알코올에 의존해 연명하듯 살아가는 중년의 노동계급. 린드크비스트가 블라케베리에서도 특별히 주목하는 인물들은 하나같이 출구가 없는 삶을 산다. 결손가정의 아이로 학교에서 끔찍한 따돌림을 당하지만 아무에게도 말할 수 없어 살인사건 기사를 스크랩하고, 살인마의 환상에 빠지는 것으로 현실을 견디는 어린 주인공 오스카르도 예외는 아니다. 그런 그들의 비루한 삶의 틈새로 어느 날 가공할 열두 살 소녀(혹은 소년)가 스며든다. 열두 살에 영원히 고착되어 버린 이백 살의 뱀파이어. 신비주의를 무기로 하수인과 관계를 맺고, 그를 시켜 사람을 죽이고 그 피로 연명하는 무시무시한 지배자 엘리.

호러장르는 좋아하지만 이른바 '뱀파이어 물'은 좋아하지 않는다는 린드크비스트가 뱀파이어를 끌어들인 건 살인을 하지 않으면 일용할 양식을 얻을 수 없고 결국 죽음에 이른다는 절박한 생존조건 때문이었다. 그래서 그는 뱀파이어 장르의 전통을 끌어들이되 낭만적인 요소를 철저히 배제했다. 브램 스토커의 『드라큘라』나 앤 라이스의 『뱀파이어와의 인터뷰』와 같은 뱀파이어 장르의 고전부터 최근의 스테프니 메이어의 『트와일라잇』에서 주축을 이루는 도취적 에로티시즘의 전통은

『렛미인』과는 무관하다. 굴욕적인 왕따의 희생양 오스카르의 현실과 어지러이 교차되며 드러나는 엘리의 일상에서 삶의 유한한 굴레를 벗어난 존재의 초월성과 우월성은 두드러지지 않는다. 작가의 말을 빌리면 엘리는 '비참하고miserable, 역겹고gross, 고독lonely' 하다. 그런 엘리의 처지는 실존을 가진 모든 이가 맞부딪칠 수밖에 없는 상황의 집약이라는 점에서 뱀파이어라는 특수성에서 벗어난다. 호칸, 비르기니아가 나름의 이유로 피를 구하는 절체절명의 과정에서 드러나는 것 역시 판타지가 아니라 리얼리티이다. 살상에 대한 공포 뒤로 삶을 지속한다는 것의 피로와, 반복된 육체노동으로 마모된 정신이 도드라진다. 다시 말해 관성과 피곤에 찌들었으면서도 한치 앞을 내다볼 수 없는 노동계급의 일상을 그 속에서 발견하게 되는 것이다.

그리고 피와 살점과 비명과 촌극과 환몽이 어우러진 그 혼돈의 한가운데에 오스카르와 엘리의 로맨스가 존재한다. 고독한 변방의 존재 오스카르에게 엘리는 내밀한 환상의 실현으로 나타나지만, 오래지 않아 소년은 엘리야말로 현실을 더욱 일그러지게 비추는 볼록거울 같은 존재임을 알게 된다. 그럼에도 둘은 서로를 택할 수밖에 없다. 더한 환멸과 공포로 옥죄는 현실 속에서 그들에게는 서로밖에 없다. 그런 현실의 디테일을 집요하리만큼 쌓아올린 후에야 린드크비스트는 비로소 구원의 카타르시스와 해피엔딩이라는 판타지를 고명처럼 얹어놓는다. 그러나 그가 폭발과 해방의 해묵은 장치를 가동하는 법은 없다. 엘리가 오스카르를 구원하고 함께 지옥을 벗어나는 과정을 조용한 카타르시스의 폭발로 담아낸 것이 영화의 엔딩이었다면, 소설의 결말은 그보다 더 신중하고 절제 있다. 클라이맥스에서 정지한 오스카르와 엘리의 이야기는 곧바로 암시적인 에필로그로 넘어가며 종료된다. 그렇게 린드크비스트는 말초적 카타르시스나 섣부른 해피엔딩에서 한 발짝 물러서는 것으로 판타지와 현실의 거리를 없앤다. 비약이 아닌 단계로서의 결과와 미래를 이야기하는 것이다. 영화와 같지 않다는 작가의 의도를 만나게 되는 곳도 그 지점일 것이다. 물론, 모리시가 노래했듯 애초부터 오스카르와 엘리의 사랑이 속임수나 계산과는 거리를 둔 것이라는 것만큼은 분명하다.

『렛미인』은 처녀작이라는 것이 믿기지 않을 정도로 섬세하고 치밀한 테크닉과 스토리텔링 능력을 선보인다. 대수롭지 않아 보이는 에피소드나 소품을 치명적인 결정타로 발전시키는 과정은 에드거 앨런 포를 연상케 할 정도로 치밀하다. 호칸, 라케, 비르기니아 그리고 톰미에 이르기까지, 선악의 구도 안에서 편 가르는 법이 없이 섬세하고 다의적인 인성을 불어넣은 솜씨 또한 이 작품이 이룬 성취이다. 각 장의 서두마다 예고편을 전하는 쇼호스트처럼 등장해 날카로운 위트와 아이러니로 가득한 사회적 화두를 던지는 것부터, 필요하면 인물들의 머릿속으로 들어가 반문과 방백을 오가며 독자들에게 직접 말을 거는 전지적 시점도 독특하다. 호러, 고어, 스플래터, 판타지, 오컬트, 스릴러, 추리, 광시狂詩, 동화, 로맨스까지, 많은 장르를 이음매 없이 녹여내며 보편적인 주제의식을 밀고 나가는 작가의 탁월한 구동력은 '제2의 스티븐 킹'이라는 영미권 평단의 극찬이 단순한 수사 이상임을 증명하고 있으며, 또한 『렛미인』의 신드롬이 지속가능한 것임을 예고한다. 앞으로 문학동네를 통해 계속해서 선보일 그의 이후 작품들을 주목하는 이유다.

『렛미인』을 번역하면서 고생한 것보다는 신세진 분들 생각이 더 많이 떠오른다. 먼저 새 작품을 집필중임에도 짬을 내어 한국독자들을 위한 특별한 서문을 흔쾌히 써주고, 역자로서 해결하지 못한 난제를 해결해주신 작가 린드크비스트에게 감사드린다. 스웨덴 스톡홀름 대학교에서 수학중인 이유진 씨께도 감사의 인사를 드리고 싶다. 번역원고를 꼼꼼히 살펴봐주시고, 스웨덴의 역사와 문화에 대한 귀중한 정보를 나누어주시면서 영문판만 봐서는 해결할 수 없는 많은 주석들을 달아주셨다. 가장 감사드리고 싶은 건 문학동네 편집부이다. 좋은 작품을 번역할 기회를 주시고, 틈틈이 힘이 되는 격려와 원조를 주신 것은 결코 잊지 못할 것이다. 무엇보다 편집 단계에서 스웨덴어 원본은 물론, 독어 판본까지 동원해 역자 이상으로 고생하며 한 줄 한 줄 꼼꼼히 봐주시지 않았다면 지금의 『렛미인』이 나오는 것은 불가능했다. 당연히, 모든 공로를 그분들께 돌릴 일이다. 그리고 이 책에 등장하는 스웨덴 고유명사들은 현지 발음에 좀더 가깝도록 표기했음을 밝혀둔다.

어떤 체험도 완전하다고 말할 수는 없겠지만, 지금 이 시점에서 이 한 권의 책이 안겨준 체험의 양상과 깊이는 완전했다 말해도 후회는 없을 듯하다. 독자 입장에서 맛본 흔치 않은 즐거움과, 역자 입장에서 직면했던 일상적인 좌절만을 말하는 것은 아니다. 무릇 모든 좋은 독서가 그렇겠지만 『렛미인』과 함께한 날들은 새로운 삶을 경험하는 동시에 다시 예전의 삶, 전과 달라진 예전으로 회귀하는 뜻 깊은 날들이었다. 삶의 달력에서 2009년의 제호는 단연 『렛미인』이 될 것이다. 이후로도 이 작품이 찍어준 인장은 쉬이 지워지지 않을 것이다.

2009년 여름, 최세희

옮긴이 **최세희**

국민대학교 영문학과를 졸업했다. 번역을 하는 틈틈이 여러 매체에 대중음악 칼럼을 쓰고 있다. 『아름다운 세상을 꿈꾸다』(공저)를 썼고, 『언데드 다루는 법』『인비저블 서커스』『깡패단의 방문』『킵』『예술가를 학대하라』『예감은 틀리지 않는다』『힙스터에 주의하라』『에미넴의 고백』『커밍 홈』『발칙한 한국학』 등을 우리말로 옮겼다.

문학동네 블랙펜 클럽
렛미인 2

1판 1쇄 2009년 7월 24일 | 1판 14쇄 2019년 1월 16일

지은이 욘 아이비데 린드크비스트 | 옮긴이 최세희 | 펴낸이 염현숙
기획 김지연 | 책임편집 김지연 | 편집 황문정 박여영
디자인 이경란 이원경 | 저작권 한문숙 김지영
마케팅 정민호 정진아 함유지 김혜연 박지영 김수현 | 홍보 김희숙 김상만 이천희
제작 강신은 김동욱 임현식 | 제작처 (주)상지사P&B

펴낸곳 (주)문학동네
출판등록 1993년 10월 22일 제406-2003-000045호
주소 10881 경기도 파주시 회동길 210
전자우편 editor@munhak.com | 대표전화 031) 955-8888 | 팩스 031) 955-8855
문의전화 031) 955-8862(마케팅) 031) 955-2654(편집)
문학동네카페 http://cafe.naver.com/mhdn

ISBN 978-89-546-0846-6 04890
     978-89-546-0844-2 (세트)

www.munhak.com